声音

张炜 ◎ 著

张炜中短篇小说精选

花山文艺出版社
河北·石家庄

图书在版编目（CIP）数据

声音：张炜中短篇小说精选　/　张炜著.—石家庄：花山文艺出版社，2020.8
ISBN 978-7-5511-5180-1

Ⅰ.①声… Ⅱ.①张… Ⅲ.①中篇小说－小说集－中国－当代②短篇小说－小说集－中国－当代 Ⅳ.①I247.7

中国版本图书馆CIP数据核字（2020）第085397号

书　　名：声音
　　　　　——张炜中短篇小说精选
著　　者：张　炜

选题策划：李　爽
责任编辑：梁东方　温学蕾
责任校对：李　伟　李　鸥
封面设计：书心瞬意
美术编辑：陈　淼
出版发行：花山文艺出版社（邮政编码：050061）
　　　　　（河北省石家庄市友谊北大街330号）
销售热线：0311-88643221/29/31/32/26
传　　真：0311-88643225
印　　刷：石家庄燕赵创新印刷有限公司
经　　销：新华书店
开　　本：650×940　1/16
印　　张：22
字　　数：255千字
版　　次：2020年8月第1版
　　　　　2020年8月第1次印刷
书　　号：ISBN 978-7-5511-5180-1
定　　价：75.00元

（版权所有　翻印必究·印装有误　负责调换）

目录

槐花饼	001
烧花生	014
下雨下雪	024
钻玉米地	037
玉米	054
造琴学琴	068
声音	082
一潭清水	097
海边的雪	111
冬景	131
头发蓬乱的秘书	146
美妙雨夜	156
晚霞中的散步	170
三想	176

篇目	页码
梦中苦辩	194
致不孝之子	210
赶走灰喜鹊	220
鱼的故事	227
仙女	234
鸽子的结局	242
怀念黑潭中的黑鱼	251
旧时景物	259
山药架	267
羞愧	275
一个故事刚刚开始	283
请挽救艺术家	293
野地独行者的吟唱 ——张炜中短篇小说管窥……洪 浩	334

槐花饼

一片片的林子绿起来，一簇簇的槐花开起来，远看似大海中绽开了一堆堆雪浪。

我们学校的农场就在海滩上，在百花丛中。早晨，我们去农场劳动，要穿过一丛丛槐棵，让露水沾湿衣襟。槐花真香，蜜蜂嗡嗡叫，大海滩上到了一年里最热闹的时候。放蜂的人都是从天南海北赶来的，说着古怪的异地口音。我们围看他们工作，觉得有趣得很。

养蜂人可以在蜂群中钻来钻去，蜂子不蜇他们。不过割蜜的时候，他们要戴上面罩，像救火队员的样子。我们跟他们要蜜吃，他们就用一柄小小的勺子舀了一点儿，让我们一个一个舔一舔。他们不舍得。

还是看林子的严爷爷好！他自己掏钱，买了蜜让我们掺了水喝。那多么棒！就为了喝到甘美的蜜水，我们也乐于到农场去劳动。

想一想整天坐在教室里的滋味，真是难受极了！大家谁不渴望早些到大海滩上去。我们要耐心等待——农场里种花生时，需要更多的人手,这时我们高兴得就像过节一样。

农场上有一个小草屋,那是严爷爷搭成的。他在草屋里住了很多年,看护林子,如今也看护我们的农场。草屋被烟熏黑了,有一股烟火味儿。里面挂着草药、火绳、干鱼。可我们从来未见他打下了什么野物,虽然他有一杆又黑又大的土枪。他说:"不能打它们,它们不易。"我说:"打一只老鹰不好吗?"他还是摇头,说:"伤天害理。"老人的心真好。

他的鱼都是在海边上捡的、用鱼钩钓的,这些鱼最大的有三尺多长,满是鱼油,肥透了。干活累了,正好老爷爷的鱼也焖好了,他招呼我们吃几口,一辈子也不忘那股鲜美味儿。

有一次我吃了两种鱼,觉得味道太不一样了。严爷爷笑笑说:"这是海鱼,那是河鱼——芦青河里的鱼。它们可不是一个味儿!"接着老人家告诉我们进河逮鱼的故事:冬天,河上结了冰,他踏着坚冰走上河中央,然后在冰上凿洞。河里的鱼喜欢呼吸新鲜空气,都聚到冰洞这儿了,那时他就设法逮到它们。

老人家还饲养了两个刺猬、一只鳖。这些小东西都是自己送上门来的:一天晚上老人觉得有什么在门外咳嗽,开门一看,见两只刺猬伏在那儿;一天早上他沿着海边往芦青河入海口走,走了没有多远,就发现一只鳖昂着小头颅向他爬来……他将它们饲养起来,给它们东西吃。

严爷爷会吸烟,不过点烟斗时不用火柴,而是故意用一块铁板敲打白色的小石头——火花儿刺啦一下溅出来,燃着了盖在烟末上的一层灰面,接上烟斗冒烟了。多么神奇的点烟法,我那会儿相信这世界上也许只有皇帝才会这么点烟。我不明白,不明白这种古怪的器具奥妙在哪里。我试着敲了几下,火星儿虽然也飞出来,但又弱又少……他告诉那块铁片叫"火镰",是纯钢做的;白石头叫"火石"。从此我留意给他拣拾沙滩上的火石了,很容易就拣了一堆。严爷爷瞅瞅石头说:"这够我两三辈子用。"

他吸的烟是自己在海滩上种的,据他说这种烟是世上最香最醇的。我们试着吸了一口,都辣出了眼泪。严爷爷大笑。他还当着我们的面搓碎了干榆叶儿、槐叶儿塞进烟斗,有滋有味地吸起来。"大海滩上的烟儿又多又好,住这儿有吸不完的烟儿。"他这么说。

养蜂人跟严爷爷好,常常白送他一些蜜。老人为他们义务守着蜂箱,用土枪驱赶那些祸害蜂子的野物。蜜掺在水里、饭里,吃起来多么棒!我们没有多少更高的革命理想,心想长大了能像严爷爷一样来海滩上看林子也就幸福了。

老师让我们多跟老爷爷学习革命本领。来海滩上开门办学,目的就是接老人的班。可是大家心里都清楚,老爷爷只有一个班,谁接了好呢?再说他身体好得很,打算一辈子住在小草屋里!不过我们一想到来学他的好思想好作风,又觉得太有意义了。老师说:"要学老人家那样……"于是我就吸烟,不过不让烟呛着。老师发火,我就说:"我学严爷爷!"我和同学们烧东西吃,烧小野萝卜、野蒜,什么都烧了吃,吃得嘴上黑乎乎的。老师发火,我们就说:"俺学严爷爷!"

有个刚来学校的女教师比我们大不了多少,她很漂亮。她被同学们气哭了。严爷爷慈祥地用手拍拍她的头,说一些鼓励她的话,她立刻就不哭了。严爷爷骂我们,怪好听的。他伸长巴掌打我们,谁都用不着躲闪,因为巴掌打在身上怪好。

有人放出冷风说:"如今的学校还像个什么样子,让看滩看林子的老头胡掺和,学生不像学生,老师不像老师,还办什么农场……"冷风吹进学校,大家都气得要命!非要挖出那个钻在阴暗角落里的坏人不可。我们认为:正是开门办学,使大家学到了本领,增长了才干,经了风雨,见了世面。而且我们对人类应该有更大的贡献:学校每年向国家交售很多花生。而且,我们在农场那儿过得真正愉快！我们拜养蜂叔叔为师，他们也热爱新一代接班人；最有意义的还是与严爷爷在一起的时候。大家每时每刻都感到了生活的意义，都在进步。我们听老人讲了无数有趣的故事，懂了很多道理。他的故事用船也装不下。

播种花生的日子里，是大家真正的节日。再也不用坐在屋里上课了，快跑到大槐林里吧！快去找严爷爷吧！我们一见到他的大白胡子就高兴！

夜晚，我们几个同学主动提出留下来过夜，帮老人看护花生田——我们说，天黑下来，有野物出来扒花生种子——这当然是说谎了。等其他人走光了时，我们喝过了老人亲手做的蛤肉汤、吃了玉米饼，就围上老人听故事了。老人抽着烟，慢声细语地讲着。我们不时插一句话，把故事引得又弯又长……哈哈的笑声直撒到老远老远。

"严爷爷，你在林子里快一辈子了，见过狐狸精吗？"

"见过。"

"什么模样？"

严爷爷磕磕烟斗："什么模样的都有。狐狸变人是真事儿——不过不能这么说，这么说就是迷信了。咱还是先说点吧……有一年上我去林子里找野瓜吃——那时候树下生了些野瓜，偷偷地熟了，你不吃它就烂掉了，怪可惜。野瓜的味儿比什么都好，你们是吃不到了。找野瓜吃，走了一路，后来闻见一股香味儿，知道离它不远了。

"我立刻来了精神！嘿嘿，准是个甜脆瓜，长了金黄道道的那种！我那时年轻，贪嘴，吃东西吃不够。我三转两转来到了一棵松树下边，一眼看到了一棵肥绿的瓜秧儿。我蹲下来刚要摘瓜，有个小白手儿把我挡住了。我抬头一看，天，是个脸儿红红的大姑娘！

"大姑娘说这瓜是她先看见的。我有些恼，心想你先看见为什么不摘下？分明是哄骗人！这样想着我就冲口一句：'你先见了还不早吃下肚去哩！'那姑娘笑嘻嘻的：'俺是先喜欢它一会儿，舍不得！'你听听她多么会编！我气得手都打抖，要知道我口渴哩，被瓜的香气顶得受不住哩！

"大姑娘怪害羞的。我这才看了看她，觉得是个好看的人儿。我那时年轻，还没有媳妇，不愿跟女人打架吵嘴。我看了她两眼，想让给她个瓜算了，我再找去！谁知我刚挪步儿她就说了：'急什么急！你摘去吃了吧！我又不是非要吃它。再说我不舒服，不能吃冷东西……'

"我吃瓜时礼让了姑娘，她也就吃了一小块。当我走开时，她也随我走了。我们一路拉着呱儿，不知累，也不知方向，走着走着不知走到了哪里。我说，坏了，听不见芦青河流水声了，找不着家了！姑娘说，走就是，先到她家里坐一会儿，歇歇，吃顿饭呀。我说不吃不吃。说是这样说，我还是跟她去了……"

大家都笑了，一齐问着严爷爷："后来呢？""她的家也在林子里呀？"

"哼，走了不一会儿，还真的出现个小茅屋。柴门一开，姑娘把我让进去，说一声'到了'，又叫爹——里面什么也没有。姑娘说爹爹是个老猎人，长年住这儿。我当时没起什么疑心——这方圆几十里的海滩林子，我可是熟透了的，哪有什么久住的猎人！可我没往那上边想。

"吃饭了，姑娘要烙'槐花饼'给我吃——我可从来没吃过这东西，再说那个季节也没有槐花呀！姑娘说他们都爱吃这饼，每年春天捋很多槐花晒好，备用一年。只是槐花饼顶数用新鲜槐花做得好吃！"

严爷爷讲到这儿，大家都咂嘴。

"她把浸好的槐花从水中一捞出,我就闻到了槐花的香甜味儿。接上她又调面,揉盐,可真舍得使油啊。她拍拍打打做饼,我在一边看着就想,她要是我媳妇多好啊!这么想,心里就不急着走了,只想好好地吃一次槐花饼。'槐花儿,甜糯糯,做饼儿,软蹋蹋,吃肚里,喘吁吁……'她一边做一边唱,大辫子垂到腰上。

"一会儿饼蒸上了。香味儿顶鼻子!我说:'他家大姐,你的好饭不用吃就知道味道,俺馋了!'她在一边看着我,直笑,一笑露出白白的小细牙。我现在还能想起那小牙的模样儿……饼蒸熟了,她揭了锅盖儿,端上来。我咬一口,哎呀,真好吃啊!良良的松松的,一咬一唧咯,又咸又甜又香。俺从来没吃过这么好的饼!这饼到底也数不清有多少瓣儿,反正是好哩。我嘴角上全是油呀芝麻什么的,一口气吃了十个小饼!"

馋死人了!同学们对视着,皱着眉头,咽着口水。"槐花饼!槐花饼!"大家嚷。

"吃过后,我让她细细地讲一遍饼的做法,俺要记住!她讲过了,不过又说愿吃你就来家里,欢迎哩欢迎哩!说是这么说,俺还是要自己学会做这种饼……那天我直玩到天色晚了才走出来。一个姑娘家,她爹爹不在屋里,我不想多待下去。她倒说:'待些时候再走吧!'我想俺不了,俺走吧,俺心里怎么就一个劲儿扑腾呢?这么寻思着,抬腿往外走了,天原来黑了。我走啊走啊,老觉得前面有盏灯引路。我这样走了没有多会儿,一脚踏上了芦青河堤!河水哗哗流着,我心里踏实了。有了河水指引,我很容易就能摸到我的小草屋!"

老人高兴地叹气,吸烟,咳嗽。他瞥瞥我们几个,问:"还想听吗?"

"想呢!严爷爷,后来呢?"

"后来,后来我把个大海滩都找遍了,也没见着什么猎人的老屋！这一下我才算明白了：咱遇上了狐狸精！一点不错，是那东西……我事后才知道害怕，心想我跟一个野物过了半天，还吃过它亲手做出的饼。唉，不过饼倒是挺好的。打那儿以后，俺就常做这饼吃了。"

我笑着问："狐狸为什么要变成人哪？"

老人摇摇头："不知道。我也这么想。后来我琢磨：它们和人的性情差不多，喜欢凑热闹。不过它们明白，人们见了它们就要动家伙打，放枪；它们要跟咱们亲近亲近，也就剩下装扮成人这一条路了。你们看，狐狸也是好心，装成好看的大姑娘，还传给人做饼的高招儿！"

老爷爷重新装了一锅烟，又把地上的火堆燃旺。天上星，亮晶晶，一颗一颗耀眼明。露水珠儿从一边的槐枝上跌下来，甩到了我的脸上。我折下几朵槐花儿嚼了嚼，真香啊。我在想那种饼的滋味儿。

这会儿有个人唱着歌儿走来了。近了，大家才认出他是附近的放蜂人。他的手里提着一瓶新蜜，老爷爷高兴地收了。放蜂人坐下，大家一块儿玩。停了一会儿他又说："你们可不要去惹蜂子，它们火了能蜇死人！前些天不知谁在一个蜂箱边上点了一堆火，烟气呛坏了一箱蜂子……"放蜂人气愤地说。

严爷爷停止了吸烟，说："是吗？要真那样，就不是同学们的事儿了！那是阶级敌人搞破坏……哼哼，不能粗心大意哩，不能哩。"

我们也都瞪大了眼睛。

火苗儿往上蹿着，像要去燎天上的星星。大家嫌烤得慌，都往后撤了撤。

这会儿放蜂人又说："我想请教严爷爷一下：如今河里的鱼不上钩了，到底是咋回事？"

老爷爷低头想了想:"鱼饵不对吧?"

"哪能!哪能不对?俺一直使用蚯蚓,过去一直是这样……"放蜂人说。

老人摇摇头:"鱼和人一样,吃久了一种食物就厌呢。今年也许河岸上的虫虫多了,它们再不想吃荤了。这么着,鱼钩上换面团试试……"

"面团经水一洗不就散了?"放蜂人摊着手。

严爷爷挥挥烟斗:"用面筋——再过过油,香喷喷鱼保准爱吃!"

放蜂人笑了。他坐了一会儿就离开了。

由于刚刚谈到鱼,大家就缠着老人讲讲鱼的故事。老人说没有没有。大家又缠,老人就讲了——

"有一年我去芦青河钓鱼,蹲在河岸上,一天也没见个鱼影。天快晌了,有个大浪头一扑,然后从浪里钻出个黑皮肤老头儿。他撸着脸上的水说:'你在这儿下钩子,害得我不能洗澡,你的钩子扎了我肚子咋办?'我火了:'你从哪儿来?再说我钓我的鱼,你洗你的澡,两不碍!'黑皮老头儿说:'那不行!我天天在这片好水里洗,这里的水鲜凉!'说完又撸了一把脸,钻到水里去了……

"下午,我还在那儿钓鱼。一会儿那个黑皮老头又从浪头里钻出来,说:'这儿是人洗澡的地方,你这个老人家好不好远些去下钩子,嗯?'我沉不住气了,就说:'您老也真怪,这里哪有人洗澡?还不是就你一个人?你还是少管些闲事吧!'黑皮老头气得脸都红了,一撸头上的水花,钻到河底去了。

"我那天也气得不轻,心想我的鱼都是你给赶跑了的,我偏不走,偏要钓一条好鱼回去煮了吃不可!就怀着一股拗劲儿,我蹲下去,两腿麻了也不走。又住了一会儿,就是太阳快落山的那一会儿，浮子一沉，有鱼上钩了！我赶紧拉杆提线，渔竿弓成大弧，怎么也提不起。好大鱼！好大鱼！我想这得慢点来，可别挣脱了钩子放跑了鱼。我一丝一丝拉线，只觉得有大鱼在底下扑棱。我那个耐心！我不慌不忙地收渔线。哎呀好沉的渔线。"

大家都一声不吭地听。

"拉了又拉，线儿松松紧紧，好不容易让我看见了乌黑的脊背。我见那鱼太大，吓了一跳。鱼给我弄乏了，它不怎么跳，被我拖到了岸上。我一看，天哪，它的眼又大又红，我觉得真像人的眼。我盯着它，它盯着我。这条鱼我一辈子也没见过，通身乌黑油亮。我把钩子小心地摘了，又端量它。它忽然流出了眼泪！哎呀，它还会哭！

"我的心给哭酸了，心想大鱼啊，你长这么大也不容易啊，像我一样，也是个老东西了，你说不定还儿女满堂哩！想着想着我站起来，说一声：'罢！'抱起鱼来放进了河里！"

大家嘘着气，不知惋惜还是怎么。

老人接上说："我这一辈子就办过这么一件了不起的事。事后我才想明白，那条大黑鱼就是那个不时钻出水浪的黑皮老头啊！是他让我给钩住了——我的钩子下在了它的家门口，怨不得人家出来赶我挪窝儿！我该放了它，我可不能打一个老东西的主意！"

同学们大口喘息，都说："真有意思啊！真有意思啊！"

就这样我们在海滩上度过了一个愉快的夜晚，都没怎么正经睡觉。

花生棵儿慢慢生出来了。它们像娃娃的小巴掌，自己扒拉开沙土，伸出瓣儿来。

严爷爷告诉我们：要防着兔子，那家伙就爱吃新花生苗儿！果然，我们不久就看到了尾巴卷起的兔子在花生地里乱跑。我们就大声呼喊，吓唬它们。有的同学还故意这样喊："兔子尾巴——

长不了！"大家大笑。

因为要赶兔子，保住劳动成果，我们几个身强力壮的男同学要求在小草屋里住上几个夜晚。学校同意了。这是开门办学的日子里最值得怀念的一段儿，我们今后要把这一切都写进日记里。

我吃了很多鱼干和野味儿，与严爷爷一起把它们架在火上烤。老人家教着我们烤东西：怎样转动铁棍儿、怎样辨认熟不熟。那是很难的。他在野外生活了一辈子，所以才能有这么多的经验。我们都明白了这样的真理：群众是真正的英雄！

老人家的衣服破了，裤子破了，就自己缝。后来我们告诉了老师，她说："我来缝。"严爷爷说："哪能！我身上脏……"老师一把就夺过去了，说："脏什么脏？资产阶级思想要比这脏一百倍。我觉得您老人家是最干净的！"老师说得多好啊！老人家说："你像我亲生的闺女一样……"老师问："大爷，您为什么没有老伴呀？"严爷爷咳嗽着："没有。""怎么没有呀？"老人说："没顾得娶，那年月兵荒马乱的……"说完又大声咳嗽。

一个晴和的白天，午饭之前，我们不约而同地想到了吃槐花饼——南风把槐花的浓香一阵一阵吹来，仿佛在催促我们：做饼吧做饼吧。槐花无比鲜艳，无比繁茂，像一架架小山一样压在绿枝上，枝条眼看就承受不住了！还不快取下花儿做饼！大家要求严爷爷做饼，严爷爷笑眯眯地答应了，准备起来。

他备好油、盐、芝麻、葱花，又把小铁锅搬到草屋外边架好——"外面亮堂，得眼。"他这样说。老人一遍一遍净手，挽起衣袖，一看就知道他要做一件大事了。

我负责烧火。另有人负责抱柴草。其他人分工在田里瞭望。

严爷爷把面和好，然后又取来鲜嫩的槐花儿摊上，撒盐和芝麻，然后用面片盖上；接着又是抹油，又是依次摊、撒；一叠叠积了好多层，就用手耐心地拍打起来："啪啪，啪啪！"一张大饼给拍得油光光、胖乎乎，又给分成了很多小饼。

这时锅烧热了，抹了少量的油，小饼就烙起来；烙一会儿，又开始蒸。香味儿简直大极了，饼好不容易熟了。

吃饼时，大家围在一块儿。我没法说它有多么好！我只想说：满海滩的槐花都该采下来，做成一张又大又好的饼，送给毛主席他老人家！他老人家会喜欢我们的饼……

吃过饭后，大家唱起了歌。歌声一阵阵，随着风儿飞出海滩，飞到了遥远的天边。严爷爷也唱起来，他的歌粗粗的，掺在我们之间，好听而又带劲。

这天傍晚，我们逮到了一个故意破坏我们花生田的坏人！他就是附近村里一个坏蛋，旧社会是地主阶级的走狗：给大户人家跑腿儿。他成天无所事事，好吃懒做。这天，他到海滩上来拔猪菜，却故意踩我们嫩嫩的花生棵，一脚踩倒一棵，好狠的心！我们问他："你为什么要这样干？"他说："不小心踩着了……"严爷爷挥挥手说："不用问他了，先押进小屋，然后去报告村里。他肯定没安好心。"

还是严爷爷说得对。当我们去报告了村领导之后，领导说："敌人自己总要跳出来。他对新生事物总是看不惯！他要破坏我们的农场。前不久放出冷风来，说如今'学校不像学校、老师不像老师'的人，就是他。支部里已经调查出来，还决定开他的批斗会，想不到他自己表演起来，那好嘛！你们发现及时，不然他还会做出更坏的事情！"

那个夜晚由学校和小村联合召开了批斗会。会址就定在严爷爷的小草屋前面。支书和校领导讲了话，然后欢迎严爷爷讲几句。老人说：

"有人说我一个老头儿往学校里胡掺和。不错，我要为革命掺和一辈子！我也不是今天才住这小草屋，也不是昨天，俺是小草屋里的老住户儿！开门办学就是好！学生娃儿不是别的，他们开了门儿聪明，一关门儿就痴。要接好班，就得大开着门儿！不是吗？"

我们带头鼓掌，都说严爷爷讲得好。接上，我们的老师领头呼起了口号，口号声震动夜空。

那个坏家伙在一角缩成一团，再也不敢张狂了。

这个夜晚，人群久久不愿散去。大家的情绪都高涨起来，互相交谈着。老师们和村里人都成了朋友。谈到了农场花生的产量，村里人都竖大拇指。老师说："这要感谢严爷爷，都是他指导得好啊！每逢到了关键时刻，都是严爷爷指导同学们怎样做。他才是真正的老师！"

老师们又表扬了我们几个主动留下过夜的同学，说我们跟革命的老前辈在一起，一定会茁壮成长。

花生苗儿在月光下闪亮，上面顶着露珠儿。

即将与老师分手的时候，我们突然想起了要请他们尝尝我们的槐花饼！严爷爷笑吟吟地掰了饼送给老师们，老师们一人吃了一点儿，连连称好。正在这时，突然角落里传来一声哀求，原来是那个坏蛋在说话。他说："也给我一块儿吃吧！我从中午到现在还没吃一口饭，饿得慌……"

"呸！坏东西！你想得倒美！你滚回去吧！"有个同学嚷。

坏家伙仍然伸着手，那手又脏又黑。

严爷爷鼻子里哼了一声，起身到屋里掰了一块，严肃地递给他："吃吧！吃了好好改造，别那么多痴心妄想……"

坏家伙低低头说："是啦。"说完把槐花饼填进嘴里。

他几乎没怎么嚼，咕咚一声咽进了肚里！我们都给吓了一跳。

"走吧走吧！坏东西……"大家嚷着，他一头钻进了林子里。

人们都离去了。我们围着严爷爷，重新拨亮了火堆。火苗儿蹿跳着，一下一下，把大家的脸都映得通红……老人家又取了火镰点烟斗了。他啪一下点着了，长长地吸了几口，笑了。

"讲个故事吧严爷爷！"有人要求。

"讲个故事……"我也恳求。

老人咳一声，说："今夜好大的露水……我寻思那些养蜂人也没有睡哩，咱找他们玩去吧，咱一边喝蜜水，一边讲呀……"

1974年6月写于龙口

烧花生

我们学校在荒原上垦出一大片土地，因为它藏在丛林里，所以只有我们这些垦荒人才知道我们的宝贝土地藏在什么地方。

新垦地不施肥就可以种上两茬好花生。这些花生是我们学校自己的财富。

那些垦荒的日子快活极了。我们走出校园，走进荒地，兴奋得很。大家扛着镢头和铁锹，就像去一个陌生的国度里进行征讨一样。那时候可真有气势。

同学当中有专门负责宣传鼓动的人。他们把高音喇叭绑到树梢上，在树隙里支起扩音器。有人在劳动间隙采写稿子，及时表扬在垦荒中表现突出的人。

她是脱产记者，到各个垦荒点采访，同时又兼做广播员。她来得最勤的当然是我们这个垦荒点。她像一个真正的记者那样，手拿一个笔记本，看着我干活，不时地写上几笔。有时候她还问几句。我回答得很认真。

我要刨掉一棵小槐树。槐树根很韧。我找准了几个关键的筋脉，几镢头下去，槐树就给除掉了。她把这一切都飞快记在小本子上。

我从她身边走过的时候瞥了一眼，见她的小本子上画了一个漂亮小伙子。我装作没看见，又去干活了。她走了。

一会儿，扩音器里就响起她的声音。那是多么甜美的声音。她把我很好地描绘了一下：

"在那智慧的额头下，有一双坚定的眼睛……"

我觉得，我的目光一生都会坚定呢。

第一次种上的花生长得非常好。它不用我们浇水，也不用我们施肥。平原上旷无一人，花生棵很少丢失。总之这是一片非常省心的庄稼。我们在远远的校园里学习，它们就躲在这片丛林深处生长。我们只要等到秋天收获就是了。

最有意思的还是收获的季节。我们拔掉花生，摊在沙土上让太阳烤干；烤干之后，摘下花生果再拉到学校。整个晒花生的日子里都不敢大意。学校领导把我们分成几个小组，夜间住到海滩上看护花生。这才是我们真正的节日。由于夜间我们有这个工作，白天就可以不上课。那时候整个大海滩任人驰骋。

我和一个叫老安的同学，还有另外几个人，分成一个执勤小组。老安做了一支手枪，像真枪一样沉，要两只手才端得起。木头把上的粗大枪管据说是从一台小手炮上拆下来的，所以显得特别笨重。我敢说这支枪是最厉害的。老安把枪挂在屁股右侧，枪套是用老羊皮缝起来的，羊毛朝里。这样他的枪拔来拔去，就给磨得发亮。老安有枪，自然就成了我们几个人的头儿。

我们在花生地中央搭了一个高高的草铺，要抓着木梯才能爬到草铺上。我们把老安的手枪放在草铺角落，一旦发生情况，拾起枪就可以扣响扳机。那是一种焦虑、神奇和愉快的等待。我们都知道如果真的来了盗贼也不会朝他开枪，而顶多向天空打。我们也不知道在期待什么。有一次老安说：

"我们去打猎吧。"

我知道他急于让自己的武器派上用场。我们跟着他到树林里去，把真正的任务抛到了一边。

夜晚的林子磕磕绊绊，稍不小心就会跌倒，手脚和脸就会被荆棘刺破。我们都小心翼翼。前边不断有响动，我们也搞不清是什么野物弄出来的。由于方向不明，也就不能放枪。大家手心里都出汗了。

老安为了应付紧急情况，总是把枪提在手里，手指就扣在扳机上。我一直记得这支枪结构之怪异：上面没有枪栓，没有撞针；在枪的后尾那儿，有一个鸡喙一样的东西。老安指点着它对我说：

"最厉害的就是这里，你看到这个东西了吧？一扣扳机，这'鸡喙'就往前"叨"一下，枪就响了。所以嘛，"他拍拍枪，"这枪就叫'鸡叨米'。"

我们几个笑起来。

大家发现，老安这些天已经捆上了腰带，还戴了一个旧军帽。那军帽的帽檐怎么也不能平整，它往上翻着，使老安本来就很大的脸显得奇大无比。老安长了一对杏眼，小而妩媚。他的脸总像被火烤过一样，呈现出一种肉红色。他的脸比较平坦，鼻子不挺，看上去很壮观。我们觉得老安不算好看，但是敦厚有余。我们都很信任他。有熟悉老安的同学告诉我们：他诞生在一个铁匠家里，全家人都喜欢摆弄铁器。说起来没人相信，这支"鸡叨米"就是老安十五岁上亲手做的，并且还用它打死了自家的一头猪。老安尽管没有捕杀到真正的猎物，但毕竟也在他手上损失了一个牲畜。我们觉得老安身上的血腥味多少令人崇敬。

这样的打猎夜晚我们不知经过了多少次。当我们从林子里两手空空回到我们的土地上时，发现花生棵并没有少。这也在预料之中，因为我们都知道没有谁会摸到这儿来盗窃花生。在人迹罕至的荒原上，如果真来一个盗贼，他也只能成为我们的朋友。我们会跟他一起欢度一个夜晚呢。我们准备了一支四节手电筒，它在我们眼里不亚于一个伟大的探照灯。我们把光柱射向天空，寻找最亮的星星和它对光。我们把它射向大海，相信它能够穿越邈远，让大海深处的轮船看到。我们每一次从林子里回来，都要在高高的草铺上喊一声"探照灯"，然后让光柱在土地上一寸寸均匀地扫过。

有一次我们听见了沙啦沙啦的声音，手电照过去，发现了一只毛茸茸的白色动物。它在光柱下愣着一动不动，嘴里还含着半棵花生。我们没有一个人想到"鸡叨米"。因为这个动物谁也不认得。它太漂亮了，毛色那么光洁，眼睛那么明亮。它的眼睛是蔚蓝色的，有着一层湿润的光泽。如果逮到它，大家都会争着豢养。它就这样和我们对视着，一会儿扭过头，跑向了林子。

这个夜晚我们高兴得很。好像它给我们带来了崭新的吉祥。我们跳下铺子，奔跑，在花生棵上翻跟头。老安的"鸡叨米"就放在铺子上。我们笼了一堆火，把半干的花生棵拢在上面烧，一会儿香喷喷的味道就直顶人的鼻子了。

不知是老安还是谁，发明了一个烧花生的小法：在火焰半熄的那一刻，赶紧把四周的沙土埋上去，这样烟火就全部熄掉了。老安瓮声瓮气地说："焖一焖，焖一焖。"我们把沙土包住炭火，并且拍实，拍得特别光洁。停了十多分钟，我们就从一边扒开，随着扒随着把烧熟的花生拣出来。我们每个人都吃得很饱。

烧花生几乎成了我们每夜固定的节目。

有一天，我们点起的火焰终于引来了一个身背胶囊的渔民。他本来是走另一条路到海上去打鱼的，远远望见火光就蹚过来。他和我们一块儿吃花生。他背囊里有酒，也就一边吃花生一边喝几口酒。

他走之后，有人提议我们派一个代表，用花生到远处的渔铺换一些鱼来。第二夜，由老安和我带着"鸡叨米"和一大包花生往远处摸索过去。走了五六里路才看见点点灯火，那就是渔铺了。到了那儿，我们想找到那个熟悉的渔民，可是哪里找得见。有一个戴着眼镜的老头在拨拉算盘，旁边就是成堆成岭的鱼虾。老安不好意思地看着他，不知怎么拍了拍屁股上的枪。老头这才发现了我们，瞥一眼枪，失声叫道：

"你们干什么？"

"你看，"我举起一包花生，"我们想用花生换两条鱼回去。"

老会计松一口气。他抓过花生四下看看，说："挑两条大的吧。"

我和老安每人提了两条大鲅鱼，扭头就跑。

那个夜晚，我们在烧花生的同时还烤好了几条鱼。鱼儿冒着油，黄色的汁水和鲜味一齐往外扑。

学校的头儿偶尔也来看看。他是退役军人，三十来岁，长得好看，脸刮得十分光滑。他的那一对眉毛又细又长，像女人的眉毛。他来到花生地，先沿着土地四周走一圈，背着手弯腰看一看，连沙土上一个野兽的蹄印也不放过。他指点着那些痕迹：

"看见了吧？这是狼。海滩上有狼。"

我们都不信这里有狼，说这里有狐狸，但是没听说有狼。我们害怕他注意那一处处灰烬。可他还是在一处黑灰前蹲下了：

"晚上笼堆火，狼就不敢来了。"

我说："顺便再烧点儿花生吃行吗？半夜里饿呢。"

头儿一个一个看过了我们的脸："怎么不行？自己动手，丰衣足食嘛。"

他说着抓起一堆干草，从衣兜里掏出一个很漂亮的打火机，叭一下点着了。他抓着花生棵往火上放。我们围拢过去。大家吃着烤花生。每个人的嘴都是黑的。头儿干净的小脸上也抹了黑灰，我们就觉得他更加亲近了。他感兴趣的当然是老安,把他的"鸡叨米"拿到手里。我们问他敢不敢放枪。

他说:"中国人民解放军不敢放枪吗?"

我们让他打一只野物看看。

他说:"那好,你们跟上我走吧。"

我们就跟他到林子里去了。

这一次他给我们打了一只兔子。我第一次听到老安的枪这么响。它的声音很闷,火舌喷出来是紫色的。原来枪筒里没有霰弹,装的只是一些粗砂粒。我们在给兔子剥皮的时候,发现穿进兔肉的都是一些粗砂粒。

头儿笑着说:"你这枪打不远的。"

他比画着枪筒告诉我们该放多少火药才安全。他说如果放多了,炸了膛,那也就完了。

"能给我们讲个打仗的故事吗?"我们当中有人这样要求。

头儿抿着黑乎乎的嘴唇:"我们这样的年纪赶不上打仗,赶不上那样的好时候了。不过,"他眨眨眼,"不过我们抓过一个女特务。"

人家立刻兴奋起来,一动不动盯着他。

"那时候我在连部,晚上也像你们一样要执勤。我和我的副手走到马圈那儿,看到一个黑影闪了一下,就赶紧跟过去。我们贴着墙往前挪动。马圈里射出一线灯光,一点声音也没有。我们就贴着墙壁站着。那个影子只要一活动就会通过那线光亮,那时候也就看得清了。停了一会儿那黑影真的闪在光亮里了,我们都给吓了一跳。因为她是个女人。我对副手小声咕哝一句:'逮到她!你从后边,从马圈的后窗那儿堵住。'他按我的命令跑开了。我小心地往前。我看到那个女人拐到里面去了。我想如果没有弄错的话,那么她一定是要往马料里投毒的。因为不久前我们刚听首长讲过，以前就有人在战马身上打主意，使队伍吃了败仗。我一点一点挪到那线光亮里，又赶紧闪到黑影中。我从门缝里望着。我看到在一个大青骡子旁边，那个女人俯在马槽里抠着什么。我要一个箭步扑上去把她逮到，事情也就结了。可我有些好奇，非要看清她在干什么不可。"

"那时你带枪了吧？"老安问。

他点点头："我的手正扣在扳机上呢。我探着头，终于看清，她抠着草料里面的豆子，摸索着往嘴里填呢。我愣住了。但我还认为她是女特务，不过饿急了眼而已。我掏出枪来，吆喝一声。谁想她机灵得很。你想她们都是训练过的，这时一下跳进马槽里，又攀着槽沿滚动一下，爬到青骡子的肚腹下面。我还没弄清是怎么回事，她就跳上后窗跑了。我想也好，那里正支着一架网呢。窗外传来尖尖一喊，副手把她逮住了。我也跳出窗外。我的副手正反扭着她的胳膊。我们把她押到连部，连夜审讯。女人有十七八岁，长得好看。一张口就是外地口音，这更让我们起了疑心。可她什么也说不清，还挤眉弄眼的。于是我们就把她简单地绑了绑，由我的副手和另一个战士押着交给上级去了。"

"后来呢？"

"后来？后来我们就换防了。到底是怎么回事我也搞不清。不过我临走的时候受到了首长的表扬。"

大家呼呼喘气。本来期望更有意思的事在后面呢。大家都有点不满足，就叭啦叭啦剥着花生壳吃起来。

头儿走了，我们有点遗憾，觉得这儿的看护工作未免有点太平淡无奇了。这个夜晚我们互相讲着鬼怪故事，填补着什么。

这些故事几乎无一例外都是发生在身边的丛林里。大家把不知从哪里听来的故事移植到这片黑压压的无边无际的原野上了。于是我们就被巨大的恐惧包围了。实在寂寞得很，就往空中打了一枪。那沉闷的响声震动了四野。一群鸟雀被惊得四下逃窜。也就在这天夜晚,我们听到了一阵哭泣。老安和几个同学都紧靠在一块儿。不知是寒冷还是害怕,大家的身子竟然抖动起来。最后我提议带上手电筒,带上"鸡叨米",迎着哭声下去看看。

越往前走,哭泣的声音越遥远。我们停住脚步,那声音却在原来的地方。好像是女人的声音,尖尖细细,十分伤心。她哭的什么我们也听不清。我们只觉得她一边哭一边数叨着。

那个夜晚我们谁也没有睡着,篝火几乎燃了一夜。

第二天是星期天。接近中午的时候,那个广播员同学来了。

大家都高兴得不得了,用烧花生招待她,还到远处的渔铺里捉来几条鱼。她说来看看我们。老安总用眼瞟她,使我不快。傍黑的时候她要走了,大家极力挽留。老安还说:"你就当我们的女特务吧。"她一愣,我们都笑了。老安掏出"鸡叨米"在她身边站着。我把他推开。

她无论如何要离开,我就去送她。我跟老安借"鸡叨米",他迟疑了一会儿,交给了我。

我陪着她穿越了大片草地,一点儿也不害怕。我一路都听见她轻轻呼吸着。我很想对她讲点什么,可是脑子里一片空白。后来她问:

"你们在这儿过得有意思吧?"

"开始有意思,后来就没有了。"

她不断地回头张望,好像真的舍不得离开我们。

我回来的时候,老安他们已经睡着了。我把他们捅起来:

"这时真有人偷花生你们也发现不了!"

老安说:"得了吧,你把枪带走,我们有什么办法。"

他说着一把夺过枪去,往屁股上的羊皮套子里猛地一插,轰一声,枪走火了。所有的人都从草铺上跳起来。有一个还爬到了木梯上，又骨碌碌滚下来。

我们都蒙了。

老安发出了哎哟哎哟的声音。我打开手电一看，天哪，老安的半个裤管都打飞了，屁股右下方还流出了鲜血。幸亏沙子是垂直射下去的，没有打很深，只是豁开了几道口子；严重的是火药的烧伤：好大的一片皮肤都被烧得乌黑翻卷。大家吓得气也不敢出，只听着老安哎哟哎哟哭叫。

老安身边一块草荐也被打着了，这时火苗烧着了老安破碎的裤角，我赶紧把它踩灭了。

老安疼得在床上滚动，直滚了半夜才安稳下来。我们几个同学商量着要把他抬回学校去，老安死也不肯。他让我们把他的下身衣服脱下来，给他翻转着身子。他说停几天就会结疤的。我们照他说的办了。但脱下他的衣服我才发现，老安这个家伙也许会顶得住的：我们以前怎么就没有发现呢？他长了什么皮肤啊，又黑又糙，结实极了，简直像牛皮。

第二天那个老渔民来了。他见了老安的腿伤就说："这是烫伤，得赶紧上点獾油。"

我们慌了。后来那个渔民找来了一小碗獾油，我们给老安擦上了。

老安再也不能下草铺了，一天到晚躺在上面，寂寞了就自己哼呀一声。我们从渔铺那儿讨来鱼，烤熟了给他吃，不断送花生到渔铺去。大约隔了一个多星期，老安的腿才结住了疤。他一拐一拐跟我们走回学校，一挨近校门口立刻装作若无其事的样子。

这一年我们学校收获了整整十大车花生。巨大的收获使每个人都兴奋起来。学校把花生卖掉，赚了一大笔钱。我们每个同学还分得了满满一篮花生。

第二年冬天，校头决定开垦更大的土地。于是我们的大队人马又开到荒滩上了。这一回我们使用了更简便的方法：放火烧荒。北风吹着火焰，一会儿就蔓延开去。大火一直烧了一天。我生来第一次见到这么大的火焰，一颗心扑扑跳着。我亲眼见到那么多的野物惊慌逃窜。老安忘了带他的"鸡叨米"了，不然真可以乘机打到一个猎物。

大家都被冲腾的火焰惊呆了。晒了一个冬天的茅草焦干焦干；个别地方残留的雪迹也化为轻烟。不知为什么，这片荒原让人有点心疼了。我几乎听到了无处不在的呻吟。远处渔铺的人以为发生了什么大事，迎着烟火蜂拥过来。

这无边的烟火啊。

我想，大海就在前面，要想扑灭这一片火海，大概只有火海才能帮上忙了。

1991 年

下雨下雪

以前的下雨才是真正的下雨。"下雨了下雨了！"人们大声呼喊着，把衣服盖在头顶上往回跑，一颠一颠地跑，一口气跑过大片庄稼地，跑过荆条棵子，蹦蹦跳跳跨到小路上，又一直跑回家去。

雨越下越大，全世界都在下雨。

如果天黑了雨还不停，那就可怕了。风声雨声搅在一起，像一万个怪兽放声吼叫。我们这儿离海只有五六里远，奇怪的大雨让人怀疑是那片无边无际的大水倾斜了。

天黑以前父亲在院里奔忙。他冒雨垒土，在门前筑起一道圆圆的土坎，又疏通了排水沟。这样雨水就不易灌进屋里。半夜里漂起脸盆冲走鞋子，都是再正常不过的事情了。

妈妈说，我们搬到这个荒凉地方就没安生过。树林子里野物叫声吓人，它们说不定什么时候就跳出来，咬走我们的鸡、兔子。本来养了狗护门，可是好几次狗脸都让野物爪子撕破了。这个荒凉地方啊，大雨瓢泼一样，最大的时候你听，就像小孩儿哭：

"哇……"

是爸爸使我们来到这个荒无人烟的地方。茫茫的海滩上偶尔有采药的、到海边上捡鱼的人走过去。要穿过林子向南走很远，才看得见整齐的、大片的庄稼地，看见一个小小的村子，看见那些做活的人在雨中奔跑。

我有时并不慌慌地跑，因为白天的雨只好玩，不吓人。

让雨把浑身淋透吧，让衣服贴在身上，头发也往下淌水吧！让我做个打湿了羽毛的小鸟在林子里胡乱飞翔。雨水把林中的一切都改变了模样，让蘑菇饱胀着，伞顶儿又鼓又亮，从树腰、树根、从草丛中牛出来，红红的、黄黄的。有的鸟不敢飞动了，躲在密密的叶子里；有的人鸟什么也不怕，嘎嘎大叫。我亲眼看见有只大狐狸在雨中翘起前蹄，不知为什么东张西望。水饱饱地浇灌着土地，地上的枯枝败叶和草屑吮饱了水分，像厚厚的干饭被蒸熟了，胀了一层。小小的壳上有星的虫子在上面爬。老橡树的每一条皱纹里都流着水。咔啦啦，有棵老树在远处倒下了，我听见四周的树都哭了。地上有一大簇红花，仿佛被谁归拢在一块儿，红得发亮。

"这个孩子还不回来！"我听见妈妈在小屋里不耐烦地、焦躁地咕哝了。

其实这有什么可担心的。我又没有到海上去玩。有一次我差点被淹死——那是大雨来临之前的一阵大风，推涌上一连串的巨浪，把我压在了下面。我飞快地划动两手往岸上逃，结果还是来不及。总之差一点淹死。当时大雨猛地下起来，一根一根抽打我。看看大海那一边的云彩吧，酱红色！多么可怕的颜色啊！

记得那一次我撒开腿往回跑，不知跌了多少跤。我朦朦胧胧觉得身后的大海涌来了，巨大的潮头把我追赶，一旦追上来，一下子就把我吞噬了。我的脸木木的，那是吓的。天上的雷落到地上，又在地上滚动，像两个穿红衣服的女人在打斗，一个撕掉了另一个的头发。轰轰的爆响就在我的脚下，我觉得裤脚都被烧得赤红。我趴在地上紧闭双眼，一动不动。我好不容易才抬起头，紧接着有个巨雷不偏不倚，正好在我的头顶炸响了……那是多么可怕的奔逃啊！

从那儿以后我知道了四周藏满了令人恐惧的东西，特别是雨天的大海。

我从林子里跑回家去，身上总是沾满树叶和绿草。妈妈一边责备，一边摘去我衣服上沾的东西。我嘴不停歇，比画着告诉她雨中看到的一切。

我回到家里没有一会儿，外面就传来了青蛙的叫声。这声音密集而激烈，像催促着什么一样。天就要黑得像墨一样了。沟渠里的水满了，青蛙又高兴了。它们跳啊唱啊，在自己好玩的地方尽情地玩了。

夜里我睡不着，躺在炕上听雨和风怎样扑打后窗。到了半夜，这声音似乎又加大了。我想这世界多么可怕，你拿它一点儿办法也没有。这大雨多么厉害啊，树木都在大雨里哭啊，大雨用鞭子已经抽打了它一天一夜了，把它光亮的绿叶子都抽打碎了。我总担心这一夜海潮会漫上来，那时我们的小房子也会浮上来吧？

不记得什么时候醒来了——只听见父亲在吵什么。我赶紧揉揉眼爬起来，发现身上扣了个簸箕。原来半夜里房子漏雨了，妈妈给我扣上了它遮雨。我看见簸箕上溅满了泥浆。父亲挽着裤腿在屋里走，弯腰收拾东西。屋里的水已经半尺深了。可外面的大雨还没有停呢！

这老天是怎么了啊！老天爷要祸害人了！大雨下了一天一夜还不够吗？还要下到什么时候？人、牲口，全都泡在水里，你就高兴了吗？父亲一声连一声地骂、咕哝。

胶皮鞋子像小船一样在屋子中间漂游。

我跳下来,一头钻出屋子。天哪!外面白茫茫一片大水。我们真的掉进海里了。妈妈说,恐怕是南边的水库大坝被洪水冲了,不然我们这儿不会这样。尽管下了一天一夜,可一般的雨水都退得比较快,因为这儿离海近。要是真的毁了大坝可就糟了!她咕哝了一会儿,我看见了一条白肚子小鱼在院子里游动,就大喊了一声。

父亲和母亲都迎着喊声跑过来,看院里的鱼。"恐怕是那么回事了!"父亲说了一句,手里的瓢掉在地上。他刚才一直往外淘水。

不管怎样,我得儿逮住那条鱼再说。我跑在院子里,一次一次都落空了。那条鱼只有四寸长,不太大也不太小,主要是白白的肚子看上去银亮亮的诱人。我扑了几次,浑身弄得没有一点干净的地方了,那条鱼还是那条鱼。我又气又恨地住了手。

雨后来终于停了。可是地上的水却越来越多。看来水真的是从南边涌来的。父亲不停地从屋里往外淘水,屋里露出了泥土。我突然想起要到远处那个小村看看去,看看那里大雨之后是个什么样子。我瞅着家里人没有注意的工夫溜了出来。

我的膝盖之下一直泡在水中。地上的茅草只露着梢头。我老想再看到一条鱼,可总也没有看到。

那个小村里一片喧闹,像吵架一样。我还没有走近,就已经看到村上的人在乱哄哄地奔走,有的站在村边高坡上。

小村里每一户都进了水,有的墙基不是石头做成的,随时都有可能被水泡塌,那些户主正拼命地淘水、沿墙基垒土坎。猪和鸡都赶到外面来了,特别是猪,像狗一样系着脖绳拴在树上。

多么大的雨啊!庄稼全泡在水里了。因为庄稼地大片都在村南,那里地势洼,所以最深的地方可达一人多高。红薯地里的水最深，像真正的海。高粱田只露着半截秸子。

到庄稼地就得会凫水。一大群娃娃嚷叫着跳到水深处，又被大人吆喝上来。

太阳出来了，到处都耀眼的亮。天热烘烘的，水的气味越来越大了，那是一种很好闻的味道。父亲在雨停之后的第二天逮了一条白色的大鲢鱼，要放进锅里还要切成两段。"这么大的鱼是怎么游到咱这地方的呀！多怪的事呀！"妈妈一边弄鱼一边惊叹。

有人来约父亲到那个小村里干活，还要扛着门板。我也跟上父亲去了。

原来已经有不少人扶着门板站在那儿了。人齐了，有人喊一声，就划着门板像小船一样驶进庄稼地了。我们这些孩子只有站在田边上看。干活的人不时扎一个猛子，返身出水时手里就攥紧一个红薯。

红薯还没有长太大，不过已经可以吃了。如果不及时地捞上来，那么很快就会被水泡烂；就是不烂，也不能吃了。

我眼看着父亲扎猛子，觉得他扎得最好看。他的两条腿倒着一拨动，就沉入了水中。他会不会把水喝进肚里呀？因为我看见他每次探出头来，都要吐出一大口水。

我们家里分了一小堆红薯。接下去天天蒸红薯——奇怪的是这些红薯煮不软了。它太难以下咽了。父亲命令我们吃下去，不准嚼了又吐。吃饭成了一件困难的事。

地上的水在慢慢渗下去，渗得很慢。不过鱼越来越多了，大多是几寸长的小鱼。它们像是一夜之间从地下钻上来的，几乎每个水洼和沟渠里都有。那些有心眼儿的人早就动手捉鱼了，他们专逮那些二三尺长的大鱼。

父亲也领我们到沟渠里捉鱼。他手里提一把铁锹，说只要鱼出现了，他就用铁锹砍它。真的有几条鱼从父亲跟前跳过，不过都没有砍中。后来，一条鱼似乎被他砍中了，但摇摇晃晃又顺流冲下去了——这会儿正好有个捉鱼的在下游，他用一个篓子将它毫不费力地扣住了。"那是被我爸砍伤的！"我追过去说。那个人瞪起大眼，狠狠地盯了我一眼。父亲过来，扯起我的手，往前走了。

天还没有黑，我们在水中站立了半天，不知砍过多少回鱼，都没有成功。

那些天，卖鱼的人抬一个大花笼子，在小村四周喊着，他们从哪儿、用什么办法逮到那么多的鱼？父亲和母亲羡慕地看着抬鱼的人，连连摇头。

后来我听到有人传说：一个人在一条水渠里逮了一百多条红色的大鱼。

水再也降不下去了。庄稼地里的水积成一大潭一大潭，就再也不动了。所有喜欢水的小野物都闹腾起来，连水鸟也从远处飞来了。水中的小虫像箭一样飞射，它们忙得很。还有蜻蜓，简直多极了。

父亲一天到晚在林子里采蘑菇。潮湿的气候蘑菇最多，他捉不到鱼，却能采到蘑菇。他是干这个的好手。我们把采来的蘑菇晒干，又装成一袋一袋。有人买我们的蘑菇吗？有。可是父亲好像从来没有卖过。小村里的人来了，他就送他们一袋子。小村里的人也送我们玉米和花生，还有粽子。

我们的日子完全被大雨给泡馊了。如果不下雨，就完全不是这样了。几乎所有的水井都满得很，一弯腰就能舀上水来；几乎每一条渠里都有深水，有鱼。小村里的人结伴来约我，主要的事情就是捉鱼。父亲忙着跟人出去排涝，天天不沾家了。他们要把田里的水设法引到渠里去；而渠里的多余的水，再设法引到河里去；河里的水，当然是流到海里了。

那条芦青河比以往任何时候都宽。河里翻腾着浪花，水是黄浊的。到了河口那一段，简直像大海一样开阔，并且与大海通连在一起。

从下大雨到现在，有人说芦青河淹死了十个人，也有人说淹死了一百个人。被淹死的人有的是捉鱼的，有的是过河被浪头打昏了的，也有的是自己跳进去的。

大树林子永远是水淋淋的了。我发现从大雨来临之后，各种野物多出了一倍。地上爬满了青藤，蛇也多了。不知名的野花数也数不清。半夜里，有个尖溜溜的声音在离我们屋子不远处叫，怪吓人的。妈妈说那个野物林子里从前没有，也是大雨以后生出来的……

秋天过后就是冬天，冬天要下大雪。

以前的下雪才是真正的下雪。天空沉着脸，一整天不吭一声。父亲说："坏了。"妈妈就赶紧往院子的一角收拾烧柴。天黑得也很快，我们就早早地睡觉了。父亲临睡前特意把一只铁锹放在门内。

一夜没有声息。早晨起来，觉得有什么不对劲儿，一开门，门外塞了一人多高的雪，成了一道雪墙。父亲就拿起早就准备好的铁锹掏起雪来。他掏了一个大洞子，我们就从大洞子往外钻，有趣极了。妈妈顺着挖到院角的洞子去抱柴草做早饭。

这满满一院子雪都是风旋进来的。不过院子以外的雪也有好几尺厚了！真是不可想象，一切都盖在大雪下了。

屋里好暖和。我们钻着雪洞进进出出，故意不把洞顶捣穿。父亲说如果不及时把铁锹放在门内，那就糟了，那要用手一点一点扒开雪墙，说不定全家都给闷在屋里，闷坏了。

大树林子里横着一座座旋起的雪岭。原来夜里曾经刮过很大的风——只是大雪渐渐封住了门窗，我们什么也听不见。

妈妈不让我到林子里去。她说陷到雪岭里就爬不上来了。这要等太阳出来，阳光把雪岭融化一层，夜里冻住那层硬壳才好，那时就是一座琉璃山了。

大雪化化冻冻，慢慢有些结实了。可是常常是一场大雪还没有化完，又接上了另一场雪。至于大树林子，它永远都是被大雪封住的，一直要等到暮春才露出热乎乎的泥土。

我们院里的雪洞渐渐破了顶，开了一个两尺见方的口子。一些小麻雀就从口子飞进来找东西吃，想逮住它们很容易。有的小鸟干脆就是掉进来的，它们给饿坏了。我们没有杀害一只小鸟。它们是我们的邻居。妈妈说它们的日子也怪苦的，一个冬天不知要饿死多少麻雀。它们在院里甚至都不怕人了。

父亲在晴朗的日子里闲不住。他要去林子边上那个小村铲雪：那是极有趣的一个工作。他们排成一队，沿着田边小路往前推进，用锹把路上的雪像切豆腐一样切成一方一方，然后铲起一方就扔到田里。这样，当雪化掉时，小麦就会饱饮一次。

我终于可以去林子里了。虽然大雪岭还一道一道横着，但我可以安全地爬上爬下。就是不小心踩透了冰壳，那也陷不深。

林子里在冬天有奇怪的东西等待着我。有些野果被冻住了，揪下来咬一口，又凉又甜。冰果的味道我一辈子也不会忘。我还吃过封在雪里的冻枣子，它们已经变成黑紫色，又软又甜。

这年冬天发生了一个不好的、吓人的事情。父亲有一天干活回来告诉，有一个人——就是小村上的老饲养员，给村上背料豆子，穿过田野的时候，掉在了机井里——那是被雪封住的二丈多深的井啊！

我和妈妈不停地哭。

那个老人是个很好的人。他曾经到我们家串过门，有一段还经常来。他给我讲了很多故事，让我永远不忘。那时他一进门就嚷："有桃核吗？"妈妈说有，就弯下身子，到桌子、柜子下边找，用一根棍子往外掏。这些桃核都是我夏天秋天扔下的，现在风干在那里了。

妈妈一会儿工夫就收拾出一捧桃核来，老头子就笑眯眯地接过去，坐在地上，慢慢地用砖头砸着壳儿，一粒粒嚼着。我试了试，太苦了，赶紧就吐了。

老人能吃苦桃核，我们全家都觉得怪极了。父亲估计老人可能有一种病，说如果没病的人吃了这么多苦桃仁，非毒死不可。

父亲的估计很对。因为一年之后老人又来了，妈妈找桃核给他，他摆摆手说不要了。他再也不想吃了。问他为什么？他说有一天早晨觉得恶心，一张嘴吐出了一条奇怪的虫。从那儿以后就再也不想吃桃核了。

原来不是他想吃苦桃仁，而是那条虫。

我不记得那条虫怎样了——跑掉了吗？如果那样就太不应该了。那是一条很坏的虫。

老人不吃桃核了，于是也很少到我们家来了。

就是这样的一位老人，死得多么惨！可恨的雪天，你怎么偏偏跟这么好的一个老人过不去！我哭着，呜呜地哭。

小村上给老人送葬那天，我和父亲都去了。原来老人是个没家口的人，他一个人住在牲口棚里。村里的人说，老人最要好的不是村上的什么人，而是牲口棚里最西边拴的那头牛。我注意看了看那头牛，发现它长了一身黄中泛红的皮毛，那会儿眼角流着泪……

这个冬天很长，完全是大雪还没有化掉的缘故。妈妈说老天爷把冬天藏在雪堆里，一点一点往外发送。我跑到芦青河看过，发现河面上锃光瓦亮，像一大块烧蓝的铜板。开始我不敢走上去，后来一点一点走到了河心。

河冰是半透明的，我想看到河里冻住了的鱼。有一天我正在河上玩，遇到了来河里打鱼的人。我觉得很奇怪，不知道他们怎样干这件事——他们先把冰用铁钎子凿开一个大洞，然后就伸进一个捞斗往外掏着，结果一会儿就掏出鱼来。这在以后很长时间，我都感到不理解。

我还看到一只兔子从河坝的雪堆上跑下来，想穿过河去。它跑到河心时，前蹄一滑就跌了一跤。由于它是当着我的面跌倒的，所以我明显地感到了它有些不好意思，爬起来，很不体面地向对岸跑去。

如果河堤上的雪堆往河道里缓缓地流水，就说明春天的热劲儿要来了。这时候你蹲在河冰上听听吧，河水在冰下咕咕咕流呢！不过两岸林中的大雪岭还要多久才能化掉，这可是没有边的日子啊！

大雪化一层，就露出了一层细小的沙尘，这是风雪之夜里掺进去的。大雪岭子一道一道躺在村边路口上喘气儿，像海边上快死的大鲨鱼，又脏又腥，苍蝇围着打旋儿。我发现田里到处都开始发出绿芽了，小小的蜂蝶也开始嗡嗡转。可是冬天的雪还不肯离开我们。

树林子里的冷气蓄得好浓，人走进去，就像走进了冷窖。没有叶子的梢头挡不住太阳，热力把地上的雪化掉一点儿，夜间又冻结上了。一些去年秋天和冬天忘记摘下来的野果子，这会儿悄悄地发霉了。

我们家的院子里早就没有一点儿雪了。父亲把残留在院角和屋后的一点儿冰碴也清掉了。他不愿过冬天和春天相挨这些日子。妈妈在一个春天快来的时候就满脸高兴，扳着手指算节气，说什么什么日子还有多远，多久以后是清明……我就是这个冬春发现了妈妈头上的白发，一根一根，大约有十几根，闪闪发亮！我喊了父亲来看，父亲真的走到妈妈跟前，背着手，很认真地看，还伸手抚弄了一下妈妈的头发。

"妈妈……"我叫了一声。

妈妈没有吭声，用手在我的后背上轻轻抚了一下。

"时光真快啊！转眼又是一年了……"妈妈像是对父亲说。

我知道这句话是什么意思。因为我们就是在一年的开春，踏着一个春天化雪的泥泞搬到这儿的。那时的事我已经不记得了，是妈妈告诉我的。她说那一年的雪化了很久很久，林子里背阴处的雪差不多一直留在那儿。

我是在这片林子里长大的。这儿的一切都是我的。我知道大林子里一切的奥秘，知道芦青河的所有故事。

小村里的孩子经常来变暖的林子里玩，我们就结伴在树上拴秋千、爬树掏鸟窝。我们特别喜欢把黑乎乎的雪岭掏开，从当中掏出白白的一尘不染的雪来吃。我们还将它们做成一个个窝窝头带回家去，当着大人的面张口就咬，让他们吓一跳。

河冰一块一块跌落到水流里。夜里，坐在岸上，可以听见咔啦啦的冰板的断裂声。春天真的要来了，可林子里的大雪真的一时还化不掉呢。

我们沿着河堤飞跑，一直向北，跑向了大海。大海被一个冬天折腾得黑乌乌的，白色的浪朵一层一层揭开，又慢慢覆盖在水面上。我们都惊讶地看到海岸上一堆一堆的雪和冰——这是海浪推涌上来的，还是冬天里积聚在海边上的？谁也搞不清楚。

有一条蛇在海滩的沙子上慢腾腾地游动。我们跟上它走了很远很远。后来，我们又看到了一只兔子，它飞似的不见了。再后来，我们又看到了一个刺猬。

我把刺猬拿来回家的时候，父亲正坐在院里抽烟。他让我放下刺猬，然后看它在院里走。"多么美丽！"他看了一会儿说了一句。

我不解地看看父亲——我不明白它美丽在哪里,也不明白父亲为什么会说这样的话。

妈妈也跑到院里来了。她不知怎么靠在了父亲身上,两人一块儿看着刺猬。"多么美丽!"父亲又说了一遍,一只手搭在妈妈的肩膀上。

"孩子,你是从哪里弄来的呀?"妈妈无比和蔼地问我。

我详细地讲了起来。

我讲完了,他们满意地笑着。我觉得这是很久以来没有过的愉快时刻。

我们玩了一会儿,妈妈说吃饭了,大家就跑进屋里。等我吃过了饭再出来找刺猬时,它已经钻到什么地方去了。

夜晚睡觉冷极了。"下雪不冷化雪冷"——这还是个化雪的季节啊!我夜里紧紧蒙住被子,抵挡着严寒。在这样的夜晚,你不会觉得这是春天,而只能认为是在严冬。

如果是个大风之夜,树林子鸣响起来就怪吓人的。我知道野物们在春夜里不会平静,它们要跳要蹦,在林子里闹着。树木的枝条互相碰撞不停,风在树尖上发出刺耳的叫声。这是春天吗?这是隆冬啊。我甚至想起了以前的冬天和春天,想起了以前大雪是怎样融化的。那时的雪好像化得比现在快,而且是悄悄地,不声不响地。

林子里的槐树抽出了长长的叶片。再有不久就该着开槐花了。那时,整个大林子就要真的告别一个冬天了。

我心里焦急地等待着。

我等着槐花一齐开放、林子里到处是放蜂人的那样一个日子。我差不多天天往林子深处跑,一路上留意着。我总是将每一点新奇的发现告诉父亲和母亲。我发现槐叶下边已经生出了花骨朵,密密的,像粟子穗儿一样。今年春天的槐花一定比哪一年都密。

林子里还找得到雪的痕迹吗？没有了，到处都暖融融的。地上，是萌生的各种绿芽，是被太阳照得发烫的干草叶儿。

有一天，槐花终于一齐开放了。妈妈和爸爸领着我进了林子。我们每年的这时候都要采一些槐花，晒干了，留着食用——这是一种独特的美味，是全家人都爱吃的。

我们高兴极了，不停地采啊采啊！满海滩的小动物都在吵闹，它们也高兴极了。鸟儿叫得好欢，它们在远远近近的地方打闹，互相问询。

当我跨过一条小沟的时候，突然在一个拐弯处发现了一堆黑乎乎湿漉漉的东西。我觉得奇怪，用脚踢了一下，发现了白白的雪！我叫了一声。

父亲和母亲都过来了。他们注视着隐蔽的雪堆，没有作声。

原来冬天还藏在这儿。

它一下子又提醒了我们，让我们想起那一场持续长久的大雪天来……

1977 年

钻玉米地

无边无际的大玉米地里有什么？肥壮的玉米棵遮天蔽日，一片连着一片。无数的刺猬、兔子、黄狼、草獾，还有狐狸，都从里面跑出来。各种鸟雀一群群钻进钻出，喧闹着。你站在玉米地边，可以听见十分古怪的声音，像咳，像笑，像呼呼的喘息。

该进玉米地里看看去，看看究竟有些什么？人的一辈子不钻到玉米地里去几次，那可太亏太亏了。钻玉米地啊！

我们钻进玉米地，就像刮了一阵风。呼啦啦，玉米棵儿一溜儿摇动，叶子乱舞，大玉米穗子乱悠晃。我们尽量不把玉米棵子碰折，而是侧着身子，沿地垄往里跑。跑得越深，天色越暗，大玉米地深处黑乎乎的，远离村庄和学校。地的当心是谁也不曾去过的一个世界呀，是冒险的人才会看得到的一个好地方。

男的有两个人结伴就敢钻到地当心；女的要有一群才敢往深处钻。她们什么都怕，怕野物也怕人。如果有不认识的人从玉米棵里钻出一个头来，她们就吓得呀一声跑开了。玉米叶子扫在她们的脸上、手上，扫出了小小的血口子。尽管这样她们还是要来，因为这玉米地里有馋人的好东西。

如果趁月亮天里钻进去，那就更来劲了。月亮天玉米棵里奇怪极了，各种声音响个不停，从声音里你就可以明白，这里面的东西和故事多了。一个人只要有胆量，就能找到他需要的一切。你想想看，玉米地这么大，什么东西没有呢？

小村里的人聪明得很，他们守着庄稼地过了一辈子，可知道土地的脾性：能滋生各种东西，也能招引来各种东西，更能埋藏下各种东西。比如人吧，最后还不是要入土？所以你缺了什么不用愁，只管跟土地要去。

秋天到了，玉米棵子连成大海大林，这不是个好机会吗？

小孩子们嘴馋，嚷着要吃瓜。哪里有钱去买？自己去找吧！他们呼啦啦钻进玉米地里，伸手扒拉开玉米叶儿，小鼻子不停地吸气儿，专门冲着香气去。一大片土地上藏下的瓜儿可多极了，你得用心找才行。终于找着了，一个金黄金黄的小瓜，像大鸭蛋似的，香得都不舍得吃。还有黄瓜、西红柿，它们的气味都比菜园里的好。瓜儿偷偷生在暗处，找它们的人在明处；它们不吭声。可它们有气味——于是它们就设法儿掩盖自己的气味。你可以看见它们的旁边有一株野花，花朵放出刺鼻的怪味儿。这就是瓜儿的诡计。它设法让别的气味蒙骗人们。

小炕理进玉米地里找瓜。他很想找一个西瓜。西瓜不易找，因为西瓜没有什么气味，而且容易和青草长在一起，你看不见。玉米地里的各种花草很多，多得叫不上名字来。什么野菠菜、野蒜、酸菜、三梭草……谁也数不清。有时你看见一片黄花，有时你看见一片红花。

小炕理胆子很大，他敢于一个人钻进钻出。他在地里像个野猪一样，呼噜呼噜喘着拱着，不知寻到了多少好东西。他随身有个大口袋，吃不了的瓜就装进去。他找到的大南瓜有十几斤重，全家用它熬甜饭喝。他还找到了野葫芦，做了一个挺好的水瓢。

小炕理的奶奶喜欢养猫，可是那时候猫很缺，要弄一只猫可不容易。自从老猫没了以后，炕理奶奶就想它。老人爱猫就像爱孩子差不多，整天说："我的猫呀！我的猫呀！"炕理说："奶奶，我设法到玉米地里找一只去！"奶奶说："胡诌！地里什么都有呀？"小炕理就弄了一个暗扣绳下在地里，又设法把一只小麻雀放在机关上。

两天过去了，暗扣儿套住了其他野物，就是没有套住猫。

小炕理并不灰心，他坚持了十几天。有一天他正在地里打瞌睡，突然有喵喵的叫声，一声比一声凄厉。他一下跳了起来，跑近了一看，见套住了一只长爪儿黑白花小猫。小猫野性十足，一看就知道是在野地里生活久了的东西。它胡乱蹬人，咬人，大嘶大叫。小炕理不得不揍了它一顿，绑上，带回了家来。

开始几天不喂它，硬饿硬饿；后来眼看它饿得站不起来了，才由老奶奶喂一点点东西。但是始终都未敢松了绳子，一直捆在桌子腿上。小猫一直处在饥饿状态，也一直由奶奶喂它。到后来它终于死也不肯离开老人了，温顺得很，老人可以一天到晚抱着它。

它长得很快，一年多的时间，它像个小老虎一样。谁见了都夸这是一只好猫，是猫中之王。

这只猫捉鼠很多，还能捉到麻雀、乌鸦、喜鹊，甚至能捉到大鹰。这是一只攻无不克的猫。

可惜炕理奶奶死后第二年，这只猫误食了死鼠，被鼠肚里的毒药毒死了。

炕理的父亲是个勤劳的人，整天劳动，喂猪喂鸡喂鸭。可是家里很穷。一头猪喂肥了卖掉，还舍不得钱买小猪。

也许是炕理找猫的经历启发了他，他有一段时间整天想到玉米地里去。那里面肯定有，因为人们经常抱怨庄稼被猪拱坏了。

看来没有主人的猪会有的,至于它们究竟来自哪里,谁也不想去问。田野这么辽阔,里面什么都会有,这本来就是不成问题的。不过弄猪要有耐心,不能太急。炕理爸起了心就收不住,没事就往地里跑。他准备了一个捕鸟网,如果发现有了目标,就会架了网,然后从一个方向轰赶。

猪毕竟是猪,并不那么容易得到。一个多月过去了,炕理爸仍未如愿。可是他非常注意地上的印痕,不止一次发现有被猪拱过的痕迹。有一天他在玉米地里听到了呼呼大喘,摸索着凑近了,真的看到了有一头油亮亮的小猪。多么好的小猪,小猪嘴儿也油黑发亮。他笑得脸上开了花,一时倒忘了怎么去逮它。他认为它差不多已经是自己的了。他这样想着往前摸爬了一段,眼看就要揪到那可爱的小猪腿了。他猛一伸手,小猪猛一下跑了,发出"咕咕咕"一溜惊喘,没了影子。

他的确感到了小猪的热乎乎的皮肤。可是这次机会就这样失去了。不过他心里更加坚定了,认定玉米地里可以捉到他所需要的东西哩!他更加起劲地到地里来,一早一晚,只要是不出工,总会钻进去,一边拔草,一边寻找。

大约又过去了十几天,他终于发现了它。

这一次他总结了教训,先张网,然后小心地移近,一切都做得没法再谨慎了。当然,最后他是捉到了。小猪没命地喊叫,他拍打它、亲它,说:"别哭了,别哭了,有个家就比没有家强,咱回家去哩!"他差不多是把小猪一口气抱回去的,并从此开始了精心喂养。

这只野地里捉来的小猪长得很好。由于它的身架儿毛色及各方面都让人满意,所以最后没有舍得阉成肥猪,而是喂成了一头不错的种猪。

土成是个懒汉,没有媳妇。他熬到了三十多岁,还是没有。

土成焦急得很，动不动就发火，有时连村里的领导也骂。他脸色发黄，不愿洗澡，身上灰尘很多。这样越发没有姑娘跟他了，连跟他说话的都不多。土成说："一个一个都长得有限。"那意思是他还看不上她们呢。大家都说土成的事要看麻烦。

他自己不往好的地方发展，而是顺着劲儿走下坡路，做了一些不太光彩的事。比如说他常趴在别人家的后窗看一会儿；还偷过鸡。总之他的名声越来越坏。他刚刚三十来岁，就学习老年人的样子，装成有气无力的模样，还故意不系腰带，而是在裤腰那儿挽个疙瘩。

一个青年丢失了青春的气息，也就根本不可爱了。看来他也不准备再娶媳妇了。因为他甚至发展到这样的程度：一连几天不洗脸。他脸上的黑灰十分明显，鼻子两侧已经有硬币那么厚。平常他的生活很单调，除了下地干点活，再就是随便躺一会儿。走到哪儿躺哪儿，街头巷尾，树底下，草垛根。他躺下就不愿意动，也不睡，只是打瞌睡，眯着眼想事。他想了些什么谁也不知道。开始有人以为他长了什么病，后来也就习惯了。

土成的个子很高，身材比较细，比较柔软，像是个没有骨头的人。他什么都吃，不讲卫生，有时吃得肚子滚圆，有时饿得直不起腰。他偷了好吃的东西，拢把草就烧起来。有时候他一个人坐在大树底下，坐着坐着就哎哟起来，像肚子疼似的。"你肚子疼吗？"有人这样问他。他谁也不理，只是哎哟，发出一连串奇怪的声音。他那时的眼睛眯着，有时突然睁大了，里面有一汪泪。

后来有人明白了，说土成伤心。

土成说谁家姑娘如果给他当媳妇，他抱着就跑。往哪儿跑？往家跑。他说不让她干活，只让她吃好的，喂她白面馒头和咸鱼什么的。大伙都说土成原来是个好人。

虽然这样说，他还是一个人过日子。

也不知从什么时候开始，他常常去玉米地里了。有时一整天在里面瞎窜，误了出工干活。他打个什么谱，慢慢大家都明白了。他是想在里面找个媳妇也说不定呢。不过媳妇毕竟不是西瓜蘑菇之类，也不是一般的野物，要找到不易啊！

　　当然，姑娘们有不少进玉米地的，她们进去摘野果啦、拔野菜啦，玩啦，解溲啦。不过她们可不会找土成。她们一般都不喜欢他。她们只有一点坚信不疑：土成还算老实，不会对她们动手动脚。

　　土成趴在玉米地最深处，一躺就是一天。饿了，他扒开玉米皮，啃一个嫩玉米穗子；真的困了，就睡一会儿。刺猬、黄鼠狼都不太怕他，有时就从他身边走过。他还伸手捏过它们的小脚丫。

　　一个秋天快要过去的时候，土成创造了个奇迹。

　　那是一个黄昏，他走出了玉米地，后面还跟着一个头发黄黄、瘦瘦薄薄的姑娘。姑娘除了两眼有光，周身都是暗淡的。她大约有十八岁，步子很小，像是害怕什么。问她多大了？她说二十五了。看来她发育不好，看上去还不够成熟。土成找到村里领导，问跟她成家行不行？领导说当然行了。

　　原来姑娘是南方穷地方下来的，秋天里窜在庄稼地里，走哪儿算哪儿。她有一天在玉米地里，见一条长虫爬近了睡着的土成，就替他赶开。他醒了，正做梦，一睁眼就把她抱住了。土成那会儿不像个安分人，他们打打闹闹就熟了。不过姑娘第一天并未跟他走出来，而是一个人留在地里过夜。土成回了家，半夜睡不着，就揣了几个玉米饼，抱着席子被子钻进玉米地里。地里有月光儿，他找到了她，把东西放下，说了三五句话，就回来了。

　　土成那些日子差不多都是在玉米地里。那里面藏下了她这个人，谁也不知道。一连多少天过去了，他终于把姑娘领回家了。

　　后来那个黄瘦姑娘渐渐胖了，像模像样了，还生了两个小孩儿。土成也讲究起来，不仅按时洗脸，过节时还要穿袜子，冬天戴护耳套。

锅头老叔的儿子比土成还要大五六岁，难坏了老叔。他名字叫"小就"，长了副很奇怪的样子，主要是粗矮异常，不过身体十分强壮。他口吃，但是憨厚，最爱帮大娘大婶干活儿。她们走在路上，扛着东西，只要小就看见了，一定要替下她们来。"小就娶不上媳妇，冤！"她们都这么说。可是她们谁也不把自己的女儿嫁过去。锅头老叔有时很粗野地骂她们，街上的小孩子渐渐也学会了这么骂。老叔带坏了村风。

土成的婚事大大启发了锅头老叔。他催促儿子，说连土成都不如，那可就白活了。儿子不愿到玉米地里去，再三劝导才跑进去了几次，可是并不深入。老叔说："你得往深里走，见了女的多说话，一遭不行两遭！"

小就几乎没有机会同姑娘们说话。姑娘们在玉米地里见了他，老远就跑。因为都知道他在这儿干什么，人们害怕。其实小就是个老实人，在玉米地里主要是拔草，拔了一大捆又一大捆。

仅有的一次说话，是同一个采野菜的老太婆。老太婆坐在玉米棵下，数叨了半天她男人在世时的"好处"，一把鼻涕一把眼泪，小就不由得跟着哭起来。后来老太婆拍拍身上的土木子走了，又剩下了他一个人。

锅头老叔带上一口袋上好的烟末去了玉米地。他慢慢地吸烟，捎带做点活计，安心地等待机会。他要亲自给儿子找个媳妇。他不信没有机会。

玉米地里好热闹啊，有时真有不少姑娘钻进来呢。不过她们大半是年纪轻轻的本村人，主动过来逗锅头老叔。老叔说："你们懂什么才是好？"她们都说："俺不懂。"老叔又说："矮壮矮壮，不矮能壮？庄稼日子讲个身子结实，又不是天天扳着脸看。"姑娘们哈哈大笑，拍着手，跺着脚，呼啦呼啦跑出了玉米地。

庄稼快熟了的时候，有外地人顺着大路流过来。他们都是些吃百家饭的人，夜间就在沟渠里、庄稼地里过夜。其中有男有女，有老有少，都是些吃了上顿不愁下顿、到了秋天高兴得直打滚的人。

老叔就想打他们的主意。他对他们当中的女人们说："人这一辈子，走到哪里才是一站？不如见好就收，找个窝儿趴下。"女人说："瞧你老人家说的，谁家没有个人等着？俺人穷志不短哪！"老叔无话可说了。有的女人还没有男人，不过她们也不愿留下，只说："俺不服水土，胸口憋得慌！"

一个秋天过去了，锅头老叔没有留下一个女人。不过他仍不灰心。他知道这是一生一世的大事情，哪能那么简单？

第二年秋天又来了，玉米一节一节往上蹿。"快长快长，疯长吧！"老叔在心里喊着。玉米林子形成的时候，老人又在地里来来去去了。他想大闺女家一个人钻到玉米地里，大半都是些有心事的人，也是些泼辣人。再也没有比到玉米地里找媳妇更聪明的办法了。他想到这些，愈发佩服光棍汉土成。

深秋到了。那些外地人又来了。这一年上，锅头老叔一口气抱住了好几个偷玉米的外地女人。她们都不在乎，还嘻嘻笑。老叔说："吃人的嘴短，拿人的手短。想不想留下来过日子？"女人说不中不中。她们当中有人愿意留下来过上一个冬天，可一直留下来，那可不行。

住一个冬天，那也不错啊！那就是说，儿子可以在一个冬天里有他的媳妇了！老叔于是赶紧把那个女人领回了家去。

小就见了领回的女人就跑，老叔喝了两声没喝住，就抄起了一根扁担。儿子这才站住。他把儿子和女人关到了一个屋里，当时村里没有一个人知道。

十天半月过去了，那个女人又白又胖，眼神里全是光亮，说这里人到底比那里人好一些，吃得也实在。冬天过得真快啊，一晃天要暖了。小就夜里搂着媳妇哭，说活活分离啊，还不如死了好。老叔跟女人商量说："续下去中不？"女人想了想说："不中。"

不过她要再多住些日子。她说要报答报答这个人家。

这一住又住了一个月。女人忽然在一天早晨蹦到院子里，大骂了一句粗话，高喊："我不走了！"

一家子搂着笑了好久，小就真的有了长久的媳妇了。小就说："俺要不好好过日子，让俺死。"

后来小就的媳妇生了两个儿子，又勤俭又孝顺，待男人好，待公爹也好。她在锅头老叔最后那几年里，还亲手为他洗澡、翻身、挠痒痒。

小村里的年轻人个个都能闹腾。他们吃饱了饭，干活时又花不尽力气，就想打一架。不过大家都知道打架是怎么一回事，很少一口气把别人打坏。打架打得恰到好处，一个一个脸上通红，喘呼呼的，身上一层小汗珠儿，这就算不错了。

大白天打架不太好，因为在街道上、巷子里，什么都看得清清楚楚，不像那么回事。最好是在晚上，更好是再有点月亮。大伙儿分成一帮一帮，呼喊着，揪住一个对头狠狠揍。这叫打群架。有时候一场大架打到天亮，打得满头是灰、是抓挠的印痕。这样的打法最让上年纪的人愤恨。他们说："吵得人睡不沉！"他们希望年轻人留住力气干活。

姑娘们也参与了打架，她们与小伙子摔跤，一下一下让小伙子摔倒，高兴得哈哈笑。"哎呀你这个驴玩意儿，真有劲，真有劲儿！"她们力图将男的摔倒，有时也真能摔倒。小伙子压住了姑娘，呼天喊地大叫，说再敢不敢了？姑娘们大声嚷："不敢了不敢了！"

一帮一帮人在街上跑来跑去，狗汪汪大叫。老人们在窗子前面大骂，骂得越来越难听。

年轻人跑着,追着,一头钻进了大玉米地里。这下子好了,谁也管不着了。他们小心地侧着身子在地垄里跑,唯恐碰坏了庄稼。这时候主要是藏,是找,是一下子把对方扑倒。对方为了不压坏玉米,也倒得利索。他们哈哈大笑,在玉米地里窜来窜去。一地的野物都给惊起来了,它们尖声大叫,有的一蹦老高,有的飞到了天上。大鸟本来在玉米棵里睡得很美,突然被惊动了就有些火,它一下一下啄人的头发。狗最后也跟来了,它们首先在玉米地垄间追赶野物,来来往往十分繁忙。主人吹一声口哨,它们就回到各自主人身边。主人跟别人动手,它就帮主人撕扯别人的裤子,有时一口气把对方的裤子扯下来。

如果这种打架一直局限在本村的范围内就好了!可惜在玉米地里常常遇见跑出来的外村青年。由于彼此陌生,往往就不太友好,一旦吵起来,就成了一村对另一村。他们打得认真又专注,下手也厉害。有时一夜就能打伤几个人。有时这一夜吃了亏,下一夜就要设法补回来。大伙儿从四面包抄过去,一点一点围,尽量把对方困在玉米地中央,只等一声呼喊,大伙儿一齐蹿起。

尽管这样的打斗太冒险了,但打得还是很来劲儿。没有人害怕,没有人躲闪。到了晚上,领头的一点名,一个一个应声。如果谁不出来,领头的和大伙儿一块儿骂他。人齐了,就往玉米地里跑。那里又宽大又看不透,又有人又有野物,打起仗来可有意思了!

到了收玉米时,只要有碰折倒地的玉米秸子,人们就说:"打夜仗的碰的!"

姑娘们性格不同。有的什么也不怕,即便跟外村人打架也敢跟上;有的只能与本村青年一块儿打闹。不过她们一般都听小伙子的。她们一般都在暗暗保护一个人;也有的要保护两三个人:一个喜欢的小伙子,另外就是哥哥和弟弟。她们衣兜里装了好吃的东西,比如枣子、苹果、桃子,还有巴掌大、指顶大的硬面饼。

玉米地里比赛说粗话最好玩。这种话平时谁也不说，因为年纪大的人听见了就呵斥，甚至抡起巴掌打人。他们都是在特定场合才说。特别是配合着打架说粗话，最有意思了。用粗话骂人，骂得再狠也不准恼。如果与外村人打架，打到一定的时候，就主要是说粗话比赛了。那些五花八门的粗话像排炮一样冲腾而出，把对方压得抬不起头来。有时一个响亮的大嗓门负责喊，一边就有几个人为他准备粗话，小声编出来。姑娘们也跟着编，她们编粗话编得热火朝天，已经忘记了害羞。

只有在平静的时候，姑娘们回忆起晚上说的话，才或多或少有点不好意思。"咱把他们骂成了什么？真解气！真解气！"她们往往这样说。

年轻人如果不时时找点仗打，就不太舒服，就要出别的毛病。打仗像抽烟，不抽不好，抽得太多了也不好。最好是抽抽歇歇，歇歇抽抽。如果没有玉米地遮着人眼，打仗就成了胡闹腾，就没有了偷偷摸摸的滋味儿。

一些村里人闲了没事，都愿意到玉米地里去。去干点什么——拔草寻瓜儿，或者是逮野物，只要手里有点活儿就行。玉米地里反而比街巷上、比家里热闹。庄稼人除了干活儿，一年到头有个什么光景看？电影一年里演不了几回，唱戏的差不多等于没有。大伙儿蹲在地里拉个呱儿，说点家长里短，消愁解闷儿，正经不错呢。有了心事，一个人愁也愁死，一伙儿说说，愁事就消了。如果遇上个对脾气的，两人面对面，四周没有人，说上一会儿，多么好！

七姑这个人热闹了一辈子，她一刻也寂寞不得。冬天里，闲人多，她上了谁家炕头，就说上一天热闹话。春天里老年人在街上晒太阳，她就伴他们晒，主要是寻个工夫说说话，扯些天南地北的事。她愿帮眼神昏花的老年人捉虱子，一口气能捉好几个人。

她是老头老婆婆们的知心人。大伙儿都说："没有七姑，这个小村就白瞎白瞎！"七姑人缘好，谁家有了红白喜事，都少不了她。特别是喜事，都要喊她来；如果不喊，她就自己来。她说自己就是愿意吃好饭，愿意看不足月的小孩儿笑和哭。

秋天里忙，人们都下地去了。七姑早就不出工了，她一个人在村里与老年人玩，久了也闷得慌。有一次她偶尔去玉米地找一种草药，遇上了几个年轻人蹲在里面，就一块儿蹲了一会儿。真热闹啊，年轻人真能说能逗，高兴了还爬起来窜一阵。他们给七姑起外号，问她一些稀奇事儿，她都不恼。"只要热闹就行，俺反正这么大年纪了。"有个小伙子给她取了个外号，叫"大肚蝈蝈"。她指着肚子说："俺这是有福哩，俺这肚儿什么都盛过，猪头，活鲜活鲜的大刀鱼，无花果儿，咱都吃过。"

"净说些馋人的东西，七姑好不好闭上嘴呀？"小伙子们嚷着。七姑拍着手："你们年轻，吃好东西的日子在后头。人一辈子说不准碰上什么好事儿，就像在这大玉米地里窜，日子久了什么碰不上？"

"七姑说得真对呀！""七姑有经验！""七姑年轻时候也到玉米地里玩吗？"

七姑沉沉脸说："也来玉米地。不过那会儿七姑可不是如今的七姑。""怎么？""怎么？俊呗！你一活动脚就有十个八个盯着你，还保得住？一年秋天俺去玉米地摘个瓜儿，刚刚一会儿的工夫，得了，让赶车的麻脸老五瞅准了，一个饿虎扑食过来……好不吓人啊！"

大伙儿笑起来。都说七姑是个好人，从来不记恨人，事情过去也就过去了。一个村住着，谁听见她骂过麻脸老五？七姑点点头："过日子，谁没有个三长两短？人不能得理不让人哪。一个村住着，低头不见抬头见，拉家带口的，谁也不容易啊！是吧是吧！"

"俺就一样喜好：热闹。只要是热闹地方就有俺。"七姑接上说，"年轻时候合作社来村里招干部，相中了俺。俺问：'社里热闹不热闹？'他们说也谈不上热闹，反正是干工作呗。我一听就摇手，说把俺留在村里吧，俺还没跟老少爷们玩耍够哩！"

年轻人说："七姑，你这样性情的人没有愁事，寿限大啊——老年人都这么说。"七姑又点头又摇头："离了热闹不行。有了热闹就好，反正是这样。"

由于玉米地里有年轻人说笑打闹，所以后来七姑就经常往地里钻。有人看见了说："这么大岁数了，好家伙！"她和年轻人在一块儿，又说又笑地快活，有时也干一些力所不及的事情。年轻人玩"骑大马"——几个人弓腰搂抱着，让另外几个人往上跳——她也跳，结果一下子从马背上栽下来，下巴上磕了个大口子。好在她这个人乐观，血迹还没干就哈哈笑起来。

老孙头性情孤独。他从年轻时就喜欢一个人独处，默默吸烟。本来是安安静静的地方，他坐一会儿还是嫌吵。他是全国最能抽烟的人，一杆大烟锅时刻不离。他一边抽烟一边拧艾草火绳，一口气能拧一大捆子。火绳平时就放在院门上面的搁板上，积成一座小山。谁进他家，一眼望到的首先就是火绳。

他手拿火绳，嘴里咬着烟锅，找个没人的地方去打发时光。七十岁的人了，剩下的时光尽管不多，可也足够他打发一阵子的了。人说话、狗吠猪哼，他都受不了。老孙头整天为寻找一块安静地方发愁。他的老伴一天说不上三五句话，可他还是埋怨："吵死我！吵死我！"他听见唰唰啦啦的脚步声也受不了。

"老孙头肯定在琢磨事儿。"村里人这么说，"人一辈子要琢磨好多事儿，这是肯定的。不过老孙头琢磨的时光可不短了。"

老人的眼珠盯住眼前的一片泥土，长时间不会移动。他缓缓吸烟。火绳在一边冒烟，烟笔直地往上。

有时他一个人微笑。不过大多数时间他是紧紧绷着脸的。他如果要说话了，会主动找人；他如果坐在那儿，最好还是不要打扰。有人试着搭讪过，结果老人差点扔了烟锅。

人如果沉默了并且又丝毫不寻思事情，那是绝对不可能的。不过老孙头成天琢磨了些什么事情？这太让人纳闷了。有一天村领导小心地绕开他往前走去，他却看见了，轻轻招手示意村领导过来。村领导比老人小十几岁，也算个老人了。他赶紧走过去，哈着腰站着。老孙头抽着烟，头也不抬，停了片刻他说道：

"一九五八年秋天那匹栗皮马不是让人毒死的，它是自己病死的。"

村领导闭上眼，用手敲打着自己的头，还是想不起。他想啊想啊，还要想下去，可老人已经挥手让他离去了。

"原来他在想这样一些事情，嗯。"从此他觉得老人要安静是非常重要的事了，告诉村里人，谁也不要去扰乱他。"老人琢磨大事哩！"他这样说。

有一次老伴蹑手蹑脚从老头子身边走过，听见哼了一声，赶紧站住了。老孙头磕了烟锅，抬头看看她说：

"娶了你第二年春回娘家，你爹骂我那句话好狠。"

老伴记不起了。"骂了什么？骂了什么？"她揪着衣襟问。老孙头挥挥手，她于是走开了。

老孙头在哪里待一会儿，哪里就有一堆烟灰。他的烟吸得越来越猛了。这让人感到他正琢磨更琐碎更深入的事情。也可能是年龄的关系，他越来越不能与人同处了，在家里几乎不能安乐。到后来他终于走出村去，一直走向田野，走到大玉米地里去。大伙儿都躲开他，让他一人向玉米地深处钻去。那里的野物也好像不跳不叫了，只让老孙头一个人坐下来吸烟。

多么好的庄稼地，大绿叶儿一串一串，都在老孙头眼前闪跳。

他这一辈子都是看着庄稼的，每片叶子都让他安恬。老孙头像来到真正的家，身心都松下来。玉米缨的气味，泥土的气味，青草的气味，什么都混到了一起，涌进他肺里。这气味养人哩。他舒服地躺下来，觉得泥土热乎乎软绵绵，比自家的大炕好上十倍。地里有各种细碎的声音，有人在远处呼叫——这一切声响一点也不吵人。好哩，好哩，大玉米地才是俺的老窝儿！老孙头透过玉米叶儿，一眼望穿了好几十年！陈谷子烂芝麻，什么都记起来了。死了十几年的驴也昂昂大叫，故去的老人们也凑过来拉呱儿。这回不是老孙头去想往事，而是往事来找老孙头了！你说怪不怪？怪不怪？

村里人只要一看见老孙头手提火绳往前匆匆走过，都知道他是去钻玉米地的。"老家伙又进去了！"大伙儿都这么说。

一个庄稼人最恋着的是什么？一开始没人知道，后来大家才一点点弄明白。他们恋着庄稼地，而不是老婆孩子，也不是热乎乎的炕头。

小古妈妈东跑西颠地讲述这个理儿，她说她算开了窍了。

她是个小脚女人，个头一点点，眉眼好看。上年纪的人都记得她年轻时候的模样。男人早死了，小古妈妈不嫁人也不乱跑，安安静静守着小古过日子。可是她越来越想自己的男人，想小古爹。她做梦做他，说话说他，天天把他挂在嘴边。"过年过节孩子他爹也不来家！"她埋怨。有人听了就说："你老糊涂了，人死如灯灭，怎么还能回来？"

小古妈妈腿脚还算灵便，只是神态已经不清了。小古常常逗妈妈玩，听她说一些驴唇不对马嘴的怪话。小古笑得嘎嘎响。村上人都说小古这孩子不孝。

老太婆走走街坊，跟大伙一块儿乐乐。七姑喜好热闹，就长时间地陪伴她。后来七姑建议小古妈妈不要闷在村里，说这样长了会生出毛病，不如到田里走走。那时正是秋天，是玉米棵茂盛的时候。小古妈妈提个篮子钻进去，随便拔点野菜，累了就安静地坐一会儿。她觉得无边无际的大玉米地里有一万种声息，细碎而且邈远，在远处，好像有个男人在深长地喘息。

"小古爹！小古爹！"她呼叫着。

然后是倾听。有他的声音吗？似乎他在很遥远的地方哩。"你呀，你不来家，你在玉米棵子里胡闹腾。我可知道你脾性呀，你不是安分的人。你在那里蹲了一会儿，看看，又站起来了，哎呀，还笑，笑什么？你不想我，也不想孩儿？你说说，啧啧啧啧！"

小古妈妈拍打着膝盖，数叨着，又惊喜又绝望。

"你走了多少年了？闯关东也有个回家的时候嘛，谁知你一口气跑了哪去？早不回来晚不回来，到了快收玉米的时候就往回跑。我知道你是馋个秋天，馋又大又香的玉米棒子！"

小古妈妈笑哈哈地拍手："俺这回可看见你了，你在玉米地里钻来钻去，这回可瞒不过俺的眼去！我知道，你出门回来都是先看看庄稼，这样心里才踏实。你这回看明白了吗？一地好玉米，绿油油黑乌乌，大棒子比小孩儿胳膊还粗……"

她数叨一会儿坐下来，闭着眼，一脸的皱纹飞快地活动。她这样说着、笑着、走着，一直忙到天黑，这才恋恋不舍地往村里走去。

有人亲眼见到她在玉米地里干什么，回村里对人说："小古妈妈痴了。"七姑反驳说："谁的事情谁自己心里有数。她或许真的看到了男人呢。"有人大笑："玉米地里还能没有男人？""我是说她自己的男人！自己的男人自己看得见……"

七姑的话让人将信将疑。都知道小古妈妈和小古爹在玉米地里会面。他们两个人都返老还童了，那么大年纪还在地垄里追着玩，互相下绊子。小古妈妈一个绊子被绊倒，全身是土，爬起来还是跑。她嘴里嚷："小古爹，你这个老不正经，我叫你野跑！我叫你给我下绊子！"

玉米地的另一面是什么？走不到边，走不到边！多少老人小孩儿，这里可是个热闹地方。他们都在干自己愿干的事儿，别人看不见也抓不着。小古妈妈有一回真的抓住男人的衣襟了，一张两臂抱住了他，大叫："小古爹，坐下坐下，两口子拉拉知心呱儿……"小古爹一脸胡子比针还硬，老皮老肉也刺得疼。小古爹是个有劲的男人，一伸手指把她捏住，鼻子吭吭喷气。"两口儿没有不说的话！"他粗粗的嗓门说。"哎呀，这么多年不见了，你还喝酒，喝起来没头，你是个酒鬼啊！"小古妈妈笑着叫着。

多么好的大玉米地啊！庄稼人没白没黑地干活，从播种到施肥浇水，费了多大劲儿才弄出这么大一片。它还能不灯吗？庄稼人流血流汗侍弄大玉米地，大玉米地也得保佑咱庄稼人，事情都是有来有往嘛！

一个人只要耐住心性，只要信服大玉米地，大玉米地就会帮你。你要什么？你只管跟它说，不用不好意思。不过你得是个好人，是个诚心诚意的人。就是这样，嗯。

1976年写于龙口
1981年改写

玉米

一

小麦割了以后，一片麦茬儿直闪光。土地一眼望不到边。土很硬，如果下场小雨，就该着种玉米了。

"下雨了，下雨了！"大老婆老鱼仰面朝天拍着手，喊着。

她喊过了不一会儿真的下雨了。会计老边说她长了一张神嘴。

土地在雨后变得有点黑，有点软。开始种玉米了。每架犁拴上一头牛，在土上划一道沟，有人在后面撒种。后面的犁翻出的土正好盖住了前一道犁沟。最后，要用耢把播过种的土地耢得更平整。

"今年的玉米啊，我敢说能行。"会计老边扶着犁走，身子一扭一扭。

老鱼给他牵牛，胖大的身体比大黄牛还壮，所以黄牛不敢狂。她接上老边的话茬说："过去种玉米等不来雨，就得泼地。今年好，一开头就顺。你的头真亮啊！"

老边是秃头。谁也不敢这么说，除了大老婆老鱼。他不知有个什么事儿被老鱼掌握了，所以老鱼最敢顶撞他。老边在村里是说了算的人。因为他懂账、识字多。这个村比较怪，队长反而没有多少权。

撒玉米种的是一个叫二盒的青年，他的眼一挤一挤停不住。谁都讨厌二盒，就是老鱼喜欢一点。二盒离他们近了些，老边就骂："跟这么紧，想吃牛粪吗？"

二盒不敢回骂，心里却想：我跟在你后边，你是牛吗？二盒伸手到小瓢里抓一把玉米，一边往沟里扬一边小声咕哝"豆儿豆儿，四五六儿"，那玉米粒也就真的四四五五地落到沟里，很匀。

二盒长得很瘦，全身发灰，他今年二十五岁了，没有提亲的。人们都说二盒已经不准备娶媳妇了。有人说也不一定，因为每年都有些过路女人，她们如果愿意落脚，跟二盒也说不定的。

老鱼在村里是一霸，不过大家都说这个人心眼儿还算好，不太欺负人。如果有人欺负她，她反过来才欺负你。全村里只有她一个女人穿短裤，露出黑红色的粗腿。她干活赤着脚，麦茬刺不疼她，多么怪。老边说："你不怕脚板出血啊？"老鱼说："俺不怕。你个男人干活还穿鞋，狗都笑！"老边呵呵地笑。

地里有数不清的人。一架一架犁子往前犁，像排了横队。犁子前边又是扬肥的老汉们，他们把铁锹一举一甩，肥料扬得又匀又广。跟在一架架犁子后面的是姑娘，她们的手巧，撒种才匀。"撒不匀种，到时候间苗就难了！"有经验的老人说。

夏天的原野上真热闹啊！多么多的夏天的劳动，夏天的播种啊！多么好的一个季节啊！雨后的天，没有酷热，没有飞扬的尘土，只有劳动的歌声，只有欢乐。

这个场面多么让人兴奋。一些老人说："旧社会种地，都是人拉犁，穷人哪有牛！都是大地主才有牛，大黄牛！咱穷人，哼，尽着肩膀使劲呀，一个夏季下来，流血呀！"还有人说："大伙儿在一块儿多热闹，累也显不出。有说有笑地干活多么好。旧社会，一家子在一块儿愁，种不上地，不顺心，就拿孩子撒气，啪啪打孩子的腚，孩子有什么错？冤！"

"二盒，你不觉着晃眼亮吗？"老鱼牵着牛，回身问二盒。二盒仰脸望望晕晕的太阳，说："不觉着。"老边喝停了牲口，手扶犁子骂二盒："你个孬种跟上说，我撕你的嘴！"

老鱼哈哈大笑，兴奋地拍起了手。

"快看啊，真好把式！"有人突然大嚷。

大家都停了手里的活去看，原来是有个扬肥的老汉在使飞锨——他光着上身，手里的锨左一甩，右一甩，只见肥料被扬到空中，扬到四周。他自己都干疯了，一口气把一堆肥撒光了，又撒另一堆。"真好把式呀！真好把式呀！"大伙鼓掌，喊，老汉就拼命地干。他的大锨在半空闪亮，两脚都快不沾地了。"真好把式啊！"大伙儿还在喊。

老汉的劲儿使尽了，大伙儿的喊声才歇下来。可是刚歇了不一会儿，又有人伸手指着嚷："快看！快看！"

原来是一个小伙子推了一大车子肥往前跑：他的手推车像压了座小山一样。他是怎么回事呀？他跑得那么快，小车吱嘎吱嘎响！他差不多是跳着往前跑，他一个人推了两个人的肥！"快看！快看！"大伙儿鼓掌。小伙子蹦着跳着更欢了，一大车子肥硬是被他推到了最前边去！

"现在的年轻人哪，了不得！"一个老汉对身边的人说。

"真了不得啊！真了不得啊！"大伙儿一块儿嚷着，给远处的小伙子鼓劲儿。

到了休息的时候了。大家放下手里的东西，拴了牛，身子一松往地边上走。会计老边坐到土埂上吸烟，笑眯眯的。有人大声喊着说："快呀，谁说一段数来宝吧！"他嚷过了，没人吭声大伙儿的目光全转到一个矮矮的男人身上：他蹲在那儿，肚皮乌黑乌黑，闪着亮。他有四十多岁了。大家就这么看了一会儿，突然他往手上吐了口唾沫，哎了一声拍打起节奏。

"快来听数来宝呀！"有人招呼离远些的人说。

矮男人两条短腿在地上一蹦一蹦，拍手节奏分明。他的脸都憋红了，就是不说话。大家知道他在编词儿，一时编不出来也就憋成那样。他好就好在每一次都编新词儿。这样憋了一会儿，新词儿来了。他跳着拍着说了一会儿数来宝，大家高兴得一齐喊他的名字。"真好样的啊！真好样的！"

听过了数来宝，一群小伙子展开了摔跤比赛。刚才推车的小伙子一口气把十几个年轻人都摔倒了。他掐腰站着，再没人敢上。

老鱼搓了一下手，叫着他的小名，说老娘跟你来一跤。小伙子想跑，大伙儿就起哄。小伙子见老鱼张大手臂扑过来，撒腿就跑。老鱼穷追不舍，小伙子腰弓着奔去。他们跑到了耪得平整的地中间了。老鱼的大脚一下一下踩下了深坑。原来大家以为老鱼追一会儿也就算了，想不到她两眼瞪着很认真的样子。看来她非追上小伙子不可了。

小伙子又跑了一会儿，呼呼直喘。老鱼几步赶上去，伸腿一个绊子把他绊倒。"好呀！"大家呼喊。

"你起来起来！"老鱼伸手指着地上的小伙子。

小伙子刚爬起来就被老鱼抱住。她的两只粗胳膊一用劲儿，小伙子就"呀"地一叫；又一用劲，他又一叫。"俺输了，俺输了！"他嚷。老鱼不听，一弯身子，啪一下把小伙子放倒在地上。

大伙儿一阵高兴。老边从土埂上站起来，伸出拇指。停了一会儿他才发现什么，青着脸喝道："看看糟蹋了玉米地！"老鱼转过脸说："你瞎汪汪什么！"

姑娘们唱起了忆苦歌，一会儿有人唱得眼泪汪汪。有的一边唱一边爬到了树上,像一只老猫一样蹲在枝叶繁茂的树丫上。大家说谁家姑娘这么皮呀,歇息了也不安生。树上的姑娘说:"就不安生!就不安生!"有个人说:"把你给二盒吧!"

树上的姑娘骂开了:"你不说人话,狗眼看人……"她骂着骂着哭开了。

大家在她的哭声里一句一句夸二盒,都说二盒真是个好青年哪,懂得节约,二十多岁了还不舍得买根腰带,用布条扎腰——有一回扛麻袋,一用力,咔,布条断了,裤子掉了……树上的姑娘哭得更厉害了,到后来往下吐唾沫。大伙儿赶紧躲开,说:"不好了,不好了,狐狸子撒尿了——二盒!二盒!"

二盒在哪儿?怎么一会儿工夫就找不见二盒了呢?有人东张西望,突然伸手一指说:

"看!"

原来二盒和大老婆老鱼坐在紫穗槐棵子那儿。老鱼半歪着身子,二盒一下一下给她捶着背。二盒捶一下,老鱼就满意地应一句:"嗯!"

二

玉米说长高就长高了。它们唰唰往上蹿,几天工夫长成一片玉米林子啦。

各种小兽都往玉米地里钻,它们不知从哪儿汇集来,吱吱叫,用劲儿闹腾。它们不伤玉米棵,不咬叶儿棒儿,只是借块阴凉地方。

"下田的人不孤单,有野物伴着哩!"上年纪的老人说。

有个老人告诉一件往事,笑煞人:很早以前村里有个孤寡老婆婆,天天到玉米地里看秋,一天天坐着。后来有人发觉她咕咕哝哝说话——跟野物说。一个秋天过去了,老婆婆交往了不少野物她坐那儿，身上痒了都是野物给挠。收玉米了，谁也没有她干得快。为什么？因为她有野物暗助哩。你听吧，老婆婆一挥镰头，只听"嚓嚓嚓"响成一片，一大片玉米全利索了。老婆婆一动手搬玉米秸，只听得"嚓嚓嚓"响成一片，玉米秸一眨眼就搬完了！冬天里，老婆婆坐在炕上，外面有响动，老婆婆闭着眼就能叫出野物的名儿："小三来了？"再不就说："獾儿来了？"她什么都认得！

有意思啊！好啊！秋天是交往野物的时候啊！好啊！下地去呀！

会计老边给人派活都有自己的打算。他让手脚不灵便的老人去地里看秋，说他们坐在地里不乱跑，没人敢去偷东西；他让年轻人去浇地，说他们在地里胡窜，哪里跑了水发现也快；他让老婆婆们去捉玉米秸上的黏虫，说她们虽然眼神不济但心思却专，就像做针线活儿一样，一下一下能把黏虫捉得一个不剩！

老边估计错了！老头子坐在地边上，跟捉黏虫的老婆婆说起话来就没个完，他们什么也顾不得。天快晌了时，老婆婆才一拍膝盖说："捉虫呀！"她们每天都得把捉来的虫儿从衣兜里掏出来，让会计亲眼看一看。会计一五一十数一遍，记在账本上。

年轻人钻进玉米地里，没人找得见他们，早把会计老边扔到了脑后去。他们可不管水跑到了哪里，因为反正跑不到玉米地外去。在玉米林子里不快活，人这一辈子就没工夫快活了！他们隔着一片玉米相互骂架、抛土块打闹，说些热闹话儿。还有人捏着鼻子叫人，对方恼了也不知是谁叫的。他们在玉米垄里乱跑，有时玉米叶儿把手上胳膊上割出血来。

在玉米地里饿不着。这个季节好吃的东西就多了。玉米垄里有小野瓜、野葡萄、野枣；小嫩玉米棒子一咬一口白水，鲜死人！如果口渴了，就寻找发红的玉米秸子，它像甘蔗一样甜。

不知是什么野物在一旁乱叫，还会像人一样咯咯笑——刚开始还以为是个姑娘呢,小伙子们猫着腰钻着地垄往前找,找也找不见。它在一旁咯咯笑,大伙儿好好听了一会儿,认为是一只鸟。

姑娘与小伙子一块儿烧东西吃。大家将两个地垄的玉米梢子结起来,看上去像个门一样。每个人进门都得说一声:"报告!"门里的人说:"进来!"一个最好看的姑娘坐在门内,抱着胳膊,故意眯着眼。大家都说她这会儿是"大官",任何事情都要请示:"大官,玉米快熟了吧?""不熟!""大官,让二盒吃个烧土豆吧?""不行!"

二盒的眼挤弄着,常常被别人排斥在玉米秸门外。他威胁说:"老这样,我报告会计老边!"大家说:"正好没有叛徒打,你去报告吧!"二盒不作声了。

四十多岁的矮子男人吃了烧玉米棒,数来宝一支接一支,嘴角全是白沫儿。大伙儿吃过了东西,问他从哪儿学来这么多词儿?矮子男人说从老婆那儿。他老婆是个笨嘴笨舌的人,大家不信。不过他老婆年轻时候要过饭,走千村过万户,什么学不来?大家信了。

吃过东西大家就躺下睡觉,没有几个真正睡得着。

蛤蟆一下一下蹦过来,跳到一个姑娘身上,姑娘说:"呀!"

大伙儿不睡了。有人撩着流过来的水头洗了洗脸,然后去采乌米——这是玉米棵上生出的一种菌,在结棒子处结出一个乌黑的嫩球,可以用来炒菜吃。今年的乌米可有不少,一会儿就采了一大串。"俺爸最爱吃炒乌米,俺妈不爱吃。"一个小伙子用柳条扎起收获,高兴地说。

二盒早跑到捉黏虫的那些人那儿了。老婆婆们由老鱼带领做活,老鱼不愿跟她们在一块儿。但她又乐于做个头儿。她一见了二盒就打听年轻人干什么了?二盒不想告诉,就说:"没干什么。"

老鱼不信他们一伙儿会安生干活,就撇撇嘴。"不准老拉呱儿，干活干活！"她冲老婆婆们一歪脖子嚷。老婆婆和看秋的老头子们盘腿坐着说话，听了吆喝只是一转脸儿，不怎么听。老头子们吸着长杆烟锅，一锅接一锅。老婆婆们拍打着腿说话，发出"喷喷喷喷"的声音。

"别小看了针头线脑的事儿呀，庄稼人的日子啊！"老婆婆们说。

"那一年芦青河发水，老边穿着翻毛皮袄上街，遇见了队长，打了队长一拳……"老头子小声说。

"哎呀，哎呀，不说没人信哪……哎呀！"老婆婆揉揉眼，起身干活了。

"黏虫黏虫，黏卜不走；忙了你的口，歇了俺的口！"老婆婆们一边把黏虫逮到衣兜里，一边念着顺口溜儿。

老鱼说："年轻人不赶紧干活儿，一会儿老边来检查工作就晚了。"二盒说："这么大一片玉米地，他找谁去？"老鱼叹口气："要是让我管着他们也就好了，鸟无头不飞——你说呢？"二盒点点头。老鱼就让二盒领她找他们一伙儿去，二盒一犹豫，老鱼就拧了他一下。他们往玉米地深处钻了。

有个姑娘咯咯地笑。老鱼说："你听听！他们在一块儿就知道疯，还有心思好好干活？"二盒说："他们主要是烧东西吃。"老鱼咂咂嘴："天天在地里泼吃，回家省自己的粮食，他们年纪轻轻心眼儿倒不少！你说说老边知道了能不发火？亏了老边不知道。"

有一个姑娘用乌米描了长眼眉，一步从地垄里蹿过来，正好撞上了老鱼。老鱼一愣，姑娘抬腿就跑。老鱼骂："你这个狐狸精……"他们跟上跑了起来。玉米秸儿不断地碰他们的脸，一会儿就热汗涔涔的了。老鱼气得直喘，说："非告诉老边不可，非去告诉他不行！"

正跑着二盒坐下来，说这里有个香瓜，快来吃吧！老鱼停了步子，见是一个又圆又大的野瓜，就摘下来。她给了二盒一半，自己吃一半。"多香的瓜！这么好的瓜集上都买不来……真甜哪！"老鱼把瓜瓤儿弄了一脸。她用衣袖胡乱抹着嘴，看了一眼二盒就愣住了！原来二盒坐在那儿，目不转睛地盯着她看，眼里有什么奇怪的神情。她伸手点了一下他的胸部问："怎么了？"二盒咽一口唾沫，声音哑哑：

"大婶，我的事就全靠你了。"

老鱼惊讶地瞪大眼："什么事？"

"媳妇！"

两个人再不吱声。停了一会儿老鱼站起来，两只大手拢拢脏兮兮的头发，说："玉米地里有的是呀，你得耐住性儿，慢慢找……咱去吧！"

一对小伙子手持铁锨站在地垄上，见了老鱼笑眯眯的。老鱼的大脚噗一下踩进水浸的稀泥里，溅了两人一身。"都哪儿去了？这边来！"她喊。小伙子掐着腰："你是老边吗？"老鱼瞪大双眼："我是老边他妈！"

大伙儿哈哈笑了。二盒笑得直抖。

男男女女都从四面汇了来。有人把手从后背伸出来，手里捧了几个黑乎乎的熟棒子。他们把手里的好吃东西纷纷递给老鱼。老鱼接过来，放在鼻子下嗅嗅，大口咬吃起来。她一边吃一边对小伙子姑娘说：

"我年纪大了，不过不是老人性儿——我才不愿和那些老婆老头儿在一块儿。咱大伙儿一起我开心。今后做什么莫背着我，咱是一伙儿！"

大伙儿鼓掌。有人提议将她领进玉米秸门内，于是一个姑娘上来扯了她的手。

老鱼钻进低矮的小门,乐得一下子坐在了地上,两手拍打着土说:"这才是人过的日子哩!哎呀!大玉米地真好啊!真风凉啊!"

二盒小心地问:"你不能把这些事告诉老边吗?"

老鱼生气地骂了二盒一句:"胡诌!老边算什么!我管老边就跟管孩儿差不多!"

三

刨玉米秸这活儿你干过?那你就一辈子别想忘了!累死了,累死了!

收玉米是庄稼人一关。过了这一关,不愁吃和穿。这一关不好过啊!你得拿个小镢头,一棵一棵把玉米刨出来,像刨小树一样!人的心眼儿老要变——种玉米那会儿盼着玉米长得壮,到了收这一会儿,又盼它长得瘦一些。大高个子玉米秸刨不动啊!累人啊!

蝈蝈在地里叫,瞎凑热闹!庄稼人没心思听你唱。矮个子的数来宝俺也不想听了。"老天爷,可把咱给累死了,也不知南方人砍甘蔗是怎么干的?""人家累了有甜水咂,咱不行!""再说人家是用镰刀儿砍,咱得刨出这些根儿来!"……大伙儿汗湿衣衫,喘着,说着。会计老边虽然提个镢头,不过不太干活,主要负责在干活的人群后边检查。谁的土拍打得不净、谁的根子没有全部刨出来,他都要叫骂一阵。

一群小孩子、老太婆在前边掰玉米。只听得咔嚓咔嚓响,大玉米棒子就掰下来了。失去了棒子的玉米秸子看上去怪可怜的,它们在风中轻轻摇晃着,等着被人连根刨了。

一堆堆的玉米倒在地上。"多大的棒子啊!今年玉米得出来这个数——"老头子们捏着手指说。老边听了笑哈哈的。他的头顶在阳光下闪亮,眉毛上挂着土末。

干了一会儿,送水的来了,大家呼啦一声围上来。上年纪的人喝热水,年轻人喝凉水——送水的担子一头热一头凉。凉水是刚刚从土井里打上来的,热水里放了绿豆高粱。凉水桶里漂了一个绿色的水葫芦,它的叶儿梗儿毛茸茸嫩柔柔。干活的人咕咕喝水,像牛一样。他们的衣服都让汗水浸得透湿。

矮子男人后背干干的,老鱼一把揪住他问:"你怎么不出汗?"男人拍拍身子:"俺身子结实。"老鱼摇晃着去喝水,咕咕喝着还不忘抬眼去看矮子。二盒站在一边说:"大婶你喝凉水能行?"老鱼缩回水漉漉的嘴说一句:"能行。"一会儿两大桶水就喝干了,老边催促送水的人说:"快回去挑,小步跑!"送水的担着水桶咣当咣当响起来。

休息的时候烧豆子烧嫩玉米,老边也参与了。大伙儿的嘴都变黑了,牙齿雪白。男男女女低头吃东西,吃过了就进地捉蝈蝈和肥蚂蚱,串到腰上。收玉米时节,家家都在酱油坛里腌上它们,吃饭时蒸蒸就是美味。

大牛车嘎啦嘎啦驶进地里拉玉米了。一大群妇女喊着老边,要求跟车干活儿。老边伸手点划着她们说你去、你也去……被点中的人里总有老鱼。老鱼顾不得吃东西了,一抬腿跳开,三两步跨到车上,一拍牛屁股说:"走哩!"

大车在刨过的地垄上吱嘎嘎往前走,老黄牛的大眼生气地看着一边的景物。几个妇女把车两旁的玉米棒子装在篮里,递到老鱼手里,老鱼再哗啦啦倒进车中。

"说起车老板,是个大浑蛋,什么活不干,天天白吃饭……"矮子男人在远处说起了数来宝。赶车的是个满脸胡楂儿的壮汉,朝矮子一伸手指,噼噼啪啪打了几个响鞭。老鱼在车上东晃西晃,说:"贱嘴货,等我有工夫给他几个耳刮子就是!"

玉米棒子全给拉到了场院上。

大场院夜夜灯火通明,老老少少全围上玉米坐了,剥皮儿,将玉米棒编成长长的辫子。多香的玉米味儿,多好的夜晚,天不冷也不热啊!庄稼人苦尽甜来,一年里还不就盼个这样的夜晚?谁剥下玉米皮儿谁留着,那又大又白的玉米皮儿喜煞人!全村里人都来了,连腿脚不利落的老人也来了。可不,老边站在街口上喊一嗓子:"剥玉米了——"谁还不出来?

一根根火绳挂在凳子边上,老头子吸着烟,剥得十分认真。他们眼神不好,两只手按住一个玉米棒子,像按住一头小猪。每只棒子都要留下两张皮儿,留着编辫子用——姑娘们把它编起来,编得好长好长。

小娃娃们不干活,围着玉米堆乱跑。老边不住气地呵斥着,谁也弄不清他呵斥谁。老边晚上要数玉米辫子,要记账,所以戴了眼镜。他戴上眼镜,模样一下子变了。

老鱼不敢跟戴眼镜的老边开玩笑。她觉得这会儿的老边可不是一般的人。她在灯下注视过老边工作:他伸手扯过一辫子玉米,三抖两抖扔到一边,在账本上画一下……姑娘们直眼盯着老边的手,嘴唇使劲缩着。老边说:"吭!"姑娘们吓得赶紧退开一步。老鱼心里想,老边有威啊!

老头子老婆婆絮絮叨叨说起古旧故事,渐渐吸引了年轻人。老婆婆越说越快,声音也越来越大,手中的活儿也越做越利落。年轻人有时要问一句:"后来呢?"老婆婆就白他一眼。老头子从来不问,那是听了一辈子的故事啊!每逢剥玉米的时候就听一遍,剥玉米的夜晚有专备的故事!

平日里听到好故事的人,都默默地记到了心里,专等剥玉米的夜晚。

"老鱼啊，你讲个！讲个！"戴眼镜的老边虽然忙于记账，耳朵里还是留意了大家的故事，这时抬头催促老鱼了。

老鱼剥玉米很专心。她与所有人都干得不同，别人一手按住玉米，一手轻轻掀开玉米皮儿。唯独老鱼用不着那样。她的手大，又格外有劲儿。她一手的虎口扣住玉米，另一只手狠劲一撸，玉米皮就下来了。她听着老边的话，接上说："领导子叫俺讲，俺就讲……俺讲的都是亲身经历的事儿，俺不像有的人，诌南山扯北海，狗嘴里吐不出象牙。俺都是讲些家长里短，俺不像有些人，净拿大话吓唬小孩儿……"

"好！"老边喊了一句，用笔在本子上重重画了一道杠。

"俺要讲就讲真材实料的东西，不像有些人，净拿幌子晃人……"

"好！……"二盒小声嚷了一句。

老鱼掀一掀衣怀，说下去："俺这人从小厉害。俺什么也不怕。小时，妈说：你姊妹仨听好，谁能一口嚼个红辣椒，这顿饭就让她吃玉米饼！俺看看大姐和小妹，见她们都不敢伸手，就一把抓住一个大红辣椒，一口嚼了咽下！俺妈说，真好孩儿，不怕辣，这顿饭吃玉米饼吧！大姐小妹呢？只能吃馊瓜干……"

"老鱼自小厉害！"老边摘下眼镜说。

"老鱼真厉害！"矮子男人说。

二盒钦敬地望着身边的老鱼，张大嘴巴喘息。老鱼又说："小时，街坊邻居打俺，俺就往他屋里扔泥蛋、扔马粪、扔死鱼烂虾……男人欺负俺，俺就一手掐住他脖儿按在地上，问他敢不敢了？他一连声儿说：不敢了不敢了。俺这才放开他。"她一边说，一边飞快地剥玉米。

一场的人都哈哈笑。

有几个年轻人坐不住，这会儿就起来跳着，打个滚儿蹿到玉米堆上，身子倒立着往前走。有人鼓掌，老鱼就凑近了，用食指一捅年轻人的肚皮。年轻人哎呀一声倒下来。老鱼和年轻人在玉米堆上摔起跤来，年轻人没一个是她的对手。

"五十岁的人了，啧啧……"几个老婆婆议论起老鱼的身体来。

"她自小吃玉米饼啊！她能没有力气？"

"多好的玉米棒子啊，你看看，你看看粒儿饱鼓鼓，像牙齿似的；你再看看缨儿，像小孩头发似的；你放鼻子底下闻闻，哎呀，透心香！告诉你吧，新长出的玉米做糊糊喝，馋死人了！馋死人了！还有，新长出的玉米做米（米糁）儿干饭，吃不够啊！他盛一碗，孩儿盛一碗，再给老人盛一碗，一碗一碗直冒白气儿，满屋香啊！要是有心眼儿的人家，再去河里逮些小虾做汤菜，一勺一勺浇到干饭碗里，那才好哩！吃一口那样的干饭，死也值！死也值……快剥玉米吧。剥吧，咱收拾的是自己的口粮啊！"

老婆婆们念叨着，伸手到旁边的老头子们那儿拿过烟锅，长长地吸了一口。

"这天多大的露水啊！你看，一眨眼工夫，我后脊梁上湿啦！"老鱼反手摸着后背，叫着。

矮子又说起数来宝了。

老边重新戴上眼镜，从镜片上方看看所有的人，一个一个看。

秋风吹来，满场都是玉米的气味……

1977年4月，龙口
1989年冬，济南

造琴学琴

在学校里，我最羡慕的是那些拥有一把琴的人。他们拉小提琴、二胡、手风琴，弹拨三弦、打扬琴。琴是公家的，可是谁占了哪一个琴，哪个琴差不多就成了他的了。他们都是老师和高年级的学生。琴是最神秘的东西，上面的弦发出的各种美好声音让我不解。琴比收音机还要古怪。

有了一个琴并且会使用，多么好！那样我就可以进学校宣传队，去拥军，去下乡，去让别人眼馋了。

我想买一个琴，什么琴都行。可是问了一下，贵得吓人。我明白我一辈子也不会有琴了。

绝望中听说林场里有个赶车人造了一把琴，我就跑去看了。一打听，事情不实。因为赶车的人有把胡琴，不过不是他造的，是他家老辈人造的，传到他手里，已经很旧了。他多少会拉一点儿，赶着车也拉，拉很短的曲子。

我也要造一个琴。

赶车人四十多岁，没有老婆，叫老玉。是个挺好的人，就是爱打儿童。小孩子一缠他就发火，而且打人没轻重。他拉琴时闭着眼，有人一喊，他睁开眼，骂别人，用沙子扬人的眼。听说以前曾有个地方请他加入过宣传队，因为会拉琴的人手少。老玉去了几趟就跑回来了，说一起拉没意思。其实是他不合格。

我去找他求教，比如筒子怎么弄，钮子怎么弄，还有弓子——胡琴多么简单！主要是三四样东西拴上弦就行了。我怎么不能造一个？老玉说："小孩芽芽还想造琴。"我气得慌，不过不想惹他，就说："工人阶级帮帮我吧。"他骂我，边骂边把琴从被套子里面拖出来——原来平常他都是把琴藏了。他敲打琴筒，说这是用香椿树根做成的，杆儿是枣木做成的，钮子是槐木做成的。我问别的木头不行吗？他又骂我，说不行！

要造琴，先得找这些木料。

林场很大，可哪里有那么大的香椿树根？就是有，也不舍得割了大树呀！至于枣木槐木，比起香椿树根也就不算难弄了。我愁得一天到晚在林子里转，想狠下心偷伐一棵椿树。看林子的老头盯上了我，暗地里跟着我。

没有那么大的香椿树！我差不多哀求老玉了，说："凑合点儿吧，用个梧桐不行吗？听人说梧桐做成东西也扩音！"

老玉说："再来犟嘴不教你了！"我只得重新去找。

又找了很久。我愁坏了。有一段日子我有些灰心了。一个偶然的机会，我听说南边有个小村，那儿有一个老太太，她家院墙外边有一棵大香椿树。告诉我这个消息的人说："去看看吧，也不知那棵树死没死。"

我赶紧去小村里，一路上在心里念叨，那棵大树啊，快死了吧，死了我好挖下树根用呀——我的话如果老太太听见了一准会骂我。

到了小村一问，真巧，那棵树早就伐了，大树根子老大老大，正堆在一边准备当柴烧！我高兴极了，一蹦三跳地找到老太太，说明了来意。我提出花钱买这个大树根子。老太太生气地说:"送你送你,你也为了学本领搞宣传哪!"我取走了树根,给老人鞠了个躬。

老玉帮我用斧子修理了树根子,修成一个大疙瘩。我说怎么挖得成筒子?找场里的木匠吗?他说那不行——木匠做四方东西行,做圆的就不行了,这得找旋木头的旋成圆筒才行。

我想起学校里的二胡就有六棱筒的。老玉指指自己的胡琴说:"那不是圆的吗?圆的才好!"

我问:"到哪儿去旋呢?"老玉甩甩头说:"'九里涧,两头旋'。"我知道九里涧是个地方名儿。"那里专门旋木头,你去吧。"我费了好大劲儿才打听出哪里是九里涧,找到了旋木头的地方。

那个开旋床机器的师傅看了看我,摘下眼镜擦擦又戴上,说:"弄胡琴?"我点点头。他再不问,哧哧咔咔旋起来。先削掉多余的木边,接上摇着小铁柄儿往前推,小心极了。他甚至在木筒上旋了几道花纹。工人叔叔真好啊!真了不起啊!

我付了钱——他们只要一元钱!

离开时我又回车间看了看那个师傅。他问:"胡琴钮子呢?"我说没有。他说:"那也得旋。"我说:"我找了槐木再来。"他说好。

第二天,我就找了两块槐木,去旋了钮子来。

整个这些天我兴奋极了。我几乎天天要找老玉。老玉还是常常骂我。不过我离不开他了。他赶车,我就跟上。我想跟他先学一点儿怎样拉琴的知识,等我自己的琴造好了,再正经学习。我常在夜里想,有一天,我要突然从老师或高年级同学手里接过琴来,拉一段好听的曲子!让他们发呆去吧!

我的学习给耽误了,功课不太好。不过功课要追上也容易得很。那些出去搞宣传的,写村史家史的,常常耽误一个多月的课,到头来还不是补上了！

多好的一个琴筒啊！我找木匠钻了个小洞，小洞上要镶琴杆儿。我看着木匠的钻头响着，真怕它把筒子弄碎啊！老玉帮我削了一支硬木琴杆儿——为这个我将永远感谢他！因为硬木在我们这儿没有，到底哪里有谁也不知道。老玉说他来想法吧。他直到很长时间也没想出法来，我怪急得慌。可是事情说成也就成了。他有一天给一个地方拉木头，看到一个屋里放了一支废旧的秤杆儿，就顺手取了扔到车上。他把车赶回来，冲我叫着："快来看，你这个馋痨！"谁特别想干一样事，他就管他叫"馋痨"。

我跑去一看，只见发红的一根小圆木，上面还有残留的称星儿。我明白了！老玉举起，用指头弹几下，说："真正的红硬木。你这个馋痨就是有福！成了，胡琴这造成了！"

他削过红硬木，又用碎玻璃细细地刮过。琴杆儿刮得滑溜极了，他撸了两下。这么好的琴杆我做梦也没想到。把它镶到琴筒上，再加上钮子，几乎就是一个挺好的胡琴了。还缺什么？还缺一个弓子、一副蒙琴筒的蛇皮。弓子是藤杆做成的，细竹也行，这个好办。可是蛇皮呢？我真害怕蛇，怎么敢弄蛇皮？去店里买，哪里也没有。

过去我一直为琴筒什么的着急，这次一下子想到了蛇皮。老玉的琴上蛇皮带黄色花纹，那得多粗的蛇才行！老玉说它的蒙筒用料不是一般的蛇，是蟒——一种更大的长虫！

老玉整天骂我，我真想打他一拳。不过我事事都得求他，不敢得罪他。他骂我骂得好狠，没事了就叫我馋痨。他让我跟他出车，说有时拉木头，常能碰到蛇，如果有粗壮的，就打一条。我满怀希望，可又十分害怕。那条倒霉的蛇最好让老玉一个人撞上好了。

跟老玉常在一块儿，才知道他是个很脏气的人。他身上有股怪味儿。他几乎从不洗衣服，上面满是灰尘油污。下雨天他才把衣服脱下来，挂在绳子上让大雨淋一淋，太阳出来晒干了再穿上。不过他也挺有意思，心眼儿不太坏。

有一次我问他为什么不洗澡？他瞪大眼说："谁不洗？我要洗就不像有些人。我要洗就正儿八经。"我说怎么正儿八经？他说："俺忙了不洗，要有工夫，就跳到芦青河里洗上一天。捎带也摸几条鱼吃。一天的工夫，身上多结实的灰还不泡下来了？"

他的话也有道理。有一天他想起什么，说："星期天了，我领你去洗澡吧？"我说："好！"

我们去了芦青河湾。那里很多芦苇，水很宽，特别是河头那儿，像个湖。老玉脱了衣服，我发觉他身上一点儿不黑。他显得黑，主要是露在衣服外面的手足脸脖给晒黑了罢了。他的水性好，一头扎到深水里，半天不露面，吓死人。一会儿水面上鼓气泡，是他故意弄的。

他洗了一会儿，开始捉鱼。只见他像抱东西一样把手伸到靠岸的苇叶间，小心地一摸一摸，摸到了，就飞快一拃！两条乱蹦的鱼就让他给拃住了。他让我试试，我也俯下身子，小心地摸。我发觉鱼比人精，它们一被惊动，唰一下就窜了。这怎么摸得到？老玉说："你这个狗东西白瞎！你真是个馋痨，光想着造胡琴了。鱼是活物，还等你碰上它才跑？你的手觉得发热——鱼的身子烤你，你就猛一拃，鱼就在手里了。"

我费了不知多少工夫，也觉不出水里的鱼怎么能发热。鱼是凉的，人的手才是热的，老玉怎么会有那种奇怪的感觉？不过他真的能捉到。我到现在也觉得怪。

通过捉鱼这件事，我觉得老玉有很多值得我学习的地方。我比过去谦虚了。他主要的缺点就是骂人，不停地骂。他赶车时也骂牲口，一句接一句骂辕马，不过主要是骂前边的那匹灰马，说它奸猾、不正派等。

这天我们洗得好惬意，一洗洗了多半天。老玉捧起河沙往身上搓，说："什么灰我还搓不掉它？"真的，他的身子洗得干净极了。这一次谁要再说老玉不干净，那就不对了。他洗好后站到岸上晒晒太阳，身子干了，又穿上那几件脏衣服。

我们往回走时，在河边树丛里发现了一条绿色的蛇。我尖声大叫，他低头看了看，说："粗细够了。不过这是一条水蛇，不知行不行。"我问："水蛇怎么了？"他说："水蛇一天到晚在水里，湿气大，我怕它的皮做胡琴，一拉音儿发闷。"他说得很严肃，"我觉得水蛇是不行的。"

又往回走，穿过大片青草地。有一条灰溜溜的大蛇游过来了。我大叫了一声。老玉说："你穷咋呼什么？打呀！"我折了一根树条，可就是不敢抽。老玉边骂我，边跟着蛇跑，并不动手。我说："你快打呀！"他说："跑了活该，又不是我做胡琴。"我急得快哭了，他才搓搓手，低头一捏，捏住了蛇尾。蛇头朝下，几次想往上举，都被老玉甩下来了。他不停地抖动，那蛇终于老实了。他又抖，然后放到地上，蛇就跑不快了。这时老玉挽挽衣袖，把蛇打死了。

剥蛇皮怪吓人。老玉身上又不干不净了。

我们把蛇皮放进沙里搓、水里洗，觉得干净了才拿回来。老玉用刀子细细地刮过蛇皮正反面，又用碱面搓了半天。晚上，蛇皮放在月亮底下晾干，经了夜露。我问为什么要这样？他说蛇是凉性东西，非这样弄不行。到后来蛇皮干了，有些硬。我们放在琴筒上比了比，发现宽度绰绰有余。

蒙筒子之前，老玉又将蛇皮用温水泡胀了。他说这样蒙上筒了，晾干了以后蛇皮才紧。蒙筒子费了不少劲儿，我们不得不请了木匠帮忙，并且要了他一点最好的胶。老木匠说，我给你上上漆吧。那真太好了！他后来给琴杆琴筒上了老红漆，给钮子上了黄漆。眼看一把胡琴就要成了，我觉得我是天底下最幸福的人。

最后就是制弓子了。藤杆儿用火烤着弯成了弓，然后是拴上一束马尾。马尾要从大马的长尾巴上揪，老玉怎么也不让。我急坏了，说："你真小气，一毛不拔呀？"老玉又骂我，骂得脸红脖子粗，说："你想疼死我的马呀？你拔拔你自己的头发试试。"我说："你弓子上的马尾呢？不是拔的吗？"他咬着牙说："不是！就不是！那是从一匹死马身上剪下来的。"

我又去找了饲养员，饲养员说不行。他说养什么就爱护什么，想拔马毛，那还行？

坏了，我的好生生的胡琴最后就卡在了几根毛上。我决心自己来处理这件事儿。我不信一道道关卡都过来了，最后会败在这几根毛上。我一天到晚往饲养棚里溜，只要饲养员不在，我就揪下几根马尾。那大马一被揪了，脊背就一抽一抽。看来它是有点疼。于是我也不好意思一次揪得太多，总想慢慢凑数儿。不过我太心急，不到半月的工夫，马尾就凑够了。

没办法，还得去找老玉，求他帮忙做弓子。老玉怀疑地盯着闪亮的马尾说："哪里弄的？"我说："这是一个同学村里的马死了，他替我搞来的。怎么了？"老玉说："不怎么。"他动手帮我制弓子了。

想不到制弓子也这么费劲儿。主要是马尾难对付。上面的油脂太多，洗也洗不掉，洗不掉就没法做弓子。老玉把它们放在碱水里浸，浸去一层油，过不久又出一层油。就这么浸浸泡泡好几天，后来又用松香粉去搓。搓呀搓，揉呀揉，马尾全染成白的了。好不容易才把它们归束到藤弓子上。

拴了一粗一细两根弦，调一调，老玉拉开了。真好啊！老天，一把胡琴好生生地响，令人不能相信似的，它前不久还是树根废秤杆什么的。这声音差一点儿让我哭起来，我笑也来不及了。老玉表情肃穆地拉，一个曲子接一个曲子，也不嫌累。我说："拉别人的琴不花钱哪,也不让我拉个!"他骂我,说:"你会吗?你的馋痨爪子一沾上就不是好音儿。"

我飞快地抓过来,拉了两下,真难听啊!

不过我仍然是高兴的。有了琴,难道还学不会吗?我把琴放在一边端量,觉得这是最好最好的一把琴,比学校那一些都好上十倍。夜间,我把琴放在枕边上睡觉。它的油漆味儿喷香,松香味儿也喷香。半夜里,我醒来轻轻按一下弦,发出"叮"一声。

我给琴做了个纸盒,平时就把它装在里面。

我该跟老玉好好学琴了。老玉说:"造琴容易学琴难。要想会,搬来跟师傅睡。"我同意了。妈妈不让我去,说那个人太脏了,我也就没去。老玉多少有些不高兴,一声接一声骂我。我有时从家里带点好吃的东西给他,他的态度才好一些。晚上,我待在他的宿舍里很久才出来。他的宿舍像狗窝一样,热乎乎有股怪味儿。他说他从来不晒被子,也不打扫。我说:"我帮你搞搞卫生吧?"他说:"穷毛病!"

我问他:"你为什么不娶媳妇?"他听了狠狠骂我一顿,我不敢再问了。停了一会儿他自说起来:"媳妇,哼,咱娶不来,也不馋。人怎么还不是一辈子。有了那东西过不自在,天天让她管着,这样吧,那样吧,烦人!我也见过那些有媳妇的人,比咱好了哪儿去?"他搓搓眼,抱起胡琴拉了一下。

我先学拉简单的音符。老玉的指头像棍子一样黑硬粗壮,可按在弦上,却能发出挺好的音儿。他告诉我指头怎么个姿势,怎么拉弓子,腿怎么放。我的左手老要往上抬,他就打了它一巴掌。胡琴原来真的难学,你用力不行,不用力也不行。它不听话。有时一着急,指头又不听使。有时想按下食指,可小拇指和中指跟上乱动。

我明白了那些会拉琴的人为什么那么傲气了!原来学这门本

领是很难很难的。像老玉这样的赶车人会拉琴又会干活儿，简直就是百里挑一的人了！我学琴期间，对老玉的敬佩又增加了很多。

老玉让我每天拉上个把钟头。多么累人的事儿呀，我左手四根按弦的手指顶上磨破了皮，右手握弓子的几个手指头也磨得通红通红。我听不出有什么进步，甚至还倒退了。我越来越害怕听自己弄出来的声音！可老玉的话总得听啊，每天坚持拉上个把钟头。

老玉让我有时间就跟他上车。大车在没人的林间路上摇晃，老玉拉着他的胡琴。他拉的时候我只能看和听，不准说话。他拉上了瘾，闭着眼，说话他也听不见。我真怕车子没人驾出了事。老玉有时给我讲解，说胡琴这东西，到老了也学不成，能成的只是几个人，那是命里定的。我听了赶紧批判他，他不服。他骂我馋痨什么也不懂。他说："你怎么不学别的琴呢？那些洋玩意儿看起来唬人，其实一学就会。你学胡琴，完了。"我说："别的琴更难造，我没有琴学什么。"他不答话，只是不住声地骂。

老玉啊，你这个坏蛋，等我学会了琴的那天，我就不听你骂了，我抱着琴跑走，再也不见你。

不过，我也许会想念他的。我会想起造琴时他帮的那些忙，想起一块儿洗澡捉鱼的事。那天捉了一些鱼，我们在岸上烧了吃，没有盐。那鱼的腥气味儿到现在也不忘。人就是怪，恨一个人，到离开以后还会想念他的。

老玉对我使出了久不使用的绝招儿。他说这方法相信学校里那些家伙都不会用。他把胡琴夹在腿里，然后只用一根手指按弦，居然拉出了一首短歌。他还将胡琴像三弦那样抱了，把弓子甩到一边，用指甲拨弦，拨出一首短歌来。

这真是奇迹！我怎么也不理解。我相信他是个了不起的怪人了。老玉多么好啊！他告诉我，琴要拉得好，主要依赖两种东西，一是耳朵，二是指头。那就要练耳朵了，清早起来到林子深处，闭上眼睛细心地听。看看能听出多少种声音来？

我试了试。我听见呼呼的风吹树声，还有鸟叫，还有远处的牛什么的在叫。别的没有了。

老玉说："你不行。林子里少说也有几十种音儿，你辨不出，还能拉琴哪？你听不见顺着树枝底下传过来的河水声？听不见唰唰的声儿？那是小野物在暗里奔跑。还有嗞啦嗞啦的响动，那是树叶落地——一个接一个树叶死了。蛇、兔子跑，鹰逮鸟儿，都有自己的音儿。你好好听，听出来了，耳朵也就练成了。"

我没事了就到林子里去，练我的耳朵——这样的耳朵练成那天，弦上有一点点变化也听得出来。老玉说学校里那些人拉琴是瞎拉，他们没有练过耳朵。我练了一段时间，发觉林子里果然有不少杂乱声音，到后来，一个小虫在背后的树干上爬我也听得见了，我听见它的小爪一活动，发出铮铮的声音，像拨动小铜丝似的。

我把这告诉了老玉。老玉有些吃惊。他去听了听，说听不见。"你成了。你的耳朵超过师傅，肯定成了。"

接上他又让我练手指。他告诉我按弦的地方是手指顶，手指顶的那一朵肉不肥，按出来的音儿就别想好听。他摊开左手，让我看他的指顶肉。"肥不肥？"他问。我仔细地看，怎么也看不出。我只能如实回答说："不太肥。"他一拍膝盖："这就对了！我的指顶肉不肥，天生不肥，练也没用。我的琴拉得不错，不过再有大长进也就难了，因为指顶肉不肥。"

他让我没事就在桌子上、树木枝干上揉动指顶肉。"一边揉一边颤颤，这样！"他做了个样子。那模样真好笑，像得了一种抖手病一样。

我天天揉，手指顶到后来抓东西就疼，忍也忍不住，红了，肿了。我只得停下来。停了十几天，我去看老玉，一进门见他正在吃面条。他碗里的面条老粗老粗，像小蛇一样。一问，才知道他自己动手擀的。他说，要有老婆，就是老婆做面条——她们做面条细，不过不好吃。他的粗面条真香。他让我尝尝，我没尝。正说着话，他一把攥住了我的左手，翻来覆去地看了又看，最后大声说："指顶肉有些肥了！"他立刻让我拉拉琴看。我拉了几下，他站起来说："进步真大啊！"

我的脸庞都红了。我想我肯定是进步了。不知不觉，我已经学会了几首短曲子。我和老玉在车上时，他拉一段，我拉一段。有时我们调准了弦，同时合奏一首歌，那真是美妙极了。大车在林子里跑，我们一齐拉琴，呼啦呼啦使劲拉，谁不眼馋！

老玉说："我还会唱！"他让我拉，他自己唱起来。老玉一唱歌就憋红了脸，脖子上青筋也出来了，昂昂大叫。他的歌与我的琴合不起来，响声也远远地压过了我的琴。不过我并不生气，还是尽力地拉。他停了，我也停了。他说："馋痨拉得不错。"……这一天我们在林子里玩得高兴极了。他说："你要是天天来陪我就好了，我教你学艺，你给我拉琴伴唱。你不用上学了，那是屁地方。"

我没有答应他。不上学倒是我没想过的。我还想学会了拉琴，到宣传队去呢！我的功课已经拉下不少了，我已经违背了学校规定的"又红又专"。我想起来有些惭愧。

一个星期天，我抱着装琴的纸盒上学了。宣传队在排练节目，一溜人拿着马鞭子，一个教师一拍手，他们就一挥一挥往场上跳。同时，拉琴的一些人也忙起来。我站了一会儿，就回到了离排练地不远的教室，一个人拉起了琴。

我刚拉了一会儿，就听见外面的琴声停下了。我还是拉着，不一会儿，一帮人在教室门口往里望。一个大个子教师惊讶地说："是你在拉啊？你还会拉琴？"我点点头，继续拉。又有几个人围过来，看我和我的琴。

那天可真把他们吓了一跳！那天真是难忘啊！

他们说："你差不多可以进宣传队了。"

后来的一天晚上，高年级同学就邀请我来学校拉琴。我们一块儿拉着，每天都拉到深夜，一点也不疲倦。冬天到了，我们拉得满头大汗。回家时，我一个人抱着琴，踏着半尺厚的大雪往前走，高兴极了。雪停了，天上晴了，星星一颗一颗，我那时突然想起了老玉。

第二天我放学后就去找他了。

他像病了似的，气色不太好，见了我一声不吭。他的头发更乱了，上面有些灰土和草屑。我叫他，他蹲在那儿也不应。我给他把头上的东西拨拉掉，捏下一根草梗。他的眼里全是血丝，鼻子两边有灰。我说："老玉，你怎么了？"老玉不吭声。停了一会儿我又问，他骂了我一句。他要出车去了。我抱琴跳上了车，他也不阻拦。

老玉专心赶车，一会儿用鞭梢打打马儿。大车走得不快不慢。我坐了一会儿车，就取出了琴，一下一下拉起来。我拉得很慢，因为心里不高兴。正拉着，突然老玉把牲口喝停了，回头眯着眼看我。看了一会儿，他大声说："拉得好！"

我心里挺难过，告诉老玉我这些天学琴去了。老玉说："学琴怎么？学琴也不能忘本！忘本的人，没有一个是好人！"

我说："我没有忘本。这不，我又回来了！"

老玉脸都紫了，说："什么才叫忘本？拿刀杀了我才叫忘本吗？你一朝得了好，就忘了原来的师傅，这不是忘本是什么？"

我不作声了。

老玉得理不让人，把我使劲骂了一顿。我真想哭一场。我心里并没有忘记他。不过，我不能说每时都记着他。再说我早就有离开他的念头，也不能老和他在一块儿呀。

老玉骂牲口，打牲口，大车飞奔起来了。大车跑到了最远的地方，还在往前跑。林子深处的路上没有辙印，长满了草，也有些窄了。大车在上面跑得多欢。老玉胡乱唱起来，破衣服脱了一半，穿在身上一半，像痴了一样。他让我给他伴奏，我就拉起来。他的歌是胡乱唱的，我也没法合谱儿，也只能胡乱拉一气。这样尽情乱来了一会儿，老玉哈哈大笑了。他从破麻袋里取出了琴，与我一同拉着。我们拉的是不同的歌，不同的调。他有时正拉着一首歌，半路又蹦到另一首歌上。

我从此以后一边上学，一边拉琴，有时间就来林场找老玉。老玉对我明显好起来，不过还是常常骂我。他在林子里逮到一些好吃的东西，也留给我一点儿。

我的琴技越来越进步了，渐渐可以加入宣传队了。进队的一天，我高兴得不知怎样才好。我带着我和老玉自造的琴，坐在乐队里，浑身都是自豪劲儿。

宣传队下乡演出了，到部队拥军了，到处都受到欢迎。我们有时坐大车去演出，有时坐迎接我们的卡车，也有时自己骑自行车。我们常常在深夜里才从演出地往回赶，有时半路上挨淋。不过我从来没让一滴雨落到琴筒上。

有一次我们宣传队坐上了老玉的车。他一边赶车一边拉琴，逗得全车的人都笑。他不高兴地问："笑什么笑，我拉得不好吗？"大家赶紧说好。

说真的，那时连我也觉得他拉得不太好了。不过我不说。他是我师傅。更主要的是，他这个人心眼儿好。

我永远也不会忘本的。

有一次去部队慰问战士，演出结束时每人分得一卷儿桉叶糖。我没舍得吃，带回来送给了老玉。老玉剥了纸吃一颗，说："味儿不错。行，经常出去演吧，有好吃的东西多带些回来。"

我手里有一把琴，是令人羡慕的。只有我自己知道这把琴来得多么不易，学琴又是多么艰难。

我要一辈子拉琴。

1976 年写于栖霞
1981 年改于济南

声 音

芦青河口那围遭儿树多。大片大片的树林子，里面横一条小路，竖一条小路，非把人走迷了不可。因此河边的各家老人都常常告诫自己的孩子——特别是姑娘：没事儿，千万不要往林子深处走！

可二兰子倒满不在乎。她常钻到林子深处割牛草。家里人阻拦她，她就说："不怕，不怕，我到年都十九了！"妈妈脸一沉："十九了更不好！"二兰子把一截草绳儿往腰上一扎，提起镰刀说："我去！我去！我偏去嘛……"

她这句话里带着怨气。家里养个老牛，肚子比碾砣还大，地上放捆嫩草叶儿，它伸出舌头抿几下就光了。大弟弟忙着复习考大学，小弟弟要进重点班，唯独她不被看重，忙里忙外，出工前还得去割一大早的牛草。割就割吧，她没上几天学，管"大"念"太"，常常忽略中间那"一点儿"，还不得割牛草吗？可近处的青草全被人割光了，不进林子深处行吗？谁愿跑路怎么的！她觉得妈妈太不体谅人。

好在二兰子还从没有迷过路。

早晨，还是很早的时候就进林子了。一路上，也不知踢散了多少露珠儿。太阳升起来了，光芒透过树隙，像一把长长的剑。小鸟儿就像不闲嘴儿的小姑娘，吵死人了！还是老野鸡性子缓——多长的时间才叫一声咯咯哒呀！二兰子总是这样：不管心里多么不痛快，一进了这林子就变得高兴了。大树林子绿蒙蒙的，多宽敞啊，她很想仰起脖儿喊一句，听听自己在这树林子里的声音。她知道，树林子能把声音传出老远、拖得老长，树林子真好哩！可她憋住了，她要赶去割草呢。她只瞅着脚下的草叶儿，急急地走。

她走着，地上的草叶儿嫩极了，一簇一簇，顶着露珠儿，闪着亮儿，二兰子还不割吗？不割！不割！她继续往前走着……地上的草叶儿墨绿墨绿，又深又密，简直连成片儿了，二兰子还不割吗？不割！不割！她还是往前走……又穿过几排杨树，跨进了杂树林子。看吧，这里的草叶儿才叫好呢！青青一片，崭新崭新的，叶片儿宽板板，长溜溜，就像初夏的麦苗儿。那草棵里面还有花哩，红一朵，黄一朵，二兰子先拣一朵大的插在头上，然后才解了绳儿，举起手里那把雪亮亮的镰刀……小鸟儿在头顶"喳喳"地叫了几声，清甜的空气直往鼻孔里扑，二兰子高兴极了！她盯着那镰刀刃儿，镰刀刃儿锃亮锃亮，反射着阳光，耀得她眯起了眼。四周空荡荡的，一个人也没有，她脸儿红红的，四面儿瞧瞧，心里一热，不知怎么脱口喊了一声：

"大刀来，小刀来——"

呀，满林子都喊哟！二兰子听到自己那声音了，听那尾音儿，在林子里还引起了一阵沙沙沙的震动。二兰子恣得闭上了眼睛，一溜睫毛显得格外长、格外密。她大仰着脸儿，眼也不眨，嘻嘻笑着又喊一遍："大刀来——小刀来！"

她喊完了，大气儿也不出，只用心听着那尾音儿。

这回的尾音儿拖得特别长。奇怪的是，它好像飞到了老远的地方，又从那儿折回来。声音已经变了。二兰子听着愣住了！她一个字一个字地分辨着：是哪个小伙子在老远的地方接着喊哩！听听，他还在喊哩——

"大姑娘来——小姑娘来——"

二兰子赶紧藏到了一丛灌木后边。当她听出那声音是从远远的河西岸传过来的，才从灌木丛里走出来。不过她一颗心还在"怦怦"跳着，胆怯地向着河西岸望去——一团绿色又一团绿色，苇行、灌木，遮得严严实实，哪里看得见啊！不过这声音却是蛮嫩气，听那调儿，还是喊的普通话。二兰子小声骂一句"该死的"，就弯下身子割草了。

这天，她只默默地割草，连大声哼一句也不敢，生怕河西岸听见似的。割成了一大捆儿，她就无声地扛起来，踏着那林中小路儿回家了。

以后的早上，她每每来到林子里，刚要弯腰割草，就会听到河西岸那人在喊。"喊吧，喊吧，有谁理你才怪！"二兰子在心里说着，下狠劲儿割着草，头也不抬。她挥动着镰刀，胖乎乎的手脖儿在绿草丛里一掩一露，像一截儿洗得白嫩嫩的藕。割呀割呀！割得草叶堆成小山，老牛吃得肚儿圆；割呀割呀，她一口气割了十天。十天里有十个早晨，有十次踢散那林中小路上的露水珠儿，也有十次听到那河西岸的呼喊。呼喊，呼喊，显你小伙子嗓子脆啊！显你小伙子甜咪嗦嗦（方言，意为"爱在女人跟前讨好"）啊！二兰子烦他。她这会儿开始后悔了：一个姑娘家，干吗在树林子里乱喊呀？你就不知道这树林子特怪——能让声音大上几倍吗？

二兰子以后割草时，故意用心听那鸟儿吵嘴——这就能忘了那个小伙子的声音。可是几天之后，她突然觉得这无边的林子里好像少了些什么。少了些什么呢？花也在，草也在，鸟儿也在，手里的镰刀也在——少了些什么呢？她干活不勤快了，再也无心割草,默默地贴站在一棵大杨树上,伸出镰刀刮那衰死的老皮儿……她刮着刮着猛然记起了:是少了他那喊声哩!他从河西岸走了吗?他哪儿去了?他怎么就一连这多天不喊哩!

二兰子扛着草捆儿回家,走在路上都没劲儿。她是太累了。

早上回到林子里,她清了清嗓子,面向河西,用甜津津的声音喊了一句:"大刀来——小刀来——"

树林子哟,树林子哟!树林子又把这声音传走了,那尾音儿不消不失,颤颤悠悠,像琴!像箫!像笛!像鼓!二兰子料定这声音是那千千万万片叶子传动的,要不它们怎么老是唰唰地动呀?她半个脸贴在树干上,她等河西岸那个声音。正在她的心急急跳动的时候,那声音果然又一次传过来了

"大姑娘来——小姑娘来——"

二兰子笑了。二兰子蹲在地上了。二兰子解了草绳儿。二兰子挥起雪亮亮的镰刀了。这个姑娘真能割牛草!

这天晚上,二兰子回家后怎么也睡不着。这都怨那月亮太亮了些,把个窗外的树叶照得绿莹莹的,怎么能让二兰子不夫想那树林子、那树林子里的草?她今晚镰刀就搁在窗台上,盯着在夜影里放光的刀刃儿,自然尽想些割草的事儿了。十八九的姑娘了,俊俏得全村没有第二个。奇怪的是这么俊的姑娘,这会儿竟迷上割牛草了。早几年全村里都穷,她和别的姑娘一样,读了两天半书就回家下地了。在田野里,她们都是成帮成群的,穿着镶白腰儿的蓝粗布裤子,赤着脚儿在柳行里跑、跳,拔刚露尖尖角的苦苦菜。苦苦菜做的小豆腐真香啊,妈妈一边吃一边夸,说村里这帮子姑娘黑头发、大眼睛,都像一个模子里扣出来似的,哪一个大了都能找个好婆家……二兰子一点点大了,再也不拔苦苦菜了。但如今她要割牛草。她想:"割吧,割吧,割到找婆家!"她睡不着,就想那林子,想来想去,竟觉得河西岸那青草一准会比河东岸的

多——河东岸那青草原来不算多，也不算嫩！

天亮以后，她踏过一条独木小桥，进了对岸的林子了。这儿的青草果真嫩、果真多吗？二兰子看不出来。她只是带着几分好奇似的蹲下身来，悄没声地伸出了镰刀……林子里的鸟儿也许吵累了，四周静得很，空荡荡的林子里，只有她那挥动镰刀的嚓嚓声。

割了一会儿，她听到了有人在不远的地方喊了一声。她的手一颤，镰刀滚到草丛里去了。她不知怎么有些慌乱，站了起来，很想回应一声"大刀来、小刀来"，却用手紧紧地掩住了嘴……绕过了几丛灌木，二兰子偷偷地趴在树枝下看着。她终于看到一棵皮黑如铁的老弯榆下，正有个人面向河东，用力地喊着。"是他了！是他了！"二兰子心里叫了一声，随手用镰刀狠劲儿扫了一下跟前的灌木丛。树丛发出了一阵啪啦啦的响声。

那个人赶紧转回身来。二兰子看真切了，也差点儿喊叫出来——这哪里是个小伙子啊：矮矮的个子，瘦干干的脸；一双眼睛陷得有点深，使上眼皮和眉骨处有一道深纹儿。他挺直身子站立着，那头颅也要往前探出一截儿——他是个罗锅儿！二兰子大失所望，觉得他就和身边那棵老弯榆差不多。他大概有二十八九岁了吧？她惊讶得嘴巴张得老大，在心里叫着："天哪！天哪！这样一个罗锅儿，还有那么嫩气的嗓子，还会说普通话，只听那嗓门儿，那声音，你会以为他是个多'帅'的小伙子哩。声音骗煞人！"

罗锅儿看到了二兰子，一下子怔住了！他把身子久久地贴到老弯榆上，让粗粗的树干挡住自己的脸。住了好长时间，他才不得不从树后走出来。

二兰子见他走了过来，警惕地问了句："干什么？"

"哦，割牛草，割牛草……"他慌促地点一下头，蹲到了二兰子的脚下。

二兰子退开一步，才发现原来自己刚才站立的地方，放着一根麻绳儿、一把窄窄的小镰刀……

他们都割开了牛草，谁都不说什么话。小罗锅儿敢藏在树丛里喊"大姑娘"，大姑娘真的来了，他却怕羞似的一个人跑到一边割着草。也只是不一会儿的时间，他就割了好大的一堆，速度快得简直让二兰子吃惊。他异常麻利地将草捆儿打好，然后就倚在草捆上，掏出个小本本看了起来，嘴里不停地咕咕哝哝……

几天过去了，他们两个都默默地干着。二兰子看小罗锅儿还算老实，从岁数上分属于另一搭儿的人，自己又耐不住寂寞，就上前搭讪着说起话来了。她知道了他大号叫李双成，就是西岸村子里的，负责队里三头老牛吃草。二兰子也告诉了自己的名字，告诉自己成天早晨在河东岸割草。小罗锅儿一双明亮的眼睛看着她，笑笑说：

"听你那声音真甜脆哩！我怎么也想不到是个割牛草的。我还以为是个'戏子'哩，出来练功……"

二兰子热得解开衣怀，露出了一件薄薄的、带小碎花儿的衬衫。她笑着把镰刀钩到肩头上说："咱不是'戏子'，咱还不识字哩……"

小罗锅儿站在她对面，温和地笑着，每听一句就点一下头、咽一口，那颔下的喉结也随之上下活动一次，好像不仅全听准了，而且记住了、装到肚里去了！

二兰子还是第一次遇到这么重视她讲话的人，心里一阵畅快，就说了好多好多。

第二天，二兰子割草的时候，小罗锅儿就立在一旁看。他觉得她这样是割不快的，于是就要过了二兰子手里的镰刀。

他要做个示范动作了。

他背向着二兰子蹲在了地上，头也不回，只示意她看准、看透彻。然后，他右腿跪在了地上，左腿向一旁伸开，上身儿向前伏去，再伏去，就像要倒下似的。这时候，那右手里的镰刀才伸出来，那左手的手指才拢到一起。镰刀动起来了：不是推，不是拉，不是砍，也不是割，而是像在草丛间画小圈儿！那左手配合得也叫好，触着抖动的草叶儿，一按一转，拍拍、拢拢，就像揉面团似的……青青草叶贴着地面给齐齐地割下来了，变成一卷一卷，一堆一堆。他就在这绿绿的草堆儿里活动着，整个身子有规律地晃动、俯仰，从容不迫地向前推进，就像游泳一样。

二兰子看得傻愣了！

她马上要过镰刀，就像小罗锅那样把身子靠近了地面，一招一式都仿他，但她动手割时，总不甚得劲儿，不但割不快，还差点割了手指……二兰子有些懊丧地跳了起来，请他重做一遍。她这次眼睛也不眨，从后背看，从前头看，从他的侧面看。突然她像发现了什么秘密似的，拍着手掌嚷：

"怪不得哩，那是你自己的法儿哟，那是你一个人的法儿哟！你是借了那罗锅的弯儿……"

她喊着，高兴得什么似的。突然，小罗锅呼地站了起来，仇恨似的盯了她一会儿，然后啪地摔掉了手里的镰刀，转身离去了。

"你怎么了？你怎么了？"二兰子吓了一跳，紧追着问道。

小罗锅没有理她。他走了老远，直走到那棵老弯榆下才停了下来。他倚着树干，默默地抚摸着黑色的树皮，一声也不吭。

二兰子似乎意识到自己的话语伤了他，就不作声了。她低头看看脚下的青草，又抬头瞅一眼小罗锅，发现那双有点深陷的眼睛里，有两点火星闪了一下。她伸手从一旁的槐树上取个叶儿，放在嘴唇上，啵一个吮了个响儿……她说：

"哎呀，你真是个要强的人哪，看不出来！"

他没有作声，只深深地看了她一眼，又回到原来的地方忙活去了。

像过去一样，也是刚住了不大一会儿，二兰子就看到他靠在捆好的草捆上读那个小本本了。她觉得新奇，就走到近前问他读的什么？他翻动着书页，头也不抬地说："没什么，一本书……"

二兰子问："上边有描的画儿吗？"

他摇摇头："上边尽是字儿……"

二兰子鄙夷地撇撇嘴："哟哟，那能看出个什么来！"她嚷着，突然又想起了什么，问，"你一直在这儿割牛草吗？"

小罗锅摇摇头："刚割了半季。我原来在学校里教书……"

"你教书？！"二兰子吃了一惊。

他点点头："是个'民办'。后来师范毕业生多了，'民办'有的要下放，我就给下放了。"他说到这里惋惜地搓弄着手掌，又碰碰身下的草捆说，"老支书让我割牛草，他说：'你身子骨不硬，那活路也轻松……'我就来割牛草了。"

二兰子赞同地说："割牛草好！瞧你一会儿就割下这么多，然后净落得玩儿了。"

小罗锅听了，却激动得从草捆上跃起："那我就割这一辈子的牛草吗？"

二兰子看着他那样儿，觉得一阵阵好笑，心里说："割一辈子牛草有什么不好？连我也割牛草咧！"

小罗锅额头上渗着汗珠儿，脸涨得红红的。停了一会儿，他才蔫蔫地躺在了草捆上。他长长地吸了口气说："听说公社工艺制品厂要招懂外语的，这会儿正物色人呢，我想去找管工业的张书记……"

二兰子愣了一下："你连外国话也会说吗？！"

小罗锅摇摇头："还不能算是很会说……"

二兰子觉得有趣极了，她一迭声地喊道："'镰刀'怎么说？'割牛草'怎么说？'大树林子'怎么说？"

声音

089

小罗锅很认真地一个个说了一遍。二兰子笑了:"也听不出什么来,不过还真是怪好听的……哎呀你真能哩!你怎么学的?"

小罗锅两手枕在头下,大仰着脸儿,望着那插向天空的树梢儿,好久没有作声。停了会儿,他声音缓缓地说:"我是来割牛草才开始学的。每天早晨,我天不亮就来到这林子里,背单词,练发音,露水珠儿滴到我脖子里……等树林子亮起来,我就合上书本,伸一个懒腰,要割牛草了。那时候我已经学了一个大早,心里兴冲冲的,河东岸喊来一声,我就应她一声……"

"你应什么不好呢?你偏喊'大姑娘'!"二兰子装着生气地插上一句。

小罗锅的脸红了。他把身子扭到一侧,避开了她那目光。他接上说:"我学得真难哩!背一个大早的单词,割一捆牛草就全忘光了。我差不多都要急哭哩,我学不成了吗?我不想它。我只知道自己这个人有股特别的拗劲儿,用来学外语正好!我只想:英语单词啊,你真难对付!你是什么做的?是生铁、是石头、是金子吗?我要一点点地磨,把你磨成粉面!我只想:人就像这林子里的鸟儿那么多,多么巧的嗓子都有啊,要用上我,我就得比他们高出一大截儿……"

二兰子敬佩地看着他,点点头说:"你行,你去制品厂呗,你是不该割牛草……"

小罗锅瞪着眼睛,像僵住了一样,直直地瞅着她。直停了好长时间,他才说了句:"明天,我就去找公社张书记!"

第二天,那是一个大晴天。

二兰子知道他去公社了,她要一个人待在林子里的,但她却早早地来到了原来割草的地方。她无精打采地拉了半晌镰刀,胡乱收拾起一地散乱的草叶,然后就坐在那儿,用镰刀刨着湿乎乎的泥土玩儿。快近中午的时候,身后树叶唰啦啦响,小罗锅来了。

二兰子一见，立刻从地上跳起来问：

"张书记准你了吗？"

小罗锅不言语，倚在了二兰子刚刚打好的草捆上。他停了会儿说："张书记亲自跟我谈过话哩。他说如今不会埋没人才的，不过已经有好多懂外语的来报过名了，厂里决定通过考试取两名……"

"哎呀，才取两名！"

"就是取一名，我也要去应考的！"小罗锅声音低沉，但却非常有力量。

二兰子不言语了。不知为什么，她这会儿老在担心小罗锅会考不中。

小罗锅斜躺在草捆上，抽根草梗儿在嘴里咬着，皱着眉头苦笑了一下。他仰望着树隙间那蓝蓝的天，突然问了句：

"二兰子，你，生下来就这么好看吗？"

二兰子毫无准备，脸蛋儿马上红了。她把脸转到了一边，生气地噘起了嘴巴。

小罗锅似乎并没注意她的表情，仍在仰望着天空，接着刚才的话茬儿说下去：

"你长得多好看哪！你太有福了……哦哦，这是天生的，花钱也买不来的呀……我哩？我生下来弱得不像样子。爸爸要把我扔到沟里，是妈妈抱住了我。你看，我就是这样活下来的——好像压根就不该活下来一样。不过我活下来，就要像个人一样地活！那些混乱年头里，一个身上有缺陷的人受的欺辱格外多，可就是在那时候，我夜里做梦也梦见读过的书，书中那些建立伟业的将军……妈妈常常说我：'孩子啊，你这样不好，你太能争强好胜了！'我问妈妈：'人，不就是要争强好胜吗？！'"

二兰子很感新奇地望着他，觉得他拗极了。她像自语似的重复着他的话:"梦见……将军!"

他说着说着激动了,一下子站了起来,急急地在地上走着。那窄窄的额头上又热汗涔涔的了。他仰头看着二兰子说:"做人就是要讲究这个,怎么我们非得割一辈子牛草不可呢?我们不行吗?我们都行!割牛草行,干别的,也保管行咧!"

二兰子手里握着一束草叶,一边编弄着一边笑吟吟地说:"你行哩,咱不行,咱连个字儿也不识。咱割牛草,割到找婆家……"

小罗锅听了,猛地转过身来,直直地仰脸望着她,那神情里有惊愕、有惋惜,甚至还有不能抑制的愤怒。他就这样望了一会儿,那声音突然变得嘶哑了,低低地呼喊着:"你不行吗?哎哟,你十九岁活灵灵,怎么能不行?!听你那嗓子,你能唱戏哩!瞧,你那眼,大双眼;那眉毛,又尖又细又长啊!你那身条儿,啧啧,走起路来……哎哎!你怎么?!你平常不知道照镜子、照大镜子吗?"他说着,两个按在膝盖上的手掌微微抖动。突然,他又看到了什么,一把夺过了二兰子手里正编弄着的那个东西,放眼前细细地瞅,那略微有些下陷的眼睛越瞪越大。他看着看着,"呀呀"地喊了起来:"看哪看哪!这就是你刚刚儿——一忽儿编出来的吗?哎哟,多好的一头小草马呀!你多能,多巧啊!简直能当'编匠'哩!你就不知道看看你自己!你还说不行,你干什么都行——你看我——再看你——你怎么还说不行呢?!"

小罗锅急切切地望着二兰子,激动得不知怎么才好,那下颌骨不停地颤动,一双手在腿上使劲地摩擦了两下,又转身在地上急急地走动起来。

二兰子惊住了!她呆呆地望着他,一动不动地望着。望着望着,突然她肩膀一抖,不出声地哭了!

泪水顺着脸颊流下来,晶亮晶亮的。她伸手抹了一下,那泪水越发涌得快了。最后,她竟呜呜地哭出了声音,使小罗锅吃了一惊。

"二兰子……"小罗锅叫着。

二兰子就像没有听到,只是哭着。

"你怎么不吱声儿呢?"

"呜呜……"她哭着,两手捂在脸上,使劲儿摇了摇头……她今年十九岁了,十九年来,有谁这么看重过她、为她激动成这样呀?没有!谁都没觉得她一辈子割牛草有什么不好。她仿佛一瞬间又看到了那个破了半边的菜篮子,带着一截铁链的牛缰绳,还有那十九年里踏烂了的、至今还没舍得扔掉的大大小小的粗布鞋子……她哭啊哭啊,泪水把花衫儿都打湿了。

小罗锅紧紧盯着她那抽动的肩头,这会儿终于明白了她在哭什么!

二兰子抹着眼角的泪花问:"我除了割牛草,干别的能行吗?"

"行!人若有志气,铁杵磨成针……"小罗锅非常肯定地回答……

停了好一会儿,他们才稍微平静一些。

灿烂的阳光照耀着林子,那树干,那草地,一切都抹上了一层银样的东西。到处都在闪光啊。树林子到了喧闹的时候:风声、鸟声、远方的人声……小罗锅大概激动之后变得疲劳了,又斜躺在了草捆上。阳光透过头上的枝叶落在了他的脸上。他这时喃喃的,怀着无限的柔情,用一种最美的男中音说:

"二兰子,你听咧!你听咧!你听这大林子里多热闹啊!风在吹箫,树叶儿奏琴,小鸟在歌唱……你就不觉得这是一曲挺好的交响乐吗?当我割完牛草的时候,当我学累了休息的时候,我常常爱一个人在林子里,默默地闭上眼睛听哩。我在听什么呢?我是在听这世上各种各样的音儿,我常常想:一个人,难的是不断地看准他自己。我们就不该给这林子添上一种声音吗?我们也有自己的嗓子,我们怎么就不该喊出自己的声音来呢?"

二兰子一边看着绿色的林子,一边听着甜美的画外音。她似乎是真正地听懂了,这会儿严肃地点了点头。

这天,他们谈了很久,分手时已经很晚了。小罗锅最后告诉她,他已经做好了应考的准备。

…………

他们分手了,小罗锅走了五天。

五天,多漫长的五天哪,二兰子一个人割着牛草,她那么想念小罗锅,有时寂寞得厉害,就一个人站到那棵曾经给她留下极深印象的老弯榆下,望着那林梢上缠绕的乳白色的晨雾,喊几声"大刀,小刀"。每每喊完,她就觉得痛快,也觉得好笑:"这么喊,可是我自己发明的!"

第六天,小罗锅来了!

他穿了一件崭新的衣服,那头发也细细地梳过……二兰子似乎并没有特别注意这一切,只兴奋地迎上前去。但他却哎哎地往后退了一步。二兰子恼火地问:"你怎么结巴开了!"小罗锅挠着头:"没、没有结巴……"停了会儿,他走上前来说,"二兰子,我,我今天……不割牛草了!"

二兰子这才注意到他今天根本就没带麻绳儿、镰刀。

停了半晌,小罗锅掏着衣兜说:"咱俩一起割草有多少天了呢?我也记不准。大概……很久了吧。我今天,想送你一件礼物……"

他费力地掏着,当一条鲜艳的纱巾从裤兜里一点点扯出来时,二兰子飞快地蹦到了一边。她惊讶地瞪大了眼睛,望着小罗锅,好像刚刚明白似的说:"哎呀,我总看你岁数比我大一截儿,没想到你在打这个鬼主意呀……俺不愿要!"

小罗锅像被击了一下,身子猛地一抖。他站在那儿,一脸虔诚地望着她,一条纱巾在手上颤动着。他语调平缓、非常激动地说:"二兰子,你多好哩!你到底有多么好,连你自己也不知道哩。你在我眼里像个水晶人儿,那么透亮,干净得没有一丝灰污气儿,我哪敢去想那些。我只是想:以后,很多很多年以后,我会想起在树林子里,送给过一个非常漂亮的姑娘一条……红纱巾……"

"俺不能要……"二兰子低下了头。

小罗锅怔怔地望着她,最后失望地坐在了地上。他一声不吭,用纱巾蒙住了脸,轻轻地摩擦着,摩擦着,最后放在膝盖上伸理平整,极其认真地叠好,重新装进兜里……他的头深深地低了下来,那刚刚还是粉红的额角这会儿变黄了……不知过了多长时间,他站了起来,对在低头捏弄衣角的二兰子说:"我今天来,也是跟你告别的。我考中了,明天就去厂里报到……"

二兰子的眼睛一亮:"真的?"

"真的!"

他无比友爱地望着眼前这个割草伙伴,深情地看着她,最后礼貌地点了点头,恋恋不舍地转身走去了……

二兰子直盯着他的背影,看着他消失在一片浓浓的绿色里……她一下子坐在了地上。她瞅瞅四周,觉得那么孤单、那么寂寞。不知又停了多长时间,她才从地上艰难地站起来。望着眼前踏乱的一片青草,她突然感到他是再也不会来割牛草的了,心上不由得一紧,两眼不知不觉涌上了一汪儿泪水。她知道他刚才被自己深深地伤害了,一颗心疼得发抖,这时突然想到了什么,扳开跟前的灌木,紧跑几步,带着满眼的泪水,向前放开声音喊着:

"大刀来——小刀来——"

尾音儿在林中回荡着,传过一片"刀刀"的声音……他能回应吗?他能听到吗?他走开多远了呢?

二兰子屏住了呼吸,一动不动地站在那儿。她这样等了一会儿,终于失望地转过身去——但正在她往前迈步的时候,却听到了那个由弱到强、由模糊到清晰的、从远方传来的呼喊了！啊，那是他从远远的林间送来的声音——

"大姑娘来——小姑娘来——"

二兰子欣慰地笑了。她在这喊声里抹去了泪花，随着那脸相也变得庄严了。她在想："他走了，我也该走了，但这要怎样走呢？林子里的路那么多，横一条小路，竖一条小路……"

那尾声悠悠不绝，无边的树林仍在鸣响。这声音扩展到了一个更广阔的世界里，起落、震荡，交织成一个力的回响，深沉、昂扬，像乐章里奏出的和声……二兰子一动不动地谛听着，抿着嘴角。她四周都是高入云天的大树、是蓬蓬勃勃的草木。她谛听着，渐渐觉得自己也溶化在一片无垠的绿色里了……

1982 年 3 月于济南

一潭清水

　　海滩上的沙子是白的,中午的太阳烤热了它,它再烤小草、瓜秧和人。西瓜田里什么都懒洋洋的,瓜叶儿蔫蔫地垂下来;西瓜因为有秧子牵住,也只得昏昏欲睡地躺在地垄里。两个看瓜的老头脾气不一样:老六哥躺在草铺的凉席上凉快,徐宝册却偏偏愿在中午的瓜地里走走、看看。徐宝册个子矮矮的,身子很粗,裸露的皮肤都是黑红色的,只穿了条黑绸布镶白腰的半长裤子,没有腰带,将白腰儿挽个疙瘩。他看着西瓜,那模样儿倒像在端量睡熟的孩子的脑壳,老是在笑。他有时弯腰拍一拍西瓜,有时伸脚给瓜根堆压上一些沙土。白沙子可真够热的了,徐宝册赤脚走下来,被烙了一路。这种烙法谁也受不了的,大约芦青河两岸只有他一个人将此当成一种享受。

　　一阵徐徐的南风从槐林里吹过来。徐宝册笑眯眯地仰起头来,舒服得了不得。槐林就在瓜田的南边,墨绿一片,深不见底,那风就从林子深处涌来,是它蓄成的一股凉气。徐宝册看了一会儿林子,突然厌烦地哼了一声。他并不十分需要这片林子,他又不怕热。倒是那林子时常藏下一两个瓜贼，给他送来好多麻烦。那树林子摇啊摇啊，谁也不敢说现在的树荫下就一定没躺个瓜贼！

种瓜人害怕瓜贼哪行！徐宝册对付瓜贼从来都是有办法的，而老六哥却往往不以为然。白天，徐宝册只这么在热沙上遛一趟，谁也不敢挨近瓜田，而老六哥却倒在铺子上睡大觉。如果是月黑头，瓜贼们从槐林里摸出来，东蹲一个，西蹲一个，和一簇簇的树棵子混到一起，趁机抱上个西瓜就走，事情就要麻烦一些。有一次徐宝册火了，拿起装满了火药的猎枪，轰的一声打出去……天亮了，徐宝册和老六哥沿着田边捡回几十个大西瓜，那全是瓜贼慌乱之中扔掉的。老六哥抱怨地说："何必当真呢？偷就让他偷去，反正都是大家的，偷完了咱们不轻闲？你放那一枪，没伤人还好，要是伤着个把人，你还能逃了蹲监狱？"宝册只是笑笑说："我打枪时，把枪口抬高了半尺呢！嘿，威风都是打出来的……"

一些赶海人都知道，老六哥的确是个大方人，所以常在瓜铺里歇脚。每逢这时，宝册由不得也要和他一样大方。有一次他烧开了一桶桑叶子水端上来，被一个满脸胡子的海上老大提起来泼到了沙土上。老六哥哈哈大笑着，便到瓜田里摘瓜去了。他一个腋下夹着一个熟透的西瓜，仍然哈哈大笑说："反正都是集体的瓜，吃就吃吧，只要不在夜里偷就行。"宝册也来了一句："人家把开水泼了，咱就乖乖地摘来瓜，威风都是泼出来的！"说完也哈哈大笑起来。他接过老六哥腋下的一个花皮大西瓜，顶在圆圆的肚子上，转回身子，来到一块案板前，放手摔下去。西瓜脆生生地裂成几块儿，红色的瓜瓤儿肉一般鲜，赶海的每人抢一块吃起来。

有个叫小林法的十二三岁的孩子常来瓜铺子里。这孩子长得奇怪：身子乌黑，很细很长，一屈一弯又很柔软，活像海里的一条鳝。他每次都是从北边的海上来，刚洗完海澡，只穿一条裤头儿，衣服搭在手臂上，赤裸的身子上挂着一朵又一朵泛白的盐花。

盐水使他周身的皮肤都绷紧起来，脸皮也绷着，一双黑黑的眼睛显得又圆又大，就连嘴唇也翻得重一些，上边还有几道干裂的白纹。滚热的沙子烙痛了他的脚，他踮起脚尖，一跛一跛地走过来，嘴里轻轻叫唤着："嗦！嗦！嗦嗦……"

徐宝册一看到他这个样子就不禁乐了起来，躺在铺子里幸灾乐祸地喊着："小林法！小林法！快来……"他还常常跑上几步，把小林法拦在铺子外边，故意把他掀倒在地上，让沙子炙他赤裸的身子。小林法"哎哟哎哟"地叫着，在沙子上翻动着，笑着，骂着……徐宝册把自己的一只脚扳到膝盖上，指点着那坚硬的茧皮说："你的功夫不到，你看我，烙得动吗？"

小林法到了铺子里，就像到了自己家里一样。他躺在凉席上，两脚却要搭在宝册又滑又凉的后背上，舒服得不知怎么才好。宝册常拿起烟锅捅进他的嘴里，他就闭上眼睛吸一口，呛得大声咳嗽起来。老六哥在一旁对小林法说："嘿，不中用！我像你这么大已经叼了三年烟锅了！"小林法这时候就把脚从宝册的后背上抽下来，蹬老六哥一脚说："你中用，敢跟我到海里走一趟吗？我到哪你到哪，敢吗？"老六哥不吱声了。他当然不敢的：小林法长得像条鳝，水里功夫也是像条鳝的。

小林法在铺子里玩不了一会儿，就嚷着要吃西瓜。只是在这个时候，徐宝册和老六哥的意见才是完全一致的，二人毫不犹豫地起身到瓜田里，每人抱回一个顶大的西瓜来。小林法很快吃掉一个，又慢悠悠地去吃另一个……他的肚子圆起来时，就挪步走出铺子，往瓜地当心那里走去了。

那里有一潭清水。

那潭清水是掘来浇西瓜的。平展展的水面上，微风吹起一条条好看的波纹。潭水湛清，潭中的水草、白沙都看得一清二楚。这实在是一个可爱的水潭。小林法常在这儿游上几圈，洗去身上的盐末儿。徐宝册和老六哥笑眯眯地蹲在潭边上,看着他戏水。

小林法就像是水里生的、水里长的一样,游到水里,远远望去,还以为他是条大鱼呢。他不怎么吸气,只在水里钻,一会儿偏着身子,一会儿仰着胸脯,两手像两个鳍,一翻一翻,身子扭动着,有时他兴劲上来,又像一只海豚那样横冲直撞,搅得水潭一片白浪,水花直溅到潭边两个老人的身上。

他从水中出来,圆圆的肚子消下去了,又重新吃起西瓜,直到只剩下一块块瓜皮。老六哥说:"你真是个'瓜魔'!"徐宝册点点头:"瓜魔!瓜魔!"

日子长了,他们仿佛忘记了小林法的名字,只叫他"瓜魔"了。

瓜魔原来是个收养在叔父家里的孤儿。他对读书并没有多少兴趣,叔父对管教他也并没有多少兴趣,他从五六岁起就在大海滩上游荡了。他在瓜田,绝对没有白吃西瓜,他常常帮助给瓜浇水、打冒杈,一边做活一边笑,在太阳底下一做就是半天。徐宝册疼他,喊他进草铺里歇一歇,老六哥却总是吸一口烟,笑眯眯地望他一眼说:"让他做嘛!用瓜喂出来的一个好劳力嘛!"瓜魔实在做累了,就到海里去玩,回来时总在身后藏两条鱼,还都是少见的大鱼哩。两个老人怎么也弄不明白,他一个小小的孩子两手空空,怎么就能捉住那么大的鱼?不过也从不去问,因为他们觉得瓜魔也和一条很大的鱼差不多,"大鱼"逮条"小鱼",大概总不难吧?两个人自己起灶,把鱼做成鲜美的鱼汤、鱼丸子、鱼水饺。有时瓜魔带来几个螃蟹,还有时带来几个乌鱼、八腿蛸、海螺、海蚬子……应有尽有。有一次他们吃过饭之后,问瓜魔怎么逮住了那条鱼,像腰带一样、细细的长长的那条?瓜魔说:"捡条粗铁丝就行。这鱼老爱往岸边游,你瞅准它,一下子抽过去,就被抽成两截了,百发百中的!"两个老头儿笑了,嘴里学他一句:"百发百中的!"

瓜魔隔不了几天就要来一次，徐宝册和老六哥吃不完他的鱼，就用柳条儿穿了晒鱼干。这个小小的瓜铺就像磁石一样吸引着瓜魔，因为他一来，徐宝册和老六哥总乐于为他摘最大的西瓜。他们对这么个瘦小的孩子能一气吃下那么多西瓜，开始觉得奇怪，后来倒觉得有趣了，来少了就念叨他。

这天，太阳偏西的时候，瓜魔又来了。入夜，他破例留下来，就睡在这铺子上。徐宝册没有娶过老婆，当然也没有儿子逗，半夜里常要伸手去摸摸瓜魔那热乎乎的肚子，觉得是一大快事。他想象着如果早几年结婚，有个儿子如今也该这般大了。他和老六哥是轮流睡的，要有一个为瓜田守夜。该他守夜时，他就把瓜魔叫醒，两人一起到地边上支起小锅煮东西吃。东西都是瓜魔出去找来的，无非是些刚长成小纽的地瓜、鼓成水泡仁的花生……这些东西撒上盐末煮一煮，味道都是极鲜的。

海风送过来一阵阵腥味儿。夜气很重，他们坐在火堆边上，衣服还是有些潮湿。空中的星星又密又亮，他们都觉得这会儿离星星近了许多。海潮的声音永无休止，虽是淡远的，但远比水浪拍岸深沉，那是硕大无边的海和整个地球岩石摩擦的声音。在这幽深的夜里，它和高空眨动的星光、远方林涛的振响一起，组成一个极为神秘的世界。芦青河在连夜急匆匆地奔向大海，那声音嘹亮而昂扬，不断安慰和鼓励着守夜的人们。

瓜魔斜倚在徐宝册的身上，看着远处升起的半个月亮。他突然说："宝册叔，我明年也跟你们来干吧！我喜欢这个活儿，晚上不会瞌睡……"

徐宝册从铁锅里捞出一块地瓜纽儿填到嘴里嚼着，摇摇头。

"怎么呢？"

"你该到海上学拉网，那才叫有出息！等你老了，年纪像我们差不多时，再来吧。"

瓜魔沉默着。从海岸隐隐传来拉夜网的号子声，他倾听了一阵，说："我去要几条鱼来煮上！"

瓜魔去了，提来几条鲅鱼煮到了锅里。徐宝册又点上了烟锅，吸了几口，说："讲点故事吧……"

铁锅下的木炭响了一声。瓜魔说："你讲吧，你是老人，老人十个里面有八个装了说不完的故事。"

徐宝册把那条又宽又肥的半长裤子提了提，说："那一年上，我种了棵南瓜，就种在屋后头。最后你猜怎么了？生出了一窝地瓜。"

瓜魔笑得肚子都疼了。他嚷着："我有一年种了一棵苞米，到头来你猜呢？生出一棵蓖麻！"

"胡说！"徐宝册严厉地打断他的话，磕掉了烟灰，"你胡乱编排些什么！"

瓜魔说："你不也是胡乱编排吗？"

"我不是，"徐宝册摇摇头，"我邻居家的孩子给我偷着埋下了地瓜呀……你看，是这样的。"

瓜魔无声地笑了。他把身子滚动一下，挨近一棵西瓜，摘下一个瓜来。他吃着瓜说："我想起一个故事来——这可不是编的，一点不是，是我亲眼看见的。那一年芦青河涨水，听人说河里的鱼多极了。好多人都鼓动我进河捉鱼去。我那几年就愿睡觉，头一碰着什么就粘上了，再也不愿抬起来……"

"小孩子都这样的。"徐宝册也掰了一块西瓜，咬了一口说。

"也不都这样。恐怕这是种毛病——我叔叔就说这是种毛病的。"瓜魔这时候不吃瓜了，一只手撑着地，半挺着身子讲他的故事了，"那一天大雾，芦青河就笼在一片灰白色的雾里。哎呀，好大的雾呀，我从家里走到河边上，衣服就湿了……河里这天没有多少人捉鱼，他们都怕雾呀，怕在对面不见人的时候被水里的妖怪拖进水里去。我倒不怕，直顺着水游下去，就在河口那儿的一片大水湾里停住了……"

徐宝册一直眯着眼睛，这时睁开眼插一句："是那片在三伏天也冰凉的水湾里吗？"

瓜魔点点头："嗯。"

徐宝册重新眯上了眼睛："那里面听说有不少鳖哩。"

瓜魔摇摇头："我在那儿捉到一条很大的鱼——它用鳍把我的小腿肚儿划开一道口子，惹恼了我，我用拳头砸了一下它的脑袋，它才显得老实了。我像抱个小孩儿一样把它抱上岸来，它直拱动，老想再回到河里去。我就紧紧抱着它……后来走在路上，累了歇息的时候，我就搂着这条鱼睡去了。醒来一看，鱼不见了，肚子上只沾了几片鱼鳞……"

"哪去了呢？"徐宝册蹲起身子，惊讶地问。

瓜魔揉揉眼睛："谁知道！到现在我也不知道。只是第二天我到龙口街上赶集，看见一个小姑娘卖一条鱼，越看，那鱼越像我捉的那条……"

徐宝册不作声了。他开始吸那杆烟锅。

瓜魔讲到这儿像是疲倦了，身子一仰躺了下来。他又伸手去拿起一块吃剩的瓜，放在嘴里吮着，并不咬，两眼一直望着那布满星星的天空。

蝈蝈儿在瓜垄里叫了起来。各种小虫儿也用千奇百怪的声音应和着。铁锅往外噗噗地冒着气，鱼的香味儿很浓了。徐宝册起身把铁锅端下火来。

一个人迈着拖拖拉拉的步子走过来，走到近前才看出是老六哥。他不作声，蹲在了火堆旁，怕冷似的烘了烘手。他看到那一片片瓜皮，就伸手在瓜魔的肚子上捅一下说："真是个瓜魔！"

他们三个人一块儿将鱼吃了。这是一顿很丰盛的、也是一顿很平常的夜餐……

第二天，徐宝册和老六哥摘下了堆得像小山一样的西瓜，叫队上的拖拉机拉走了。搬弄瓜的时候，他们发现一个黑皮上带有花白点的大个儿西瓜，立刻就挑拣出来，藏到了铺子下边。他们记得去年就有这样的一个瓜，切开皮儿就有股香味扑出来，咬一口，甜得全身都要酥了。徐宝册说："留着瓜魔来一块儿吃吧。"老六哥点点头："一块儿吃。"

一连两天瓜魔没有来。西瓜从铺子下滚出来，徐宝册用脚把它推进去，说："瓜魔这东西把我们两个老头子给忘了。"老六哥说："瓜魔能忘了我们老头子，可他忘不了瓜！"徐宝册点点头："也忘不了海——这小东西，简直是鱼变的！这小子该到海上学打鱼。他原想以后跟我们来做营生呢……"

老六哥听到最末一句想起个事情。他说："听人讲，村里的土地以后都要搞责任承包了——还没讲瓜田承包不承包呢。"

徐宝册笑笑："承包怕什么？承包不就是咱俩的事了？别人也不敢揽这瓜田——这得有手艺呢！"

老六哥点点头："就是呀，我讲的意思，也就是到时候咱俩瞪起眼睛来，可不能让别人承包走了。"

天气出奇地热，傍晌午的时候，瓜魔胳膊上搭着衣服从海上来了。徐宝册坐在铺子上，老远就瞅见了，兴奋地吆喝着："嘿，你这小子！这几天跑哪去了？"

瓜魔仰着脸儿走过来，似笑非笑地眯着眼睛，身子晃晃荡荡的，像喝醉了酒。他唱着什么歌儿，一扭一扭走过来，躺在了铺子上。他喊着："吃瓜吃瓜！"

"这个瓜魔！"徐宝册招呼一下田里的老六哥，从铺子下边滚出了那个大西瓜……真快意呀！谁吃过这样的西瓜呢？瓜魔兴奋地在铺子上打了几个滚儿，然后才到那潭清水里洗澡去了。徐宝册和老六哥也到瓜田里做活,路过水潭,每人顺便抓起一把沙子扬了进去,使得瓜魔在里面骂了一句。

村子里来人告诉徐宝册和老六哥,晚上要开会商量责任田承包的事,让他们去一个开会。

这个消息使两个看瓜的老头子整整兴奋了半天。徐宝册要去开会,老六哥不同意,说:"你这个人关键时候话来得慢,我不放心。我去算了。"争执的结果,决定由老六哥去参加。

徐宝册觉得这事情不比一般,很需要运用一番自己的智慧。他想了好多,都想对老六哥嘱咐一遍,这使得老六哥都有些腻烦了。徐宝册打着冒权,说:"比如这冒权吧,不比往年长那么旺——这是瓜秧不壮啊!不错,化肥也使了不少,可天旱,也只得不停地浇。结果呢?肥料都给冲到地下去了……这些,你都得跟领导说,让他们知道承包下来也不是便宜的事。"

老六哥听了暗暗发笑,徐宝册想到的他全想到了,他只不过将什么都藏在心里罢了。他觉得,今天手腕子也好像比过去强劲了些。他像囫囵吞下了一个大西瓜,心里老觉得沉甸甸的。他步量了一遍瓜田,又在靠近槐林的地边停住了步子。他想:如果承包下来,就是和自己的瓜田一样了,那么,这儿最好能架起一排荆棘篱笆,挡住那些瓜贼……

傍晚老六哥回村开会去了,半夜时分才回来。

老六哥笑模笑样的,这使徐宝册的心一下子放了下来。他问:"六哥,承包给咱们了吧?"

老六哥点点头:"不承包给咱们,谁敢揽这技术活儿?我一发话,会上没说二话的。没跟你商量,我就代你在合同上按了手印。我早算准了,咱们年底每人少说也能赚它五百块钱!"

"哎呀!哎呀!"徐宝册上前搂住了老六哥的腰,呼喊着,捶打着,说,"瓜魔算'魔'吗?你才算'魔'!你这家伙鬼精明,你掐一掐手指骨节，计谋就来了。行啊，亏了这回承包！新政策是谁定的？我老宝册要找到他，敬他一杯大曲酒！"

老六哥搬来小铁锅，找来一条干鱼，放在里面煮上了。两人坐在一块儿吸着烟锅，谁也不想先去睡觉。老六哥吸着烟，伸出手捏住徐宝册的半长黑裤，拉了两下说："看看吧！多丑的一条裤子……"徐宝册满脸愠怒地斜了他一眼，把他的手扳掉。老六哥笑吟吟地说："这都是没有老婆的过。有老婆，她早给你做条好裤子了。"徐宝册的脸有些烧起来，只顾一口接一口地吸烟。老六哥又说："今年卖了瓜，赚来钱，先去娶个老婆来！你总不能一个人老死在屋里吧……"徐宝册抬头望着远处月光下那片黑黝黝的槐林，嗫嚅道："也……不一定……"

"哈哈哈哈……"老六哥听了大笑起来。

徐宝册也笑起来，这笑声直传出老远，在夜空里回荡着，最后消失在那片槐林里了。

天亮了，他们立即着手在靠近槐林处架荆棘篱笆了。瓜魔来了，就忙着为他们砍荆棵子……徐宝册告诉瓜魔：瓜田承包下来了，这片西瓜就和自己的差不多了。瓜魔听了乐得不知怎么才好。老六哥低头绑着篱笆，这时回头瞅了瓜魔一眼，没有吱声。瓜魔于是走到他的身后，在他的腰上轻轻按了一下。老六哥突然抛了手里的东西，瞪起眼睛喝道："你小子打人没轻重，乱戳个什么！"

老六哥的样子怪吓人的，瓜魔吃了一惊，往后蹦开了一步。

徐宝册很惊奇地望望老六哥的腰，说："就那么不禁戳吗？"

老六哥没有吱声，只是涨红着脸低头做活。

三个人整整用了一上午的时间才架好篱笆。午饭做的鱼丸子、玉米面锅贴儿，瓜魔只吃了很少一点，就躺到铺子上去了，仰着脸，扭动着。他嘴里哼唱着，一边把脚搭在徐宝册光滑的脊背上。老六哥一直皱着眉头吸烟，这时一转脸看到了，说："真是贱东西！

他整天做活累得不行，你还要把脚搭在他背上！真是贱东西！"瓜魔在过去总要把脚挪到他背上的，可是这回看到他阴沉沉的脸色，就无声地把脚放在了铺子上。

吃完饭后，照例要吃西瓜了。徐宝册见老六哥不愿动弹，就自己到田里摘来两个。可是吃瓜时，老六哥只是吸烟……瓜魔离开以后，徐宝册扳过老六哥的膀子问：

"六哥，你身上有些不对劲儿？"

老六哥只是吸烟。

"你不吱声我也知道。你掐一掐手指骨节就生出来的计谋，我都知道！你心里想心事，嘴上只是不说！"徐宝册盯着他的脸，硬硬地说。

老六哥磕打着烟锅，板着脸，慢声慢气地说："瓜魔不能多招惹的，他不是个正经孩子。"

徐宝册哼一声，扭过头去说："瓜魔是个好孩子！"

"你看看吧，"老六哥往瓜魔常来的那个方向指点一下说，"正经孩子有他那个样儿吗？黑溜溜像铁做的，钻到水里又像鱼，吃起瓜来泼狠泼愣！"

徐宝册气愤地将卷在膝盖上的裤脚推下去，站起来说："你有话就直说，用不着这么转弯抹角的。瓜魔一个孩子又碍了你什么！哎哎，你真是变成'魔'了！"

这是他们最不愉快的一次。这一天，他们简直没有说上几句话，只顾各忙自己的事情了。

以后瓜魔来到，老六哥总是离他远远地坐着。瓜魔带来的鱼，他似乎也不感兴趣了。瓜魔到水潭里洗澡，也只有徐宝册一个人跟去看了。徐宝册背着瓜魔对老六哥说："六哥，你心胸窄哩！你不像个做大事情的人！"老六哥顶撞一句："我也没见你做成什么大事情！"

瓜魔不知有多少天没来了,徐宝册常常往大海那边张望。可他除了看到远处海岸上那一长溜儿活动的拉网的人之外,几乎没有看到别的。夜里,他一个人烧起小铁锅,或者一个人走在瓜田里,总觉得少了些什么。

一天早上醒来,他对老六哥说:"昨夜我刚睡下,就梦见瓜魔来了,蹲在瓜田南边,就是篱笆那儿,和我煮一锅鱼汤。"

老六哥点点头:"煮吧。"

徐宝册眼神愣怔怔地望着篱笆说:"煮好以后,我梦见他跟我要烟锅,我没给他。"

"你该给他!"老六哥讪笑着说。

"我没有给他。"徐宝册摇摇头,"我梦见他好像生了气,说再也不来了……"

老六哥嘴角上挂了一丝讥讽的笑容。

又有一天,徐宝册正给瓜浇水,一抬头看到海边上有个人在向这边遥望,那身影儿很像是瓜魔。他抛了手里的水桶,上前几步喊道:

"瓜魔呀?是你这小子!你怎么不过来呀?瓜魔——瓜魔——"

那是瓜魔,徐宝册越看越认得准了,于是就一声连一声地喊他,用手比画着让他过来。可是瓜魔无动于衷地站在那儿,望了一会儿,就晃晃荡荡地走开了……徐宝册愣愣地站在那儿,两手紧紧地揪着自己肥大的裤腿。

老六哥对他说:"你再不要喊那东西了——他是再也不会来了。有一次你不在,他坐在铺子上吃瓜,吃下一个还要吃,我阻止了他。这小子一气走了。"

徐宝册听着,啊了一声,瞪大眼珠子盯着老六哥。

老六哥有些慌促地挪动了一下身子,避开对方的眼睛。

徐宝册却只是盯着他……停了一会儿，徐宝册寻了一个最大的西瓜，顶在肚皮上抱回铺子，对准那个案板，狠狠地摔下去。西瓜碎成一块一块，他两手颤抖着拢到一起，捧起一块吃着，瓜瓤儿涂了一腮。吃过瓜，他就躺在凉席上睡着了。

老六哥把这一切看在眼里，不敢说上一句话。

徐宝册醒来后，老六哥坐在他的近前。徐宝册眼望着北边的海岸线说："我早就知道你是舍不得那几个瓜！你要发一笔狠财，你不说我也知道！瓜魔平日里帮瓜田做了多少活儿？送来多少鱼？你也全不顾了……"

当天下午，徐宝册就到海上寻找瓜魔去了。

瓜魔在海里。他爬上海岸，坐在徐宝册的身旁哭了。眼泪刚一流下来，他就伸出那只瘦瘦的、黑黑的手掌抹去，不吱一声。徐宝册要他再到铺子里去，他摇摇头，神情十分坚决。最后，老头子长叹了一声，走开了。

两个老头子还像过去一样，每天给瓜浇水、打杈子；晚上，还像过去那样给瓜田守夜……可是，他们不再高声谈论什么，也不再笑。徐宝册无精打采，他觉得自己突然变得没有力气了……终于有一天他对老六哥说：

"六哥！我忍了好多天了，我今天要跟你说：我不想在瓜田里做下去了。你另找一个搭档吧。真的，开始我忍着，可是以后我不能再忍了。咱俩在一起种了多年瓜，我今天离去对不起你哩，你多担待吧！"

老六哥惊疑地咬住嘴里的烟锅，转着圈儿看徐宝册，说："你，你疯了……"

徐宝册说："我真的要走，今天就回村里去。"

老六哥这才知道他是下了决心了，有些失望地蹲在了地上。

徐宝册说："还是李玉和说得好：'我们是两股道上跑的车，

走的不是一条路啊！'……"

老六哥声音颤颤地说："什么时候了，还有心去说这些！"他洒下了两滴浑浊的眼泪……突然，他站起来，低着头，只把手一挥说，"走吧，宝册，有难处再来找你老哥我！"

徐宝册离去了。半月之后，他重新与别人合包下一片海滩葡萄园，到园里看葡萄去了……瓜魔又常常去园里找他玩，两人像过去那样睡在草铺子里，半夜点火烧起鱼汤……

一个晚上，他们仰脸躺在草铺里，瓜魔又把脚搭在了徐宝册光滑的后背上。他用那沙沙的嗓子唱着什么，声音越来越轻，终于一声不响了。停了一会儿，他对徐宝册说："我真想那个瓜田……"

徐宝册笑笑："你想吃瓜了？瓜魔！"

瓜魔坐起来，望着迷茫的星空，执拗地摇摇头："我是想那潭清水……真的，那潭清水！"

徐宝册没有作声。

这是个清凉的夜晚，风吹在葡萄架上，唰唰地响……徐宝册声音低缓地自语道："葡萄园也需要个水潭呢，我想在这儿动手挖一个……"

瓜魔的眼睛一亮："那水潭不是好多人才挖成的吗？我们能行？"

徐宝册点点头。

瓜魔笑了："我真想那潭清水……"

一个早晨，一老一少真的找块空地，动手挖水潭了。大概泥土很硬，他们一人拿一把铁锹，腰弯得很低，在橘红色的霞光里往下用着力气……

1983 年 5 月于济南

海边的雪

一

　　海边的雪越积越厚。一个个渔铺子为了冬天暖和，都是半截儿埋在沙土里的。如今它们的尖顶儿也都是雪白雪白的了。赶海人剥下的蛤蜊皮堆成了小山，这小山也被雪蒙起来了。雪花儿还在从空中飘下来，飘下来。

　　海水很静。浪花一下下拍击着沙岸。海水的颜色渐渐变黑了，它迎接并融化了无数朵洁白的雪花。

　　有人从远处走过来。他背了一身的雪粉，摇摇晃晃地走着，那穿了大棉靴的脚一下下深深地扎到积雪里面，给海边留下了第一行脚印。海鸥嘎咕嘎咕地叫着，样子有些焦躁。他仰脸望一眼海鸥，继续低头走着。老头驼背很厉害了。他最后在一个大一些的铺子跟前停住，用脚踢了踢铺门，喊了一声什么，嘴里喷出了粗粗的一道白气。

　　渔铺子的小门紧紧地关着。他骂了起来，大声地喝着："金豹——你这头'豹子'!"

一个老头子在里面瓮声瓮气地应了一句:"是老刚吗?"接着哐地响了一声,门开了。门外的人钻了进去。

像所有渔铺子一样,它只在地面露着一人来高的尖顶儿,里面却很宽绰。铺子是用高粱秸和海草搭成的。隔成两间,外间有一个睡觉的土台子,上面垫了厚厚的麦草和半截苇席。台子下、二道门里,全是一团团的渔网和绳子。地上铺了草荐,露出沙土的地方,满是蟹腿和鱼骨什么的。油毡味儿、腥臭和湿气,一块往鼻子里涌……这就是渔铺子,自古以来看海的铺老就住这样的铺子。它能给打鱼人另一种温馨。在海上斗浪的人想得最多的是哪里?就是这卧到土中半截的渔铺子、这里面的气味!

那头"豹子"这时就在土台子上舒服地睡着。他的脚伸在被子外面,原来刚才他是用脚钩掉了顶门杠儿,并没有爬起来。

钻进门来的老刚两手攥住了他的脚,用力一拽。金豹只得起来穿衣服了。他光着身子,抖着沾了沙土的衣服说:"不服不行,不服不行——夜里抬了一会儿舢板,这身上乏得不行!唉,快七十的人了……"

金豹仔细地抖着沙子,也不嫌冷。铺子里倒也不怎么冷,铺门的一侧生了一个小铁炉子。他的确老了,身上很瘦,多少根肋骨都看得出来。可是他的肌肉很有力气,手脚十分利落。他很快穿好了衣服。

老刚从铺边的沙子里扒拉出半盒烟卷儿,凑近火炉吸着说:"昨夜下了一场大雪,还在下哩。"

"唔?"金豹也点了一支烟,穿上了鞋子。他问:"雪挺大吗?"

"挺大——我估计这会儿半尺深了。"

金豹特意探出身子望了一会儿,然后缩回来说:"好!嘿,好!"

他们都是留下来看冬铺的铺老。沿岸的一些渔铺大多家当很少，一入严寒就卷了行李回家去了，唯有老刚和金豹要留下来看冬铺。整日孤独得很，他们天天在一块儿说话，已经没有多少好说的了。老刚这会儿在想，金豹夸这场雪好是什么意思。

金豹不作声，只是吸着烟。炉子里的火苗儿映着他脸上那一道道黑色的皱纹，皱纹像要跳动起来。

铺子里面黑乎乎的。老刚丢了烟蒂，很费力地摸到了烟盒儿。他咕哝着："也怪，渔铺子上就没有一个开窗户的，白天也像黑夜。"

"铺子黑好睡觉。"金豹使劲吸一口烟，望望铺门上那个小小的玻璃片，说，"好！嘿，好！"

"怎么就好呢？"老刚忍不住问了一句。

金豹拨着炉里的火说："雪天咱焖一条大鱼，关了铺门喝它一天酒，不好吗？"

老刚笑了："好。"

"喝醉才好。天冷，寒气都攻到心里去了。寒气这东西怪，像小虫一样，能顺着脚杆和手腕往心窝里爬……"金豹说着回身从沙子里挖出一瓶酒，放在老刚跟前说，"怎么样？这是来赶海的老伙计们送我的。你哩，那个戴眼镜的儿子什么也不给你……"

老刚的儿子就在附近的一个煤矿做助理工程师，差不多忘了还有个父亲。老刚从来羞于让别人提这个儿子，这会儿就大声咳嗽起来。

金豹又将酒瓶插到了一边的沙子里去了。

外边几乎没有了声音。两个人都在吸自己的烟。要说的话都说完了。像今天一大早就说了这么多话，似乎很久以来还是第一次。这完全是因为下了一场大雪的缘故。

又吸了一会儿烟，他们弓了腰钻出了铺子。两个铺老都叼着烟卷儿，看着漫天飘舞的雪花。

哈嘿！这可是这个冬天的第一场雪，崭新崭新，飘到海边上来了。往日每天看去，看到的全是衰败的杂草、坑坑洼洼的沙滩——如今都是一片白了，干净漂亮得很。雪花笑着落到他们的脸上、手上，马上就融化了。脸上手上都痒痒的，怪舒服。

站了一会儿，老刚要回他的铺子了。金豹让他过一个时辰再来，那会儿就把大鱼逮上来了。

二

雪花笑着落到金豹的脸上、手上，马上就融化了。脸上手上都痒痒的。他穿着高筒儿胶靴，将旋网搭在乌黑的手腕上，沿着浪印儿往前走。他觉得这面小旋网漂亮极了。他曾经用它逮过一条三尺长的胖鳃鱼呢，他至今记得那鱼发红的、恶狠狠的眼睛。

海水映着天空的颜色，阴沉沉的。没有什么鱼，这使金豹有些失望。他很想吃一条焖鱼，如今这条鱼就远远地躲起来不肯让他来焖。他生气地在水浪边缘上来回踏了一个时辰，最后只得回到铺子里，扔了旋网。

小火炉子燃得正旺，发出噜噜的声音；真像待在自己的小屋里一样舒服——金豹曾经有过那样一座小屋，漂亮得使他常常想它，不过如今没有了……他想老刚该回来了。他钻出铺门，看着乱纷纷的雪花在半空里飞动，看着远处老刚那个渔铺子的尖顶……海鸥烦躁地叫着，海里好像还传来什么人的喊叫——一辈子交给大海的铺老才有这样的耳朵：能从海的嘈杂中区分出细小的人语。他吃惊地往海里看了看，发现有两个人用力划着小舢板，离海岸已经几里远了。金豹想，如今允许打鱼发财了，也就有了不怕死的人！不过他不明白这样天在海里能做什么。

金豹就站在雪地里看那小船、等老刚。铺子里不断传出炉子燃烧的声音，他想炉子上没有那条鱼，老刚来了会失望的。说来也怪，一个人待在铺子里，总想找老刚说会儿话。老刚真的来了，又觉得没有什么可说的了。老刚真是个古怪东西。这儿离了老刚不行。

又等了一会儿，金豹骂着去找老刚了。

老刚的那个铺影儿越来越清晰。金豹想起有一次等他不来，闯进那铺门儿一看，他正一个人把蛤蜊皮堆成一座小塔。那全是小孩玩意儿。

铺子里面有人说话。金豹惊奇地推了铺门钻进去，看到老刚正和两个猎人说话，其中一个是他的儿子眼镜！金豹是从放在一边的双筒猎枪知道他们是来打猎的。那两支猎枪真漂亮。

"雪真大，今天停不了啦……"眼镜客气地朝进来的金豹点着头，说。

"停不了！"一边的黑瘦青年肯定地说。

老刚咳嗽着。

金豹觉得老刚的脸有些红涨。他想，怪不得老刚不到他的铺子去，原来儿子来了。有这么个倒霉儿子就忘了老朋友了！金豹有些气愤地瞥了他一眼。

眼镜搓起了手，越搓越快。

金豹盯着他那两只又白又嫩、很像鲅鱼肚皮似的手，觉得这手可真不多见。

"这鬼天气！死冷……有酒吗？"眼镜说。

老刚阴沉着脸："没有。有酒也没有菜。"

"有条鱼不就行嘛！"眼镜冲一边的黑瘦青年挤了一下眼。

"没有鱼！没有！"老刚愤愤地说了一句，有些得意地看了金豹一眼。

"再说你不嫌你爸的孬酒辣嘴吗？"金豹讨厌这个眼镜，也讨厌他挤眼睛。金豹不明白海边上怎么出了这么个背着双筒猎枪、不管老父亲的人。他早就不耐烦，这时哼了一声，从铺子角落里站了起来，干瘦的脸上堆满了嘲弄的笑容。

助理工程师不解地看看他，叫了一声"豹伯"，往父亲一边挪动了一下。金豹笑着说："又白又胖，你长得好！手和鱼肚那么细，我们的手和老槐树皮差不多，上面还有血口儿。这是捉鱼捉的。你从来不管我们，只是冻疼了，才躲进这铺子要酒喝。嘿嘿！"

眼镜脸红了。他咬了咬嘴唇。

金豹继续说："看见你爸住的地方了吗？进门时要使劲弓起腰，铺子里也全是沙子。不错，有酒喝，不过杯子砸了，用蛤蜊皮盛酒。你也该送个杯子来啊……"

黑瘦青年觉得有趣笑了。眼镜有些恼怒地说："我跟我爸要，又不是跟你要！"

金豹笑容没了。他暴躁地说："你爸的事情我说了算！你是谁的儿子！你也进这铺子？你该滚到雪地里去。"

老刚慌慌张张地站起来，大声地咳嗽着，站在儿子和金豹中间。

助理工程师气得身上抖动起来。显然他很少有这样气愤的时候，这时用手推一推眼镜，执拗地说："我偏要……待在这儿！"

金豹扩了扩胸，又搓弄着手掌。他像在故意活动着筋骨。他急促地说："我让你走！我让你走！"一边说，一边要用手推开挡在中间的老刚。他的脸像喝足了酒一样红，每一条皱纹都在可怕地活动。

黑瘦青年捡起猎枪，拉着眼镜的手出了铺门。眼镜回转身嚷着什么，往雪地里走去了。

老刚追出铺门，好像要说什么，但他吐出一口气，蹲了下来。

金豹愤愤地盯着远去的两个黑影："儿子这东西，没有也就算了。有，就让他像个儿子的样子！"

"逮到那鱼了吗？"老刚有气无力地问。

金豹摇摇头。他看看外边的天色，说："我身上筋骨老要疼。这都怨我们抬那条舢板抬的。和你儿子干一架，这会儿身上轻了点……"

老刚哭丧着脸笑了笑。

他们走出门来，向着金豹那个渔铺子走去。海是灰的，天是灰的，茫茫的一片灰暗阴沉。海边的雪积得更厚了。雪花儿落得差不多了，又开始飘细碎的冰凌。他们吱吱地踩着它。昏暗的海面上，隐隐约约看出一条小船。金豹说："看到了吗？这样天还有人出海。肯定是年轻人，年轻人才做这种险事情。"说到最后一句，他又想到了老刚的儿子，不由得大声骂了一句。老刚怪异地看看他问："骂谁啊？"

金豹摇摇头："我是说，年轻人欺负老头子，是以为老头子不敢跟他干架。老头子又怕什么！老头子的筋骨才硬……"

老刚没有作声。

金豹先一步走到铺子跟前，掀开铺门说："哎哎！要是里面有条焖鱼多好啊，这么大雪的天……"

三

他们到了铺子里都喘息起来。金豹一边喘着一边从角落里端出一碗咸鱼，又从沙子里摸出了那瓶酒。

两个人默默地喝着酒。金豹捏酒盅的手有些颤抖，那酒老要泼出来。金豹说："我们是老了，手也抖了。"

老刚说："我的手不抖。"

咸鱼放得时间长了些，又硬又咸，两个人用力地嚼着。酒很醇厚，又是热透了的，喝得他们鼻尖上渗出了汗珠儿。老刚说："就缺那条焖鱼了。如今人变灵活了，鱼也变精了。"金豹点点头：

"人是变精了。去年划分渔业承包组，年纪大的，人家不愿要哩。"老刚说："你这把年纪了，还不是也进了承包组。"金豹喝了一大口酒，抹抹嘴巴说："比我吗？我这样的老把式，他们争还争不到哩！"

外边有了一些风。两人听到风声，都放了盅子走出来。雪花舞得厉害了，它们想方设法钻到领子和袖口里。老刚说："你看云彩有多么低。"金豹眯着眼端量了一下，说："雪停不了，再一刮风，海边上准会旋起一道道雪岭子。"

他们重新钻回铺子里喝酒了。

咸鱼又硬又咸，他们费力地嚼着，倒也一时忘了那条焖鱼……近午时分，承包组里有人冒雪送来烟酒、干粮，这使两个老人很高兴。他们从来人嘴里得知：海上那条小船是小蜂兄弟在挖蛤蜊，蛤肉卖到龙口镇上，一天能得半百……

老刚嗞嗞地吸着酒。金豹一直没有作声。他由拼命积钱的小蜂兄弟想起了别的事情。

他想起了自己那个"小屋"。

那个小屋是老婆得病时卖掉的。老婆死的时候，他才四十岁。他没有了小屋，村里要帮他盖，他摇摇头挡过了。他住到了海边的渔铺里，似乎再用不着那个小屋了。可是人没有一幢小屋怎么行！他一时也没有忘掉那个小屋，做梦都梦见它。他默默地攒钱，攒呀攒呀，准备盖一幢漂亮结实、只有一门一窗的小屋……常和他在一起的老刚也不知道，他的钱就缝在这渔铺的枕头里。夜里睡觉时他想：我的头枕着一座小屋呢。

金豹这时不由自主地盯住了他的"小屋"。老刚瞧瞧他，他才把目光从土台的枕头上转到酒杯上。

两人都不说话。他们之间也用不着说多少话。老刚推一推杯子，金豹就知道他想吸一口烟，于是扔过一支烟。金豹撕下鱼脊背上那道黑皮儿肉，老刚知道他特意留下了多油、味美的尾巴。老刚满意地吃着鱼尾巴。两个人喝去了多半瓶。

风把渔铺子吹响了。老刚盯着铺门缝隙里旋进来的雪花，轻声咕哝着："唉，待会儿风搅起雪来，他们会在大海滩上迷路……"他说着，起身去拨炉里的火。

金豹放了杯子。他知道老刚牵挂着打猎的儿子。他看了看老刚生了白胡楂的脸，没有作声。这就是做父亲的啊，再不好的儿子还是儿子！

风的确慢慢大起来，小沙子奇妙地穿透铺子飞进酒杯里。金豹记起该去看看舢板，就和老刚走出来。海里的浪涌多起来，岸边的浪花白得像雪，用力地往前扑着。他们给舢板的锚绳一个个加固了，又将无锚舢往上抬了抬。一切做完之后，金豹和老刚坐在一个反扣的小船上吸烟，看着海。哪年的冬天都下雪，今年这场雪却似乎太大了些。

有什么东西从东北方向漂移过来，渐渐大了、清晰了。金豹一直盯着，对在老刚耳朵上说："也许会发财的。"

这里的海边有个规矩：大海飘来的东西，谁先发现的，就属于谁。金豹和老刚慢慢都看清那是一粗一细两根圆木，粗的那根可以做屋梁。金豹又兴奋地想到了那个"小屋"。他跳下船来，又让老刚回铺子取绳索、长柄抓钩。

老刚跑开了。西北方驶来了小蜂兄弟的船。

金豹和老刚将圆木拉到了岸上。他们的半截裤子都湿了，冻得瑟瑟发抖。金豹却十分高兴，他大声喊了一句："小屋有了大梁……"他的喊声使老刚莫名其妙。

小船也靠了岸，跳下了小蜂兄弟。小蜂见了圆木就嚷："金豹啊，你真会捡便宜！我们从深海里就盯上了，随木头上来的，你倒伸出了抓钩。"

老刚慌促地瞅了金豹一眼。

金豹拧着裤脚的水。他坐下来吸着烟，吩咐老刚说："歇会儿，喘匀了气，再往回拖。"

小蜂蹦到眼前来了："你拖不走！"

金豹眯上眼睛："哼哼，我睡了半辈子渔铺，眼里揉不进沙子。圆木从东北漂来，你的船从西北来，你看见了圆木？"

小蜂的脸血红血红，他眼盯着结了盐花的木头，发狠地喊着，凑了过来。金豹抛了手里的烟蒂，将两只硬硬的黑拳拉在了腰边。他咬着嘴唇，瞪起眼睛，前额的皱纹积起又厚又深的一层。老刚在他耳边嚷什么，他一句也没有听见。

小蜂对他的兄弟使了个眼色，接着弯腰抱起圆木的一端。金豹的拳头只一下就让小蜂额上起个包。小蜂倒在地上，却巧妙地趁势用脚蹬倒了金豹，令人难以置信地一滚就翻身蹿起来，抓住圆木，两兄弟一起扛着跑起来。

金豹一声不吭，举起抓钩，弓着腰追去。

老刚看着金豹飞也似的跑势，惊呆了。他看到金豹紧追几步，狠狠地把抓钩抡了个圆弧抓下来，抓住了一根圆木……两兄弟扛着那一根跑着。

抓下来的是那根细小的。

两兄弟在远处喊着："有一天渔铺子着了火，烧死你这把老骨头……"

金豹浑身的肌肉都在颤抖。他用粗壮骇人的声音骂道："两个畜生，两个贪心贼！我烧不死！"

四

两个老人一点一点地将圆木拖回来，放到了铺子的尖顶上。

"它能做条檩。"金豹声音细弱地说了一句，钻到铺子里去了。

他躺在一团发黑的网线上，紧紧地闭着眼睛。老刚凑到身边，端量着这张布满深皱、生了黑斑的脸。他发现金豹的眼睫毛已经很稀了，有的断掉半截，硬硬地挺着。他喘得很急促，很用力，鼻孔张开老大。老刚想对这两个黑洞似的鼻孔议论几句、开几句玩笑，可他现在不敢。

"他依仗着年轻，硬抢走我一根屋梁！"金豹愤恨地说。

老刚肯定地说："是抢走的。"

"我是看海的人，倒被别人抢走了东西。这是欺负老人。你看，我一天干了两架，全是跟年轻人。"金豹站了起来，把那只又黑又硬的拳头举起来。

老刚看清了那只拳头。他发现有两根手指歪斜着，从根部起就歪斜。他料定那是过去的日子里打折的。那该有多疼啊！老刚咬着牙想。

"嘿嘿！血气方刚的年轻人！让他们知道，老头子里面也有爱干架的。"金豹说着，又找出一条生咸鱼，放在炉口上烘着，拿出酒来倒满两个酒盅。

外面的风呼呼地吹着，有雪花儿从门缝里钻进来。铺子里很暖和，小炉子又噜噜地叫了。这使两个老人兴奋起来。你一盅我一盅地对饮。

烟气充满了铺子，他们不停地咳嗽。透过烟气，金豹看见老刚的脸色那么阴冷。他问："老刚，你怎么了？"老刚轻声说："我在想我这一辈子。"

金豹不作声了。

金豹知道老刚的一辈子都在海上，跟自己一样。不同的是他有一个儿子，自己没有。这一辈子都在跟大风、跟山一样的浪涌斗，死过，但终于还是活过来。可是后来，和自己一样，还是被大风和浪涌赶上岸来。他们只能趴在岸上看浪涌了。金豹长叹了一声。

老刚说："我们都老了。老得真快啊！"

金豹说："回头看看这一辈子吧，也该老了。我不记得使烂了几条船、让海浪打散了几条船；有的船还是崭新的，我就扔给大海了，一个人赤条条地往岸上爬。有一年冬天我靠一个浮婆游了二十里，奇怪的是没有冻死！"

"不知道这辈子打了多少鱼，"老刚抄着手，头低着，下颏使劲抵住胸骨说着，"那时候鱼真多，堆到海边上，买鱼的扔下几个钱，就任他背。小时候听见上网了就往岸上跑，老父亲在渔铺里捧出一碗冒白气的鲜鲅鱼，说：'小孩子，多吃鱼少吃干粮，反正也不下海！'那时候鱼真多……"

金豹点点头："都是吃鱼长大的。那时节见了玉米饼子馋得流口水。嘿嘿，今天没人信这话……我第一次进海放钩子钓鱼，差点让一条带鱼咬断了大拇指。那时候全仗年轻啊，身上划条小口子，血流那么多，全不在乎。我冬天落进水里不止一次，海里的冰矶割开我的肉，我就咬着牙。海水墨黑墨黑，大浪吼得吓人，也不知掉在哪片老洋里了的，心里想，死是定了的。不过就那样死了还嫌太早，这时候可真难过。一个人不愿死硬要他死，这时候可真难过。"

老刚笑了几声。

"我这一辈子在风浪里钻，就想在没风没浪的地方盖一幢小屋子。"金豹苦笑一声，"我是生在渔铺子里的，老渴望有一幢结结实实的小屋子。直到解放才有了一座屋子，也有了媳妇。那几年的日子我下辈子也忘不了！媳妇是个好东西啊……有一年她病了，馋条鲈鱼，你知道鲈鱼可不好整。有个老头子不知从哪儿弄了一条，要我用一个旋网换，讨价还价，怎么说也不行，非要一个旋网不可！我气急了，夺下来就跑，随手扔下五块钱……"

"这么说你也抢过别人的东西啊。"老刚插了一句。

金豹点点头:"不错。我那时候也年轻,也是抢一个老头子的东西,像小蜂他们一样。也许人年轻的时候都要抢点什么的。还有一次在桑岛,让我们用船运水抗旱。中午吃干粮渴得嗓子冒烟,驻村干部从提包里掏出小暖瓶喝起来,跟他要一口都不给。我那回夺下了他的小暖瓶。后来,你知道——你肯定听说了,那东西找碴儿,说我要破坏一条机帆船,在队部关了我一个星期……"

金豹笑起来,使劲用手捶打自己的腿:"事情也巧,后来有一次他坐我的船(他认不出我了),我好好调理了他一下,呕得他脸色蜡黄。这东西看来官也做得不小了,小口袋上光钢笔就有三支。我把他呕得脸色蜡黄……我这辈子,你看,抢过别人,也被别人抢过。可按住心窝问一问,伤天害理的事咱没做过。"

"你的媳妇也是抢的。"老刚闷声闷气地说。

金豹不认识似的盯着他,随手斟满了杯子,轻轻地吮着。他直看得老刚笑了,这才说话:"我不抢走她,她要上吊哩……那晚上,也是大雪,我把她抱在船上,抢出岛子来。只可怜了老丈母娘,听说她哭闺女哭坏了眼……"

金豹难过起来,默默不语了。

铺子里面暗淡下来,他们在炉台上点了油灯。金豹吸着烟,盯着自己的脚,长长叹一口气说:"小蜂兄弟怎么成这个样?你那宝贝儿子怎么就背起了两个筒子的猎枪……"老刚低下头,没有吭声……坐在铺子里有些闷热,他们想到外面活动一下腿脚。昏蒙蒙的雪野,此刻滚动着千万条雪龙了!风肆无忌惮地吼叫着,绞拧着地上的雪。天就要黑下来了。他们差不多一刻也没多站,就返身回铺子里了。

金豹重新坐到炉台跟前,烘着手说:"这样鬼天气只能喝酒。唉唉,到底是老了,没有血气了,简直碰不得风雪。"

"这场雪不知还停不停。等几天你看吧，满海都漂着冰矶。"老刚还在专心听着风雪的吼叫声。

"唉，老了，老了。"金豹把一双黑黑的手掌放在炉口上，像烤一条咸鱼一样，反反正正地翻动着，"就像雪一样，欢欢喜喜落下来，早晚要化的。"

老刚点点头："像雪一样。"

金豹望着铺门上那块黑乎乎的玻璃："还是地上好，雪花打着旋儿从天上下来，积起老厚，让人踏，日头照，化成了水。它就这么过完一辈子。"

"人也一样。都是在地上被别人踏黑了的。"老刚的声音有些发颤。他的眼睛直盯住跳动的灯火，眼角上有什么东西在闪亮。

金豹慢慢地吸一支烟，把没有喝完的半瓶酒重新插到沙子里去。他活动着胳膊，畅快地伸着腰，嘴里发出"哎哟，哎哟"的声音。他叫得很舒服。他说："我这名儿是老父亲给的。我这脾性也真像个'豹子'，我刚才还干了两架。我老了，不过是头'老豹子'！哈哈……"

金豹大笑起来。老刚觉得老伙伴是醉了。

五

由于风雪阻隔，老刚只得睡在金豹的铺子里了。两个老人挨在一起，闭着眼睛各自想心事。老刚想他的儿子——这时已经背上猎枪回那个家了。那个家他见过，很小，很漂亮，还有暖气。这样可以烤烤冻透的身子。儿媳妇是个很厉害的城里人，老刚只见过两面，不过他已经知道她很厉害。不知怎么，老刚突然想儿子是让她用城里的什么法儿给制住了的，所以他背上了双筒猎枪，不管老子了……外面什么东西吱哟吱哟地响，老刚听了不安地坐起来。金豹躺着说:"不知道哪里被风吹的,海滩上就这样。有一年人家告诉我:夜里老有个女人喊'腿呀,我的腿呀'——你在海滩上走一步,那喊声也远一步,可能是落水的鬼魂,在这儿折了腿。我就不信,后来一找,嘿!是浪推着船尾巴,船上两块木头磨出的声音,听起来尖尖的,可不就像个女人……睡觉吧。"

老刚躺下了。金豹自己却睡不着了。那个吱哟声搅得他心里烦躁躁的。他侧身吸着烟,静静地听外边的声音。海浪声大得可怕,他知道拍到岸上的浪头卷起来,这时正恶狠狠地将靠岸的雪坨子吞进去。他惯于在骇人的海浪声里酣睡,可是今晚却睡不着了。仿佛在这个雪夜里,有什么令人恐惧的东西正向他慢慢逼近过来。他怎么也睡不着。停了一会儿,他扔了烟蒂,披上破棉袄钻出了铺子。

刚一出门,一股旋转的雪柱就把他打倒了。他大骂起来——这股雪柱硬得真像根木柱。眼睛耳朵全塞了雪,头被撞得有些蒙。金豹惊惧地哼了一声,望着四周,真不敢相信自己的眼睛。海浪和风雪一齐吼叫,像嘶哑的老熊。海底也许有一面巨大的鼓擂响了,震落了空中堆积一天的云彩,抖动了整个海。金豹趴在雪粉里听着无处不在的"鼓点儿",心里奇怪地也咚咚跳起来。他突然想起了白天搬动的舢板,加固的锚绳也不保险哪!他像被什么蜇了似的喊着老刚,返身回铺子去了。

凭借雪粉的滑润,他们将几个舢板又推离岸边几丈远。彼此都看不见,只听见粗粗的喘息声。他们不敢去推稍远一些的小船,怕摸不回铺子。这老天和海真是发疯了啊。金豹说:"全仗着喝了 天酒啊。酒真是个好东西。"老刚喘得说不出话,用力拽着绳索,嘴里发出唉唉的声音,算是应和。有一次他拽得不妙,脚下一滑跌到了棉绒似的雪粉里,好长时间才挣扎出来……

他们的手脚冻得没有了知觉,终于不敢耽搁,开始摸索着回铺子了。金豹不断喊着老刚，听不到回应，就伸手去摸他、拉他。有一次脸碰到他的鼻子，看到他用手将耳朵拢住，好像在听什么。

老刚真的在倾听。他在听一种奇怪的声音、一种铺老才分辨得出的声音。听了一会儿，他的嘴巴颤抖起来，带着哭音喊了一句："妈呀，海里有人！"

金豹像他那样听了听。

"呜喔——哎——救救——呜……"

是绝望的哭泣和呼喊。金豹跳了起来，霹雳一般吼道："是小蜂兄弟俩！他们上不来了！"

"听声音不远！"老刚身上抖起来，牙齿碰得直响。

金豹跺着脚："让浪打昏了头，两个发横财的家伙！小蜂——小蜂——"金豹在浪头跟前吼起来，浪头扑下来，他的身子立刻湿透了……老刚喊了一阵，最后绝望地说："不行了，他们听见也摸不上来，两兄弟不行了……"

金豹张开手臂，像要用他那对可怕的拳头威胁着什么一样。他奔跑着，呼喊着，不知跌了多少跤子。伸开手在雪地上乱摸——他想摸些柴草点一堆大火：被海浪打昏了头的人，只有迎着火光才能爬上来，金豹想按海上规矩，为小蜂兄弟点一堆救命的火。厚厚的大雪，哪里寻柴草去！最后他一声不吭地站在了老刚身边。这样站了有一分钟。突然他说了句："点铺子吧！"

他的大手紧紧抓住了老刚的肩膀。

老刚的骨头都被捏疼了。他知道只有这个法子了，往常也有人用过这个法子。可是金豹的铺子搭满了闲置不用的网具、杂什，是他们承包组的全部家当啊。老刚声音颤颤地点头说："快，快搬开铺子上的东西吧，你搬里边，我搬外边……"

老刚的两只大手在厚厚的雪粉里掏着网具，却被一团尼龙丝线套住了。他大骂着，挣脱着，手腕挣出来时被勒出了血。他还在拼命地挣着，嘴里还奇怪地叫着："金豹啊！金豹啊！"

金豹一丝声音没有，也没见他往外抱一件东西。老刚钻到铺门里一看，一下子呆住了——

金豹想从火炉里引火点铺子——火炉子不知啥时熄灭了，他正用颤抖的手划着火柴……老刚一巴掌打落了金豹的火柴盒，吼道："跟我出去，你这头豹子！"金豹咬着嘴唇，抖着结了冰凌的胡子，睁开通红的眼睛看了看他的老伙计，猛然伸出那只刚硬的拳头，砰一声砸过去……

老刚被打出铺门，趴在雪地里差点昏过去……他是在一片"噼啪"的燃烧声里爬起来的。

大火燃起来了！风吹着，熊熊烈火四周容不得冰雪了。尼龙网具在火中爆出银亮的、油绿的光色。天空、空中飞旋的雪花，都被映红了；雪地上，远远近近都是嫣红的火的颜色。狂暴的风雪比起这团大火好像已经是微不足道的了……老刚被大火烤得全身发疼，他奔跑着，喊着金豹。可是火边上没有金豹的影子了。

金豹早钻到了水浪里。他这时正盯着水里的那团黑影。黑影近了，是抱了一块木板的小蜂。金豹拖上小蜂，刚迈开一步，就被一个巨浪打倒了，他爬起来时，看到老刚也拖着一个人……他们把两兄弟抱到了大火边上。

小蜂兄弟俩的衣服差不多被海浪全撕光了。他们的皮肤光滑得很，在火光下发红，冒着白气。他们的脑壳儿上紧贴着油亮亮的头发，显得很圆，很好看。烤了一会儿，两个身体蠕动起来。

正在这时候，金豹和老刚听到了大火的另一边有一种奇怪的声音。他们跑去一看，惊得说不出话——从雪地里、从黑夜的深处滚来了两个"雪球"！"雪球"滚到大火边上才放展开，让他们看出原来是两个人。老刚低头瞅一瞅，惊慌地捏住其中一个的手说："这是我儿子！"

原来他们终于没能冲出茫茫原野，而是在漫天的雪尘中迷路了！像小蜂兄弟一样，他们左冲右突，终于知道自己注定要冻死在这个雪夜里了，可他们绝境中望到了奇迹——一团生命的大火在远方剧烈燃烧，爆出了耀眼的白光！他们流着眼泪，爬过去，滚过去……

火势渐渐弱下去，那一堆炭火却红得可爱。小蜂兄弟能够坐起来了，他们看看炭火，看看远处的黑夜，叫着金豹和老刚的名字，放声大哭起来。

两个年轻猎人的双筒猎枪早已不知抛在哪里了。他们的一身冰坨融化着，水流又渗进沙子里。助理工程师颤声叫着："爸！豹伯……"

他们和小蜂兄弟一块儿跪在了两个老人面前……

两个老人身披长长的雨衣和棉袄站着，一动不动。炭火把他们笔直的影子印在了雪地上。

六

他们将四个年轻人送到老刚的铺子里时，天已近明，风雪势头明显地弱下去了。就像被什么驱使着，两人很快又回到了烧掉的铺子那儿。

火完全熄灭了，余下一堆黑色的灰烬。

他们盯在灰烬上，眼睛都不眨一下。是一个承包组流血流汗置起的全部家当啊！两个人不由得害怕起来。

金豹除此之外，还感到了揪心的疼痛。他简直不敢去想：慌促之中，他竟然忘掉了那个藏下一座"小屋"的枕头！他亲手烧掉了自己的一座"小屋"啊！

老刚嘴唇哆嗦着："烧了，一把火烧这么干净……"

金豹两手捧着脑袋，没有作声。他多想告诉老伙计这桩隐藏了多半辈子的秘密，告诉他亲手烧掉的这座"小屋"……可是他终于忍住了。昏暗中，他一个人在无声地哭。

雪慢慢停止了。风还在刮着。地上的雪片飞起来，想将那堆灰烬盖住，但终于也不能够。金豹蹲在那儿，突然想起了什么，他走到灰烬上，用力地扒着。他沾了一身灰土，终于扒到了：一个酒瓶，已经烧裂成了几片……

太阳出来后，天边的白雪耀眼地明。天蓝得真可爱啊！很多的人又踏着积雪到海边上来了。人们不可能一连几天把海忘掉，他们其中的好多人是在风雪之后，不由自主地走到海边上来的。积雪很厚，还横着一道道雪岭，人们艰难地、兴奋地走着。

大家都来看烧掉的渔铺，从一堆很大的灰烬上想象开去，极力想象出当时那团白亮的大火。

承包小组很快来搭了新铺子。新铺子当然和老铺子搭得一样，只是上面没有了那些网具。事情再明白没有，似乎没有人责备两个铺老。村领导调查之后，决定给这个承包组一些经济补助，并表彰了两个老人当机立断的精神。金豹感动地说："这有什么，我们不过是到时候划了一根火柴！"

以后有人赞扬他们的时候，老刚也说："这有什么，我们不过是划了一根火柴！"

金豹在心里问着："只是划根火柴吗？"他痛苦地摇着头，"烧了那么多东西，烧了我一座屋啊！"他清楚地记得从小蜂手里夺下的那支"檩子"也一起烧了——开始它只是冒烟，好像有些害羞的样子，后来便爆出红的火舌来，快乐地烧掉了……

这个夜晚，他特意留下老刚睡新铺子。他说要和老刚说话。但是躺下之后，他却什么话也没有了。他仰面躺着，听着大海的潮声，想了那么多往事。他闭着眼睛想着，突然觉得有好多话不是跟老刚,而是要跟自己交谈……一个低沉的声音在心底问着:"你如今老了吗?"自己回答道:"觉得是老了。筋骨常常疼。""你最近想起了死吗?""不想死。不过要死也不怕。""你的小屋呢?""烧了。""烧了?!""不,已经盖起来了。它盖了一辈子,前几天夜里又加了一片瓦……"

他跟自己谈着话,终于感到了疲倦,带着欣慰的笑容睡去了。
…………

这一觉睡得很长很长。待醒来时,他们就兴奋地踏着积雪去捉鱼了。

鱼捉到了。金豹做焖鱼的手艺是很绝的……两人喝了那么多酒!他们好长时间没有这样兴奋过。铺子里面有些热,他们后来走到了铺子外的雪地上。

一片洁白的原野上,已留下了道道脚印。海边上,海风旋起的高高的雪岭上,被赶海的人踏出了几条通路。雪粉上留下了辛苦的渔人的脚泥,掺进了的沙土。阳光下,大雪已经开始融化了……金豹看着雪地说:"多少人都驾船进海了。你看赶海人的胆子。我老想进海试试,我不比年轻人差,前几天,我还一口气跟他们干了两架。我一拳就打倒了小蜂,这个你记得。"

老刚庄严地点点头。他这会儿突然发现脚下融化的雪地上,正生出一株嫩嫩的芽儿,就惊奇地指给金豹看。

金豹也看到了:一株小草,很绿很绿的……

1984 年 1 月

冬景

　　进入十一月,老人的神色变得沉重了。他一个人走向田野,注视天际,眉毛不停地抖动。天气晴和,人们在田里忙着,在海上打鱼,没人注意这样一个老人。

　　树叶铺地,又被大风扫进干涸的沟渠。老人用一个网包往回背树叶,在自己的小院堆成一个垛子,又用秫秸、破渔网将垛子盖得结结实实。接上的日子老人都到海边上去,提一个粪筐,沿着浪印往前走。海水不断推涌出一些碎煤和木块,他都捡到筐子里。

　　有一天,他的小儿子穿着胶皮裤子从舢板上下来,看看父亲筐里的东西说:"喊!哪天我去拉车炭不就是了。"老人没有抬头,伸手把拇指大的一块木头捏到筐里。

　　他把所有的煤和木头都摊在院里,准备经一场雨后,晾干,堆起来。那时盐未被水冲去,这些东西烧起来更旺。平时他走在路上,见到树枝什么的,都要捡起来;现在他每天都去海边捡东西。如果浪印上有一个蛤、一个螺、一条小鱼,他都随手取了放进筐里。他每时每刻的拾取和积累终于让人纳闷儿了。有人问他的小儿子:"你父亲是怎么了?"小儿子笑笑:"人老了还不就那样!"

声音

老人住的小院四四方方,是一人多高的围墙围成的,一角是他的小屋。老伴去世后,儿子让他住新房,他毫不犹豫地拒绝了。小院宽敞,装满了阳光,他一个老人舍不下这么多的阳光。

碎煤和木块摊开来,占去了小院的大部分。半夜里下雨,老人穿上蓑衣,戴了大竹笠走到院里,用一把铁抓钩在木块堆里搅着。雨水在脚下流动,他弯腰取一块木头片放进嘴里咂了咂,品品还有没有咸味,吐掉,回屋子去了。

白天太阳很好,他翻晒着木块煤屑。这样过了几天,他将它们堆起来,拍实,然后用泥封好。看上去,院子的一角像多了一个坟丘。

老人拌了一大堆草泥。他用筐子装上草泥,沿着小屋转着,哪里有裂缝、有小洞,都用草泥糊上。屋后墙上有一个四方小窗,他也用草泥抹上了。

小屋里最大的东西就是一个土炕。这个炕最多睡过六个人:他、老伴、四个儿子。后来死了三个儿子,死了老伴,小儿子也搬走了。可是土炕依旧那么大。一个人坐在暖烘烘的大土炕上,看着窗外白雪飘飘,那才是一种富足。老人把小屋的外部收拾过了之后,又蹲在屋里琢磨土炕。他将土炕凿开两个洞,又用土坯接通了这两个洞口,沿墙壁垒了一圈。这样土炕里的烟火就会蹿到墙壁上,形成火墙。

他记得这辈子只做过两次火墙。

那一次是在奇冷的冬天里,有几个打鱼的人落在水里。他们有幸攀着冰碴儿爬上海岸,立刻昏迷过去。赶海的人把他们救了,背到他这全村唯一有火墙的小屋里,让他们脚上的冰一点点融化。老婆子在锅里煮几块红薯,煮得软软的,扳过打鱼人的头,像抹油膏一样往他们嘴里喂红薯。

"你真有本事。"老人蹲在刚垒成的火墙下,望着锅台夸了一句老伴。

当年她就坐在锅台边上，打鱼人的脚伸到火墙根，滴着水。

他垒火墙时，她为他搬草泥。草泥稀了，稠了，他晃晃手指头她就知道。那年亏了垒火墙，他们安安稳稳过了一个冬天，还救下了一帮人。这些人如今仍旧在海里搅水，比当年还有劲；可是她没有了。

老人现在重垒火墙，垒好后就在炕里点上了柴草。火苗噜噜响着，不久湿湿的火墙冒出白气，慢慢变干。他额上挂满了汗珠，11月可不是点燃火墙的时候。

从屋里出来，他用剩下的草泥加固了墙壁，然后出了院门。向南遥望，远处的山影碧蓝碧蓝的。他每天都要看看南山，从颜色上可以知道风雨。

当年救出的是一些血气方刚的汉子，老婆子说，积了阴德！积了阴德！奇怪的是老天把人间的事情记反了，他三个活蹦乱跳的儿子一个接一个死去了！

那年大儿子被派到南山修水利，快过年了还没有回来。老伴用红薯掺米粉做成了老大的锅饼，让他去山上看儿子。他到了工地上，最后在一个半里长的山洞尽头找到了儿子。儿子头发老长，面色就像石头，告诉他，这条山洞就是他们开的，要凿穿高山。老人慌了，找到他们的头儿说："这做得成吗？要几辈子？"那个人哼了一声："你还不相信革命的力量吗？"他只好放下锅饼往回走。他忘不了一路上大雪没膝。还没有出山，他就听见了一声轰响。回到家里的第二天，有人送信说，儿子被埋在了山洞里！

拉儿子的小轮子车几次陷进雪里……

那个冬天哪，整个世界都是白的……

老人在门口站了一会儿，又转回了院子。他从屋子左侧的小夹道里提出了一个黑柳斗，里面是些破鞋子。他将棉靴挑拣出来，又找出一个形状奇特的东西：这是用生猪皮缝成的四方小包裹，里面装满了麦草，上面还缝了两条粗长的带子。他脱下鞋子，费力地将赤脚插进生猪皮里，又把两条带子缠到裤脚上。生猪皮上的鬃毛全参了起来，原来是一种自制的靴子。

这是上个冬天做成的，穿上它踏雪赶海是再好不过了。眼下会做这种靴子的人所剩无几，更没有几个人知道它的妙处。多少人笑话这双靴子，连小儿子和他媳妇也笑。他懒得扇他们耳光，只管穿上就走。冰雪被他踩出了汁水，双脚却感不到一丝凉气。海边上，在小船边奔忙的人冻得乱蹦，唯独他一个老头子安然地走来走去。

他试了试靴子，觉得还好。有的地方开了线，他就捻一根麻线，用两腿夹牢靴子，一针一针缝起来。

车上的儿子血肉模糊。他们尾随车子往前走，不吭一声。半路上，老婆子一头栽进了白雪里，咬紧了牙齿，脸色变青。一群人围上掐弄拍打，她才算缓过一口气来。老头子蹲下，解开老棉袄的扣子，把她揣进怀里往前走去。她身上的冰雪很快融化了，他的衣襟下一滴滴流出水来。"走吧，回去还得过日子！"

生猪皮干硬了以后赛过钢铁。好几次粗铁针要折断，他都巧妙地寻到了去年的针眼。以前缝东西可是老伴儿的事儿，他只是满腿泥巴，在院里走来走去，身边是大大小小的几个儿子。

大儿子的头发有些鬈，一双眼像鹰一样亮。他比父亲高得多，胸脯宽厚。老人与他去伐树，见他握住斧柄时，手指绕了一圈还余出一段。老头子夜里躺在炕上，对老伴说儿子的手指有多么长，那可是个有大力气的角色。白天老婆子盯住儿子的腿看了半天，发现这两条油光闪亮的腿上，有鱼皮似的菱形纹儿！她笑了。

两只生猪皮鞋子修好，中间塞满软草，悬在了屋檐下。

老人又找出一些钓钩和丝线，准备到海上去钓鱼。他盘算了一下，整整有半月的时间可以用来钓鱼。在太阳和暖的日子里，他要把闪闪发亮的大鱼从海里拖上来，然后搓上盐，悬到半空里晒干。等到焦干的鱼片晒成时，他就用马兰草捆起来，五张一沓，像捆烟叶那样。

海上的人太多，小船在远远近近的地方搅来搅去。老人常常因为寻个安静地方走上老远。他放出钓钩等待着。

很长时间过去了，没有一条鱼上钩。这是自然的，一点也没有出乎预料。他用了大号的钓钩，那就只有大鱼才能上钩，让小鱼继续活着吧。又过了半个钟点，他拉上一条带灰点儿的圆头大鱼。这时小儿子跑来了，帮着他摘下了大鱼，又夸了几句鱼鳍：它是红的。然后他就埋怨父亲说："喊！我从舱里取几条小就结了吗？"老人继续往海里放渔线。

尽管整个一天风平浪静，老人才仅仅钓了三条鱼。三条鱼都很大很肥美，躺在筐里。他回到小院，给鱼剖膛、搓盐。鱼悬到树枝上了。小儿子又送来三条。这三条通身乌黑，不漂亮。他哼了一声，打发走了儿子，同样剖洗搓盐，悬到树上。

二儿子的一生与鱼紧密相连。在他刚能吃东西的时候，老婆子就喂他鱼。后来他果然强壮，只是要比大儿子矮上两寸。他浑身皮肤像鱼一样滑。四岁的时候他到海边上玩，逮到了一条一尺四寸长的鱼。

他是怎么逮到的呢？

老人后来只要一接触到鱼，就会想到那个费解的事情。六条鱼悬在半空，在暮色里银光闪闪。他仰脸看了一会儿鱼，又到屋了里去看沸动的锅水。他把鱼身上剖下的东西煮了，鲜气诱人。

一连几天他都在海边上钓鱼。每天的收获都不超过三条。天渐渐冷了，老人清清楚楚嗅到了严冬的气味。严冬眼下还只是藏在水天相连的地方，可是它已经有了气味。正像一头猛兽藏在远处的灌木中，好猎手嗅得见它的气息。他一声不吭地盯着从脚下伸到水中的那根线。

二儿子是怎么逮到它的呢？

对付大鱼要有钓钩、网，要有指尖上的力气。可是一个四岁的嫩苗竟然不需要这一切，笑吟吟地将那家伙抱回了家。老人用手握住了线，感受到有个东西在另一端挣扎，就欠身拉扯起来。线像一条钢梁，沉重、冰凉，用拇指拨一下发出嗡的一声。那条鱼在那一端肯定是张大了嘴巴咒他，腥气熏人。后来谜解开了，它是一条浅灰色的大片子鱼，像一把伐木的锯子。到了浅水里，它蹿了起来，要咬住人复仇。老人瞅住机会，抬脚踩住了它。

它红色的眼睛乜斜着他。二儿子出海回来曾告诉父亲一些奇怪的感受，说鱼眼像人。小伙子高高细细，被海水渍得黑红乌亮，像被一种老漆涂过。船老大金狗旧社会杀人如麻，杀的全是坏人，如今在海上威震四方。金狗最满意的就是这个细高小伙子，给取个外号叫"钢筋"。金狗把船开到深洋里，说："不要命的人总是长命！"

鱼在沙滩上堆成了山。方圆几十里的都来搬鱼山，扔下一块钱，鱼就随便担。天冷了，大雪落下来，鱼冻成了一根根硬棍。赶海的人互相吵起来，有时就抓起一根鱼棍横扫过去。

老人在金狗最得意的那个秋冬也没有停止钓鱼。他搞来的鱼个个强壮。老伴为他送饭，有煎鱼，有巴掌大的棒子面饼，嘿，结结实实咬一口饼，用力咀嚼，甩开膀子去扯渔线。那时哪像现在这样钓鱼，蹲着，喘着气把鱼拖上来。

小院的树枝上悬满了鱼。这棵树落光了叶子，又结满了"鱼果"。老人坐在树下，有时用脚踢一下树干。树木向阳那面悬着的鱼哗啦啦响，他就取下来用马兰草捆了。干鱼的脊背上还闪着微蓝的荧光，那是从大海深处带来的。这些鱼如果一直待在深水里就会活得挺好，它们却偏偏要到浅水里去寻找要命的鱼钩！

就像大雪陷住木轮子车的那个冬天一样，这个冬天同样出奇多雪和寒冷。老人不怎么出他的小院，只和老伴围住暖烘烘的锅灶。听说金狗的船也不怎么出海了，只是在海里栽了流网，隔几天进海拔一次网。有一天半夜里涌起了大浪，大海的轰鸣声就像打雷一样。金狗呼喊他的人快去海上抢网，一群人发了疯似的往堆满了白雪的海岸上跑。二儿子走了，老人再也睡不着。他穿上老棉袄，用一根黑色网纲束了腰，往海上走去。

他至今记得那个早上海浪突然安息下来，一群黑乌乌的人站在雪地里，见了他都扭过头去。他大口喘着走过去……就这样，他见到了死在雪尘中的二儿子。儿子满脸血污，左手还紧扯着一片渔网。金狗领人往东海岸追去了，每人手里都举着橹桨和棍子，还有锈蚀的铁锚。一夜的大浪把渔网搅乱了，金狗命令赶快拼抢。另一渔队过来夺网，金狗让手下人抡起家伙。"钢筋"一个人抢来了三块大网，当他瞅准了第四块时，头上挨了一记铁锚。

他躺在那儿，就像睡在大土炕上一样，顽皮地扭着身子，一只手插在毛茸茸的雪被里。

拉儿子的木轮子车几次陷在雪里……

那个冬天啊，整个世界都是白的……

后来老婆子半夜跑出小院，一直向海上跑去。老头子跟在后边喊她，她一声不应。前边就是闪着磷光的海水了，她一头栽了进去。他赶紧跳进海里，觉得这漂着冰碴儿的水浪像沸水一样滚烫。不知怎么抱住老伴，爬到沙岸上，见她紧紧闭着眼睛。他问："你死了吗？你可不能死！咱们还有两个儿子！三儿子快长大了，小儿子也生出来了。咱们还有两个儿子！"

剩下的半个夜晚他煮了一锅鱼汤，放了很多姜。土炕烧得热乎乎的，上面躺了剩下的两个儿子和水淋淋的老伴。他知道她死不了，她不会撇下他自己对付这个冬天。

不过他知道那样的日子也许不远了。大约又过了两个冬天，老伴死去了。这个女人真好，她伴着老头子过了一个冬天又一个冬天，实在走不动了还送他一程……

以后的冬天是他自己的事情了。他沉着地生起炉火，把小屋里的寒冷驱赶到荒凉的旷野里。

三儿子和小儿子没有前两个那么高大，他们差不多是一个比一个矮瘦一点儿。老伴在世时，他曾经感叹："这就是说，咱俩身上的火力不行了。"老婆子缺少牙齿的嘴巴咀嚼着一块干鱼，又吐出来填进小儿子的嘴里。

干鱼一捆一捆积起来，堆放在屋角的一个搁板上。老人觉得这差不多了，可是第二天，他还是带上渔具到海边去。

天冷了，他穿了一件长长的棉衣，真正的冬天就要开始了。海里的船不像秋天那样欢快，像僵在了阴暗的水面上。整整几天没有看见小儿子了，老人心里有些不安。这是最小的一个儿子，也是唯一的一个。后来小儿子又活蹦乱跳地出现在海滩上了，他才专心地钓鱼。他知道现在的忧虑是多余的，冬天才刚刚开始。

小儿子自己有一条船，似乎自在得很。几年以前他要做个渔人，就必须跟上金狗。年代变了，金狗也死了。这个满身疤痕的船老大死得不明不白，像是被什么人勒死在船舱里。小儿子和媳妇扛着网具走在海滩上，那个女人见到老头子在不远处踞着，就会忍住笑发出一声："啧啧！"

有一次老人听到她发出的这种声音，就叫过儿子来说："别再让我听到这个！这是最后一回了！"

老人钓着鱼，十分气愤。前三个儿子都是壮男儿，可是都没有女人；最后一个儿子娶了个女人，嘴里吱吱响。他想如果要是老伴在世，不会在乎这种声音的，她真是一个随和的好人。他坐在海边做活，她就送饭，看他干一会儿。当一个男人老了，他的女人也像他一样老了，满脸深皱，那么那个女人真是无比珍贵！

有一个冰凉的东西钻进衣领，后来才明白是雪花。他站起来看着，天边有一片灰色的云彩。第一场雪就这样开始了。他决定收起鱼钩。那个小院里已经准备了对付冬天的各种东西，当冬天走进时，他就缩进那个小窝里顽抗。他一边仔细地缠着渔线，一边看着星星点点的雪花落进海里。

每个冬天开始的情形都不一样：刮一次冷风，或者降一层毛茸茸的霜，有时甚至是下一场大雨。不过用一场雪开头是最好不过的，它预示了真正的冬天。三儿子就是在冬天的第一场雪里出生的，后来又在另一个冬天里离去了。他皮肤白白的，像雪花样干净。这是老人和老伴所生出的最俊俏的孩子了，他们看着他长高了，看着他又黑又亮的眸子、长长的眉梢，真不知道这个小子要来世上做些什么！

那时他来海上钓鱼，到野地打柴火，都要领上三儿子。老婆子说："孩子学不会这些，不信你等着看吧，他不是在海边上做事的料儿。"老头子笑着，可是三儿子不吭一声，只用忧郁的眼神看着他。老人不喜欢娇嫩的东西，人也是一样。可是这个孩子像个晶亮透明的海贝，让人忍不住就要藏在贴身的小口袋里。

老伴临死的时候，最牵挂的也就是三儿子。

第一场雪照例下不大。雪后不久该是呼呼的北风，沙土会飞飞扬扬。老人准备了几个麻袋子——当风停沙落的时候，沙丘慢坡上会积一层黑黑的草屑，细碎如糠，是烧火炕最好的东西了。往年这时候他和老伴干得多欢，跪卧在沙丘上，像淘金一样筛掉黄色沙末，把草屑收到衣襟里，再积成几麻袋。

风果然吹起来，直吹了两天两夜。风停了，老人提着麻袋往海滩走去。黑乎乎的草屑都积在沙丘的慢坡上、坑洼里，他一会儿就装满了袋子。把袋子扛到肩上，要有人帮一把。他一个人只好将它滚到高处，立起来，躬下身子顶住袋子。老伴儿伸手一推也就行了，他可以顺劲儿来一下子，让它顺在肩上。三儿子跟着他跑一阵，在沙滩上滚一阵，老婆子不停地叫着孩子。她要留下来继续弄草屑，坐在那儿，伸手将沙土和黑末子一块儿揽到跟前。老头子和儿子返回来的时候，她已经在身边堆起很多的草屑了。三儿子远远地就指着妈妈说："爸，妈快把自己埋下了。"

不久，老伴死了，就埋在沙丘那儿。

她的坟堆也如同沙丘，大风吹来吹去，沙丘一个连一个，最后分不清她睡在哪座沙丘中了……三儿子那句不吉利的话至今响在耳边。老人扛着草袋，走累了就倚着小些的沙丘歇一会儿。他总觉得重新赶路时下边有谁推了一把，他想那还有谁，那还不是老伴儿那只瘦干干的手吗？

他一连在沙滩上奔忙了三天，小院里堆了满满几麻袋草屑。

天越来越冷了。小儿子有时进院一趟，向手上吹着气，搓着。他说："爸，刀割一样。"老人斜他一眼，心里说，你经了几个冬天？小儿子看了看孤树上面，笑了。树枝上悬了最后的一条鱼。那是条大鱼，油性也足，要多晾晒些时日。他咂了咂嘴巴，说："肥得像鸡。"老人抬头看着那条鱼，回想着把它拉上海岸的情景，好像就是它用血红的眼睛斜了自己一下。小儿子将院里的东西一一看过，又看了屋里的火墙，一脸的迷茫。

老人一个人在院里的时候，手总也闲不住。他找了块木板，钉上长长的木柄，做成了推雪的器具。几把扫帚用旧了，就拆开来，合成一把大扫帚。他用这把大扫帚清除了院子的脏物，然后和推雪的木板一起小心地放好。再做点什么呢？老伴儿那时候见他转来转去的，就和他一起剥花生、剥麻。天还不黑，老伴儿就动手做一家人的晚饭了，一会儿满院子都是红豇豆稀饭的香味儿。

三儿子在院里捕蜻蜓，小儿子负责保管捕到的蜻蜓。那时候还像一个家。

三儿子读过了初中，在院墙上写了很多外国字母。问他什么意思，他说"数学"的意思。"数学"是什么意思？他说"算账"的意思。行了，终于有了会算账的人了。老头子亲自推荐儿子到海边卖鱼房里做会计。那时候老人兴奋极了，他终于明白这个雪白的孩子到世上是做什么来的了。

一年之后，三儿子报名参军。老人并不反对，但还是习惯地咕哝了一句："好男不当兵，好铁不打钉。"儿子把漂亮的眼睛瞪圆了，说："你怎么能说中国人民解放军是'钉'？"他当兵走了。

他走了，冬天来过两次，都不像个冬天。小儿子长大了，成了这个小院里走出的第二个渔人。老大死在南山，他算什么？也许该算个石匠吧？这个小院的第一个渔人可算条汉子，不过不能学他，你得赖赖巴巴活下来……第三个冬天冷酷无情，滴水成冰，冻死了一头驴，还冻死了一只羊。前线传来了作战的消息，战事演习。大雪朵像棉絮一样掉在小院里，老人一边往外推雪一边盘算着什么。他有了一种奇怪的感觉。这种感觉以前也经历过，就是那一次从南山走出来，踏着没膝大雪时的感觉，他在心里小声呼唤着："我的儿子！我的儿子！"

那个冬天的夜晚奇冷，他烧热了火炕，围紧了被子，牙齿还要打战。那些夜晚他想，老伴不在了，可不要发生那种事情，他一个老人待在小院里可受不住那一下啊！白天他不出门，缩在屋里，连小院也不怎么去。他躲避着什么东西。

终于有人叩响了门。乡长、村头儿，好几个人神情肃穆地跨进小院。其中一人捧着一摞东西，上面放着一个精致的小盒，盒里有金星闪耀。老人迎上去，看了看，缓缓地坐在了厚雪上。

奇怪得很,那个冬天他也过来了。三儿子没有了,送回的是一枚立功奖章。老人一辈子也没有见过这样奇怪的东西。小儿子抚摩着说:"要是金的,就要藏起来。"

一阵风吹来,树上那条鱼碰响了枝丫。老人倚着树干坐着,闭着眼睛。如今奖章就在屋里的一个小钟罩里,它的一角被磨过,露出了另一种颜色……"你这个浑蛋!"他骂了一句小儿子,仍然闭着眼睛。

门响了一下,小儿子提来一只鸡。老人把它收拾了一下,搓上盐和作料,悬到树上。这是要做成一只风干鸡,它可以放到来年暮春。儿子叹了口气。老人说:"怎么不出海?"

"给小船堵漏呢。"

"要出快出,半月后把船搁了吧。"

儿子愣愣地问:"为什么?"

老人没有吭声。他站起来活动着,弓着腰咳着,费力地说:"在家……熬冬。"

"冬天可是采螺的好时候哩。"小儿子奇怪地瞅着父亲的脸。

老人再不说话了,坐在树下草墩上,眯着眼睛。雪花无声无息地飘下来。

这一次的雪花越落越大,很快积了厚厚的一层。大雪下了三天。人们都呼喊着:"好大雪呀!"老人用大扫帚将雪赶出小院,在心里说:"这算大雪吗?我经过的那三次大雪,埋掉了三个儿子。"

三天的积雪慢慢融化,天气骤冷,小儿子跑来,伏在窗上嚷:"爸,怎么还不点上火墙?"老人在熬一锅稀粥,耐心地搅动着,说:"还不到时候。"

积雪化完了,天还那么冷。打鱼的人全都不出海了,在家里生起了火炉。小儿子忙了一秋,没有拉炭,就抄着手到父亲这儿找取暖的东西。老人没有给他,他哭丧着脸走了。这样又熬过了几十天，天气慢慢转暖了，蓝天上白云飘游。小儿子扛着橹桨走出来，见了父亲说："俺这回不是把冬天过去了？"老人端量了一眼儿子，说："给我回去，待在家里熬冬。"

儿子笑出了声音，因为他这会儿看见父亲穿上了自己缝制的生猪皮靴子，小腿那儿还用粗布缠了。

老人对儿子后面的几个渔人说："回去，回去。"

几个人对视了一下，往回走了。小儿子一个人站立了一会儿，也回家了。

老人缓缓地走上海岸。大海还算平静。他眉毛跳动着，遥望着水天相连的地方，又把耳朵侧起来倾听。他好像听到了一件瓷器被缓缓地碾碎，咯吱吱的声音从海底传过来。当他转过脸来的时候，看到有一半海水变了颜色。一线黑云在远处悬着，云与水之间像是闪着紫红色的火苗。海浪一点点加大了，后来卷起一人多高，扑碎在沙岸上，有昂昂的回响。头上还是晴天，可空中分明落下雪粉。空气一瞬间凝固了，像无形的冰筒把人裹住。老人转身离去，步子急促。当他站在一个沙丘上回望大海的时候，大海已经没有了。

他知道那是风暴劫走了大海，用它制造冰雪和严寒，然后一股脑儿压向泥土。天地间有多么凶狠的东西！

他跑起来，一口气跑回小院。

小儿子和媳妇站在小院里，见到老人回来了，就放心地往回走。老人说："哪里也不要去了。冬天开头了！"

他点燃了火墙，噜噜火声与风暴的声音搅在了一起。小儿子走到院子里，立刻呆住了。雪花像一群惊慌的蜜蜂在旋动，树枝上那条肥鱼狠劲拍打着树干。天空一片昏暗，小院外的东西什么也看不见。他退回了屋里，嘭一声将门关严。

老人从屋角提出一捆鱼，挑出两条油性足的扔进锅里。水滚动着，浓浓的鲜味满屋都是。这种气味使人神情安定下来，小儿子和媳妇笑嘻嘻地围在锅台上。老人用一个勺子将水面的泡沫刮掉，使汤汁变清。两条鱼的红鳍展开来，一瞬间活了，沿着锅边游了两圈。小儿媳妇抓了一把葱姜，喂鱼似的投进水里。老人合上锅盖。

一个个冬天逝去了，新的冬天又来临了。老伴儿在世的那些冬天就在眼前，如今还嗅得着她煮出的鱼汤。几个孩子依次坐在炕沿上，由他捏起雪白的鱼肉给他们一一填到嘴里。天黑了，一家人躺在炕上，二儿子装成会打鼾的人，其他的孩子咪咪地笑。半夜里，老伴儿弓着腰披着衣服，在屋里活动着，添添炕洞里的柴火，给灶上的铁壶灌水。她提起铁壶，用铁条捅火，蹿起的火苗把她的脸映得通红。

小儿子揭开锅盖，舀了几碗鱼汤。

鲜味儿使他媳妇不住声地咳嗽。她捧起碗来，又烫得赶紧放下。她说："爸呀，喝汤……啧啧。"

她又发出了那种声音。老人瞪了儿子一眼，走出了小屋。

天黑了，第一阵风雪平息了。院子里已经积下了半尺厚的雪。老人取了那个推雪板一下下推起来。如果不在夜里将雪清除，那么新的积雪就会掩住屋门。寒气比他记住的任何一个冬天都要严厉，他紧紧咬住了牙关。他知道这不是平常的冬天，一切才刚刚开头，没有错的。

他记得有人说过，冬天总是跟老人过不去；可他却在冬天里失去了三个儿子。三个活蹦乱跳的小子没有了，生他们的那个老人还活着。他还有一个最小的儿子，如今就待在暖烘烘的小屋里。老人刨开院里的草泥堆，取了些煤屑木片回到屋里。小儿子和媳妇歪在炕上睡着了，一溜儿空空的瓷碗摆在一边。老人伸手到席子下试了热力，然后给炕洞子添了东西。他盯着洞里的火燃起来，然后又取了麻袋里的草屑，厚厚地压在火炭上——这样，永不熄灭的文火将使他们睡得更好。一切做过之后，老人又掩上门走出来，走到院门口。

雪还在落着。茫茫白雪泛出微微的光亮，从脚下铺到遥远的地方。老人的眼睛一动不动地看着雪地，他怀疑这个新的冬天会漫无尽头。"天哪，我已经损失了三个儿子，谁都会说那是三个好儿子。三个小伙子三个行当，他们是石匠、渔人、兵。"

老人像守门人似的，蹲在了小院门口……

1987年9月济南
1988年6月龙口

头发蓬乱的秘书

平原上来了一位中年人,背个大挎包,神情阴郁,头发乱蓬蓬的。尽管许多外地人来来往往,但有些过路人还是能给人留下较深的印象。那个中年人就多少令人觉得有点怪异。

他的嘴唇发乌,手指细长。有人注意到,他的中指与食指有一截染成了棕黄色。"肯定是个过足了烟瘾的家伙。"大家小声议论时,他正反手去挎包找东西。他的性子特急,那只细长的手还没有挨上就瑟瑟发抖。大家料定这只手抓出的会是一包烟——它出来了,竟然握着一个油渍渍的小本子、一支蓝杆儿圆珠笔。

他退远一点,倚坐在一棵树下吭吭哧哧写起来。

几个半大孩子围上去,看了一会儿又笑着跑开。有人问,那人记些什么?孩子们不识他潦草的字迹,就说没什么……所有人都离去了。那个中年人还在写。后来他从衣兜里摸出烟来,点上,深深地吸了一大口。

这个平原上没人记得以前见过这个人，他还算个陌生人。但这个人却熟悉这儿的一切，自认为是这儿的老熟人。最后人们才明白：这是他的出生地，不过他十几岁就离开了。如今这人比实际年龄更显苍老，也有点怪异。他很少说话，整天默默无声；可是说不定什么时候逮住哪个人聊起来，兴奋得双手飞动，口沫四溅。再比如他一天到晚安安静静待在一个地方，顶多去周围村落和工区转转，可是说不定什么时候背上挎包走了——有人从城里归来，说在某某街上又见到他了……

这个人显而易见更喜欢老人。老人没事了坐着马扎抽烟、晒太阳，正是一生里的清闲时光，他就凑过去。他说自己从几十年前就认得这些老人。他们听了大惊失色，抽出烟锅。"这是咋说？你是谁家娃儿？"当然，谁家的也不是，他早就没了亲人，一个人在外漂泊。不过他的确认得这些老人，能说出他们当年的模样、一些事迹。几个老人叹服了。

他的确有一些事情必须找老人谈谈，尽管这在他们看来往往微不足道。十几年前、二十几年前，靠近大海滩上的槐林、如山峦般开放的槐花、涌来的养蜂人……这些他一提起话头老人就知道，一拍膝盖说："一点儿不差！"这工夫就是这个中年人最高兴的时刻了。他把乱发撩一下，笑着探出头颅，喉结显得很大。

"那时的灰喜鹊、星头啄木鸟、山鸡，一群一群啊……"他的眉头扬起，看去像个滑稽演员。

老头子们把马扎提起，往前挪一下，大声说："可不！还有山狸子、银狐——三喜妈妈哪年不让狐狸拖走些东西？老野鸡叫起来嗓子怪粗，它一天到晚喊孩子啊……"

老人们议论起过去的事情也兴冲冲的，像喝了酒，满面红光。他们说了一会儿才记起什么，问中年人："你从哪儿来？到这儿干什么？"

"我住城里——很远的那座城；回来嘛，想老家了，看看老地方……"

"噢噢，也是。家口呢？"

"在城里，是外地人……"

"你住哪里？旅馆饭店？"

"就住小城根三喜妈妈家……"

三喜妈妈是个单身老太太，六十多岁了，唯一的儿子在外地工作；她去儿子家里住了半年，极不习惯，就重新回到自己这三间老屋。中年男子从十几岁时就认识她，但她也像别的老人一样，不认得他了。他们在一起谈了许多往事，引出了老人无数的回忆。他住西间屋里，平时为老人干点杂事，夜间陪老人说话；更多的时间他在做自己的事情，到外面转，回到小桌前不停地写……

老太太不识字，但她知道眼前这个男人在记一些很重要的什么，是个有大学问的人。她从不打扰他工作，只要见他伏在桌上，走路就蹑手蹑脚。她烧水沏茶，把杯子一丝一丝推到他面前……她唯一担心的是他抽烟太凶，简直是一支接一支；还有，他夜间大概不怎么睡觉，早晨倒起得早，有时赶在她前头把鸡栏打开，给它们喂食。有一次她倚在门框上看他写字儿，被他一转身发现了。她走过去。

"看你写这些字儿，像描出的小花儿……你成天这么写呀、记呀，累不？"

"不累。这样写一会儿，心里反倒好受些。"

"邻居家那个男的也天天趴着写，听说是谁的'秘书'……你也是个'秘书'吧？"

中年男子像被难住了。他的头歪了歪，吸一口气，没说出什么。老太太发现面前这个脸色灰暗的男人左腮肌肉不如右腮发达，而且一焦急就要抽动。她有些可怜他了。中年男子这样怔了一会儿，吭吭哧哧说："我也算，也算个'秘书'吧……"

"噢，你瞧我早琢磨就是。这下让大娘猜对了……邻居那个人是给市里头头脑脑当秘书的，听说要为他记些事儿，他要讲话啦，这边就得给他写出来。也不停地抽烟，天天手里提个包，忙哩……"

"啊，这个……"他掏出烟，又放下。

"你是给哪个头头脑脑当着'秘书'来？"

"我……不是给哪一个。我是……怎么说呢？"

"跟大娘怎么说都行哩！"她双手合起，微笑着看他。

他抬头望了望窗子——一只漂亮的芦花大公鸡站在那儿往里观望。"我是给咱这一片平原做'秘书'的，嗯，对，就是这个哩——这片平原上的事儿，无论是过去的、今天的，看到的、想到的，只要有意思，只要是真事儿，我都想记下——这样讲大娘明白不？"

老太太想了又想。"噢，明白倒是明白一点儿。不过我琢磨，给一个人做'秘书'都累成那样，给这么大一片地方做'秘书'，那还不要累死了呀！怪不得你这么瘦，夜夜不睡哩……"

老人叹息不止，眼眶里有泪花闪烁。"你想想吧，这么大的一片地方，陈谷子烂芝麻，记也记不完，这辈子苦了……我不明白这差事是自己找的还是……过去从没听说有干这差事的。"

"是自己找的。我生在这儿，也就喜欢这儿，牵挂这儿……每个地方都有自己的'秘书'，这片平原由我来做也就正好，就这样我干上了……"

老太太抹着眼睛。"哎呀，看花容易绣花难哩，这么远来当'秘书'，抛家舍业的，孩他娘埋怨不？"

"埋怨也是一阵儿，她明白这事儿非我干不可，也明白这是必须抓紧的事儿，就同意了。"

"哎，赶工夫我给你多讲讲过去，这样你就少跑些路了。你家老人在世时,你姥娘,俺俩可是一对知己。你记不记自家事儿?"

中年男子咬着牙关去摸烟。烟在手里乱抖,划了几次火柴都没有点着。"自家事儿也记,我们一家是跟平原贴在一起的,掰也掰不开……"

"就是呀!就是呀!我一闭眼就能看见你姥娘、你们家那座茅屋……听说你们家老宅可大着呢,就在城里,是一阵风把你们吹来的……老天爷啊,世事就是这样。"

他贪婪地吸烟。那红色烟头就快烧到手指了,他还是用力吸。

"邻居那个人忙一阵闲一阵,有时领导要讲话了,他就得一夜一夜写……还好,你不用写讲话,你只是记……"

他望着老人,烟蒂掉在地上。

"大娘说得不对吗?"

他咳着,找水杯。"我是说,这块平原有那么一天也会——讲话的;嗯嗯,是这样,它会的,嗯,是的,嗯!"

"你是说也要写'讲话稿'?"

"……是这个意思。"

老人倚在那儿笑了。

他也许因为写累了,也许需要寻找什么,常常背上挎包走出去。说不定走多远的路,所以他包里总是装着一个军用水壶、一块锅饼之类。他最常走的路线是顺着芦青河往北,一直走到大海滩,然后到一些村落、矿区……芦青河是他童年记忆中最大的一条河了,碧绿的水流可以淘洗一切;河两岸是丛林野花。如今它成了一条污浊不堪的河,颜色差不多像酱油,散发出刺鼻的硫黄味儿。他判定河里不会有一条鱼了。不过他还是沿着它往前——它是记忆的坐标啊。

小时候他常在河边徘徊——那是幸福和不幸福的故事。由于都知道他们一家是从城里被赶出来的、是被遗弃的人,所以小学校常常有人欺负他，他们给他取外号，把他的文具盒扔到地上，藏他的书包……老师睁一只眼闭一只眼，平时连正眼看他一下都懒得，只用眼角瞟他。他再也不想去上学了，有时背上书包走出家门，就直奔河边来了……

河水拐弯处有一个深深的水湾。它深不见底，里面有很多鱼。听说好几个捕鱼的人死在这儿。那时他真想站在岸上，一闭眼投进河里。只是在最后一刻他才改变主意。他想到了姥娘头上的银发、妈妈愁蹙的脸……

那所小学就在河东岸两公里远的一片果园里，是园艺场子弟小学。比那所学校可爱十倍的是四周茂盛的果林。他特别喜欢看园艺工人手持喷雾器给果树洒药的情景，看水雾在阳光下闪出的七彩虹霓……现在这一切连个痕迹都没了，再看不到一棵果树，到处是矿区开采留下的洼地、一潭潭积水。

他曾去过那个小学旧址，看到了一些浸在水中的瓦砾……他不断地失眠。在这片原野上他总是难得瞌睡，简直夜夜大睁双眼。这儿有望不透的夜色，有让其想不眨眼盯视的一切。

又看到长长的海岸了。因为芦青河的排泄，一大片海水是棕色的；这儿没有一条船、没有一只鸥鸟。而在过去，这儿多么热闹。那情景真是伸手可触！

河口两边都是搭起的渔铺，海中白帆远远近近，岸上人都认识自己关心的那张帆。无论是冬天还是夏天，渔铺旁都架着一口热气腾腾的大锅。从远方来的流浪人、陌生的外村人，都可以享受到一碗鱼汤。熬鱼汤的老人从来不歧视穷人。他溷在一大群孩子中间，因为没有碗，就捡来一个巨大的贝壳代替……

今天要看到一座渔铺、一张白帆，就得往东一直走下去，离芦青河越远越好——他这一天真的起了拗性，一口气走了很远。没有旧时景物了，没有……一个头戴旅游帽的人从对面走来，问了问,他回答说,如今海里早没鱼了,打鱼这个行当也就暂时没了。那个人还告诉说,往东再走十几里,就是有名的开发区,那四周树木都死了。

他望了望海滩,这才发现树木稀稀落落,已经死去或正在死去。就连沙滩上的草都不像往日那么密了,因为超量抽取地下水,海水倒灌已不可遏制,水中氯化物含量越来越高,海岸线十余里的这么一大片都将失去植被。没有树林,也就绝少鸟雀。连一只麻雀都不见。

他记得小时候遇到过一个矮老头,拐肘上挂个篮子,不停地从草丛间拾取一些圆柱形的白色硬块,它光滑得很。问了问,那是一种大飞禽的粪便,是一种药材……他至今还感到新奇,想象着那种未曾谋面的大鸟和做趣事的老人。

一切都消逝了。

天不知不觉要黑了。借着仅有的一点天光,他坐下来写点什么……字迹模糊起来,他才不得不站起,开始往回走了。

月亮升起要到深夜。他要在漆黑的荒野上走很久。他不焦急,也不害怕。已经许久没有在夜色笼罩的荒地上赶路了。风凉凉的,一天星星变得密集。远处有什么鸣叫,孤单又凄凉。他相信那是荒原上所剩无几的鸟雀之一。他禁不住学了一声鸣叫。它没有应答。

他好几次想听听芦青河汩汩的水声,都没能如愿。那条河离他只一二公里远,这在过去是完全听得到水声的。他怀疑河水变浅,更担心自己耳朵不那么灵敏了。摸摸胡楂和变白的双鬓,用力咬咬嘴唇。时光真快,一转眼就是中年了。他常常把自己误认为一个青年,这是挺大的错误吗?他跳了一下,想寻找一下那种天然流畅的感觉。感觉不太明显。

前面是一棵树。他加快步子走过去,两手贴在树干上。树热乎乎的,似乎有一种脉动,于是他判定它还活着。仰脸看看树冠,枝叶稀稀，在微风中活动。"你是一棵老合欢树吗？"问得声音很大。谛听了一会儿，点点头，"不错，是一棵老合欢树！"

他不是因为累，而是因为若有所思。他倚靠着大树站了足足有十几分钟。刚才突然想起一个问题：我们活着、奋斗着，究竟为了什么？啊呀，一个老问题。不过没有太好的答案，起码自己没有。今晚上得好好想想了。转眼已是中年，这些年是怎么度过的？我幸福吗？这些也得好好想想。

有人不顾一切地干，所以把个平原弄坏了，把这儿的人也弄坏了。他们为了更有钱。更有钱也不幸福。这究竟为了什么？

这个问题简单又切近，他觉得应该记下来。他垫着合欢树干，摸黑记下来了……

回到住处已是深夜一点左右。老人在另一间屋里还没睡，大概是不放心吧。"有的人多么好啊，比起他们，我算得了什么！"他一边摘挎包一边想。

抽烟。坐在桌前想了一会儿，又摸出那个小本子看，发现许多字迹都重叠了。不过那意思仍然是分明的。"这就好……"

黎明之前他想睡了。睡前又想了一会儿城里的家。儿子的大拇脚指甲裂了一点儿——他在这上面打住，摊开被子睡了。躺下时听到几只鸡在窝里烦躁地活动。

大约是老太太的缘故，一条街上不少人知道他是个"秘书"。一个晚上，一位老实巴交的汉子不吭不响摸进来，掩上门就哭……原来老汉的儿子是冤死的，街上头儿护着凶手，官司打了两年。"帮帮俺吧'秘书'！"他差一点儿陪着流泪。"这是我听到的又一起血泪冤仇。"

他的小本子上添了几行字，笔迹很重。他翻动那几页纸，突然记起一件事：城里一位好友、一位真正的艺术家、绘画天才，正是这个平原的人哪！那人遭受了多大折磨！在城里时他曾给许多人写信，为之呼吁——这回自己要去一趟了！他许久未见那位朋友，不过现在好像又面对着那双杏核似的眼睛了。"一位软弱的、像女孩似的男孩啊！"

白天，老太太在外间屋里迎接一位客人，是个女的，"俺找'秘书'……"他听得清楚，顺手把桌上的纸收起。门推开一道缝，一双新奇的目光扫来扫去。

她双脚并拢跳进来。二十五六岁，很成熟也很顽皮，笑眯眯看着他。"你笑什么？""我不过是觉得有意思。""没什么意思，一边玩去吧。""嘻嘻……""找大娘玩去吧。"姑娘在屋里转了一圈，四处看看，觉得挎包有趣，想去摸一摸。他赶紧拿开。她说："你多么有意思啊！"

她走后大娘就进来了。"这娃儿大学毕业，分配了工作不愿去，在家闲溜；她闷得慌，除了看书就是串门，活泼性儿，人倒不坏哩……"

他觉得姑娘脸上有股熟悉的神气。想了想，记起了园艺场子弟小学的女同桌。她很漂亮，他曾暗暗喜欢过她。"可她一点也不知道！"

整整多半天他都在抽烟。

后来，一天之后，那个姑娘又来了。她捎了几本书。他接受了。

姑娘实在闷得慌，东扯西扯。这次他没有赶她。"有一些中年人真可爱，他们饱经沧桑……"她顺口说了一句。

他愤愤地瞟了她一眼。

一直到她离开，他再未说一句话。

这天晚上，他想起了以前读过的一本书，大概是契诃夫的吧，上面好像有类似的话：女人有时喜欢一些很怪的男人……他心里不知为什么有些悲哀，一直到了深夜还是这样。

睡不着，一次次爬起来吸烟。后来他一动不动趴在窗户上看。

这满天星星让他着迷。窗台有些凉，他就搬过棉被垫了，久久地趴在上面。

这个夜晚可真静，星星也密得不可思议。没有月亮，不过快了。他想起小时候在这样的夜晚就咚咚跑出，约上几个伙伴，到离家最近的那个小村玩，听一个胖婆忆苦……

后来他似乎听到了噜噜的水声——芦青河的流动。"这不可能啊，这不会的。"他爬起，侧耳又听。若有若无。"肯定是幻觉嘛……"

他十根细长的手指插进乱发中，长时间咕咕哝哝。

月亮从东边缓缓升起，他一歪头看见了。"多么好啊，嗯，这真好！"

1988年初稿，1990年改定

美妙雨夜

在七月快要结束的这个夜晚,我怎么也不能入睡。天有些闷热,汗水正悄悄地浸湿我的蓝色条杠背心。窗户敞开着,可是没有一丝风。这个夜晚出奇地安静。我在床上翻着身子,小床不断地呻吟。隔壁没有一点声息,爸爸妈妈都熟睡过去了。

一个人久久不能入睡而又渴望入睡,那会是多么烦躁。一阵阵热浪从身体内部涌出来,与周围的热气融汇到一起。屋内屋外都黑乎乎的,这夜色也因为闷热变得越来越浓、越来越沉重了。从窗户上望出去,看不到一点儿星光。在这安静的时刻里,我似乎期待着什么。

这样的夜晚本来是最容易入睡的。学校放了假,大家一拥出校门就全都无忧无虑了。白天在河滩、在田野上,有玩不尽的新把戏。我甚至偷了爸爸工作用的罗盘和望远镜,跑到很远的地方去。夜里总是很疲劳,从来不记得还会失眠。这个极其例外的夜晚好像在故意折磨我,我想天亮后遇到伙伴们,第一句话就要问他们睡得怎样。

我闭着眼睛，使呼吸变慢变匀，这样也许会出现转机。但我的脑海里总是闪过一片片田野。七月的土地是灼热的，一望无际的麦子收割了，到处是闪亮的麦茬。一个接一个的大麦秸垛子耸起来，像一些肥嫩的蘑菇。白杨树挺立在路边，油绿油绿的叶子哗哗抖动……

窗外有什么啪嗒响了一声。随着这响声，脑海里的一切倏地飞去。我屏住呼吸倾听。又是一声。接下去，大约每秒钟都要响一下。"下雨了。"我心里愉快地喊了一句，同时也知道了这个夜晚里久久期待的是什么。

仰躺着，默无声息地捕捉那又大又圆的雨点真让人快乐。我仿佛看到碧绿的、椭圆的小水球从高高的天空跌落，碰到地面又弹了起来。它落到麦茬地上，麦茬儿颤抖着，像丝弦一样被拨响了。它击在石板上，腾地一下反弹到高空，发出了当的一声脆响。

雨点异常沉着地落着，并没有像我预料的那样渐渐变急。但是空气明显凉爽了，甚至有一阵微风从窗口吹进来。

我从床上坐了起来，穿上鞋子走到窗前。这样站了一会儿，又想走到外面去。这个姗姗来迟的雨夜不知怎么那样诱人，我真想在疏疏的长长的雨丝间走一走。

雨点仍在沉着地落下来。一个雨点打在了窗外的水桶上，发出了猝不及防的一声巨响。我似乎想到，随着这一声鸣响，午夜悄悄地从它的标界线上滑过去了。新的一天开始了。我毫不犹豫地从窗前离开，蹑手蹑脚地走到门口。

屋子外面果然清凉多了。雨点落在我的耳朵上、手上。我好几次仰起脸来，想让它落进眼睛里，试了好久都没有成功。当这雨水把头发和背心全都弄湿的时候，那又该多舒服！这个夜晚我心中像有一团火药。

我大口地呼吸着，缓缓地向前走去。到哪里去呢？记得不远处是一个打麦场，旁边有一条干涸的水沟，有一排高大的白杨。它周围就是望不到边的麦茬，太阳出来时，麦茬就闪闪发光。

雨点越来越大、越来越凉了。土地在雨滴的拍击下散发出奇怪的味道，直熏鼻孔。一种甜甜的气味在四周弥漫，我知道那是枣树被雨水洗过后发出来的。一阵浓浓的香味飘过来，我眼前立刻出现了一片迷人的红色——榕花树的无数花丝沾上了晶莹的水珠，水珠溅落下来，碎成无数的水沫。不远处的麦秸垛也送来清洌的香气，多少有点儿薄荷味儿。那是新的麦草的气味，是这个雨夜里最厚重最使人沉醉的。夜色隐去了一切，但我感到脚下越来越辽阔了。如果低下身子，可以模模糊糊地看到泛白的麦茬，那时麦茬间的青草也看得到；用手去抚摸热乎乎的泥土，正好会有一只蚂蚱跳起来，劲道十足地撞一下手背。田野的气息越来越浓烈了，它不知为何使人老想放开喉咙呼喊点什么。我伸手摸了一下头发，头发湿漉漉的，我终于被雨淋湿了。

我在雨中尽情地走着。如果没有夜幕遮掩，那么很多人可以看到，在平展展的田野里，正有一个少年，他满面欢欣。这个夜晚，田野与我是那样的接近。我只是走着，好像什么也没有想。无边的夜色，以及夜色里的雨丝和土地，在这一刻全属于我了。我可以奔跑，也可以像雄鹰停在空中似的一动不动。如果我伫立在那儿，就能感受到一颗心快乐地跳动。老师讲，心像一个人的拳头那么大，又像含苞待放的花朵——此刻这花瓣正颤颤地张开，沾上了透明的雨滴。

黑魆魆的白杨树就在不远处，我迎着它们走去。贴在凉凉的树皮上，把身体挺得像它一样直。这儿靠近了打麦场，麦草的清香一阵阵漫过来。树下是不久前还在不停转动的石砘子，这会儿被雨水淋得又冷又滑。我像骑一匹小马那样骑在了砘子上。

雨水的声音十分清晰。白杨叶上也响着雨水的声音。干燥的、已经使用完毕的打麦场有千万条裂纹，小小的水流就从这纹路中渗进去。微微的风贴着潮湿的泥地吹过来变得更熏人了。我的肺叶里灌满了湿润的风，这时就蹬动两脚，使石砘子缓缓地转动。

石砘子从杨树下转到打麦场中央的时候，我好像听到了一阵脚步声！后来，我看到有一个人——一个模模糊糊的影子，犹豫了一会儿，然后向这边走来。我站了起来。

那是个细细的、不太高的影子，我一眼就看出是一个姑娘。

我原以为她是伙伴当中的一位，可她开口说话的时候，我听出是完全陌生的声音。

"你一个人在这儿玩吗？"

我点点头："是的。下雨了，在这儿玩真好……"

"天热得人睡不着，我就出来了——我想让雨把全身淋湿了吧！"她说着，差不多要笑出来了。

我觉得她和我差不多的年纪，或者比我更小。她是完全陌生的，我越来越肯定了。在我们这个工区里，常常有人调来调去，出现一个新的伙伴完全不是让人吃惊的事。我甚至感到，她在这个雨夜里像我一样睡不着（我想象得出她在床上翻来覆去的样子），要到外面走一走的愿望也是太合情合理了。我们真是一对自然而然的伙伴。

接下去有一分钟之久，我们都站在那儿缄口不语。但我知道她这会儿像我一样，因为在田野里意外地遇到一个人而高兴极了。夜色使我们互相望上去都朦朦胧胧的，也许这样更好吧。我想她此刻看到的会是一个比她高、比她壮，留着一头短发的男同伴。她看不到我鼻子两侧的几个雀斑，这真得感谢老天。我也在这时候端详着她。我发现她比我第一眼看到的要粗一点点，是个胖嘟嘟的姑娘。尽管有浓浓的夜色，还是遮不住那一对又大又亮的眼睛。我似乎还看到了两排长长的、向上微微翘起的睫毛。

"真想不到能遇上一个人，我原来想自己走一走，让雨淋一淋……"她首先打破了沉默。

我高兴地说："我也是这样想。真的想不到。"

她往前走去。我走在她的右边。

雨还是稀稀疏疏地落着。这雨太好了。我不相信这个夜晚雨会大起来。她不时地伸出手掌去接雨点，脚后跟常常跷起。我没有像她那样，那已经完完全全是小孩子的动作了。她走到我刚刚站立了一会儿的那棵大杨树下，伸出小巴掌去拍打它。她试图拍下叶子上的积水，可惜没有那样的力气。我教她一块儿用脚猛力去跺树干，一阵水滴哗哗地浇下来。"啊呀！哈哈……"她抱起双臂，快活地叫着。停了一会儿，她问：

"你喜欢白杨树吗？"

"喜欢……"

"我们那儿，"她仰脸看着黑漆漆的树冠，"就是春天的时候，把白杨胡儿塞在鼻孔里……"

我想到她每个鼻孔垂下一条白杨胡儿会是什么样子，就笑了。我问她：

"你喜欢柳树吗？"

她想了想，说："喜欢。"

她想了一想才回答，说明她是很认真的。可我回答她的白杨树时什么也没想。一阵小小的惭愧从心头掠过……我开始说柳树：

"秋天，我们到柳树林里去玩，采黄色的柳树蘑菇。"

"多好啊！"

"我们还躺在白沙子上，从树空儿里去看太阳。"

她看着我。夜色里，我觉得她在微笑。

我没有再说柳树，很想换一个话题。正这样想着时，她问了一句：

"你常常看到大海吗？"

这儿离大海只有六七里的样子，我们今夜就站在海滩平原上啊。冬天的午夜里，如果狂风怒吼起来，躺在床上也可以听到海浪的声音。大家在这个夏天每隔几天就要跳到海里一次，身上的皮肤就是被海水弄红的……我真高兴她谈到了海，我点头说：

"嗯。你呢？"

"我前几天第一次看到海。真大——你不觉得奇怪吗？"

我需要想一想了。我承认从来没觉得这有什么奇怪，海嘛，本来就是大的。我回答："没有觉得奇怪。"

她点点头："是的。可能你从小就见到了海，现在早忘了第一次见它时是怎么样惊奇了。"

"可能是的……"

"我们沿着这排杨树再往前走好吗？"她商量着，和我一块儿走着。我觉得她走、说话，一切都是那么平静柔和，我想起自己平时与伙伴们吵吵嚷嚷的，多少有点不好意思。她接着还在谈海，"我站在大海跟前，不知道该怎么看它才好……"

我不太明白，只好听下去。

"它太大了，可伸手又能摸得着；它是冰凉的。望也望不到边，瞧瞧，这就是海。我面对大海想了好多，我甚至想过：我一定要好好学习。"

我站住了，因为我不能同意她这样去想。我问："为什么要这样去想？"

"因为海太大了，我太小了。我这么小，如果不好好学习，不懂很多知识，我还有什么意思？我说不清，反正那会儿我想过这些。"

我差不多能同意她的想法了，就痛快地告诉她："你说得真好。我明白了你的意思……不过，"我突然想问问她最喜欢哪门功课，也许和我一样？我说，"你喜欢运算吧？"

她用力点点头。

我有点失望。但没等我表示出来，她又说："我更喜欢作文。作文课之前，我把笔灌满墨水……"

我兴奋地打断她的话："对。我们要用整整一页纸描写自然景物，让老师吃惊。"

她惊喜地笑着、应答着："就是啊，就是……我还有一次写鸽子的脚：'粉丹丹的小巴掌儿……'我这样写呢。"

我不得不满怀激动地告诉她——我也这样写过鸽子，几乎一字不差。天哪！我屏住了呼吸，眼睛一动不动地盯着她，竭力想看清她的脸、她的鼻子和眼睛。可惜没有光亮，这做不到。此刻我离她那样近，并且一直感到她在平静地微笑。我敢说我们这样谈到天亮，哪怕谈遍天底下的一切，结论都会一致。这真是太奇怪了，可又是真实的，是完全感觉得到的。我这样想着时，她又往前走去了。我稍后一点走着，这样就看到了她在微风中活动的、有些卷曲的长发和小肩膀。肩膀上有两条带子。她穿了背带裙子。我觉得这裙子是蓝色的。这时候，一股特别的、从未闻过的香味涌过来，它不同于榕花树的气味，也不是新鲜的麦草温吞吞的清香——我相信这是从她的长发中飘散出来的。她用手撩一下头发，向我转过脸来。我与她并肩走在洒满雨丝的田野上。

我们不知走了多久、多远。我相信很大很大一片泥土上都有了我们的脚印。在迈过那条干涸的水沟时，她歪了一下，我赶忙去扶她。她的身体那么轻盈，只借了我的一点手力就跨上了沟岸。我们都想在铺满麦草的沟边坐一会儿。这时候我们又谈了无数事情，星星、月亮、钢笔，还有小刀。她问我最喜欢什么季节。我告诉她，秋天。

"树叶哗哗落了，你还喜欢吗？"

我赶忙解释:"不,我指树叶最茂盛、最绿的时候,这时候有多少果子……我最不喜欢秋冬交界的那一段日子。"

她不作声。

"不对吗?"

她声音颤颤地说:"对。太对了!我就这样想……我们想的多一样啊……"

她还告诉我她喜欢清早跑到果园去玩,喜欢额头上有一块白色花斑的牛和刚刚发胖的小猪,喜欢不刮胡子的老师,等等。一切都与我想的一样,但我没说。我已经不像一开始那么惊讶了。我只希望这个雨夜无比漫长才好。

可也就在这时候,雨停了!

我们都知道如果不是有云层遮盖,天也许会微微放亮了呢。她站起来,向我伸出了手。

"再见!"我首先说。

她用力地握了握我的手,走了。

地上的麦茬不断将水珠溅起来。我一路听着脚踏麦茬发出的吱吱声,往回走去。这会儿的空气已经像早晨的了,尽管天还是那么黑。就像刚刚出来时一样,我大口地呼吸着。

屋子的门虚掩着。我小心地进去,先用枕巾擦擦头发,然后躺在了床上。我相信爸爸妈妈什么也没有发现。我想朝霞和睡意很快就会一起降临,让我趁这之前的一点宝贵时间好好地想想这个夜晚吧!

只是一会儿,我就接连打起了哈欠。我记得最后想到的是,妈妈,可不要喊醒我,不要打断你儿子甜甜的梦。

这是七月里的最后一天了。夜里照例十分闷热。这座城市的七八月份永远让人诅咒。我要在这个白天乘长途汽车出差,晚上想着那拥挤的车厢就格外沮丧。早晨,当我背着旅行包走下楼梯、

声音

踏上街道时，第一个感觉就是十分清凉。再看看四周，人也很少。我觉得这一天似乎还不像想象的那么糟。

乘市内交通车到了车站，然后顺利地上了一辆待发的长途车。这辆车出奇地空，再有五分钟就要开车了，可乘客刚刚坐满一半位子。今天的车显然不会再拥挤了，我心里立刻高兴起来。

马上就要开车了，最后上来的是一位三十多岁的女同志，领了一个四岁多一点儿的小男孩。她上车后四下看了看，微笑着在我的邻座坐下。那是一个空着的双人长椅，她放了棕色小皮包，让孩子坐好，然后自己坐下来。她与我隔了一条半米宽的小通道。

汽车很快地穿越了市区，在郊外的田野上奔驰。清新的风从车窗吹进来，一下子拂去了那座城市带给我们的全部烦恼。公路两旁的麦子刚刚收割，新长起来的玉米苗儿和麦茬一同待在田垄里。远远的地方，一头牛、一只羊，还有笔直傲立的树木。由于不久前刚下过一场雨，略微泛湿的土皮上又长出一层茸茸绿草。这时候早晨的薄雾还没有散尽，远方的村落迷迷离离。原野上有人在呼喊，那喊声好像隔在了一座山的后面。汽车在平坦的路上轻松行驶，早晨的风越来越凉爽。我慢慢知道这会是一次愉快的旅行。

邻座的女同志不断地伸出手，向她的孩子指点着外面的景物。她说："那是马车，那是狗……看到了吧？一只蜻蜓！"

当一轮鲜亮动人的太阳出来时，正好她一转脸看到了，就对孩子喊了一声。孩子久久地伏在了窗上。她似乎意识到刚才喊那声太响了，这时就有些不好意思地看了我一眼。

车厢内充满了朝霞的颜色。

她的一只手搭在小男孩的肩上，温和沉静地坐着。那个小男孩长得很神气，老要不安分地站起来。他的黑黑的眼睛不断地看着车里的人，把所有的人都看遍了。他的目光更多地落在我身上，那双小男子汉的眼睛流露着一丝得意和顽皮。他一边用眼瞟着我，一边小声在妈妈的耳边上说了一句什么。妈妈咬着嘴唇笑了。那句话显然是关于我的。

任何人只需一眼就可以看出小男孩是她的孩子。她的眼睛也是那么大、那么亮。她的脸庞有些红，像是有一丝永远也褪不掉的羞涩。那脸庞还给人一种火烫的、青春勃勃的感觉。她已经有一小点胖了，但这反而使她更温柔、更像个母亲了。她坐在那儿，显得那么洁净，就像我们所拥有的这个早晨一样。她穿了雪白的上衣，一条棕黄色的、做工极其考究的裙子；一道小小的暗绿色硬塑拉链一丝不苟地拉合了，腰身和臀部显现出柔和的曲线。她的另一只手掌常要去抚摩车座扶手，那只手很小，指甲盖像小孩子的一样光亮；手指根上，有劳动留下的茧子。

"叔叔……"小男孩又在她耳边说我了，但听不清在说什么。

她不好意思地转过脸来，说："你看他多调皮。"

她的声音低低的，显然不希望更多的人听见。

我说："他很让人喜欢。我的孩子也这样闹，有时向客人做鬼脸。"

"你的孩子多大了？"

"和他差不多。"

"男孩吗？"

"男孩。"

她的手从孩子的身上拿下来，身子向我这边侧了侧。这时小男孩索性伏到她的后背上，一双眼睛专注地看着我。我差不多被小家伙盯得有点不好意思了。她握住孩子的一只手，对我说："独生子女都这样。他们什么都不怕……将来走向社会呢？也什么都不怕吗？"

我笑了。我想象不出由下一代人主持的生活会是什么样子。

一个个洒脱干练的、什么也不怕的小伙子从各自的门口走出来，走上街头，不是也挺来劲的吗？我说：

"但愿他们都长成些好小伙子。"

她满意地看了看孩子，让他坐到位子上，然后又从皮包里取一个东西给他玩。她的身子完全转过来，这样谈话就方便多了。她望了望窗外，看着一棵棵闪过的树木，说："今天坐车算是舒服的。这些天给热坏了，老盼着出来，可又怕坐车。"

我点点头："那些楼房挡住了风；还有柏油路，太阳晒一天，气味很难闻……"

"我一出来就高兴，你看，一眼可以望多远。我想人要老这样才好呢。"

"人就好比植物——它栽到盆里也能活，可让它长在田里不是更好吗？"

她抬头看着我，眉毛活动了一下，说："瞧你比喻得多好！真的是这样。我想你一定喜欢到野外去玩，是吧？"

"是的，我业余时间常常走得很远，到河上钓鱼……"

"钓过大鱼吗？"

"没有，它们最大像手掌这么长。"

她高兴地说："那也好啊！我没有钓过鱼，不过那该多有意思。"

我告诉她在城市的西北方有一条小河，比较远，要坐市郊车或是骑自行车去。她叹息了一声，说要会骑自行车就好了——她不会骑车。

我说："那就坐车。我也不会骑车。"

她看了我有好几秒钟，说："真的不会？"见我点头，又像是有点儿替我不好意思。但只是一会儿，她又谅解地笑了。

小男孩没有声音，原来是瞌睡了，头歪在妈妈的背上。她给孩子正了正身子，把他手中的东西取下来。汽车正驶在平坦的路面上，非常平稳。她继续和我谈话，声音还是低低的。我们都谈到了这座城市近来的一些恼人的事情，谈到了新出的一些电影和几本书，还谈到了一些其他琐事。我知道了她是一个生活得十分认真的人。她说：

"当我工作中遇到不顺心的事，哪怕是很小的一件事，有时也让人很伤心——我会一下子联想到好多别的事。难道不让人失望吗？我们本来是好心好意地走到这个世界上来了，可是……"

她咬了咬嘴唇，没有说下去。我知道她的意思。"好心好意"几个字使我心头一抖——是啊，多少人在这样过生活……还有必要历数那些不快的事情吗？我全都理解，全都明白。我看着她，没有说话。好像我们相识很久了似的。

她好长时间看着自己的手掌。我也没有作声。又停了一会儿，她抬起头，望了望远处的原野，说：

"有一次我的情绪简直坏透了。我想一个人到外面走一走才好。开始我想让爱人陪陪我，后来还是自己来到了公园里。那里没有什么人，我在草地上走了一会儿。后来——每一次往往都是这样——慢慢平静下来，觉得好像也没有必要这么丧气……天很晚了，我尽快地走回家去，我想起爱人不会烧菜……"

她说到这儿笑了笑。

我感到惊讶的是好像她在说我！真的，她平静地叙说的，好像就是我的情形。我也曾多次用类似的方法去平整心中的皱褶……我看着她，没有作声。

她似乎已经意识到应该谈点更轻松的话题，这会儿想了想，说："我这人喜欢一些小动物。我们家总养点什么。现在有两只鸽子，其中一只是白的……"

我喊了一声，打断了她的话……我想说什么，但话到嘴边又咽了回去。我想告诉她这真是巧极了，我们家也有两只鸽子，并且也有一只是白的！但我没有说，我不想说。

我看着她，又看看熟睡的、夹出了一溜儿眼睫毛的美丽的男孩。她大概有三十五六岁的样子，可是没有什么皱纹。那张明朗的火热的脸庞会给一个家庭增添多少温馨。我想象着她穿了这条漂亮的、有着塑料小拉链的裙子，在那儿操持家务的样子。我们都侧着身子坐着，彼此离得很近，我差不多已经感受到她温暖的呼吸。

汽车飞速奔驰着。车窗的风大了一些，不断将绿色的窗帘扬起来。这是一段起伏的路面，车子一会儿滑下一会儿跃起，像一条轻盈的游船。车上有不少乘客倦倦地闭上了眼睛。司机的右手从方向盘上移开，在一旁的几个旋钮上活动着。一阵音乐轻轻地、像微风那样飘过来。这音乐先是纤细、轻松，渐渐又变得火一样热烈。

音乐盖过了马达的鸣唱。

我看到她的脸庞稍稍向一旁转了转，那双明亮的眼睛里，有什么在跳荡。

音乐渐渐缓慢，正一丝一丝地走向深沉和舒缓。

她的睫毛垂了下来。

我把目光转向一边，眼前的一切好像都消逝了。我仿佛一个人沉着地走着，走到了一条波涛滚动的河边。我知道这是芦青河。河边是开阔无垠的绿色平原，我在这漫无尽头的田野上走下去、走下去。有一个小黑点在遥远的地方出现了，出现了，终于看出那是一个少年。少年迎着我跑过来，满面悲怆，泪水涟涟，一下子扑到了我的怀里……我双手托起了这陌生而又熟悉的少年。

音乐停了。

她抬起了头，一直注视着我。我的两手端在胸前，好像在抱着什么……我小声说——这声音多少有点儿恳求的意味："他睡了，睡得多好看！能让我抱他一会儿吗？"

她的两手按在膝盖上，转脸看了看儿子，然后俯身小心地抱起来，递给我。

小家伙用小手搓了一下眼，但没有醒。我把他抱在胸前——在家里，我常常这样抱自己的儿子。

接下去的一段路，我就这样抱着他，一直抱到我该下车的那一站。那时车子出乎预料地停在原野上，我一怔，醒过神来，不得不把孩子交给母亲。

我背起了旅行包。她站起来。我们说了声"再见"，伸出了手。我握了握她的手。

车子又向前奔驰而去。

我目送着汽车，心头升起一丝甜甜的惆怅。车子终于看不见了，我默默地转回头来——就在这一瞬间，我脑际突然闪过了二十多年前的一个夜晚。

那是一个美妙雨夜……

1987 年 7 月写于济南

晚霞中的散步

这是海滩上一条光洁的沙路。四周没有一丝风。小鸟准备归巢——一天的劳碌赢得了安憩……我与她往前走去。

她穿了一件海蓝色上衣，两手插在衣兜里。我们往前走去，并没有谈多少话——几乎没谈什么，只是在晚霞铺洒的小路上走着……

路旁的松树长得油旺，它们枝条拢起，紧密向上，像一支支绿色火炬。这片带状松林东西绵延十里，经沙土路向南穿越，近海处又折向西部，过了芦青河，消逝在更远更远……

她的目光常常落在前方。一股松脂的气息像晚霞一样笼罩四野。她多么沉静，像这个秋天的黄昏……她白皙的皮肤、一尘不染的衣装，使你感到她的里里外外都极其洁净。实际上也正是如此。

我得知她是从很远的那座城市来到这里的，她主动要求到这个海滨园艺场来工作。现在人们将我俩都看作是外乡人，虽然我的童年就在这里度过。我是在园艺场招待所认识她的，那时候我在园艺场住了一个星期——招待所离她的子弟小学不远，我们都在一个餐厅就餐……当时我们交谈得极少，但我觉得新的话题似乎触动了我心中某一点隐秘。我觉得她似曾相识，又一时想不出缘故。她中等个子，长得比较苗条，不太愿意笑，说话时从不急躁也不激动。她很热爱自己的工作，干得兴致勃勃。当时她对我的四处奔波不能理解，但还是很喜欢我的职业——一个四处行走、写歌的人。我只是觉得跟她在一块儿谈话十分愉快，十分充实。我们住得相距只有一百多米，甚至可以在晚间清晰地听到她弹响的风琴。我们似乎不用相约——开饭很早，晚饭之后到广场上走一走，常常可以遇见她出现在食堂前面的那条小路上。我们彼此招一下手，也就一起走向了松林间的沙土小路……第几次到这个地方来记不得了，我认识她也只有一年的样子。

晚霞烧得那么红，它把我们都映红了。傍晚让人觉得舒服极了。看看前方，这条刚刚能驶过一辆马车的小路是那样干净、平坦。这里极少车辆，因为离这儿不远有一条宽大的公路。脚下的路好像专门留给了一些心境悠然的人，让一些疲惫的、希望得到安恬的人拥有。我们知道，嘈杂和喧闹不仅使人的两耳和眼睛难以适应，而且可以慢慢渗透到你的肌体和心灵深处，使你焦躁急切，以至于无法一人独处……在这铺满霞光的沙土路上我又一次感到：一个人难得有这样安静的时候、这样极其有意义的相伴和行走。我们的交谈更多的是无声的。无论是人、动物和植物，他们都有着自己的步伐和节奏、自己的气味和氛围。那节奏是看不见的，但却可以感到。我觉得她缓缓的步子里包含了自信和从容，它当然会给人以力量。在生活中，我大多数时间里脚步太匆忙太紊乱了。我需要寻找新的节奏。她会给我长久的启示。她的安静、恬然，她的若有若无的微笑，都深深地吸引了我。她正处在一生中最美好的青春时期，可是她没有过分的自得和骄傲，也没有一丝一毫的矫饰。她好像轻而易举地守住了什么，平静地投入了自然之中。我略有不解的就是，在她这样的年龄里，她是如何获得了如此的智慧和经验，由稚嫩走入成熟、由骚动走入沉静，赢得了一个从容不迫的青春？比起她我是多么衰老，我的皮肤失去了光泽，头发也在枯萎——看样子我也许可以做她的父亲。可我的一颗心有时偏偏像她一样年轻。眼下两颗心的跳动就合在了一个节拍上。如果我与她交谈起来，我相信会寻到共同的话题，直到探讨很深刻的道理。交谈是一种欲望，是一种诱惑，但我与她都忍住了。我们只是缓缓行走……这种氛围会长久地保持下去，这样当我远离此地时，我会想起这个姑娘和这条路，我会想起她只有二十多岁，晚霞使她通红；我会想起我们在一起的散步。在这片被严重地戕害了的原野上，竟然还保有这样一片墨绿的松树，这样一条可以入诗入画的小路。

　　我穿了一件棕红色的风衣。这件衣服是我偶然在一个边界小城买到的，那显然是异族人的制作。我当时不知怎么一下就喜欢上了它——它多少有点晚霞的颜色，我就在旅途上披着它抵挡风沙。它可以使我显得多一点活力和热情。我的一颗心早已变硬了，我在艰难的、过多的坎坷中，由急躁变得坦然，最后变得又残忍又善良，是未来那种令人厌恶的古怪老头……我难以激动，除非是面对一种我真正陌生的东西。这时我好像就回到了那种状态。我的目光有时不由自主要去看她的头发——我发现那是一头浓密的、优良的处女之丝。它柔软光滑乌亮，这会儿正被两根简单的橡皮筋整齐地勒成了两束。如果不带任何亵渎之意的话，它是可以、是允许让一位老者轻轻抚摩的。青春——陌生而神秘的物质，它的精气神采让老者枯瘦的手掌再感受一次吧，这样的机会在人的一生中并不会有很多的。它会顺着干硬僵直的手臂流入心灵，让老者泪眼迷离。眼下我权衡了一下：我脸上的胡须已经很硬了，尽管我经常修剪它,但一有疏忽它还是要长乱。我对着镜子注视面容,常常十分失望。过分的操劳和焦虑已经使我变得丑陋,也许只有一双特别的眼睛才会从这种丑陋中辨析出一点活力,一点勇气和一点刚毅。总之,这是一张令人沮丧的脸。我不是那种轻易冲动起来、幻想起来,做着不切实际想象的那种男人,我已经能够把握自己,使自己顺乎自然地行事。我的胡须这会儿并没有修理得很短,大概也并非面目可憎。记得有一次我在街上的一个橱窗前站了一会儿,从窗玻璃中又一次看到了我的形象——也许不太清晰的印象更能准确自然地显现出一个形象吧,我觉得那时候的我并不像镜子里那么刺目,他和善庄重,像一个在旅途中被搞得十分疲惫,又是不甘屈服的男人的形象。那种潇洒之气无论如何是没法完全遮掩的……这就是我在散步中引起的一点点回忆,它正给予我一种特殊的感受。

  眼下我极力忍住了什么——我是指交谈的欲望——我不知她是否如此。我们往前走去,发现她那黑白分明的眼睛瞥过来一下——这双眼睛像电光一样照亮了我的全身。她仰起脸来,她在微笑吗?她向前方看了一会儿,然后又低下头去。小路上偶尔有小石子被她踢飞了,她就那么看着滚动的石子。我这时感到了一丝特别的温馨,就像一个长者那样心满意足。我亲眼看到了更年轻的一代人正健康成长,她正自信而又谦恭地侍奉自己的事业,肩负了自己的责任;她宽容又愉悦,她是个美丽稳重的姑娘。可惜对于她我还算不得一位长者,至多是一位兄长……我多么想让自己的孩子也长成她这样,像她这样美丽和端庄、这样谦逊,最重要的是要像她这样沉着。即便走在路上,我也能够感受到她那种温厚的情怀、她对生活所理解的深度。她懂的已经是太多了,在她这样的一个年龄、在她的皮肤还未受到风沙严重磨砺的时候,本来是不应该懂得那么多的。她们这一代人的早熟往往又伴着另一个方面的缺损,那就是呈现出一种畸形状态。值得庆幸的是我面前的姑娘完全不是那样。她对生活各个方面所感知的深度,已经足以让我这个中年人深深地惊讶了。但我故意不让她察觉我的惊讶,我怕她因此而骄傲,虽然这是一种多虑。好像必定来临的一切忧郁、焦虑,一切矛盾的冲撞,在她那儿都将悄悄化解……这是一个谜。想到此我又记起了流传在民间的神奇方法——有人可以用这种方式汲取不尽的力气——他们可以从绿色的原野、茂盛的丛林和激烈的瀑布,从初升的旭日那儿,吮吸采纳最宝贵的东西……眼前的姑娘大概就是这种自然力的孕育,是大地培植润化而成的。

我常常忘记了怎么称呼她,我甚至记不准她的名字。她是偶然中出现的一个与众不同的形象。我准备将来让我的孩子和她结成最好的朋友,我希望看到所有美好的年轻人都和她结为朋友,让她感染越来越多的人,让她拥有世界上最广大的友情。想到这里我是多么幸福……我心里的愉悦随着这条道路的延长而延长。

这时我真的看到她美丽的面庞溢满了微笑,这时抄在衣兜里的两手往一块儿并拢一下,似乎要停住脚步似的。她拧一下身子看我一眼,但并未说话。我又一次被这目光所击中。我循着她的目光去看原野。我在心里说,这儿的秋天很长,而且真正像一个秋天的样子。在我生活的那个地方,秋天总是十分匆忙,本来树木很好地展示着秋天,可是半夜里一场冷风、一场冷雨,树叶就落下了,太阳出来只照着满地落叶……

她好像凝神谛听的样子——

路边上一个松树棵下,有一株肥大的蘑菇。它好像就在刚才的那一会儿才顶开了稀稀落落的松针钻出来。蘑菇黄黄的,像刚刚从烤箱里拿出来的面包那样的颜色。我与她差不多同时看见了。我刚想跨到路边采摘,又忍住了;我想让她亲手摘下——她跨开一步，把它取到了手里。接下去我们又发现了四五株类似的蘑菇，都给她采到了。我们折了一根柳条把蘑菇串起来，一路上提着它，闻着它淡淡的香气。

  我不断去看这串蘑菇。它们美妙精致到不可思议——大自然呈现出的又一种完美……这使我想到，在缤纷的世界上，虽然一切都越来越不好把握了，但仍然会有什么让人欣喜的事物出现；它的出现往往又是猝不及防的，最重要的是我们能够及时地辨认——让我们认得它、懂得它，并将它永远记住。我眼下就处于这种时刻，也负有这种责任——我今后将把我在这个时刻里所感到的那种美好精神记载下来——它是重要的。我想告诉人们，在我们人类当中，原本就有不需要用语言来传递的那么一种永恒的内容，这种内容不仅仅是爱，不仅仅是美，它是什么呢？它仍然需要辨析……我只感到了一种少有的泰然和坦荡，自信润释了冲动，温煦包容了焦躁……它既超越了形象又超越了心灵，让你觉得仅仅是热烈的爱慕已经远远不够了，还需要纸上的记录和心上的珍存……我相信我在这一刻里的确是变得年轻了。我觉得人必须经常经受这种时刻，然后才可以有美好的思索和回忆，而人的青春正是靠它们连缀而成的。

  晚霞越来越红了，当它终于即将燃尽的那会儿，我们也就踏上了归途。至此她手里的蘑菇已经很多了。当我们分手时，她要把蘑菇给我——她刚刚想举起蘑菇，我就伸手接过了。我们俩已经可以配合得十分默契。

  …………

  我离开了那片平原。让我怀念不止的就是我们两人在晚霞中的散步。当我把我的思念讲给孩子、爱人听的时候，他们都好奇地瞪大了眼睛。他们并不完全理解。

1989 年写，1991 年改定

三想

深秋时节,一个人从闹市区来到了35公里之外的老洞山,要因公在此住一段时间。这里自20世纪40年代初就是军事封锁区,如今已经变成了一个具有原始意味的绿色世界。到处都是葱郁的林木,葛藤纠缠在枝丫上、山石上,野物的呼叫声此起彼伏。来人被这巨幅自然画卷惊呆了,他贪婪地看着一切,常常一个人钻到山谷深处,像是要寻找什么,如痴如迷。部队不得不让小战士到山里喊他,告诉这里有数不清的野物——前不久战士施工误伤了一只狼,它们就咬死部队的一头羊以示报复。他的好奇心和冒险心交织在一起,不知不觉就忘记了规劝,一去就是多半天,有时被山雨淋得浑身透湿……战士们叫他"奇怪的城里人"。

我喜欢一个人待在这山里。我难得独自一人。四周再也没有人潮和车辆的声音,而是小兽们的呼唤和山谷自己的声音。这儿叫不上名字的树和果子太多了,我尝过那些奇异的美丽的果子,滋味都好极了。我多次迷路,可那时我感到更多的不是恐惧,而是一种得以亲近山谷的骄傲。我不信我会转不出去,总是那么自信而从容地撩开藤条,在熏人的浆果气味里迈过一块又一块石头。

有的石缝里有水流出，四周就有青苔。滑腻的青苔使我格外小心，当我跨过它们时，就注意观察了那深深浅浅、多少有点儿像褪换斑毛的兽皮的样子。这里的风和各种气味都能使我安静下来，使我心灵的最深处一阵阵激动。我知道那里有一根弦长期地闲置着，如今正被缓缓地拨动了。我深情地在这空寂的山谷里回忆了远处的亲人和朋友，回忆了我的童年，想象着与我爱人一起度过的美好时光。我此刻没有任何抱怨和不悦，只有遥想的欲望和欢快。我回忆我读过的一些美丽而深邃的书，咀嚼着，感受着一种辉煌。我知道这是人生的一种时刻，或者说是一种机会。让我费解的只是它为什么偏偏更多地出现在这浓荫匝地的山野里？

这天我又欣然地迷途了。与以往不同的是天下起了大雨。我找到一处避雨的地方，平静地站在那儿。这还是生来第一次见到雾雨电怎样步步逼近深山。白色的雾气漫过了山尖，覆盖了高处的绿色，大山一下子暗下来。闪电急促地赶来了，耀眼的光环围着巨石滚动。白雾慢慢流泻到山腰、到山根，大雨接上哗哗地浇下来，由于电光和白雾的作用，大山看上去也像在撼动。满山漫野无处不在摇曳、长吟。各种鸟儿急急地寻找地方避雨，一会儿工夫就有三只野兔跑来又跑走。我无法判断此刻满山的植物与生灵是高兴还是抱怨，不知道它们的心境。我只是想象：各种动物此刻大概全像我一样躲避起来了，全像我一样地注视着这场大雨。雷声隆隆的，远远近近响个不停。震荡、洗刷，一种漫无边际而又无法估量的力量在做着它自己的事情。山野上的各种生物观望着这一切，有时候一定会感到同样的费解吧。大家都一起经受、一起忧虑，也一样的无能为力。

我此刻躲在大山的一个小小褶缝里避雨，谁也看不到我，我是这样的微不足道。茫茫雨雾，层层山林，黑乎乎的葛藤，还有在雨中呼唤不停的各种动物，这一切都半点儿没有使我感到恐惧。

一切都是那么自然而然地待在一起了。我想起了城里的朋友，你们此刻都在做些什么？在小屋里一边喝茶一边抱怨天气吗？手持雨伞等待二路电车吗？——三十多公里外就有一座熙熙攘攘的城市，那儿有无数四四方方的小房间，其中就有一两间是我的。我在那儿欢乐和痛苦，过着有意思的和没有意思的日子。而我现在是待在另一个世界里了，这个世界恰恰是因为拒绝了人、依靠着大自然的汤水慢慢调养，才滋润成今天这个样子。这真是令我无比震惊的又一个事实。这里封锁了四十多年，于是草木和各种动物才得以喘息繁衍，大山才变得无比繁茂。这种对比而产生的残酷意味是，我们人还不能与树木、与土地、与一切有生命的东西和睦相处。我们无论怎样精明、无论产生了怎样多的哲学头脑，从整体上看还是笨拙的和无理性的。我们中间有美丽的少女，有温柔的母亲，可是从整体上看还是丑陋和粗暴的。人与土地上的一切生命应该是互相帮助互相依存的，人——包括我自己有时也承认这个。可悲的是我们太自信、太满足于自身的力量了。随心所欲地规划、管理，丝毫也不顾及其他生命的自尊心，慢慢变得为所欲为。我们的确使荒山绿过，可也的确使一大片一大片的绿色消逝了。它们消逝了，有时候永不复回。这是人的失误，可世界上有的失误是无法弥补的啊。

　　大雨下个不停。各种稀奇古怪的声音都从远远近近的地方传来，响成一片。这使我想到任何生物都会有语言。人的语言红果树听不懂，狼也听不懂；小狗永远地厮守在人的身边，也不过似是而非地听懂了那么一两句。可是大家都极力地去理解人的语言。而人却恰恰相反，他们断然否认除自己以外的任何生命会有什么语言。树木和花草怀着被误解的巨大痛苦，向人类不停地打着手势，乞求他们的宽容和谅解；各种动物远远地逃离着人，站在荒芜的山腰上注视着人的生活，偶尔发出亲切的呼唤。可人不是将这一切视为风吹草动，就是视为狂吠。他们相信语言只有一种模式，而且必须有声音。他们自己用语言交谈，获得了巨大的欢乐。人类当中有少女，有老人，有生也有死，各色各样。既有不断结识的欢愉，也有不断分离的痛苦，于是他们自成一个世界。他们无须与其他一切生命交往，无须任何形式的沟通，永远也不会感到孤独，但事实是这个人的世界也常常感到孤独，并且由于极度寂寞而躁动起来，疯狂地杀戮，血流遍地。人的鲜血渗在泥土中，滋润了树木花草，这倒具有了讽刺意味，也是人类始料未及的。

当我在生活中遭遇了不快而陷于极度烦恼的时候，我的母亲就对我说："孩子，到外面走走吧，别老闷在屋子里。"我听了母亲的劝告走出来，走到渠边或草地，或小树林中。我缓缓地走着。我的心情真的慢慢好转了。依靠这个方法，我终于一次又一次信心百倍地、舒畅地走回到生活中去了。我常常想这是为什么？这里面有什么秘密？现在我明白了，这是我与自然中的其他生命交流的结果。我们彼此无声地交谈过了，使用的是各自的语言。人类自身的痛苦折磨着人，人不能自拔。但一切事物都是旁观者清，如果换一个角度考虑问题，比如从树木的角度去考察人的痛苦，这种痛苦或许就不那么可怕，不那么必要。人是坚强的，但不是任何时候都那么坚强。人还有脆弱的时候。人也需要其他生命的安慰。人的内心世界是宽广的、丰富的，但不一定永远是豁达的。当你看到一些动物无忧无虑地玩耍和奔跑，你就不能不向往它们所独有的那种天然自由放荡流畅的境界。人难以有动物的天真，而天真对于一切人都有必要。一个人往往由于天真才变得可爱；而他自己，奇怪的是也往往由于天真而导致了深邃。

如果仔细观察，几乎没有一种动物的眼睛不是美丽的。有极少数可怕的东西完全是因为丑恶的品性而遮掩了它心灵的窗洞。我爱动物，我真诚地希望和它们交流、亲近。当我的这些念头有时在生活中闪现出来的时候，我的爱人偶尔也会提醒我一声，告诉我们常常去食物店里买鸡买鱼之类——我们像别人一样喜欢吃荤。我这时候常常陷于长久的沉思。我在这个问题上不是虚伪的，令我难过难堪的是，我常常走入这种永难解脱的矛盾之中。这种矛盾我相信是人类所共有的。勇敢的人不应该回避这个问题。我在经受一种生生分裂的痛苦。我不是那种多愁善感的书生，不是。我在想一个长久折磨人的巨大的命题。它不是出现在今天，也不是出现在刚刚开始的文明社会，而是与生俱来的。一想到这里我就有一种恐惧，一种小心翼翼。我怀疑人类的好多不完整不完美就是从这一类矛盾开始的。人没法回避这种矛盾，简直就像没法回避苦难！心灵深处不存在分裂，人才会真正幸福。可是怎样才会达到这个目的呢？也就是怎样才能在那种冷酷的提醒中身心坦然呢？我回答不出。我虔诚地相信这是在某一个角落里生活着的上帝才能够回答的。它是关系到人从哪里出发并向哪里落脚的根本性问题，我每一次想到它都感到了苦涩的战栗。

　　由此我还想到了作为一个生命的柔情到底意味着什么。我从雪白的小兔子身上看到了柔情，从绽开的花朵上也是如此。柔情简直无处不在，有时又好像永难寻觅。柔情与善良、与天生的细腻禀赋有什么关系？我不知道。我只是觉得它们常常连在一起，分也分不开。有人常常认为柔情之类只是存在于女人的身上或是生了孩子的女人即母亲身上，是我特别不能同意的。它属于一切生命，当然也属于人，而人是无须分男女老幼的。一个正常的人总会在一切时刻里去设身处地地体察外物，以一个生命的身份去宽容另一个生命。他会常常激动起来，怀着极度的虔诚和由衷的赞叹去抚摸他喜爱的东西。他的温柔绝对不会因为他的粗壮高大、因为他的满脸胡须而丧失。温柔应该像生命本身一样浑然天成。我不止一次在生活中看到这样的情景：在危急的关头或者严峻的时刻，在需要为真理和正义做出极大牺牲的时候，往往是那些满怀柔情的人首先挺身而出。相反总是那些惯以"男子汉"自居的人物临阵逃脱。这使我懂得了怎样去辨别真正的"男子汉"，也知道了温柔与勇敢之间常有的那种联系。勇敢可以来自一万个方面，但我敢说，它来自柔情才是真正的勇敢。这个世界太需要勇敢了，一切都需要守护。荒原、山岭和土地，比以往任何时候都需要人去保卫。从这个意义上讲，你才会理解作为一个生命的柔情到底意味着什么，理解这个世界上需要的温柔和勇敢原来是一样多。如果一个生命只为它自己活着，那么这个生命实际上已经死亡。因为生命总是与周围的一切密切联结才有实在的意义。再说勇敢。勇敢不一定是赴汤蹈火，或是冲锋陷阵，或是分明的流血和利益上的损失。从更高的意义上讲，勇敢是一种生命的真实实现。寻找真实，执拗地寻找，它的结果往往就是勇敢的行为。在内心深处承认并进而恪守一种东西，更需要勇敢。没有类似的勇气就看不到真实的存在，就看不到泥土。比如此刻在雨中变得愈发鲜艳的那一片红叶树吧，你的美丽，你的激情，你的诉说，你的娇羞，你的摇曳，你的一切的一切，你的存在，我也只有这会儿才算真正地感到了，看清了。你此刻看到我在同一座大山里向你微笑、向你举起了右手吗？那是来自我的问候，人的问候。哦，红叶树，红叶树，祝你愉快，祝你幸福，就像现在的我一样。

  我明白我在这山雨中的激动到底意味着什么，相信它是人类反省的一部分。我在请求大山的谅解和同情。人只有走到大自然中才会知道自己是多么渺小、多么孤单。要解除这些心理障碍，也只有和周围的一切平等相处。人在人群中常常有恃无恐，在大楼中更是神气活现。如果他有机会支配同伴，也就变得更加傲慢和愚蠢。同样的一个人，他走到茫无边际的草原上，待在雷声滚滚的夜晚的大山里，就会发出哀怜的呻吟。这时候你能区分人是可怜的还是骄横的吗？都是，又都不是。他的一切毛病，实在是与周围的世界割断了联系的缘故。平心静气地想一想，高楼比起雄伟的群山就好比一处处蚁台；而人本身比起大地和海洋中的无数生命也仅仅是那么一点点。只相信自己、只依靠自己，事实证明就不能生存——不是不能很好地生存，而是绝对不能生存。危险的讯号不是一次又一次地发出来了吗？我们仍然视而不见。邢台地震，唐山地震，一座城一座城地毁灭，千千万万的生命一瞬间全部丧失，惨不忍睹。而在这之前就有那么些善良而敏感的小生命——它们中包括我们嘲笑过的"蠢驴"、一贯轻视的小鸟和任意宰杀的牛羊，向我们一再地发出呼号，预示那巨大的毁灭即将来临。它们仰天长啸，面对木然不觉的人类而痛心疾首、热泪滚滚。它们悲伤得不思茶饭。结果灾难很快就像它们预言过的那样来临了。一切在它们看来都是自然而然的。它们的呼叫对于一切不懂这类语言的人来说等于没有。人从来就认为它们没有语言。他自己这一类生命才有语言。可悲的是人的语言更多地用来称谓油盐酱醋，而不是预言灾难。动物从与人相处的那一刻开始，就开始了对人的劝慰和帮助。我宁可相信是这样。可爱的生灵，可爱的山野上的智慧，你们无灾无难吧，你们长生不老吧，你们仍然一如既往地提醒着人类吧，他们终有一天会听得懂你们的语言，并永久永久地感激你们的存在……我不知道这大山里生活了多少我熟悉和不熟悉的种族，我相信我会理解你们。我愿意在一生中去和你们不断结识。我将告诉我的女儿，让她也学会尊重你们、爱戴你们，我明白教育下一代有多么重要。我此刻还是真诚地恳求你们帮助人，一如既往，捐弃前嫌。我在这儿替所有的人恳求了，并在这大雨中为你们祝福了。我不知道这会儿有多少种族在山中避雨，狼、山兔、小草獾，大雨都淋湿了你们漂亮的衣衫吧？还有满山的花草树木，你们在接受着大雨的沐浴，洗去了一身尘埃。

哦，我知道你们都在这雨中沉思，像我一样。我多么想知道此刻你们沉思了些什么？

雨在不知不觉中停歇了，闪出一片蓝天。脸上湿漉漉的，我也弄不清是雨水还是泪滴。我站在那儿，久久地不愿离去。我在心里问着：你们在哪里？你们躲在了哪里？你们在茫茫山雨中想了些什么？你们会告诉我吧……

它不止一次地观察过大雨怎样来到了山里。所以它在这样的日子里从未惊慌过。它是一只叫"姆姆"的母狼，当云彩低得快要擦着"老人"头顶的时候，它就高高地喊了两嗓子，让远处贪玩的儿孙们快些找地方躲雨。"老人"就是在崖下长着的那棵老白果树，是姆姆最先给它取了这么个外号。姆姆两天前左腿骨就有些隐痛，于是它知道天空正孕育着一场雷雨。那天它嘱咐孩子们不要乱跑，不要跑得太远。大雨来到的时候，它突然又产生了把孩子们全部呼唤到身边的愿望，后来好不容易才把这个念头压下去。它知道它们都机灵得要命，这会儿早该躲起来避雨了，不过它还是有些惦念。没有办法，它老了，愿意牵挂事情，也变得絮絮叨叨了。此刻姆姆蜷曲在一块石板下，忧郁地望着一片迷茫。它有些寒冷，一次又一次把身子缩紧。如今怕冷怕热，在石崖上站久了身子就要哆嗦。这都是衰老带来的礼物，它不得不一件一件全接受下来。可是它不曾抱怨过什么。一切都是自然而然的，它知道如果连这些也不能忍受可就太过分了。这里的岩石泥土以及树木草丛都好得没法说。它知道在这里定居已经是十分幸福了。它后悔的只是没有更早地开始那场艰难的迁徙，没有更早地找到这块落脚的地方。它的童年和中年差不多都是在惊恐不安中度过的。母亲和父亲都在流离颠沛中了结了一生，死的时候皮包骨头。那一段生活是它一生中最不愿回忆的，只在特别的日子里才讲给孩子们听。

姆姆觉得有必要让后一代了解家族的历史。由于它的叙述，它们才变得不那么单纯了。可是它觉得它们还远远不够成熟——每逢闲下来的时候就这样想，此刻透过密密的雨帘，它似乎又望到了孩子们充满稚气的眼睛。一双一双眼睛，装不下苦难的眼睛。这些眼睛美丽得发绿，水灵灵的，夜间也闪闪有光。它看着它们一点点长大、变粗壮变浑实，呼唤一声，它们就回到身边来，嘴里发出顽皮的声音。后来它们常常跑离很远很远，去捕捉食物，去捉迷藏。姆姆对它们讲了很多，告诉它们什么是危险的或万万不可接近的。如果站在高处往下望，望不到麻雀或小石子，那就是太深了，千万不要逞强往下跳跃；如果遇到柔软的明亮如镜的一片，那就是水，不能贸然冲进去；遇到人——孩子们当然很早就能辨认这山里这土地上这一切一切地方的主宰者了——一定要快快逃遁，如果见他们手拿一杆长长的东西，那就必须尽快俯下身子，然后伺机逃离。特别是当那东西端起来瞄准的时候，那就万分危险了。那是枪！那是枪！那是罪恶的该诅咒的鬼怪器物！它会喷吐火舌如蛇样狠毒迅猛，飞到身上咬一个通洞，使你鲜血流尽而死……该说的都说了，姆姆怎么也想不到的是，它最小的孩子咕咕还是死于非命。当时咕咕玩累了，正躺在一个荫凉地方歇息，突然身后的山石发出崩裂声，一块巨大的石块就飞到了它的头上。

姆姆当时没有流泪。它此刻待在山石下避雨，回想起这一切的时候还有些奇怪。也许是眼泪流尽了，反正它那时十分平静地注视着天空。它当时觉得老洞山一片血红的颜色，连天空也是一样。在孩子们的搀扶下它走到了咕咕丧生的地方，认真地看了看那块巨石。它打量着四周，终于搞明白这是部队开山施工炸飞的一块石头，咕咕死于误伤！姆姆坐在地上哀鸣着，心中充满了怨恨。它还是没法原谅人，它还是没法使自己去宽容这一切。那天傍黑它窜出了窝穴,全身的血都变得滚烫。它蹑手蹑脚地走近了部队营房,倾听着一片鼾声,嗓子一阵饥渴。透过门隙,它望到他们光洁的面庞和肩膀,当目光停留在他们小巧的鼻梁上时,它的心终于软下来了。它不愿让另一个世界的那位母亲难过。于是它久久地徘徊在营房四周。天傍亮时,它望了望东方的曙色,终于又愤恨起来,就冲进紧挨营房的栅栏里,发狠地咬死了一只羊。

那是人的羊。姆姆现在想起来还感到恐惧的就是这个。人的本身、人的一切所有物都不可伤害,这是它们家族里一条永恒的准则。一代又一代坚守着,不能违背,就是没有谁去怀疑一下它的正确性。人是至高无上的,姆姆的家族里都这样认为。可是它如今要问的是,太阳又是什么?无边无际的土地又是什么?还有更旷远莫测的蓝天、海洋……这些又都是什么?数不尽的星星呢?它不敢再问下去了。人如果真是至高无上的,就除非没有太阳和土地;而失去了后者,也就没有了前者——姆姆是靠简单的推想得出了这个结论的。土地使一切活着的东西立脚、太阳则给它们温暖。在一切事物中,如果抽掉了某个事物,其他事物将不复存在,那么某个事物才是至高无上的;而对应着某个事物的这一切,则应该是平等的——姆姆被自己的推论吓了一跳。它们竟然与人平等了……姆姆鼻尖上渗出了一层汗珠。它又从头推想了一遍,并未发现什么错误。人的至高无上是他们自己决定了的,而这种决定的不合理性从根本上讲就在于他们忽视了太阳和土地。总之,自然界里存在着不少类似的误解和颠倒,于是与人有关的无数惨剧频频发生。谁来发现这些?谁来制止这些?姆姆认为依靠人本身当然是不能够的。那么它只能去乞求于太阳和土地了,因为太阳是大家的,土地也是大家的。

姆姆永远也忘不掉这个家族与人的一次次遭遇。那是一部血泪写成的历史。它记得半岁的时候跟上母亲去觅食,随着一群老老少少的狼在山梁上游荡。太阳变红了的时候，草丛里突然一声钝响，接着五六个人从四面八方蹿了出来。他们每人手里都拿了一杆枪，火舌就从枪口上跳了出来。立刻有三四只狼倒在地上，大家惊叫着逃命。这些人像凶神恶煞一般，有的单腿跪地瞄准，有的就站着射击。枪声惊天动地，一只又一只狼倒在地上。有的狼还躺在那儿喘息，立刻有人走过去补一枪。有的狼刚刚生下来几个月，那时吓瘫了，它的母亲惊叫着跑去搀扶，草丛里的人就跳起来，连老带少一块儿打死。鲜血冒着热气流淌在山崖上，染红了青草。姆姆也不记得它跟母亲是怎么逃出了火网的。只知道它们立在一块石头上，听着远处的枪声和哀鸣，全身抖个不停……类似的场景说也说不完，姆姆更不愿去想母亲和父亲丧生的日子。世世代代的围剿，世世代代的仇恨。后来它们终于明白了，人决心杀尽土地上全部的狼，一个也不留！他们只留下自己过生活，自己去享受天上的太阳！这未免太不公平了，也未免太贪婪了。人擅自给别的生物规定了悲惨的结局，说一不二。狼要逃脱这个结局比登天还难，它们只有拼命地逃窜——从一块土地逃到另一块土地，从一座大山逃到另一座大山。人在疯狂地砍伐树木，使土地和山岭变得光秃秃的，使它们无处藏身。它们跑呀跑呀，四条腿累得越来越细。姆姆就这么跟上一群陌生的狼，经过长达十八个月的流徙，才来到了林草茂密的老洞山。这里安静得简直不像人的世界，它们大喜过望。直到定居下来五个多月之后，它们才明白这是一处军事封锁区。

　　姆姆这之前不止一次暗暗观察过人类对狼群的藐视的目光。它对这些已经习惯了，但还是不能不气愤。这或许是包藏了他们决心剿杀狼群的全部理由。他们不止一次地指责狼的凶狠、残忍、自相残杀、没有教养——好像他们自己就多么善良、多么有教养一样。狼的没有教养及一切恶劣的方面是人所共知的，那么人呢？

狼往往结伴围猎，当同伴倒下死去时，一群狼在饥饿时就把它吃掉。如果史书上不是笔误的话，那么高贵的人类也有过同样的历史。狼有自相残杀的时候，但如果平心而论，人的自相残杀却远远超过了狼。他们对付狼的枪口就常常掉转过去对准同类。围剿狼时使用的只是步枪、双筒猎枪、绳网，而他们对待同类则常常换上了更有杀伤力的机枪、大炮；至于毁灭一切的原子弹和氢弹，则本来就是为人类自身准备的。说到这里也就可以明白了人的高贵到底在哪里，明白了人的有教养到底在哪里。说到饮食习惯，那更是几近荒唐。人吃鸡羊，没人说他凶恶；而狼食草兔，也就成了大逆——这一切到底是为什么？到底意味了什么？这难道是愤愤不平和简单的攀比吗？不，绝不！这起码是说明了，每一个物种都要经历它漫漫无尽的成熟过程，每一个物种都有他自身永远难以克服的弱点。这就是存在于整个大千世界中的悲剧意味。姆姆的心激越地跳动着，痛苦地闭上了眼睛。

　　它在想：我要求于人类的到底是什么呢？我有多少非分之想呢？我的愿望又在多大程度上能被人类所接受呢？这些哀怨和激愤、这些追溯和探究，又有多少意义多少道理？姆姆摇着头，一时回答不了，它的金色的眼睫毛上沾满了晶莹的水珠，长满了土黄色细绒的漫长脸上弥漫着惘然的神气。它极不愿回顾以往，可还是没法忘记那一切。因为历史与现实紧紧连在一起，这二者之间还夹着一种东西，叫作"经历"。整个家族千万次地喊出了"平等"的呼声，它则认为这是越来越不可能实现的了。要紧的只是生存，是生存的权利。真要说到平等，那么活动在茫茫原野上的狼与人的关系，就不是高级动物与低级动物的关系，更不是人与动物的关系，甚至也不是一种动物与另一种动物的关系。而是地球上的一种生命与另一种生命的关系。这才是真正的平等。这样的平等虽然永远也不会成为什么准则，但我姆姆只要一次，让大家都在土地上喘息吧，让大家一块儿分享氧气。一个物种没有必要将另一个物种赶尽杀绝，它只想获取上帝分配给它的那么一点点、一点点而已。

狼还没有绝种，但只剩下了原来的几万分之一。姆姆就亲眼见过一个又一个物种的彻底毁灭。它们的灭绝无一例外地全都与人有关。人们在闹市和郊区日夜焚烧和熬炼着什么，如林的烟囱喷吐着毒雾，无数的生灵很快就窒息了。人们还日夜不停地淘洗着什么，流出的脏水臭气熏天，直接汇入河流和海洋，使庞大的水族急剧衰落。机器日日怪叫，地底、地表、空中，到处都是这种震耳欲聋的声音，很多生灵不堪忍受，最后七窍流血。各种动物只得像狼一样不停地逃窜，疲于奔命。可惜安身之地越来越少，它们都从不同的方向汇拢到一个绿色的角落里，惊恐不安地等待着那最后终会来临的全面围歼。用什么办法才能回避这个可怕的结局呢？去劝阻，或是利用极少数与人类关系密切的生灵比如狼的近亲——狗去游说吗？这都无济于事。狗们早已失去了自由的个性，为富不仁，更多的是故意装出一副疾恶如仇的样子。再说人类与大千世界中的一切都不能对话，即便人类本身也常常由于民族不同而语言隔绝。语言，还是语言，除此好像再也没有其他途径了。姆姆记得好像人类只在一种情况下容忍过狼的存在，那就是让它们生活在动物园的铁栅栏里面。这是一个物种生存遗留下来的唯一条件。可是，姆姆要说的是，它们这会儿已经不是狼，我们不认识它们。我们更愿意认为它只相当于人的一件器物，比如烟斗。

美丽的小儿子咕咕死去已经半年多了，姆姆直到现在想起它蓝莹莹的眼睛还要流泪。一颗母亲的心在颤抖，这颗心的悲伤与其他生命的悲伤没有什么不同。这是一颗母亲的心——世界上生活着多少愉快的和不愉快的母亲。姆姆相信每个母亲都有相似的感触和经历，如果可能的话，母亲之间会有很多共同的话题。它亲眼见过一位脸膛红润的年轻母亲领着她两个可爱的孩子从田间小路上走过；一只母鸡呼唤一群毛茸茸的小鸡；一只大刺猬和几个猴精的小刺猬；一株野麦草亲昵地伸手抚摩它身边刚生出的几株小野麦草……形形色色的母亲，无穷无尽的母亲。让我们这些做母亲的达成新的谅解吧，我们有权利让后一代和气地相处。因为土地上常有不测风云，无论是大雪封山的日子，还是像现在这样的雷鸣电闪，我们做母亲的都要怀孕，都要哺育，都要牵挂着孩子们一寸一寸长大、长高……听我再说一遍吧：让我们这些做母亲的来达成新的谅解吧！

姆姆的胸脯急剧地起伏，两手一次次绞拧着。大雨变缓，透明的雨丝渐渐像针一样细了。姆姆大口地呼吸着，从石隙里站起来。它最后想到的还是小儿子咕咕。"我的孩子——"它大声呼唤着，湿漉漉的山野都听见了。

山崖下的那棵老白果树一迭声地咳嗽。深秋的雨水有些凉，它年纪大了，多少有些受不住。老洞山里没有什么活物比它的年纪更大，连它自己也不记得活了几百年了。大山的荣辱兴衰都记在心里，那里装了一部活生生的历史。可爱的雨水细细地冲刷着身上的灰尘，它这时候还算快活的呢。一个生命老了就往往被误解，连晚辈也要说它脏气。它的肌肤多皱，没有了光亮，颜色灰黄，可这是真色儿。老皮像石片子那么厚壮，抵御了多少风霜。年轻的树木没法理解它，它们实在太稚嫩了。雨前一些路边杨树曾经不停地抱怨，说行走车辆碰伤了它们的身子。一连几天的吵嚷，它的耳朵都快震聋了。有什么办法？谁能够保护谁呢？在这山上，也许只有人才是决定大家命运的真正主人。几百年来都是如此，它相信今后的日子里也只能如此。雨水像瓢泼一样，四周的树木发出欢快的呼叫。远处那些伤残的杨树被雨水冲洗了伤口，痛苦不堪，于是其他树木才慢慢沉默下来。老白果树记得这是它所度过的最沉闷的雨天。它的眼睛哪里也不想观望，这时干脆就合上眼皮，打着瞌睡。

它当然睡不着，还老要咳嗽。四周不时有几棵树发出埋怨声，也搅得它心神不宁。这些年轻的树木不懂得忍耐和宽容，话语尖刻，其原因就是它们经历的还太少。它们记住了什么？它们看到了什么？它们知道很久以前山岭的颜色以及雨水和山泉的味道吗？当然不知道。老白果树发出了一声叹息。它记忆中这差不多是老洞山最好的时候。这座山有一百多年是光秃的，有一百多年是贫瘠的，几百年间烧了两次大火，闹了无数次旱灾，闯进来数不清的伐木人。你如果在深夜里望着冲天大火把山都烧红了，听着树木揪心的惨叫，会是什么心情？百年大树、刚生出来几天的小苗，都在这场大火中活活烧死了。你如果亲身经历了长年的干渴、眼看着自己的枝条血脉不通，只剩下心窝里的一丝水汽了，你又会想什么办法活下去呢？这一切都是真实的事情，作为一棵树本来就没有什么可惊讶的。记忆中，满山的树木比起那些会移动的生命来就可怜得多了，它们一动不动地等待着雷击、山火、人的板斧，连小如叶梗的毛虫也日夜啃咬。它们十有八九死于非命。这就是树木的历史。

为什么绿色的生命偏偏是短促的？老白果树想了几百年，百思不得其解。谁都知道它们离不开土地，离去了就会死亡，但究竟又有谁发现过这样一个普通的道理：土地失去绿色也会死亡？土地上一切会移动的生命与绿色到底是怎样的依存关系？绿色给地球提供了多少被称作"氧气"的至关重要的东西？这些都没谁去思索。树木家族是最先在泥土上安家的，它与任何生命都可以和平相处。但奇怪的是人类对树木的依赖性最强，却偏偏表现得最不肯相容。在"垦荒"的美名之下，一片又一片树木被砍伐，连小草也给烧成灰烬。结果失去了绿色的土地真的荒芜了，连人类自己也没法挽回。事实上，哪里林木葱茏，哪里的人类就和蔼可亲、发育正常。绿树抚慰下的人更容易和平度日，享受天年。土地的荒芜总是伴随着人类心灵上的荒芜，土地的苍白同时也显示了人类头脑的苍白。这之间的关系没人注意，却是铁一般坚硬的事实。树木与阳光、空气、土地的关系，比任何其他生命都来得更亲近。它身上才蓄满了它们的原气原色，然后又把这些极为珍贵的东西传送给人及其他。它含蓄冷静，自然挺立，默默地使女人更温柔、男人更勇敢。它们是真正具有灵性的扫帚，不断地扫去自然的尘埃。没有树木，世界早就堆满了垃圾。

　　老白果树历尽了辛酸，仿佛什么都可以忍受了。它不知多少次感到了失望和沮丧，可还是强忍着活下来。它一动不动地站在崖下，站立了几百年。它不断地埋怨上帝：你给了我生命，可你没有给我行走奔跑的权利。在这世界上生活着，同时也就是等待着。你让我等待什么？你从来不管我有多么孤寂。只有风声将千里之外的坏消息不断传送给我：又一片森林失火，又一片树木被伐。我多么喜欢任何形式的生命走近我，想亲手去抚摩小狼崽子、小沙狐、小兔子；我见了人们走到我这儿来，总是微笑着，老远老远就向他们打招呼。可我还是忘不掉这样的事情：我向他们招手，他们却伸出了斧子。有一次我孤单地度过了一天，傍黑时有一个小孩子身背草篮从身边走过，我高兴地挥手与他呼应——他噘着嘴走到跟前，站了一会儿，猛地折断了我一根手指！还有一次我愉快极了，正跟落在我胳膊上的一只红鸟交谈，想不到有一个人悄悄地凑近了，砰地就是一枪！红鸟就死在了我的怀里，鲜血啊，沾了我一脸一身……那时刻我真的流泪了，老泪纵横，眼泪一滴滴洗着通红的血。人哪，人就是这样地与他四周的一切相处。树木为人做出的牺牲还少吗？结出果子献给他们，用自己的身躯为他们盖房子遮风雨，还化为桌椅板凳和木床。一代一代的人都懒洋洋地躺在木床上，休养生息，做一些美丽的梦。他们出生在床上，最后也还要死在床上。通过一张木床，不是更可以理解人类与树木的关系吗？

树林常常使闯进去的人感到恐惧。不过那不是树木的过错。它还常常让人迷路，那又完全是树木亲近人类的一种方法。它们无时无刻不想与人类结成亲同手足的关系，每到了有人伸手抚摩的时候都激动万分。老白果树记得，曾经有一个少女待在它的身边，它闻过她温暖的气息。她到后来曾将丰满的胸部贴在了它的身上，它感到了一颗朝气勃勃的心脏的跳动。老白果树至今回忆起那一幕来还感到一阵幸福。是的，它与人亲近过，并且自己也终于活了上百年。似乎它已经没有权利去指摘什么。但老白果树要说的是，它究竟为什么得以挺立在山崖下？那是几百年前的事情了，那时山崖下有一座小庙，人们来庙里烧香，乞求神灵的保佑。后来庙毁了，只剩下了白果树，于是人们就以为这是一棵"神树"。老白果树想到这里就感到了苦涩。它要面对整个绿色的世界大声疾呼："我是一棵普通的树！"一棵普通的树——又一棵普通的树——千千万万棵普通的树——组成一片绿色的海洋。啊，海洋，覆盖泥土，整个世界都因此而鸣奏出森林自己特有的音乐，经久不息。人类、百兽，一切的一切，都在这音乐声中走进和平与幸福……老白果树每一根枝条都激颤着，像个年轻的小树一样浑身摇动起来。人们啊，你们实在没有权利拒绝一棵普通的树，就像大自然没有权利拒绝一个人一样。树木有血液和生命、会呼吸，毫不夸张地认为，也有自己的血统、种族和尊严。人们有时也特意在房前屋后种一两棵树，可那只算做一种装饰。你能通过这一棵树去唤起对整片森林的激情吗？人类的疾病千奇百怪，这其中有的就与疏远绿色的世界有关。人类的绝症已经不能依靠人类自身去根除,他们要达到目的,就必须走进大自然中,平心静气,伸出他们友谊的双手,与大自然里无数的手臂连接起来。让我们手携手地去享受阳光、空气,肩并肩地去度过属于我们自己的日子吧。到了那时候,我们啊,就会一起生活,一起歌唱。我热爱的人们啊,你们美丽,你们神圣,你们就是我们。你们的交谈就是我们的交谈,你们的生育就是我们的生育,你们的奔跑就是我们的奔跑!

老白果树一遍一遍地搓揉自己的眼睛,费力地抖去身上的水珠。雨水由大变小,后来就完全地停息了。

天空闪出一片光亮,山中的雾气缓缓地往上升去。一道漂亮的彩虹出现了,接着满山满野都是愉快的呼叫。

"嘎呀——""嗬咔!嗬咔……""啦——沙 ""妫姆——咕咕——"……

一万种声音也不止。多少生命。

一个人从浓绿浓绿的,尚且滴着水珠的藤蔓下走出来,两眼闪亮地盯住了天上的彩虹。"彩虹如桥!"他小声地自语了一句。

"哎——啰——"远处有一个脆生生的声音在呼喊。

那个人知道又是小战士在喊他,就用手做成喇叭筒,学对方喊了一句。满山满野,多少生命在这喊声里笑了,大家一齐模仿他的声音喊了一嗓子:

"哎——啰——"……

1986 年 10—12 月

梦中苦辩

在这个小小的镇子上,任何一点事情都传得飞快。新来了一个会算命的人啦,谁家生了一个古怪小孩啦,码头上的一艘外国船要卖啦,等等。所有传闻大都与我无关。

但现在传的是,镇上要打狗了。根据以往经验,我相信会有这样的事。接着又传出,打狗从今天一早就开始了——看来事情准确无疑了。

不幸的是我有一条狗,已经养了七年。我不说这七年是怎样与它相处的,也不说这狗有多么可爱,什么也不想说。消息传来时,全家人都放下手里的活儿,定定地望着我。它当时正和小猫逗玩,一转身看到了我的脸色,就一动不动了。

家里人走进屋,商量怎么办。送到亲戚家,藏起来,或者……这些方法很久以前都用过,最终还是无济于事。他们七嘴八舌地商量,差不多要吵起来了。有人说已经从镇子东边开始干了,进行到这里也不需要多久。妻子催促我:"你快想办法呀!"孩子揪住了我的衣襟。我一直在看着他们,这会儿大声喊了一句:"不!"

这声音太响了。他们安静了一会儿，互相看了看，走出去了。

整个的一天外面都吵吵嚷嚷的。我把它喊到了身边。我们等待着。

这个时刻我回忆了以前养过的几条狗。它们的性格、长相都不同，但结局是一样的。我又闻到了血的气味。

有人敲门，我站了起来。进来的是邻居，他要借东西，爱人拿给他，他走了。两个钟头之后又有人敲门，我又一次站起来。这一回是孩子的朋友来玩……天黑了，我对家里人说："把门关上吧！"

这个夜晚我睡不着了，总听到有人敲门。我不止一次从床上欠起身子，妻子都把我阻止了。她说这是幻觉，可我睡不着啊。

半夜里，她睡着了。就在这时候，我异常清晰地听到了重重的敲门声。我再也不信什么幻觉，立刻起来去开门。

门开了。有一个穿了紧身衣服的年轻人笑着点了点头，闪进来。他蹑手蹑脚地，背了枪，挎了刀。我明白了。我尽量平静地问："轮到我了吗？"

"是的。"他笑一笑，将刀子放在桌上，搓了搓手。他坐下，问："有烟吗？"

我把烟递给他。

他慢慢吸着烟，一点也没有焦急的样子。我知道他从镇子东边做起，做到这儿已经十分熟练、十分从容了。或许他本来就是个操刀为业的人。我心里为他难过。他还这么年轻，正处在人一生最美好的年纪里。我看着他。

他被看得多少有点儿不好意思了，揉了烟站起来说："开始吧。它在哪？来，配合我一下……"

他弯腰紧了紧鞋子，又在衣兜里寻找什么。

我冷静地、每一个字都很清晰地告诉他："不用找它了。我也不会配合你。我不同意。"

他像被什么咬了一下,猛地抬起头。这回是他端量我了。他有些结巴地问:"为,为什么?"

"因为我不同意。"

"你——"他按在桌上的手小心翼翼地抬起来,"这是镇上的规定。再说,你不同意,有什么用?"

我再不作声。我等待他的行动。这时候我觉得自己的两臂,还有拳头,都在抖动。我等着他的行动。

可他偏偏坐下来了。他说:"自己家养的东西,谁愿意杀。可没有办法,要服从公共利益。你这么大年纪了,这些道理应该明白……"

"我不明白!我不明白一条狗活得好好的,为什么要把它杀掉。我的狗从不自己跑出这个院子,它危害了什么?它咬人吗?它从生下来就没有伤过一个人!怕传染狂犬病吗?它一直按要求打针,你看它脖子上的编号、铜牌……不过这些都来得及谈,我现在要问你的还不是这些,不是。我要问的是最起码的一句话,只有一句。"

他惊愕地望着我,问:"什么话?"

"谁有权力夺走别人的东西——比如一条裤子,谁有权力夺走它?"

他很勉强地笑了笑:"谁也没有这个权力。"

我点点头:"那么好。这条狗就是我的,你为什么从外面走进来,硬要把它杀掉呢?"

"这是我的工作!我是来执行规定的!"他提高了嗓门,有点儿像喊。

我也提高了嗓门:"那么说做出这个规定的人,他们就有权力去抢掠。你在替他们抢,抢走我的东西!"

他大口地呼吸着，不知说什么才好。

"有些人口口声声维护宪法，宪法上明明规定公民的私有财产得到保护——只要承认这是我的狗，而不是野狗，那么它就该得到保护。这种权利是宪法上注明了的，因而就是神圣的……"

那人发出了尖叫："你的狗是'神圣'的？"

我不理会这种尖叫："如果我没有记错，这个镇上已经强行杀狗十一次，几乎每隔几年就要来一次，也就是说十一次违背宪法。我怀疑他们嘴里的宪法是抄来的，是说着玩的。镇上人失去了自己的狗，难过得流泪，有些人倒觉得这种眼泪很好玩，每隔几年就让大家流一次。不，这种眼泪不流了，我要说出两个字：'宪法'！……"

一股热流在我身上涌动。我知道自己已经相当激动了。面前的年轻人盯着我，像在寻找着什么机会。他突然理直气壮地说："狗咬人，人得病，那么就是'危及他人人身安全'！"

"它危及了谁，就按法律惩罚好了！但我的狗明明谁也没有伤害。可你要杀它。原来这种冷酷的惩罚只是建立在一种假设上！一个人可能将来变为罪犯，但谁有权力现在就对他采取严厉行动？你没有行动的根据。到现在为止，我的狗还是一条好狗；它下一秒钟咬了人，下一秒钟就变成一条该受惩罚的狗。不过它现在冲进来咬了你，你倒应该多多少少谅解它一点……"

"为什么？"

"因为你要无缘无故地把它杀掉。"

"我真遇到怪事了！"他气愤地看了看表，又瞅瞅桌上的刀子，"我们几个人分开干，我负责完成这一条街。这下好了，全让你耽误了。"

我长长地吐了一口气，拍拍他的肩膀。"坐下吧，小伙子，坐下来谈个重要的问题——怎么保护自己的东西、什么是自己的东西。你可不要以为我老糊涂了，连什么是自己的东西都分不清。在我们这儿，这个简单的道理早给搅乱了。比如你就能挨门挨户去杀死别人的狗，原因就是分不清什么是自己的。街道上，一天到晚都响着高音广播喇叭，吵得别人不能读书也不能睡觉。这就是夺走了别人的安静。人人都有一个安静，那个安静是每个人自己的东西。再比如……太多太多了，这些十天八天也讲不完，你还是自己去琢磨吧……"

"我不愿琢磨！"小伙子有些不耐烦地打断我的话。他白了我一眼，伸手去摸烟。他吸着烟，头垂下去，像是重新思索什么。他咕哝说："养狗有什么好？浪费粮食。镇上有关部门核算过，如果这些粮食省下来，可以办一个养猪场，大型的！"

我不知听过多少类似的算账法。我真想让小伙子把那个先生即刻请来，让我告诉他点什么！我对小伙子说："粮食是我自己的，是我劳动换来的，我认为用粮食养狗很好，你认为是一种浪费，那是看法不一致。你只能劝导我，但不能把自己的看法强加给我。还有，我可以从狗的眼睛里看出微笑，一种特别的微笑——这种微笑给我的安慰和智慧，是你那个先生用养猪场可以换取的吗？"

他不安地活动一下身子，小声说了句什么，说完就笑。

"你说什么？"

"我说精神病！"

我冷笑道："不能容忍其他生命，动不动就要屠杀，那才是丧心病狂。我刚才强调它是自己的东西，强调它不能被随意掠夺和伤害，只不过是最起码的道理——事情其实比这个还要复杂得多、严重得多！因为什么？因为它是一个生命！"

"什么？"他又一次抬起头来。

"它是一个生命！"

他撇撇嘴巴："老鼠也是一个生命……"

"可它毕竟不是老鼠！它毕竟没有人人喊打，恰恰相反，它与人类友好相处了几千年，成为人类最忠实最可靠的伙伴。那么多人喜欢它、疼爱它，与它患难与共，这是在千百年的困苦生活中做出的抉择和判断，是在风风雨雨中洗练出来的情感！你也是一个人，可你把这一切竟然看得一钱不值！我不明白你了，我害怕你了，小伙子！我怕的不是你的刀枪，我怕你这个人！我怎么也不明白你会面对那样的眼睛举起刀子……那是什么眼睛啊，你如果没有偏见，就会承认它是美丽无邪的。你看它的瞳仁，它的睫毛，它的眼白！我告诉你吧，没有一条狗能得到善终，你弄不明白它有多长的寿命——它其实活不了太大的年纪。一条五六年的狗就知道什么是衰老，满面悲怆。你注意去研究它们吧，你会发现一双又一双忧郁的眼睛。它们老了，腿像木棍子一样硬，可见了人仍要把身体弯起来贴到他的腿上，就像个依恋大人的孩子。它太孤独无援了，它的路程太短暂了，它又太聪明，很快就知道关于自身的这一切，于是变得更加可怜。它心中的一切没法对人诉说，它没有语言或者没有寻找到人类可以接受的语言。它生活在我们中间，就像一个人走到了完全陌生的国度里。它多么渴望交流，为了实现一种交流不惜付出生命。它自己待在院子里，当风尘仆仆的主人从门口进来的时候，它每一根毛发都激动得颤抖起来，欢跳着，扑到他的怀里，用舌头去温柔他，眼睛里泪花闪烁……我不说你也会想象出那个场景，因为每个人都见过。你据此就可以明白它为人类付出了多少情感，这种情感是从内心深处迸发出来的，没有一丝欺骗和虚伪。由此你又可以反省人类自己，你不得不承认人对同类的热情要少得多。你进了院子，它扑进你的怀中，你抚摸它，等待着感情的风暴慢慢平息——可相反的是它更加激动，浑身颤动得更厉害了。你刚刚离开你的家才多长时间呀？一天，甚至不过才半天，而它却在这短短的时间里孕育出如此巨大的热情。你会无动于衷吗？你会忽略它的存在吗？不会！你不知不觉就把它算作了家庭中的一个成员。所以，你看到那些突然失去了狗的人流出眼泪、全家人几天不愿言语，完全应该理解。这给一个人、一个家庭留下的创伤是无法弥合的，是永久的……"

小伙子一直用手捧着双颊，这会儿不安地活动了一下身子。

"我丝毫也没有夸大什么。我甚至不敢回想前一条狗是怎么死的。那时也是传来了打狗的消息，也像现在这样，全家人心惊肉跳。那是一条老狗，它望着我们的眼神就可以明白一切。当我们议论怎么办的时候，它自己默默地走进了厢房。厢房里放着一些劈柴，它就钻进了劈柴的空隙里。我们以为它这样藏起来很好，就每天夜里送去一点水和饭。谁知道送去的东西一点也没有见少，唤它也没有声音。我们搬开劈柴，发现它已经死了，一根柴棒插在脖圈里，它绕着柴棒转了一圈，脖圈就拧得紧紧地。它自杀了。它的眼睛还睁着。全家人吓得说不出话，怔了半天，全都哭起来。当时我的母亲还在，她拄着拐杖站在厢房里，哭得让人心碎。你想一个白发老婆婆拉扯着这么多儿女，还有一个多灾多难的丈夫——我停一会儿再讲他的事情——她一生的眼泪还没有流完吗？她哭着，全家人更加难过。母亲的哭声做儿女的不能听，如果听了，就一辈子也忘不掉。我们把老人扶走，可她不，她让我们把狗抬到一个地方，亲眼看着把它埋掉了。第二天杀狗的一些人来了，到处找它。领头的说：'还飞了它不成？'我告诉他：'真的飞了，它算逃出这个镇子了！'那个人哼一声说：'它除非再不回来！'我说：'放心吧，它再也不会回这个伟大的镇子了！'……这以后多少年过去了，我们再没有养过狗。我们差不多发誓永不养狗！可是后来，后来——真不该有这个后来——我的小儿子从外面捡回一个小花狗，疼爱得了不得。我看它，它也看我，仰着通红的小鼻孔。我狠狠心，决定只养两个星期就送走。两个星期到了，儿子死也不干，接着全家人都心软了。它就是我们现在这条狗。那时多么轻率！我当时想，毕竟不是过去了，又不是'备战备荒'的年头，或许再也不会发生那样的事了。我太无知！我把事情看得太简单了……"

我讲到这儿，面前闪动着那一双不愿闭合的眼睛，心头一阵阵痛楚。我不得不去桌上取烟。我拿起一支烟，发现自己的手在抖。小伙子用打火机给我点着了烟，这时问了句："老同志，我想问一问，您是做什么工作的？"

我回答他："教师。不过早就离休了……"

小伙子若有所思地点着头："嗯，教师，教师……"

我重重地吸一口烟，又吐出来："我是个教师。不过我没有在木镇教书，所以你不是我的学生。在东边那个镇子上，像你这么大的小伙子，有不少都是我教出来的……愿意听听那个镇子的事情吗？那好，你听着。怎么说呢？一开头就赞扬那个镇子吗？我不能，因为我们这个镇子的人可没有轻易赞扬别人的习惯，我也是一样；更重要的，是那个镇子确实也有很多毛病，有的甚至极端恶劣。不过我接下去要说的是其他的方面，是他们与其他生命相处的方法和情形。因为咱俩眼下讨论的正是这个问题。我要告诉你，那个镇子上几乎没有多少裸露的泥土——到处是草地、庄稼和森林。各种鸟儿很多。它们差不多全不怕人。我早晨到学校去，一路上不知有多少鸽子飞到肩上。如果时间充裕，我常停下来与路边水湾里的天鹅玩一会儿。我对野鸭子招招手，它们就游过来。我不止一次用手去抚摩野鸭子的脊背，去摸翅膀上那几道紫羽，感受热乎乎滑腻腻的奇妙滋味。它和天鹅，还有鸽子，眼睛都各不相同，却是同样可爱。它们用专注的神情盯着你，让你多多少少有些不好意思。离开它们，我一整天的心情都比较愉快。它们安然的姿态影响了我，使我也变得和颜悦色。这就是那个镇子的情况。如果你不怀疑这一切都是真实的话，你会怎么想呢？

"回头再看看我们这儿吧！没有多少树和草，没有野鸭子和天鹅，如果从哪儿飞来一只鸟，见了人就惶恐地逃掉。鸽子也怕人，所有的动物都无一例外地要躲避我们。我真为这个羞耻。我仿佛听到动物们一边逃奔一边互相警告：'快离开他们，虽然他们也是人，但他们喜欢杀戮，他们除了自己以外不容忍任何其他生命！'它们没命地奔逃，因为一切结论都付出了血的代价。无数远方的动物，比如一只美丽的天鹅在这儿落脚，只停留一个小时就会被镇上人用枪杀掉；一群野鸭子莽莽撞撞地飞到河边游玩，只半天工夫就会被如数围歼，吃到肚子里去了。实际情形就是这样。尽管我们要挖空心思做一番事业，但我想，如果连一些动物都对我们不屑一顾，对我们从心底里感到厌恶和惧怕的话，那我们是不会有希望的。对野生动物这样残酷，野生动物可以躲开；于是我们的目光就转向家庭饲养的动物，对温驯的狗下手了。我相信这是一部分人血液里流动的嗜好，很难改变。事实也是如此。如果我没有想错的话，那么下一步轮到的很可能是一些更小更可怜的家养动物，比如猫和鸽子。这些行为会一再重复，因为它源于顽劣的天性，残酷愚昧，胆怯猥琐，在阴暗的角落里咬牙切齿。这些人作为一种生命，怎么会去宽容其他生命？！他们憎恨和惧怕一切生机勃勃的东西，砍伐树木，连小草也不让生存。我不止一次看到一些人走上街头搞卫生，第一件事就是蹲下来拔小草。绿色很快没有了，留下来的是肮脏的脚印。当然，镇子上也有人种草植树，正像有人热爱动物一样；但严重的问题是树和草越来越少，动物或者远离了我们，或者被大批大批地杀掉。

"对其他生命不宽容，对自己也是一样。我这里不想去复述镇子上的几次械斗，点到为止，你心里完全清楚。算了吧，不说这些了……但我不得不跟你讲讲我的父亲——我曾说过要讲那个多灾多难的人。我相信你不会怀疑这是真的。我要说的是他生活在这样的情形中，有这样的结局是多么自然；而一些人在今天的行为，与昨天的如出一辙；这二者之间究竟有一条什么线在联结着——我由一些不该杀戮的其他生命想到了一个生命，想到了这个生命与我的关系，他对我的至关重要、他留给我的疤痕、他流动在我身上的血液……他死的时候满头白发，而我如今也满头白发了——我想说，我并不一定安然自如地走完我生命的里程，正像我的父亲到了暮年还遭到意外一样。小伙子，我羡慕你的年轻，可也忧虑你的岁月。因为生活的道路比你想象的坎坷万倍，你手中的刀子也许很容易就刺得自己遍体鳞伤……不说这些。我还说我的父亲，说说他吧。他七十多岁了，行动不便，但头脑也还清晰。他对于镇子一片忠心。他看到什么不利的地方，就要说上两句。有一次他议论起新修的一条马路，指出这条柏油路耗资巨大，但却效益不好。他有理有据，虽然尖锐无比，可是态度和蔼。谁知道这就惹火了镇上的一些人。开始他们寻茬儿让他进了一个什么学习班，后来又说他在学习班上态度不好，就把他转到了一个农场——就是我们镇子的明星农场。父亲那么大年纪了怎么能种地？我和母亲去找了管事的人，他们说已经照顾他了，让他做农场的饲养员。我去看过他一次，见他弓着腰给猪搅拌饲料，饲料里有拇指大的一块地瓜，他抓出来就吃……我偷偷地哭了，没有让父亲看见，也没有将这些告诉母亲。又过了半年，父亲的'罪行'不知怎么又加重了，被调到了一个石墨矿去。那里更苦更累，而且劳动时有人看守。去了石墨矿的人，他的家里人不能随便探望，直到父亲死，我只见过他两次。第一次见他，我给吓了一跳：他的白发全给石墨染黑了，连牙齿上也沾了黑粉。我问他在这儿做什么？他不回答，只用包了破布的手去擦脸。最后一次见他，是他在小床上喘息的时候，我和母亲被通知去矿上探视。可母亲病了，丈夫临死她也没能见上一眼。我自己去了，路上尽管做好各种思想准备，也还是被父亲的样子吓呆了。他握住我的手，不说话。我也不说。最后，老人突然从身子底下取出一个小纸包，指了指说：'哑药！'他又指了指自己的嘴，'祸从口出啊……'他把哑药递给了我，我明白了。父亲本来是为自己准备的，后来见用不上了，就留给了他的儿子……我两手捧着这最后的礼物，向父亲跪下了……"

我的声音渐渐低得快要听不见了。小伙子拧着眉毛看着我，嘴角活动了几下，问："你，吃了哑药？"

"我捧着它离开了石墨矿，沿着芦青河堤往回走去。好几次我想塞进嘴里，但最后一次我抬头看到了自己的镇子，心里一热，就把那药撒到河水里去了！"

小伙子大松了一口气。

"尽管父亲的话是千真万确的真理，但我还是不想使喉咙变哑。我的镇子！我的镇子！请摸一下我这颗滚烫的心……我之所以给你讲了父亲的死，是因为我想到了有些人像潜伏病菌一样潜伏了一种仇恨，它会像流感一样突然而迅速地蔓延。眼下我又看到了这种危险。无数的狗被杀死，鲜血染红庭院，惨叫声此起彼伏——那些人是不是正期待着这种效果？这一切，又是不是他们宣泄仇恨的一种方法？我确信会是这样。宣泄的方法各种各样，但确定无疑的是每一次宣泄都留下了巨大灾难。我忘不了有一年春天的所谓'垦荒'——毫无必要地将镇子北面的树林毁掉！那片林子茂盛得可爱，当时槐树正开满了银色的槐花，引来了全世界的蜜蜂；蓉花树刚长出粉茸茸的叶子，柳棵爆开小绒球，灰暗的枯草里挺起红的紫的鲜花。它们好不容易告别了冬天，又要在挥动的镢头下呻吟。我亲眼见到有些人狠狠地刨倒了一棵开满鲜花的槐树，双脚把花朵踩到土里时的那种微笑，那是掩饰不住的快感。连续五天的围垦，树林没有了，留下来的是一片焦土。他们疲惫地走了，头也不回。这片垦出的沙土至今没有种什么东西，只是冬天里旋着沙丘，那沙末在空中转着，像是树木的魂灵。就是这样，你怎么来解释这种种举动呢？你能说这不是另一种宣泄的途径吗?

"我更不明白的是，街道上有多少刻不容缓的事情需要去做，他们恰恰对这一切视而不见。垃圾成堆，苍蝇一球一球在那儿滚动，捡垃圾的老人用赤裸的双手去抢一堆碎玻璃。又破又响的汽车轰隆轰隆地跑在街上，让人白天晚上不得安宁，冒出的油烟半天也散不开。在窄巴巴的街道上，常常有几个贼眉鼠眼的人窜来窜去，总有人被掏兜、被欺侮。妇女和老人丢了东西就哭，一个乡下来的小姑娘被几个歹徒拖到了防空洞里。没有腿和手的人在街上行乞，垫着小板凳一挪一挪往前走。各种宣传车来来往往，无数大喇叭吵翻了天，野蛮无理地强行掠夺你的宁静。为什么要这样？有什么权力要这样？不知道。你放眼往南望，你望到了那一溜儿黑影吗？那就是南山，是我们这儿唯一的山区。那儿没有水，没有柴草，也没有多少粮食。那儿的人衣衫褴褛，一代一代都面黄肌瘦。因为没有可以燃烧的东西，就往灶坑里填地瓜干，锅里煮的还是地瓜干。你可以想见那里的生活。你知道那里有多少事情需要立刻去做。可惜这些一年一年延续下来，没有多少变化；而与此同时，有人却毫不含糊地强令杀了十一次狗……"

小伙子的眼睛转向了窗子，望着很远的地方。他听到这里，认真地插话说："我不是反对你的意见，不过我想到了两件事儿。一是你把我们这儿说得太吓人了；二是山区里的人那么苦，为什么不把养狗的费用使到他们身上？难道这些狗比那些人还重要吗？"

这都是直接的意见，然而十分尖锐。我不由得握住了小伙子的手，我感谢他终于开始和我一起思考起如此严肃的问题了。我不知怎么回答他这两个简单极了也是复杂极了的问题。我说："你问得好，我没法回避。让我试试吧。先说第一个问题。你认为这地方被我说得太吓人，但你没说我编造了什么，这就好。当然，我们这儿还有一万条值得赞扬的，这也是事实。而我要说的，是那些刻不容缓地需要根除的方面，这一切只要存在一天，我就有理由用手指去指出来。但愿你不要真的被吓住，而是变得更勇敢。我在指出这一切的时候，有时会手指抖动，但那不是为了吓你，而是一个老人真诚的激动。再说说第二个问题吧，它更难以辩解。首先我想说，饲养狗是人类的一种需要，这种需要看起来似乎可有可无，但你只要看一看镇上人在这方面的经历，看一看最困难的山区还有很多人养狗，就会否定那种看法。镇子上十一次对狗进行围剿，无数人流下了眼泪，受到了很大的挫伤，发誓再不养狗。可奇怪极了的是，大家像我一样发誓，如今也像我一样地违背了誓言。看来这是没有办法的事，是一个生命最深层的一种渴望，必须去满足。至于这种渴望到底反映了什么，我还说不清。我朦朦胧胧觉得，一种生命需要另一种生命的安慰，他们必须在这种无形的交流中获得某种灵感。在通向永恒的路上，也许真的需要它来陪伴。这个谁也讲不清，你默默地用心灵去感觉，也就知道了。所以从这个意义上讲，你那种切近的功利换算的方式就无助于理解这个问题，二者没有任何可以沟通的。这是一方面，另一方面，我想说对待困苦和艰难勇往直前的，究竟是世界上的哪一种人，是些什么人，这种人到底有什么样的素质。那些坚决主张杀狗的人当然不是为了节俭，他们恰恰在情感上是极其吝啬的一种人。而对于自然界的各种生灵倍感亲切，每时每刻都试图去理解和接近的人，他们才对苦难特别敏感，也最愿意为消除那些痛苦贡献出自己的一切。勇敢的人从来都不是冷酷的人，你可以在生活中找到无数的例子。"

他倾听着,眨动着眼睛,不知是否真的理解了我的话。当我停顿下来的时候,他就将头埋下去。看来他已经准备再听一听,他由厌烦这种谈话转为渐渐习惯和可以容忍,又变为希望去接受……但我这会儿也想听听他的了。我问:"这次打狗进行得顺利吗?已经完成了多少?"

他像困倦一样揉着眼睛,把头扭向一边。停了一会儿他转过脸来,抿了抿嘴角说:

"大约进行到一半以上了。这次比过去困难。把狗藏起来的太多。有的狗冲出来,疯了一样。我们有枪,可怕伤了人。狗冲到小巷子里,急得乱跳。我们堵上巷口,用枪扫,有的中了弹还迎着我们反冲过来。天哪,真可怕,它们一边流血一边跑。好多狗跑出镇子,往南,往山里跑。我们联合起来堵截。有一次围住一个山包,往前缩小圈子,一抬头,看见几百只狗昂着头站在山坡上。它们一起看我们,这一回没有一只跑掉,也不逃,我们吓得不轻。后来当然开了枪,几百只狗叫成一片,有的腾到半空,像给打飞了一样。那面山坡都给染红了……"

我们都沉默了。

我像被什么烧灼着,心上一阵阵刺痛。我说:"真不简单,小伙子,真不简单。在你这儿,一切需要暴力、需要用强制手段去对付的方面,都干干脆脆地做了;一切需要胸怀、需要眼光、需要高瞻远瞩才能办到的事情,都搞得一塌糊涂……"我差不多要碰到小伙子的脸了,声音大得有些吓人,"你能否认这是一场屠杀吗?你没法否认!崭新的屠杀,就发生在这里!可是,一切就这样过去了吗?没有!不会这么便宜。一种反击正在悄悄地开始,只要你好好睁大眼睛就会看到。你到医院,你看看有多少人在排队治病,他们横一行竖一行,人山人海,天天如此;你再看看手术台上有多少人在流血，看看病床上有多少人在死命地绞拧。不治之症越来越多，肿瘤医院天天满员，今天一个好友死于肝癌，明天一个熟人因肠癌开刀；我的一个学生前不久还给我送来一盆花，昨天听说他已经查出了肺癌。无数的人患上了肝炎，验血的、做 B 超的要提前一个星期预约。屠杀吧！与大自然的一切生命对抗吧，仇视它们吧！这一切的后果只能是更为可怕的报复！不要胆怯，不要逃遁，来收获自己种植的果子吧！最近，那些热衷于种种屠杀的人据说又有了一个愚蠢至极的可笑举动：阖家迁到镇子北边的小河滩上居住！他们把大街上的树伐光了，堆满了垃圾，如今又要逃了！他们就忘了南风一吹，街心的毒气照样吹到河滩上去，忘了他们身上已经积满了毒素！假使他们逃掉了惩罚，他们的儿孙呢？他们一手糟蹋了我们的镇子，如今倒想一逃了之！可惜这绝对办不到，大自然不会放过他们！凶狠残酷地对待生活、对待自然，必遭报应！你听说这样一个故事了吧？一个人无法战胜他的仇人，最后就在身上缚满了炸药，紧紧地抓住了仇人，然后拉响了导火索！人类身后此刻就紧紧跟随着这样的一个自然巨人，他的身上缚满了炸药。我们跑吧，跑吧，躲避着他要命的手掌……真的，我总觉得大自然与人类决战的时刻就要来到了……"

我说着，说着，不知何时流下了滚烫的泪水。泪水流下脸颊，又流进密密的胡须。

我看到小伙子站起来，眼睛里也有两汪泪水。他看着我，木木地站着。他的身体突然像秋秸一样疲软，两手抖着，肩上的枪一下子掉在地上……他感激地点了点头，转过了身子。他推开了门，跨了出去。

我捡起了地上的枪，追出门去。

"小伙子！你的枪！枪……"

我大声地呼喊。他没有回应。我再一次呼喊。

有人在摇动我的肩膀。我猛地睁大了眼睛，看到了身穿睡衣的妻子。她用手来擦我的泪水，说："你梦中喊得好响。你哭了。我听了都有点害怕……"

我一下坐起来。我说："我总算把杀狗的人劝阻住了，他刚刚走。"

妻子苦笑着："这是一个梦。你一直在睡觉。"

是的。一夜的辩解，没有目标的辩解！我推开了被子，走下来……太阳从窗棂射进，通红通红。我不知怎么急于到院子里看看我的狗——我相信它这个夜晚会像我一样睡得很糟。它的温暖的小窝就垒在院子的一角，是我的杰作。我向它小心地走去。我惯于在它清晨睡熟时去逗弄它一下……我走过去，低下头去看它。我身上抖了一下——这是真的吗？

它闭着眼睛，眼前是一汪凝住了的血。它昨夜被人杀掉了！刀痕在脖子上，刀子插得很深、很准……屋子里，爱人和孩子在说笑，他们在笑我夜里说梦话……我的眼泪夜间流过了，因此这会儿没有再流。我轻轻地把它托起来，像托一个孩子。我小声对它说："我对不起你。我没能保护你。我现在才明白，原来这一次已经不需要通知，也不需要辩解了……"

1987 年 7 月

致不孝之子

尽管我对家里人、对你都隐瞒着什么,你们也知道我在这里待不了太久。那一天到来时,你不会吃惊,只会悲痛。悲痛就足够了。我已七十多岁,可以了。

原说你秋天回来,现在看不能了。也好,纸上谈吧。我有些憋气,当面谈断断续续反而容易遗忘。随想随记。我这一生、我与你、你今后,合在一起想。

作为一个失意的父亲,我想我培养了一个陌生的儿子。你很特别,很争气,太好了,好得不像我的儿子。

我曾经给你带来了少年的磨难,和许许多多的、长时间的羞愧。可是这些后来又成了你的资本。现在我老了,秋叶已落,难免感慨。你在大都市,终于远离了父亲的土,回头一想,会庆幸得欢喜。我像你这般大也不在土上,也从事体面的职业,小有名声。我的厄运有一多半是自己找来的。结果换来饥寒辛苦的大半辈子。我们全家因我而穷困,这是我的欠和恩。

荒疏了文字，失去了文化，让你后来轻视。是因为辛苦的生活让我难以兼顾。你有个好脑子，刻苦，会成。你想让命离我更远，就拼力。走了，成了，越来越远，我不敢认你这个儿子了。

日夜回想许多，都关于你。很难过。我自知无力更改你什么了，还是记这些不废的废话给你，权作遗产。它会告诉你：我总算像个父亲那样，在最后日月里，认真想过你了。

简单一句话：你使我失望、痛心。有时很愤懑。想给你最后命个名，又找不到合适的字句。用个老旧易行的说法吧：你是个不孝之子。

"孝"字蒙了一层灰，还毕竟是个好字。不孝就不好，是对长辈不行义，等于无良知和叛卖。

我的指控在左邻右舍眼里极难成立。看来你已无可挑剔：嘘寒问暖，寄钱物，接我去住。你待我很好。

可我总是觉得你不孝。

这是个固执的印象，这时要真实记下，存个心情给你、给我。

你看到此不要以为人老迈了，心衰意迷，加上长期疏远文字，不知"dog"是狗之类……其实我并未糊涂。你之不孝，也包括对我逐年轻视。不关心我的想法，不看重我的意见，把我视为一个物质主义者，只用满足衣食之方代替一切，搪塞一切。

你不愿与我讨论人情世事。我偶有提示，你即滑过。这是对父亲的精神怠慢，形同欺辱。

你太匆忙，每天有无数学问要做，有那么多名流要过往，在学术上成了精。你读过的书、特别是外文书，比我当年多上十倍。看着你一边结领带一边用眼角瞟公文包，我很气愤。

你误以为这是老年人的孤寂以至嫉妒心理作祟。这回你错了。我虽走入老境，却已抵达安静，害怕打扰，只想留下更多自己的时间。干什么？用来忆想。忆想有快乐。

我的时间并不宽裕。我与一些老年人不同，很忙。人一生奔波，只为了心上的积累。我到了使用积累、自我犒赏的时候了。要不是因为你，我会活得更好。是你的不孝伤疼了我。

因为你是我的儿子，我必须牵挂你。我还爱你。絮叨即是父责。

在你这个百年不遇（至少在我们家是如此）的成功者眼里，倒霉的父亲一生没什么可自豪的。若有，也仅仅因为生了你这么个聪明儿子。错了，我自豪，但不是为你。忆想中自豪感多多涌来。

不是我少年得志的"成就"，也不是青年的辉煌。当然美誉不少，你母亲不失时机地爱上我：这一点最有助于我的幸福。还没有踏入中年我就走了下坡。尔后一路跌落，坠入深渊。去农场、隔离、蹲监，直到多年劳改。最后——遣返。

我感激她与我一起，并且一生忠诚。

忆想之中，自豪感就从下坡路上生出，越来越多；伴随它的有苦，有屈辱，有疼。可是都没能淹没自豪。

你懂事之后目睹过我的苦。我在泥里趴着做活，病中雨中雪中，都要做……大雪天被驱上街头扫雪，与其他"异类"一起。这一幕，多么令你羞辱。

我自知坎坷的由来。我对投向的煎熬可不能悔恨。因为在大多数时间里，我知道这是必然结果。也就是说，我是在一种自我把握之中受苦的。

当年，一开始，要摆脱这些，就得重找做人之路。这不能。

那一天逼讯直到深夜。下半夜三点了，他们再一次让我签字做诬……我拒绝了。这是个开端。你对这段历史已经听熟了。

类似场景不难遭逢，人人如此。

我做过的，很简单。不过是求个真实无愧，不做诬而已。一点也不深奥。结果也就苦难临头，也就自豪。

看上去我败了，一贫如洗，殃及全家。实际上我胜了。我是险胜。胜者，活得像人而已。

我如今就为这一生的不断险胜而自豪。

儿子，你险胜过吗？

大约与年轻和磨损有关，我多多沉默。一起住时，我亦如此。这或可加剧你之误解，你认定父亲眼浊心钝，早无热情。有时提笔忘字，向隅出神，进而加重你之误解。你将父亲看成一个只需安度晚年、与世无争的人。他已无是非感，无激动，更没有你们过量吞服文明药者之敏感。是也，非也。

我提醒你想想父亲的过去、父亲为人的性质。质不变，其他亦不变。

你的交往、学术活动，言行内外，皆不避年迈的父亲。这是你的疏漏。我几次与你讨论，你总是不屑于多谈，瞒哄而过。这又是你的大疏漏。

你不知我正看着你呢，心里除了哀痛，更多怜悯。我的目光，是射向儿子的光，是充满惊讶的光，更是投向平民之子的光……

不，你个是平民之子。我再斟酌，要否认这个说法。因为更真实更准确点说，你应是来自最底层——平民之下者——的儿子。

接下来不由得深长思之：这样一个儿子又该生成什么模样？

自问中，我想抓住症结。

这样一个儿子，有什么权利，没有什么权利，与其他儿子又该有何区别，不可不想个分明。

你经历磨难甚多，看过磨难甚多，为了喘息，为了活，当年和亲人手足并用，挣扎到流血。你已不凡。后来呢，你当多多行善。远离恶行邪念，该是本能。

你生在地狱，所以尚不能称作"平民之子"。

"平民之子"即应自我苛刻：平民之子以下者呢？

你从地狱之隙挣出，对这个世界的奥妙污脏凶险，无所不知。再聪明曲折的书生，在你眼里也形同傻子。你把嘲笑收在心底。

这或许不错。不过无论如何，你也无由丢失纯谨。

那天你与同伙吵得我难眠。细节不甚清楚，但我知道你们要做点什么。最后议定你来执笔。因为寻到了更有权势者或更有用者，你要进击自己的导师了。他视你如兄弟手足，且已百疾缠身。但你执意要做，硬了心肠。

接下去要寻个堂皇理由，再搬弄时髦的词儿，借以吓人的名义。其实都无济于事。

类似的关节、场合还有许多，不再一一。

总之你太精明，人海中避害趋利，游刃自如。宦路仕途，文墨生涯，学术人生，陷坑累叠，你懂得不是太少而是太多。可叹小小年纪。

异常苦难之童年少年生活会教导出两类：一类更善，一类更凶。人若恐惧，就会一生屈从、苟且。人若挺拔，就会升华自身，不再畏惧。

你则过于惧怕，怕蹈父之覆辙。

覆辙不好。但不能因此而行亏，而加害他人。

那一夜我想得太过遥远。我想：仅此一分好处在诱惑，你就能对导师落井下石；如果几十倍大的利益涌来，你能否用不太痛苦之方杀死亲母？我全身战栗，汗出如豆粒。

日常中，你的一些聪巧多具有如上性质。我注重性质的分析。

你因胆怯心虚，总要设法拢一伙一帮，寻找安全快意，并假设道德支持。也罢。无效无益。

挺拔之人、清洁爽气之人，从不如此。

我只见过群蝇而没见过群鹰。

你母亲在四十年前，即我遣返土上之前，有机会更有理由离去。慕她者不止一人，个个运气强我十倍。她很美丽。我劝她走，她说："闭嘴。"

她先是等了我许多年。后来我们一起回了。这一场没头没尾的煎煮、超出想象的野蛮欺辱，两人都在一块儿受。

吃了半辈子薯干，玉米饼是精食点心。她像村里妇女一样用蓝布包头，扎上围裙，到沟里寻柴草。她学会了炖薯干。刚开始常常烧焦，我笑，她哭。她说自己真是个无用之人。

她在煤油灯下缝补。她多么美丽，更打动我的，是她的心性之美。

我想起她的去世就难忍悲恸。那病是生你时落下的，时好时坏。有多少辛劳愁苦等着他。你碰伤了手，她哭。你被同学打破了头，她哭。你因出身不能升学，她哭。

你不会忘记母亲那一头白发。

你只要回家晚一点儿，她都站在村头树下等。我等不及出去找人，老远先看见那白发在黑影里飘。

你可能要说，世上所有母亲都是这样。也许正是。不过我总觉得，其他母子是分开的，而你一直是母亲连着的命，是她接着长的命。当她设法把生命之汁一点一滴注到你身上后，她就死了。

我对下一代的恩情，不及她万分之一。

那个秋天，早晨，是十月末，老天反常地下了一场雪。她离开了我们。

你一直不解，我为什么不随你搬至城里。你厌恶这个屈辱不祥之地。我理解。不过我没有离去之念。

有土就活人。我活下来了，老伴入了土。我得守着有她的土。这地方让我舍弃知识，沤我磨我，几十年了，耐性和用心让我费解。我剩下的工夫不多了，就留下解它吧。我得守着有她的土。

你就得来回跑路。你做得像个孝子，大包小裹回乡探亲。街坊们站在那里瞅，分享荣耀。瞅与不瞅大不一样，乡亲的眼光比别处——世上任何一处的目光都沉。这重量你全部收下了。

你过去在地上爬、全身泥巴时，你们见过。什么都见过。这是归来人、体面人的一忌一喜。你的穿着各处、身份名声，他们也一一见过。你满足欣悦，心里也不能不傲。

想起那个旱天，你不足十六，被打发去田里抗旱。人长得又瘦又小，这样的都去看水。可是他们偏要让你扳辘轳。你连水斗都提不稳，央求也没用。是心里的犟劲儿帮了你，硬是做下去。从一大早做到半下午，你实在难挨，手一松，辘轳柄打破了头，血染了脖子。你还是挣着爬起。

你在那口半枯的井上苦做三天。第四天井筒酥泥塌了，人差点活活埋进。辘轳和水斗埋上了。领工的头儿骂你、踢你，还说你是什么人的子弟，故意破坏一口水井……围上的人没几个敢说句公道话，只看你糊在身上的血土。

人的残忍、不公至此，已无话可诉。那一夜我用盐水给你洗了伤口，熬一瓢薯面咸粥分食了，上炕睡觉。我想你妈许久。她离去难说不是福。可是余下者还得活。活吧。

那时你在田里、在学校，最怕听的几个字就是父亲之名，怕被斥为什么"子弟"。你常常打抖，像害冷。这证明着我的亏欠。我又证明着谁的亏欠……

无语无方，忍着熬着。寒冬一到人更苦，父子都去深翻队。沟底结冰，沟沿遮去你的头。你把冻土铲到沟畔，铁锨举到一半，土块就砸到头上。我给你做一双草靴，极大。我之拙手只会做这双草靴了。靴帮缝了生猪皮，防水。

每天天不亮爬起，去工地。你说不起了，再不起了，趴在炕上哭……还是穿上铁硬的生猪皮草靴，迎上顶头风走了。口袋里塞了干粮，是地瓜窝窝。

顶头风夹沙带雪，至今响我耳边。

儿子，也许这辈子再没那样的顶头风了。你那个冬天给吹得胆寒，就一生背过身去。

我说了，这些乡亲都见过。

你心底慢慢生出个结：混好了，回见江东父老。

这个结把你盘住，害你一生。

那天你提上公文包匆匆离去，想不到我会逐字推敲那几页纸。老花镜许久不戴了，为了心静。你把几页纸遗在桌上，想不起我。我说过，我失去了文化。可我并未失去其他。纸上的概念术语已不易懂。但一目了然者，是你过于偏嗜复杂烦琐，其实终究只为遮去一个简单：能否存一丝勇气，或可不卖良心？

我一生见识粗臭文字可谓多矣，不愿你再续作。直看得我手足俱冷。

你在家中、在朋友间津津乐道于某某人之赞扬。大可不必。你显小了。其实仅从心智而论，你也该存个警觉。对来自利益之人的提携，犹要疑惧。

昨天常让你羞愧难当。其实何必。它不过是命中一劫。将其抽去，人生即中断。你难以割绝昨日，用力也是枉然。

我在阵阵喘息憋闷中苦苦想去的是，我已无望看到更远的去路，不知你之终点。我也不知你缘何走到时下一步。

知识既不害人，血脉又无劣痕，余下的全是困惑。空气中有一种元素腐蚀了我的儿子。肯定如此。它漫漫无边，无声无息，浸染始终，无坚不摧。

可是真正的人宁可贫困艰难至死，也要一如鹰隼，伸开双翅击打空气。

这些豪言殊为多余。仅有不可回告的隐语，用明白的声气传出。它是关于魂灵之隐语，隔代相悟也未可知……

人老了好比走近。走近了定数，也走近了谜底，人愈平静。想起有后人，有个接续，又复走远。焦虑就如此这般生出。

你长成这副模样我心不甘。

入夜，倾听自己粗重喘息，自知末路已至。

我梦见最多的还是你的母亲。醒来不胜伤感。她左边一绺发上有一支卷丹花，灿烂灼目。这是误记。她生前从不如此——许是在另一世界焕发欣悦，盼念与我相会。时候真也不早。

关于生母的记忆，你该有许多吧。她之温柔善良、美丽、忍耐，都达到个极数。我爱她，今日愈爱。我在日常苦寂中，相依相扶中，无意间被她进一步教导。这些都留在忆想里。我晚年的岁月只靠她温暖。

生母会给人不息之力。我那次去城里，所遗下的物品中有一件竖条衣褂，肩部襟上都有补丁，针脚密密。我是把它还你。想你不至扔掉。

你的妻子扔掉也等于你扔掉。她是个水性孩儿，随和、清澈，你要对得起这样天然的生命。

我私下还为这外姓孩儿难过呢。

我家对她有亏欠……她应随从更优良的人。

年轻时我常把美好一面显露给爱人。为了这深爱。久而久之，我在变好。这算个报答，她对我，我对她。不能忍的日子太久，可庆幸者唯有我与你母亲一起。

居城时，我见你偶尔迁怒于妻。多半为世俗物利所急。她对你比其他贵重十倍。无疾即福，要善待家人。

你太机敏。这些年，你这样的青年多起来了。这是时代之不幸。我预言一下：只要人类还期望好好活下去，时代就最终不会属于你们。时代也会慢慢设法，伸出看不见的手。人们从前纵论经济，常说"第三只手"云云。世道人心，大概也有"第三只手"吧。

你给我钱物，让我"安度晚年"。老人，伤心几至绝望，如何"安度"……

无非是个"有知识的蠢人"。卑微者之精明首先葬送自身，而后污浊世界。时人敏捷许多，你精明人亦精明，一举一动尽收眼底。

我儿勿躁。笃定沉思。

要朴素真实地做人。要有耿直之美。

我想告诉你的是：真理这东西还是有的。

你活着感激谁？谁给了你生命并使之延长？追根究底，也不得不认定：真与善使人生，假与恶使人灭。孝，就是感念回报。古往今来，一切背弃真善的行为，都是不孝的行为。

诚然，如上的话并不能阻止你精明地笑或恼。

但我说过，我要在纸上记下来。

记下来留与你。你看了能长一分也好；扔掉，也会知道我想些什么。

1995 年

赶走灰喜鹊

失学了，一天到晚在荒原上游荡，像丢了魂。总要做点儿事情啊。不上学就要干点儿事情啊。

我常在一片葡萄园外边闲逛。这个园子可不算小，四周都围了栅栏。

我在园边走，不时往里看一眼。栅栏内，一个脸色发黑的人正提着裤子煞腰，看也不看我。他望望西北天咕哝："你这小子成天瞎窜，干脆到我这儿来吧。"

我以为他在逗人，没搭茬儿。这个人五十多岁，很老的样子，一说话就咳嗽："咳，咳咳！你这小子，咳！我这里的活儿才简单，这么说吧，只要有副好嗓子就行。"

我听不明白，问：

"你让我干什么？"

"让你穷吆喝。"

"你逗谁？"

他走出栅栏，揪揪我的耳朵，坐在土埂上。他说自己叫"老梁"，说着又咳：

"葡萄熟了，咳，灰喜鹊妈的——就来了。一颗葡萄啄一个洞，咳，只吸那么一点儿甜汁……葡萄就是这么完的。你见灰喜鹊来了，就给我赶跑。咳！咳！"

说着两个巴掌在嘴边围个喇叭：

"哎——嗨——哎——嗨——"

我乐了。"这么简单——一天多少钱？"

"我以前雇别人干过，八角——八角钱怎么样？"

我心里高兴，嘴上嫌少："八角五分吧。"

"就是八角。"

他说完背着手就走。

我僵了一会儿，跟上了。

灰喜鹊晚上不来，所以我只有白天才干。天一亮我就在葡萄园里走来走去，喊。开始的时候我到处找灰喜鹊，一着面儿就破嗓大喊。后来觉得这样真不轻松，也费眼，就简单些：每隔一段时间出来喊上两嗓子。

更多的时间是玩：吃葡萄，看螳螂怎样往葡萄架上爬，看小鸟怎样在葡萄叶间蹦跶。一般的鸟不伤葡萄，只吃虫子。益鸟。

我把灰喜鹊吓得扑棱棱满天乱窜。可怜的，再也吃不上葡萄了。它们的嘴巴真馋啊。它们太馋了。

天刚蒙蒙亮我就到园里来。灰喜鹊起得比我还早。我一大清早就亮开了嗓门。我刚刚十六岁，有一副脆生生的嗓子。我喊了一早晨，口渴了就吃一串葡萄。老梁和他们那一伙要等到太阳升起才钻出草铺子，一出来就甩下外衣，把葡萄笼搬来搬去的。他们干活头也不抬。他们这一下省心了，专门有人为他们轰鸟了。

有人问老梁："把灰喜鹊用枪打了算了，省得轰了又来。"

老梁说:"不行。上边说了,咳,益鸟。它们只不过在葡萄熟的时候犯贱。再说枪子也伤葡萄啊。咳!"

太阳升到葡萄架上,阳光透过葡萄叶一束一束射到脸上。身上开始暖起来。园里充满了香气,香味直往鼻子里钻。各种鸟雀都叽叽喳喳唱歌了。它们可真能唱,乱唱。灰喜鹊就在葡萄园边的大树上栖着,一动不动。它们真精。有人说它们在心里打算盘,在那儿拨弄"小九九儿"。我能看见它们灰色闪亮的羽毛,看见圆圆的小头颅偶尔一转。它们在互相端量,在合计事儿。大概它们早晚也会知道:我只喊那么两嗓子,碍不着什么事的。

它们偶尔在树上一阵骚乱,从一棵树跳到另一棵树。那一齐展开的翅膀就像一片灰雾掠过树梢。它们眼瞅着这么红的葡萄,一嘟噜一嘟噜的,怎么能不馋?我也馋。我进园子之前常常馋得睡不着觉,何况是鸟儿。

想是这么想,还是没法儿让它们来一块儿吃葡萄。

老梁他们不停地忙。很怪,他们就不太吃葡萄。

当我起劲喊的时候,老梁就看我一眼。

我喊来喊去的样子多少有些让人发笑吧。有一次他走过来说:

"小子,你喊的时候要把腮帮子鼓大。"

我不解。

"这样,鼓大,劲儿就全在嘴上了。"

我觉得这可能不是好话,没有理睬。

"真的,你看着我。"

他双手拢住嘴巴,腮帮子鼓得老大,发出了响亮的"昂昂"声。那声音听起来又闷又沉,像牤牛。

"这声音传得才远。劲儿全在嘴巴上。你那样喊,劲儿用在这里哪——"他手戳喉头以下的地方,"咱俩一块儿喊上两天,你的嗓子哑了,我的嗓子还好好的呢。"

"那就让我哑。"

"八角钱呢。你靠嗓子吃饭,伙计。"

我心里一动,觉得老梁不错。

太阳把葡萄园映得一片暗红,一天的劳累就快结束了。黄昏时分灰喜鹊开始静下来。它们不来啄葡萄了。其实趁黑来啄谁也不管。我想那大概是因为它们眼神不济吧。它们飞到树林深处,几乎是贴着荒原飞的。太阳把最后一束光线收尽,我也踏着一片茅草往我们家的小屋走去。

夜晚的葡萄园不需要我。可是有时我在家待不下,要不由自主地走向它。我只想一个人到处走。

我顶着星星来到葡萄园。老远就听见老梁他们在笑。走进草铺,闻到一股浓浓的肉香味儿。老梁见了我,筷子敲着小瓷盆:

"你这小子最有口福,咳,来吃口野味儿。"

原来他们煮了一锅肉,几个人正围着喝酒。老梁让我喝了一口,我呛出了眼泪。老梁大笑。几个人你一口我一口,合用一个黄色粗瓷缸。当瓷缸转到我这儿时,我偏要呷一口。不知转了多少圈,瓷缸里的酒光了。我全身燥热,脸烧得慌。老梁说:

"脸红了。"

其实老梁自己也红了,连喘出的气都是酒味儿。

"怎么样,八角钱挣得容易吧?"

我没作声。老梁说:"有人不让打灰喜鹊。要不是这样,咳,就没你这差事了,美差。"

老梁摸着胡须:"其实呢,话又说回来,念书有什么用?你去念书,咳,八角钱就没了。白天在园里吆吆喝喝,晚上再跟我们喝酒,这多好。"他把旁边的枪抄起,瞄着说,找个像样的夜晚,他要领我们抓特务去,那些家伙呀,都是海里来的!

"真有特务?"

"那东西可多啦，"老梁抚摸着枪托，"我这枪可是登了记的。它是武装哩。上级说那东西（特务）很多。到时候我要领上一伙人，咳，一左一右包抄上去。"

"他们从哪儿来？"

"从哪儿来？"老梁的嘴巴朝海上噘了噘，"水上来。那些家伙一人脚上绑一块胶皮，咳，扑哒扑哒就过来了。上级说只要是从海上来的东西，不用问，照准打就是——都是特务。"

"那么拉鱼的人呢？"

"拉鱼的人咱哪个不认识？听口音就行。咳，说话咕噜咕噜的，就是特务。咱当地人说话你还听不出来？再说他们脚上也没有黑胶皮呀！"

面前的老梁皱起眉头。

这个夜晚，离开老梁我没有马上回家，一个人在葡萄架里走了许久。葡萄遮住了星光，到处黑乎乎的。这夜真静。脚下是凉沙。我坐下，背倚在葡萄架上，一串葡萄像冰一样垂在后脑那儿。转一下脸，葡萄穗儿就挨在了脸上。我抱住这串饱饱的葡萄，将它贴在眼睛和鼻子上；我嗅着，直到胸口那儿一阵阵灼热。

一直往前，出了葡萄园就是丛林和草地。夜晚的海潮声真大，还有远处传来的拉网号子。

我很少独自在夜间走这么远。都说林子里有狐狸，还有一些谁也叫不上名字的古怪东西。它们都能伤人。它们和人斗心眼儿也不是一年两年了。

但这个夜晚我想的只是另一种东西：特务。我此刻真想遇上那么一个人。我想看看他是什么模样——为什么要历尽辛苦，穿过层层海浪，脚绑黑胶皮到这片荒滩上来？这里究竟有什么在吸引他？他就不怕死吗？

我站在黑暗里，想得头疼。

我闭上眼睛，仰脸喊出了长长一声——

"哎——嗨——"

这突然放大的嗓门把我自己也吓了一跳。

回到家已是半夜。真想不到会着凉：黎明时分我的嗓子疼起来。倒霉，没法去园子里赶灰喜鹊了。

我两天没有到葡萄园。这天一见老梁他就讥讽说：

"真不中用。动动嘴巴就能累病呀？"

我像驱赶灰喜鹊那样迎着他喊了两嗓子。他赶紧捂上耳朵躲开了……

不久之后的一个晚上，老梁果真兑现诺言，领上我，还有那个高颧骨黄头发的人，一块儿去柳林里找"特务"了。

深夜，柳林里一点儿声音也没有。我们摸索着往前，全身发紧。老梁小声叮嘱：可千万不要弄出声音来啊。

月光朦朦胧胧。我们不时地蹲下，从树空里往前望。什么也看不见。可是老梁后来却看见前边有一个黑乎乎的巨影。他口吃一样说：

"那是？"

"什么也……没有。"我想我看到的只是一棵笨模笨样的老树，树皮就要朽脱了。

他让我们蹲在原地，他自己凑得近一些。他一直往前摸去。后来，突然枪就响了。巨大的回响，满林子都是混乱，是嘶叫。那个黄头发的人赶紧点亮了火把。

天哪，跑到跟前才知道，刚才看到的巨影原来是落了一树的大鸟儿，是灰喜鹊！这会儿它们惨极了，撒了一地的羽毛和血，叫着拧着……我蒙着，老梁一边说"快快"，一边从腰上解下个口袋。地上有的鸟儿还在挣扎，老梁就拧它的脖子。

我那个晚上吃的原来是灰喜鹊！

我僵在那儿。地上的鸟儿都收拾进口袋了。他们揪我，我不动。老梁把我按蹲下，说："待这儿别动，多停会儿，等它们落下稳了神儿，再……"

老梁大气也不出一声蹲下，伸手去衣兜里摸烟。那个黄毛小伙子像他一样闷着。

我身上的血涌着，腾一下站起。老梁又把我按下。我往上猛一跳，大喊了一声。我一声连一声喊：

"哎——嗨——哎——嗨——"

那声音可真大，林子里到处回响。灰喜鹊开始四处飞窜。

我跑起来，一边跑一边喊。我不止一次跌倒，爬起来再跑。我不顾一切地喊啊……

老梁骂着追赶。我再一次跌倒时，他揪住了我，立刻捂紧我的嘴巴。我狠力挣脱。他的脏手像铁笼头一样罩在我的嘴上。

这只腥臭的手啊，我咯嘣一声咬了它一口。

"我的妈呀，啊呀手……疼死我了，手完了……"

他蹲在地上拧动，抱着手剧抖。

我拔腿就跑。我没命地跑。他缓过劲儿肯定会用枪打我。

我磕磕绊绊往前，憋住一口气跑出了丛林。

一出林子月亮立刻大了。我大喘着，一低头才看到身上有血：许多血。摸了摸，没有伤。是他的血。

老天，刚才我下口可真狠……

月亮天里，丛林里一群群飞出灰喜鹊。老天，它们都随我出来了。我敢说从来没有看到这么多的灰喜鹊：呼呼掠过头顶，简直把月亮都挡住了……

1990 年

鱼的故事

父亲也被叫到海上拉鱼了。他大概做梦都不曾想过会做这么有趣的工作。他那张被山风吹糙了的脸总是挂满愁苦，现在接受了这个工作，满面微笑。他一穿上发下的油布衣服，背起拉网用的带横棍的细绳，就兴冲冲的。

我也觉得有趣。我沿着父亲的足迹穿过大片草地和丛林，去海上看那些拉大网的人。

海上没有浪，几个人把小船摇进去。随着小船往海里驶，船上的人就抛下一张大网。水面上留下一串白色网漂。小船兜一个圈子靠岸。剩下的事儿就是拽住大网往上拖，费劲地拖。这就是"拉大网"。

网一动，渔老大就呼喊起来，嗓门吓死人。父亲，所有的人，都在他的呼喊中一齐用力。

天并不热，可是拉网的人连一点儿衣服都不穿。只有父亲下身绑了一件汗衫。

拉网人细绳搭到粗缆上，再把棍子横到屁股上，用绳扣拴住。

老大喊号子，大家随号子嗨呀嗨呀叫，一边后退一边用力。

网里一定兜住了很多鱼，网有千斤重……

大网慢慢上来了，岸边的人全都狂呼起来。我这是第一次看到怎样从海里逮到这么多鱼，第一次看到这么多活蹦乱跳的鱼一齐离水，看到这一霎奇景。各种鱼都有，最大的有三尺多长，头颅简直像一头小猪。有一条鱼的眼睛睁得老大，转动着，一会儿盯盯这个，一会儿盯盯那个。我相信它懂事。

所有鱼都在海上老大的吆喝声中被网包抬起，倒在了不远的一片苇席上。席子旁早排好了长队，都是赶来买鱼的人。他们有的推车，有的担筐。鱼不值钱，买鱼的扔下一块钱就可以随便背鱼。

几个老头从渔铺里钻出，手拿网兜，把喜欢的黄花鱼挑出来。

拉鱼的人可以松闲一会儿了。大家都赤身裸体，谁看谁都一样。父亲笑了。他和他们差不多。人人身上都是黑红色，是太阳把他们弄得差不多了。他们坐在一起喝鱼汤。鱼汤这样做：拣最肥的鱼当当剁成几大块，扔到锅里就煮，什么作料也不放，直接用海水煮。连盐也免了。

我们围看的几个孩子被熬汤的老头叫过去，每人舀给一大碗。我们端着碗跑开了。

拉网的人各自从角落里搬出一个酒瓶，一边吃鱼一边喝酒。大家都去敬海上老大。老大几乎尝遍了所有人的酒，一会儿就有些醉了，在海滩上蹒跚，唱起了难听的歌——越难听越有人为他叫好。父亲木着脸。

父亲没有酒。一个长络腮胡子的人从另一个人的手里夺下酒瓶让父亲喝一口。父亲看他一眼，接过酒瓶，先抿一口，然后一仰脖子喝一大口。他咳嗽，脸也红了。

后来我就常常看到父亲喝酒。他跟母亲要钱买酒，母亲不给就自己搞。他制了一个挺好的葫芦，弄到零酒就倒进去，然后用一个玉米芯塞住，夹在腋下。

父亲从海上回家时常常满脸酒气。母亲很忧虑。他满不在乎。我觉得父亲这时变得不那么讨厌了。我也喜欢酒了。酒能让一个人变。父亲常要捎回一些鱼。那是海上老大对拉网人的犒劳。拉网人每人都有一个大网包，那里面装了鱼和器具，甚至是衣服。他们真辛苦，每天要拉好多网。有时候半夜还要拉一网。那就要在海上过夜。

我也钻过他们的渔铺。那是一个深陷地下的土坑，上面用海草搭了架子，架子上胡乱扔了一些玉米秸和废旧渔网。到处腥臭熏人。拉网的人像鱼一样挤在一块儿，拼命打鼾。有的人晚上起来解溲，没地方下脚，就踩着人的屁股走。好多人一边打鼾一边叫，互相伸手狠拧。我不知叫的人里面有没有父亲。

早晨要拉"黎明网"，这网最重要。这时也是海上老大最精神的时候。他像赶牲口一样把渔铺里的人全部号醒，催他们快些快些。

小船蒙了一层霜。撒网的人用衣袖把甲板上的霜擦去，然后蹦上小船。有的胡乱上船，霜立刻在脚板下融化。他们嘴里发出"夫夫"声，喝酒抵挡寒冷。不停地喝，等到船往回返时，每个人都醉了。醉汉手脚分外灵快，像跳舞一样摇橹，往水里唰啦唰啦扔网。奇怪的醉歌飘到岸上，岸上就大声叫好。他们也不怕吓跑了鱼。鱼实在太多了。

岸上的人穿着棉衣，光着屁股。拴网绳了，喊号子了，领头喊的人两手伸得像大猩猩一样长，一举一举大喊。海上老大就高兴这样。号子里常要掺杂一些坏词儿。父亲也跟上喊，额头冒着汗珠儿。

多少鱼啊。鱼多得让人骂起来了。

家里没有粮食吃。有时一个月吃不上一次玉米饼。玉米饼闪着金黄色，馋得人直流口水。母亲只吃糠窝窝，有时也让我们和她一块儿吃糠窝窝。父亲提回鱼来，一家人赶紧围上母亲飞快洗鱼，就用清水煮，放点儿盐。

吃鱼吃得嘴巴发酸，再好的鱼也比不上玉米饼啊。可是母亲说："你们不做活，吃鱼就行。你爸要拼劲干活，让他吃玉米饼吧。"

父亲从来没推辞过。唯一的一块玉米饼被他三口两口吞下去。尽管肚子不饱，他也不愿端一碗鱼吃。

父亲在海上学会了做一种毒鱼。这种鱼身上全是蓝斑，肚子发黄。它样子就可怕。可是父亲学会了怎样对付它。这种鱼肉最鲜，可偏偏有毒，毒死的人数不完。母亲一见它就吓得叫起来，说我们无论如何也不能冒这个险。父亲把衣袖缩起，用一把小刀剖开鱼肚，然后分离出什么，把鱼头扔掉。用清水反复冲洗，又将鱼脊背上那两根白线抽掉，说："没事了。"母亲喘着把鱼做好。

一种奇特的鲜味飘出。

真好吃。这才叫好吃。

父亲从酒葫芦里倒出一点酒，让我和母亲都尝了一小口。这天晚上愉快。碰巧父亲第二天用不着起早上海，不急睡。他还唱起了一首拉网的歌。母亲为他缝补衣衫。这晚上我胆子大了，伏到父亲背上。脊背热得像炕。

父亲唱过了，摇摇晃晃走到院里。我跟他走出。月亮真亮，没有多少星星，天瓦蓝瓦蓝。整个野地里听不到一点人声。这时我才想起：我们这座孤零零的小屋盖在了荒野上。丛林里，猫头鹰一声一声叫。对我们，它可不算坏鸟。父亲手按胸膛凝望远方。他准在想什么。

这晚上，我从他身上闻到了鱼腥味。

这一天父亲从海上回来，天还没黑，人喝得烂醉。他一头栽到了屋里，肩上的网兜空着。原来那网兜斜扣在肩上，就这么拖拉着回来了。母亲说：

"你顺着他的来路，去把鱼和衣服找回。"

我挎着筐子出去。出门不远就是一条小鱼。这条鱼还一动一动。每走几步都会发现一条鱼。它们都藏在草里。我能听到一种吱吱的声音。我也怪了，能听见鱼叫。它们藏在哪我都知道。茅草扒开，里面准有一条鱼在动。

我往前走，两脚在茅草里蹚，鱼儿碰到我的脚就顺势往上一跳，在半空里把它捉住。只一会儿我就把父亲丢掉的鱼全捡回了。一件脏衣服也被我找到了。

父亲常把海上的欢乐带回，又差点全部抵消。这次父亲又捎回几条毒鱼，扔在地上就睡去了。母亲仿照父亲上次那样把鱼剖开，从头全做一遍。还是鲜气逼人。美吃一顿。

一个多钟头过去，我有点晕。真的晕了。接着我看见父亲全身抖动，手指像按在一根琴弦上，又颤又揶，嘴里吐出了白沫。母亲比我们好一点，脸也黄了。她抱紧我和父亲，说："我不是故意。我不是。你知道我不是故意的——你信吧？"

父亲嘴唇变青。他咬着牙点头。

母亲让我看住他，要去请医生。

父亲摇着头。

这里离最近的村落也有几十里路，我们去哪儿请呢？母亲明白来不及了。这时我觉得手脚都一阵抽疼，想站起，一挪步子就跌倒。我咬着牙爬几步。母亲摇晃过来，我们扶在一起。母亲说："到外面采一点木槿叶，采一点解毒草。"

我往外连爬带跑。草地上全是一样的草棵，根本分辨不出有什么不同。这些草棵像是向我伸来，抚摸我。我低下头，它们就摸我的眼睛，头发。一会儿又像火焰一样烧我的脸。我叫了一声。妈妈跟来了，拍打我："不要紧，不要紧，慢慢找。你睁大眼看。"

母亲已经采到了一株解毒草，她先嚼碎一些，吐在我嘴里。我们继续找。原野在眼前变成一片紫色，又变幻出更奇怪的颜色。整个原野都有一层紫幔，下面像有一万条蛇在拱动。它不停地抖、舞，升上来。一道紫幔升到我的腰部、颈部，眼看就要把我覆盖了。我沉在紫色布幔下边，挣着，两手去揪幔子边缘。我像溺水的人那样喊，手脚勒住了。我不能挣脱。我想起了妈妈，睁大眼找。四周一个人也没有。我喊，不知喊了多久，才听到一阵脚步声。

我躺在小茅屋里，旁边是父亲。母亲坐在那儿，旁边的碗里是捣成稀汁的解毒草。她说："孩子，你说胡话……"

我觉得好了。

吃毒鱼后一个多月的晚上，外面起了大风。风很大，搅弄得整个荒滩不得安宁，各种大声使我害怕。我睡着了，接着就梦见一条小鱼。好俊的小鱼。它打扮得像一个小姑娘一样走进了茅屋。母亲把她抱到怀里，给她梳理透明的头发。真漂亮，除了有两个鱼鳍，到处和人一样。我扯着她的手在院里玩，一起逮蝉。母亲对她特别好，给她玉米饼吃；母亲让她住在屋里。

后来我才知道，母亲想让她做我的媳妇。我不好意思。不过，幸福啊。

她说她要走了，但是还会常来小屋。

我说："你不要走了，你的家在哪里？"

"在大海里。"

我想起了，她是一条小美人鱼。看来平时人们传来传去的话一点也不假啊。

走前她告诉：她的爷爷、奶奶、哥哥、弟弟，所有的亲戚都给海上老大逮来了。他们死得惨。她让我求求岸上人，求求他们住手吧。如果他们做得到，她就可以嫁到岸上来。

我哀求母亲答应她的话，哀求母亲去找海上老大，和父亲一起。

母亲答应了。

小鱼姑娘又来了。她哭着，告诉我：他们还在捕鱼，海里那么多姐妹再也看不到了。她实在是没有办法了，所以刚才路过渔铺的时候，给好多睡觉的拉网人腿上胳膊上都扎了红头绳："我把他们扎住了，他们就不能下海了。"

梦做到这儿就醒了。我觉得像失掉了一个真正的朋友，竟然哭了。

父亲睡得正香，被哭声惊醒，推我一下。母亲赶紧把我抱到怀里，问怎么了，我就告诉了这个梦。母亲没有作声，看了父亲一眼，哄我睡下。

天亮后父亲要到海上去，母亲让他小心一点儿。她把我的梦告诉了他，说："孩子梦见好多拉网人都给扎上了红头绳。"

父亲瞥了母亲一眼，走了。

后来我才知道：那天父亲把我的梦告诉了海上老大，老大只是一笑。

那天傍晚风息涛平，老大就让小船出海。想不到一场风暴突来，出海的五个人就在人们的眼皮底下跌进了狂浪。他们无一生还。

父亲跑回来嘴唇都紫了，双手抖着跟母亲讲了风暴。

母亲一句话也没说，只直眼盯着我。

这就是鱼的故事。我再也忘不掉，一直没忘。尽管许多人说那只是一次巧合……

1990 年

仙女

先得说一下这个环境。我虽然多次说过，但现在还得再说一遍。这是个临近大海的荒原，在十几年或更早的时候，肯定比现在荒凉得多，也许没有人烟。到处是灌木林子，除了冬天之外，整个荒原总是浓绿一片。远处有高大的凸起，像山峦似的，那就是乔木林了。无论是乔木还是灌木，我相信都是野生的。它们从不需要照管。与它们天然一起的，就是那些数不清的动物了。它们也是野生的，也不需要照管。

需要照管的是我们自己，以及我们人后来弄出来的东西。比如新栽的果树、饲养的鸡鸭、猪之类。

我们一家是从很远的城里迁来的。当时这片荒原很可怕，方圆几十里可能只有我们这一座茅屋，我们竟然也敢来。刚来时只有外祖母和母亲，坐了马车。我一生都佩服她们。我们的小茅屋四周是一片小果园，这肯定也是她们开出来的。我记事时小果园就换了主人，它已经属于后来出现在荒原上的一个园艺场。

因为国家发动人们改造荒原，栽了一片又一片果树，并且盖了一排排红砖房；几年以后又盖了一幢红砖楼。这一切相加，就是园艺场。我们家尽管离砖楼还有几里路，但也属于园艺场的界内了。

管理小果园的任务由园艺场工人承担，只两个人。他们在小果园东端搭了座平顶泥屋，住下了。

园艺场是很大的。但它比起整个的荒原，简直算不了什么。它被无边的树木所包围，我深知这一点。夜间，到处是野物的啼叫声，它们在撒欢或吵闹。它们的夜晚等于人的白天，高兴，不休息，要劳动。我因为它们而喜欢夜晚。

那两个工人一老一少，老的叫"贞子"，长得细高，不到五十岁，可是脸上已经皱纹密布。他总是穿一条厚厚的蓝帆布裤子，夏天也是如此。他有一支枪，很大很大，筒子上堵了一块洁白的棉花。少的叫"小奇"，个子只达到贞子胸口那儿，也不胖，成天沉默寡言，皱着眉头。他额上有一条又深又长的横纹，一对眼睛又大又圆，黑亮逼人。他只是不说话。

我对贞子有些惧怕。对小奇也有一点。但日子长了，我觉得小奇可以做个朋友。他与我毕竟接近一些。我太孤单了。我想跟他说点什么，可是母亲说："他不说你也不说吧。"

我发现小奇跟在贞子后边，一声不吭。贞子背着枪，嘴里咬着一个拳头大的紫红色烟斗。这烟斗是他冬天休闲时，蹲在小泥屋灶坑跟前刻制的。小奇一声不吭，皱着眉头。可是偶尔，在大家毫无准备的时刻，他会突然放开嗓子大唱。

那是奇怪的、尖亮的歌声，谁也听不明白。啊，他的嗓子太响了，大概他的发音器官是铜做的。歌唱时，他的嘴巴张得又圆又大，像一个黑洞。我在光亮处迎着这嘴巴看过，什么也没有看到。这声音把我的全身都震动了，让我不知如何是好。

正唱着，猛地就止住了。

刚开始，大树上飞来一只又蓝又大的鸟，肥肥地蹲在那儿倾听；

歌声的突然终止使它失望至极。它怏怏地飞走了。

贞子忙着手里的活儿，对一切毫不在意。他，还有小奇，都对我的存在不理不睬。

我对外祖母说了自己的苦恼。外祖母说："他们是大人，你别缠着他们，他们累。"

贞子和小奇每天为果树剪枝，修土埂水道，只有洒药的时候才格外忙一些。更多的时间是玩：去河里海里捉鱼，到林子里打猎。他们捉的鱼吃不了，就一串串晒在泥屋前的铁丝上。夜晚，他们在泥屋西边樱桃树旁的白沙上支起一个小铁锅，煮起了东西。锅里有花生、地瓜，有时甚至有鱼、苹果。他们什么都敢煮。

我对外祖母说过他们怎样煮东西，外祖母说："光棍汉就这样。"

有一天，半夜了，我突然听到有人叩门。一下一下，轻轻地，像是有些怯。我要起来开门，外祖母点点头。拉开门栓，我啊了一声。

站在门外的是小奇。他说借一点盐。

我多么高兴。我拿着盐就跟他跑开了。樱桃树旁的小锅子咕咕响。贞子操着手说："就缺盐了。锅开了，一找盐，没了！"

这天晚上我们一起吃了煮好的东西。他们不让我离开，挽留我。啊，我第一次吃到了野外煮出来的东西。它们有着奇怪的鲜味儿，让人不会忘记。

吃过了东西，天已经很晚很晚了，大约是下半夜两点左右吧。贞子开始讲故事，故事有头无尾，但很诱人。小奇不吭一声。我听到的故事大多无法复述，因为太简短太琐碎，有时三两句就完了。"一个乌鸦要过海，飞，飞，掉到了海里。""穿黑衣裤的老人用枪打狐狸，狐狸说：'我是你舅舅。'他不信，开了枪。回头一看，舅舅真给打死了。"就是这么短小。

贞子的故事很难说就是讲给我听的，因为他卧在白沙子上，说话时眯着眼，谁也不理。

后来我问过小奇："你们晚上总这样讲故事吗？"他摇头："不。""那为什么一下讲那么多？"小奇把脸转向我："为了你的盐。"

我心里一阵感激。我不太怕他们了。

有一次——大概是那个夜晚之后的十几天的上午，小奇的衣服撕破了。那件半新的条绒衣服让花椒树的尖刺划开了一道大口子。他哭了。我跑回去告诉妈妈，妈妈就拿着针线出来，很快就给他缝好了。不久，贞子用镰削一根棍子，不小心把左手割了。血一流出来，他就抓一把细沙面往上敷。止不住。我跑回家拿来了药水和布条。

这就是我们一家帮他们的事情，都不太重要。可是他们对我们笑了。以前不笑，也不说过多的话。我知道这里面有个原因。

父亲在南山工地上。在很多人眼里，那是个非常可怕的人。

从此我可以更多地与他们在一起，度过长长的夜晚。秋天，园子里各种水果都成熟的时候，我可以吃任何一棵树上的果子。

我从来没有在近处看贞子放枪。这是很大的遗憾。小奇见过，他说那支枪能打到很远很远，那是园艺场最有威力的一杆枪。"有它我们什么也不怕。"小奇说。

夏天为了风凉，贞子和小奇就爬到屋顶上歇息。有一个木梯，是贞子亲手做的。我也到屋顶上去，那儿有更多的风。由于离星星近了，它们很亮。

通常，他们要在吃过晚饭，到处一片漆黑时才爬上屋顶。可是有一天太阳还未落贞子就爬上去了，伏在那儿，死死地盯住北方。一连几天都是这样，贞子在那儿搂着枪，迎送黄昏。

小奇蹑手蹑脚走近我，对在我耳朵上说："你能保证吗？"

我不知道保证什么，但还是肯定地点点头。

小奇于是告诉：已经很久了，贞子和他发现了一个秘密、一个非常奇怪的事情。有一天黄昏，贞子先爬上屋顶，躺在凉席上。他不过是随随便便往北看了一眼，一下子呆住了。天快黑了，不过树林、沙岗子，一切还看得清。就在北面那座沙岗的半腰上，有一个女孩骑着白马——雪白的马，女孩也穿着雪白的长裙子，头发披散下来……

　　我身上有些发紧，一动不动地看他。

　　"女孩顶多十四五岁，看不见脸，她的背向着这边。好像她要打马翻过沙岗，又好像故意站在半腰上看什么……贞子叔不敢转眼，也不敢回头叫我，不敢吸气了。第二天晚上、第三天晚上，我都和他在一块儿看。那个女孩再也没有出来。天黑了，我们还是看，因为白色的东西在夜间也看得清……第四天晚上，又挨到天乌黑，风也刮起来了。突然贞子叔伸手一指说：'看！我一抬头，天哪，就在北边沙岗那儿，有一道白光唰一下过来了……'"

　　"肯定是她吗？"

　　"肯定。那时候她鞭打快马——贞子叔也这样说。快得像打闪……"

　　"你看到她的脸了吗？"

　　"没有。只是一道影子……"

　　我的心扑通跳。我惋惜极了。我盼望那个女孩能回过脸来。她该让我们当中的一个看到她的模样。不知为什么，我想她大概就是那个仙女吧？

　　外祖母说过：每个地方都有自己的"仙女"，不过人是看不见她的。

　　每天黄昏我都要登上屋顶。我卧在贞子和小奇旁边。这种聚精会神的等待显得太漫长了。贞子把枪放在一边，掏出那个大烟斗吸起来。他的眼睛一刻也没有转向别处。我不明白的是他为什么要把枪也抱到这儿？难道他想打"仙女"吗？要知道这是整个荒原上唯一的一个"仙女"啊！

一连多少天过去了。她没有出现。

有一天我在屋顶上睡了过去。不知睡了多久，醒来时发现贞子和小奇蹲在那儿，默默对看，浑身打抖。我问他们，他们什么也不说。

过了好长时间，贞子抖抖的手才去摸烟斗。他点火，怎么也点不着……小奇的嗓子哑了，这使我好费力才听清他在说什么："刚才，就是你睡着的那会儿，骑马的女孩又出现了，还在沙岗半腰！"

"哎呀！真的？怎么不喊我起来？"

"我们呆了，忘了……她这一回转过脸来了，盯直地看了我们一会儿。我们都给看蒙了。"

我身上发冷。我口吃起来："她，她是什么样子的？"

"比画上画的还好看。她俊极了，俊得让人不敢正眼去看。她那对眼睛啊，黑亮黑亮；她那披在肩上的头发啊，有好几尺长。白马老老实实站着，缰绳牵在她手里。她点头笑了笑，轻轻一抖缰绳，白马就飞起来，一下蹿到了沙岗那一面。天黑了，留下一道白光……"

我吸了一口凉气，转脸去看贞子："是吗贞子叔？"

他使劲吸烟，点点头。后来他把双手擦在粗帆布裤子上，大概手上有很多汗水……

接下去的日子里，我们每天都在黄昏前的一刻爬上屋顶。可结果总是失望。我们再也没有看到女孩的影子……

我变得不怎么说话了。我总在想骑白马的女孩。贞子和小奇都是诚实的人，他们是绝对不会开玩笑的。

贞子和小奇从那以后就心事重重了。他们互相对视，有时一块儿转脸看我一眼，然后低头做事。

后来，我无数次地到沙岗那儿去——这样的机会总是很多——与外祖母去采药材、打野枣；入园艺场子弟小学后，与同学一起翻越沙岗到海边上……我总觉得有一双黑亮的眼睛在什么地方注视我。

当我盯着一个地方出神时，妈妈或外祖母会问我怎么了？我摇摇头。

我从未说过在我们身旁，有人真的见过这片荒原上的"仙女"。但我心里好不容易知道了，有关"仙女"一说，可不是传说，而是真实的存在。这个认识将跟从我一辈子，这对我非常重要。

仙女乘坐在白色的闪电上，总是不期而至。她是这片荒原上的灵，与荒原同在、同生。她会照拂这里的人，特别是苦命的人吗？

我希望从妈妈或外祖母嘴里听到关于她的什么。我装作若无其事地听故事，心里却在紧张地捕捉她的行踪。我固执地认为每个人心里都装了一两个隐秘，不愿示人。妈妈和外祖母她们经历了多少事情，怎么会没有呢？但她们像我一样，只是将那个隐秘压在心头。

因为每个人心里都需要有点什么。

冬天来到时，园艺场总要歇工。这个季节是妈妈待在家里的日子。大雪纷飞时，我永远有说不出的高兴。大雪传来一个好消息，告诉我们小茅屋的人，把火炉生旺、大炕烧热吧，一家人围在一起，可以有许多许多悠闲的日子啦。雪噗噗落下来，除了几只麻雀在院里起落，到处都安静极了。

外祖母早就把埋在屋后的木炭掏出来，点燃了一个旺旺的火盆。火盆摆在炕桌上，整个屋子暖极了。木炭当初烧制得好，这时火盆不冒烟气，只散出香喷喷的热气。木炭是柞木和柳木制成的，是外祖母在平日烧饭时顺便烧成的，留给最冷的冬天。

妈妈找出一些软软的纸铺开，外祖母给她磨出一些颜料。冬天里要作画，这是我们家固定不变的节目。妈妈每在这时心情好极了。外祖母抄着手看着，有时还要注意一下身旁的我。我的心在愉快地跳动，注视着妈妈伸出的画笔。妈妈的手因为在果园里劳作不息，手指上已经有了茧子。可是她握住的笔还是那么灵巧地在纸上活动，兰花、鸟、竹子和梅，都一点一点生出来了。

整个过程我都在旁边看。可是我一声不吭。我常常想，总在想的，是同一个问题。

我在想我的"仙女"……

1997 年 5 月

鸽子的结局

我和弟弟有过一个好朋友,他就是荒原人肖贵京。

肖贵京是个四十多岁的汉子。那时候,有人在离我们家不远的地方开垦了一块葡萄园。当葡萄结出来的那年,园子当中就垒起了一个平顶小泥屋。荒原人肖贵京就住在里面。

肖贵京有一支很长的土枪。那时候我和弟弟常去找他玩。他对我们很好。我们觉得他是世界上最好的一个陌生人了。他不仅给我们葡萄吃,还在夏天点上篝火引来知了,用油煎了给我们吃。那种香脆的滋味让人久久不忘。

有一天他的脸色突然变了,阴沉着,见了我们也不爱搭理。

我问:"肖叔叔,你怎么啦?"

他不作声。弟弟问他也不作声。他在门槛上坐了一会儿,又站起来。我想,一定是发生了什么事。后来我们就不问了。又停了一会儿,他主动告诉我们:

"昨个晚上,我在屋顶睡觉,看见了一个女鬼。"

"什么？"我们都愣了，喊起来。

谁都知道鬼是很吓人的，也知道那是一般人绝不可能碰上的事。肖贵京真的遇上了，这让人觉得无比恐惧又无比诱惑。我们详细询问起来。他告诉我们：为了能把葡萄园全都看在眼里，就要在屋顶摊开行李睡觉，天冷了再回到屋里。夜里他总是睡一会儿就睁开眼睛，四下里瞄一遍。他的枪一直放在行李旁边，担心火药被露水打湿，总是用被子盖住。他说：

"我晚上被冻醒了，起来看星星，估摸是半夜。这时候突然听见了喔喔啦啦的哭声。往北一望，见一个头发披散的人，穿一身白衣服，一边哭一边跑。她好像往大海那边跑。她一直背对着我，越跑越远。"

我说："那你怎么不开枪？"

他摇头："鬼是打不得的。再说我的枪也打不到那么远。这个鬼，我想是海里淹死的。你们不知道，有一年一艘客船从大连往龙口开，是个冬天，船在半路炸了。成百的人都掉到海里，一挨上浮冰就冻得不会动了……第二天好多人去赶海，看到海潮推上来很多死人，就把他们埋了。从那以后每到半夜什么声音都有。有哭有笑，有男有女……"

天哪，肖贵京的话多么吓人啊！

我们不敢看他。又停了一会儿他说："这个女鬼以后还会来的。"

我和弟弟十分好奇，尽管害怕，还是想和他一块儿过夜。

到了晚上，我们像过去一样点亮篝火，把小铁锅用油擦得锃亮。弟弟往葡萄架旁的杨树上摔石头土块儿，树叶哗哗一响，上面的知了迎着火光就扑下来。

我们还一块儿享用他打来的一些猎物，那是野兔之类。他煮了一锅肉汤。吃过了晚饭，我们就踏着木梯到屋顶上去。肖贵京让我们分开躺，因为三个人在一处会把屋梁压折。屋顶颤颤悠悠的，真的随时有倒塌的危险。

我们等啊等啊，露水把头发全弄湿了。没有一点儿奇怪的迹象，只有天空传来的大雁咕嘎咕嘎的声音。猫头鹰在远处叫着，报来不祥的音讯。天上的星星一齐瞪大眼睛。

肖贵京把枪搂在怀里，枪口直指北方。

这一夜就这样过去了。

第二天晚上我们还是爬上屋顶，结果仍旧没有什么事情发生。肖贵京怀疑那个女鬼是怕我和弟弟。他若有所思地拍着脑袋说：

"嗯，可能是这样，你们两个火气太旺。要知道，阴间的东西最害怕阳气足的人。你俩在这儿，她也就不敢出来了。你们明天晚上不要来了，我自己等等看。"

第三个夜晚，我和弟弟没有去小屋，可是悄悄藏在了葡萄架下。我们暗中看着他踏着木梯上了屋顶，像打伏击一样搂着枪趴在那儿。我们一声不吭。有好几次我嗓子痒得难受，好不容易才把咳嗽忍住。大约到了深夜两点左右，屋顶上趴着的身影突然动了一下，接着我们都看见了他的枪口在慢慢移动。我们屏住呼吸，知道他在瞄准。可是这枪筒往上扬着，扬着，最后竟然朝着天空放了一枪。好大的声音啊。我们大叫一声从葡萄架下蹦出来：

"怎么啦？怎么啦？"

肖贵京不作声，从木梯上抱着枪下来，怕冷似的抄着手说："她又出来了。你们什么时候来的？没听到哭声吗？"

我们都说："没有。"

"我打了一枪，她一下就没了影儿。哎呀，这荒滩上什么事儿都有……"

我和弟弟对视着，半晌没有说话。

从那以后，我们再也不敢独自到荒滩上走了。不过我们有时还真想去碰见那个女鬼。我们不知道那时候她会怎样，她会说话吗?

有一段时间我们打着可怕的主意,故意在近一点的荒滩上游荡。我想,我是不会怕她的。她会和我们和平共处,说不定还会告诉我们那次大船怎样出事……

这一年冬天雪特别大,前一场雪还没有化掉,后一场雪又来了。新雪覆盖旧雪,天冷得要命。荒原人肖贵京没有离开小土屋,他是个单身汉,没有别的地方可去。他在屋里支起一口小铁锅煮东西吃,吃饱了就出来给葡萄培点土,做一些可做可不做的小事,剩下的时间就藏在小屋里。他常常在雪地里踏上一行脚印,提回一串猎物。他把土炕烧得滚烫,煮着肉汤。由于他夏秋时节种了一些白菜萝卜,所以整整一个冬天都有吃的东西。

有一天我们三个在园里玩,一走近小土屋就看到屋顶上落了一只鸽子。肖贵京立刻蹲下,示意我们不要出声。

我看着那个鸽子,觉得它漂亮极了。它也许是孤独才到我们这儿来吧。反正它一点都不怕我们,大大方方看着我们三个人。

正这会儿,肖贵京轻轻扬起了枪口。我在关键时刻飞快推了一下——扳机扣响了。由于是霰弹,所以尽管打偏了,那只鸽子还是受了伤。它没有落下来,歪歪斜斜飞着……

"追!快追!它飞不远,它伤着了!"

他领着我们跑,绕过几行葡萄架。那个鸽子还在艰难地飞着,看来它伤得不轻。它飞得很慢,飞一会儿就落在雪地上,等我们跑近了再飞。有好几次肖贵京都想开枪,可总嫌离得太远。我们在鸽子停留的地方看到了血红的雪。鸽子的血像人血一样。

谢天谢地,鸽子离我们越来越远了。它飞到了一片槐林里。

肖贵京骂着往回走去。我们随他来到小土屋里。他的脸一直阴沉着,我们就离开了。

当我们穿过葡萄园时,积雪已经把裤脚弄湿了。弟弟走了一会儿，突然站住了。他建议我们去把那只鸽子找回来：

"它流了那么多血，这会儿肯定飞不动了。我们去槐林吧。"

我们调转方向，向那片槐林走去。

一路不知跌了多少跤，浑身都被雪粉糊住。那片槐林里有好多灌木和草棵，被大雪覆盖了，常常把我们绊倒。有一次我倒下去，手上扎了酸枣棵的尖刺，鲜血一下染红了一小片雪，就像鸽子的血一样……

这片槐林并不大，我们仔仔细细从树上和树下找。槐树上结着雪块，风一摇就落下来，掉进我们的衣领里，把我们冰得直抖。

不知找了多长时间，弟弟首先发现了那只鸽子——它偎在一个大树墩跟前，那儿有一团干草。

弟弟小心翼翼地接近，一边脱下上衣——当离鸽子还有一米多远的时候，他猛地把衣服往上一撂，盖住了鸽子。我也跑过去。我们俩按住衣襟，从下面摸出鸽子。当我们把它取出来时，手上已经沾满了鲜血。

它原来伤了翅膀。我们小心地用衣服将它裹好，摸了摸它小小的额头，安慰着它，然后往家里跑去。

回家后我们马上给它抹上红药水，还包扎了一下。妈妈把它的羽毛剪去一点，说："这样它就飞不走了。等养好了伤再说。"

我们每天都要给它上药，喂它高粱和玉米。大约二十天过去了，鸽子的伤长好了。它的食量也增大了，吃得胖胖的。我们全家都高兴极了，连父亲脸上也绽出了笑容，还要抚摸一下鸽子润滑的羽毛。母亲和我们谈得最多的就是这只鸽子。它好像很懂事，在屋里一边走一边咕咕咕咕叫，还时不时地在我们脚边偎一会儿。我和弟弟轮流把它捧在手里，揣在怀里。弟弟还让鸽子的嘴巴对在自己脸上，亲它的额头。

它的翅膀长得像过去一样，又开始拍打起来。它还会飞上天的。

我们给鸽子在屋檐下垒了一个窝，里面铺上了弟弟的一块花手绢。鸽子第一次试飞，打了一个旋儿就落在了院子里。后来它离开我们屋子，在四周盘旋一圈，然后再飞回自己的窝里。

我们有了一只自己的鸽子，这真了不起啊。

我们又到那个葡萄园里去了。肖贵京长时间没有看到我们，似乎有些寂寞，他问我们做什么了？我们搪塞着，隐瞒了鸽子的事。我们突然想起了女鬼，问他怎样了？

"没有了，再也没有了。天冷了，我也不能天天上屋顶。"

好不容易盼来了夏天。这时候我们的鸽子可以飞到很远的地方去了，但总是能按时飞回来。可是有一次它四天没有回巢，母亲急了。我和弟弟简直绝望了。

第五天半夜我被什么惊醒了，爬起来一看，见父亲从窗户上探出身子，划亮了火柴去照屋檐下的鸽子窝。里面还是空空的。我听见了一声叹息。这是父亲第一次和我们一同忧虑。

第六天鸽子回来了。我们全家像过节一样开心，长时间看着它。我们想把它抱到怀里抚摸，可它怎么也不肯。

夏天的夜晚是葡萄园最好玩的时候，我们和肖贵京一块儿爬到土屋顶上，望着无边的夜色。肖贵京怀着永远不能消退的兴致，等待那个女鬼。

他有一次笑嘻嘻地说了一句话，让我吃惊："如果是个男鬼，我早就不理了。"

我当时没听明白是怎么回事，可就是忘不掉。

那个女鬼当时只留给他一个背影，如果她转过脸来呢？她长得好看吗？她是一个女鬼，但能不能再变回平常的人呢？她善良吗？这一切都无法回答。

肖贵京问我们："你们两个敢到海滩上去？敢在那儿玩到很晚吗？"

我们互相看看:"怎么不敢?我们就玩到很晚,玩上一个通宵。我们在月亮底下能跑老远老远,穿过大片林子,跑到海浪跟前……"

肖贵京摇摇头:"你们不怕遇上她吗?"

我说:"不怕。"

虽然这样说,但知道是说了假话。我们自从知道了女鬼,就再也没有跑到荒原深处,没有在夜间跑到海浪那儿。

这个夜晚肖贵京的话很多。他告诉我们,护秋的光棍汉里,就有人常年在野地里睡觉,最后还交往了女鬼。"她们当中还真有好的。她们可不像传说那样拉着长舌头,也是人,和人一样;只不过她们在夜间活动,不在白天活动。有些光棍汉就和女鬼住在小屋子、草铺子里,到了夜间和她过日子,到了白天就一个人孤单。"

我们听得直冒冷汗。他又说了一句:

"那不也挺好的吗?"

我这才明白,原来他有自己的打算。怪不得他总要在屋顶上伏着。这会儿我觉得女鬼不那么可怕了。他说:"女鬼和人不同,她能变成各种各样的东西,比如说一只麻雀,一只老鸦,一只大雁……"

我和弟弟脱口而出:"会不会变成一只鸽子?"

肖贵京的脸一下变色了——他大概想起了那个在大雪天被打伤的鸽子——是啊,那么孤孤单单的一只鸽子,单独落在这个小屋上,难道是偶然的吗?这会不会是她变的呢?肖贵京的手在左胸脯上抖抖地摸索,掏出了烟锅。我们看到有好长时间,他的神色都有点恍惚。

从此以后,我们心中也装了一个疑团。从葡萄园里出来,回到家里再看那只鸽子,怎么看怎么觉得它怪异。我和弟弟下决心不把这个秘密告诉妈妈,担心她会害怕。半夜里,我们常常爬起来,去听窗外鸽子窝里的声音。鸽子熟睡着，没有任何响动。到了早晨，它蹲在窝外，挺着鼓鼓的胸脯。它的胸部可爱极了。我们老想用手在它那儿拍打几下。那个饱满的耸起的胸部啊，只有鸽子才长得出……我想不出任何动物还能比鸽子更美丽。

它跟我们一家人相处得那么好。但是它很少落到我们身上，让我们捧在手上抚摩着亲昵。它总是远远地给我们一个微笑，在小院里盘旋一圈，飞起来。

转眼又是一个冬天来到了。我们还是到葡萄园的小土屋里去。肖贵京不停地在屋里奔忙着，一会儿做一点红薯吃，一会儿又炖好了什么野味。

有一天我和弟弟走到那儿，老远就喊起了他。往常他总要应答着出来，可是这一回任我们喊着，就是没有应声。我们觉得奇怪。门虚掩着，我们用肩膀把门碰开，一下子呆住了：肖贵京抱着枪，跪在小屋的中间，面前是一只血淋淋的鸽子。

"啊？"

我和弟弟一齐喊叫了一声。我们想起了自己的鸽子。弟弟俯下身，扒开鸽子左边的翅膀，接着尖叫一声。我也看清了，那里有一个疤痕！不错，这是我们的鸽子啊。我指着肖贵京大喊：

"你！你打死了她！你……"

弟弟用拳头猛击他的胸脯，骂着，甚至踢他的手。奇怪的是肖贵京抱着枪，仍然跪在那儿，一声不吭。这样待了一会儿，他喃喃着：

"我，我不知是怎么了，听到外面有声音，走出屋子，一看是它，落在屋顶……我就……不，"他说着又否认起来，"我的手按在扳机上，只是想吓唬它。我实在不想打下它。我不想打下它。我知道它不是一般的鸽子，不是。我心里明白是她变的……可是我手一抖，扳机就响了。我敢发誓，这不是我扣响的——我的手还没挨上，它就响了……我的手指到现在还没挨上扳机啊！我发誓……"

"胡扯！骗子！胡扯！"弟弟骂起来，满脸泪花。

我把鸽子捧起来，挨上胸口。它的血顺着我的衣服滴下来。

黄昏时候，我们三个在葡萄园里走着，找了个最好的地方把鸽子埋掉了。我们给它立了个小小的坟尖。

从那儿以后，我觉得这片无边无际的原野上少了一个灵魂。从此我们的荒原就变成没有魂灵的、死寂的一片了。

我们的荒原将慢慢地死去，这一天已经不远了。

1990 年 2 月

怀念黑潭中的黑鱼

　　这片黑色的沙土，需要多少墨汁才染成！几十年过去了，它颜色如故。后来人不会知道，在几十平方公里的棕壤和沙滩之间，为什么会有这么一大片黑色的沙土。

　　我却清清楚楚记得，就在这个地方，在这儿，原来曾有过一个黑色的水潭。正是水潭毁掉的那一天，它才把四周的泥沙染黑。

　　多少年来，那片黑色的清水潭常常闯进我的梦境，闪动在我的眼前。我还记得小时候一整天在潭边徘徊，看潭中穿梭的黑鱼。它们有木炭条似的身体，晶亮晶亮的眼睛。这水太清了，所以它身上的片片鱼鳞都看得清楚。

　　这个水潭就在我们小茅屋西北的一座沙岭下边。它什么时候形成，如何生成，又为何没有在松松的沙土上渗掉？今天看这都是谜了。在这片无边的荒原上，类似的谜还有很多，只是没人探寻罢了。

水潭两边长了些野椿树，每到秋天，大霜把野椿树的叶梗染得通红。树叶慢慢脱落，有的落在潭里，有的落在岸边。我们捡椿叶玩，把它编成一顶帽子戴在头上，学各种动物啼鸣……

水潭边有一些枯朽的木桩，上面常常生出一些蘑菇。把刚生出的采走，不一定什么时候又有了新的。这真是一个有趣的地方，似乎对人有着神秘的吸引……这儿沉寂荒凉，除了我和一两个小伙伴，几乎无人光顾……水潭右侧的沙岭有两个凸起，长满了荒草，有人说那是两座坟墓。有谁跑这么远来做两个坟墓？大家都很怀疑。

后来我就听到了关于黑潭的传说。这传说使这儿更加怪异和费解……多年之后，当我带着这个传说来寻找它的遗迹，却只看到一片黑色的沙土时，有一种可怕的惆怅袭上心头。我的脚步变得沉重了。

是母亲把这传说告诉给我。我将来会把这个传说告诉孩子。我会领着他到这个地方来。

如果不太留意，就会觉得这儿不过是一座沙岭、一个发黑的水潭，它普普通通，不过是荒原一景。可是你如果在传说中追寻它的来由，又会大吃一惊……

它是一个神秘的水族留下的痕迹。

很久以前，在沙岭下住了一对年老的夫妇。他们以种田为生。由于土质不好，只能广种薄收。当时的水潭不是黑色，就像平平常常的水潭一样。他们从水潭里汲水浇地。整个水潭四周都种上了花生和菊芋等，略好一点的地就种上了玉米和小麦。两个老者省吃俭用，穿粗布衣服。他们没有儿女，是从很远的地方漂泊到这里的。他们的来路或许有点像我们家——我们也是漂流到此，也有一座孤寂的小屋……

两个老人过着淡泊的生活。有一天夜里,老头子做了一个奇怪的梦。他梦见有一个高高瘦瘦、眼睛鼓鼓的男人向他哀求一个事情。他流着泪水叙说,他们一大家子由于一个特别的缘故,被人从祖居地赶走了。眼下实在没个去处,就请求这块土地的主人,让他们全家在这儿安身。

老人梦中问:"我们这儿怎么让你安身呢?"

泣哭的男人指指那个水潭:"这地方就很好,这就足以让我们一大家子凑合着住了。您老如果答应,我们不会忘记您的。"

"这有什么,你们住就是了。"

那个男人感动得竟然跪下来,再三道谢。

他走的时候,不小心洒下了一串水珠。早上,老头子醒来,第一眼就发现炕下的水珠还没干。他指着水迹,跟老伴叙说那个奇怪的梦。老伴惊讶地拍了一下膝盖,说她也做了一个相似的梦。老头子急急扳住老伴肩膀:"你在梦中答应他了吗?"

"答应了。"

老头子舒了一口气。

他们穿过沙地,直奔水潭。他们一眼就看到水潭的颜色变了:里面有很多黑色的鱼,它们正愉快地戏水。老人想起那个水淋淋的老男人,一拍脑瓜:这是一个水族!他刚要转身,老伴指了指水潭边——

那里有一桌酒菜,旁边还摆了一沓钱币。

他们明白,这是新来的这个家族对他们的酬谢。于是他们就坐下来,在野椿树下吃过了饭,然后又取走钱币。

从此以后,他们就过着非常安逸的生活。每逢节日,梦中那个老者总是再一次出现,向他们千恩万谢;第二天,水潭边又会有一桌丰盛的酒筵。这样一晃就是一年。

有一天,一个出海的渔夫路过了水潭,一眼就发现了潭里的黑鱼。他对老人大喊大叫:"这么多的鱼,你们怎么不捉?"

老人摇头。

"我把这些鱼捉了,卖了,一半的钱交你,怎么样?"

老头子还是拒绝了。

后来那个渔夫领了另外三个人来看了,他们一块儿对老人提出请求。老人还是没有同意。

就在这天夜里,那个浑身是水的男人又在梦中出现了,他哀求老人:"我们全家都感激你的好意,你没有答应他们。可是他们明天一早要进水潭,到时候还求你能帮我……"

老人答应了。

第二天,那个渔夫真的带来一帮人。他们带着水桶和捞斗,跳下潭去就要捉鱼。水流只达到他们胸部。可是那些鱼怎么也捉不住,它们灵活得很。捞斗伸下去,它们就很快闪开。

两个老人过来阻止,渔夫就劝导说:"这些鱼捉上来,一多半收入是你们的。到时候你们就可以把泥屋掀掉,盖一座又高又大的青砖瓦房。再说我们也不是一下把鱼捕光,还要留下一些哩,让它们再长,到时候还是你的。你有取不完的财源了!"

两个老人互相看看,都有些心动。渔夫又加紧劝说,他们终于点头同意了。

他们站在岸边,看一伙人捕鱼,夜间的许诺早抛到九霄云外了。

渔夫和手下人使尽全身力气往外泼水。他们想把水潭淘干,可是尽管累得满头大汗,潭里的水却一点也没减少;只见那泼出来的水像墨一样黑,但却清澈得很。这些水泼到渠岸上,立刻染透一大片泥土。岸上的老人看着,这时候捋着胡须一笑。

"我这个水潭,你们才不摸底细。这样就是搞上一年,怕也搞不干的。"

渔夫问缘故,他就指了水潭一角。"那地方斜着下去有一水洞。

那水洞通着地下水脉。不把那洞子堵上，就休想弄干它。"

渔夫立刻让所有人都脱下衣服。一团成球了，再裹些草，潜水下去。果真有个水洞。他把它严严地堵实。

他们拼上劲儿泼水。眼见着水潭里的水一分分减少。半个钟头过去，潭中黑鱼像米饭一样浓稠，不断碰撞他们的腿，发出吱吱叫声。这些鱼又黑又亮，肥硕得很。渔夫提出一尾，看它在眼前挣扎，又抛给岸上的老人。

就在他们伸出捞斗往外捞鱼时，突然听到一阵隆隆的声音，像闷雷一样在地下抖动。渔夫呆住了。这样响了一会儿，突然嗡隆一声，从那个堵住的水洞喷射出一股水柱，把潭里的人全部击倒了。

他们哇哇叫着，面无血色，慌慌地从潭里爬出。

所有的人都呆看着潭里的水漫漫涨起，恢复到原来的样子。几个人就这样怔了一会儿，又恐惧又绝望地离开了……

就在当天晚上，老人在梦中又一次见到了那个水淋淋的男人。他的衣服还像过去那样明亮和滑腻，站在那儿，鼓鼓的眼睛里再也没有一点儿温和的神情。他定定地注视老人："你劝阻不了他们也就是了，你不该给他们出这么恶的主意。你是个没良心的人，你为了一点点好处，就要卖了我们整个家族，你不得好报。"

他说完就消失在夜色里。

老人出了一头冷汗，坐起来，见老伴已经在那儿发呆了。老伴说，她也梦见了那个水淋淋的老者。

第二天早晨，他们起来的第一件事，就是去看黑水潭。到了岸边，他们发现水潭里异常平静。潭里波澜不惊，没有几条鱼。再看看，岸上有一些水珠，还有一条小鱼干死在地上……他们就沿着这水迹走去，一直翻过了沙岭……这个水族在绝望和慌乱中连夜迁徙了。两个人向着它们迁徙的方向追了老远，什么也没看见，只有一地的水珠儿，偶尔还有遗落的几尾小鱼……

半年之后，两个老人衰弱下来，再不久就病倒了。后来他们一块儿死在了小屋里。有人发现他们，就把他们葬在水潭旁的沙岭上。

黑水潭里还有几尾小鱼，大概是那个家族遗留下来的。它们在这儿繁衍着，总算没有断根。

这个传说让我感到惊讶和惧怕。我再回头看这水潭时，就有点战战兢兢了。潭里那些黑色的小鱼变得无比神圣，我甚至不敢长久地凝视。它们如果有记忆的话，就会互相叙说以前的那场劫难。而它们到底由于什么缘故遗落在此，又会是一个不解的谜。

大概就是因为这个传说的缘故，我不记得有人来碰过这个水潭里的黑色小鱼，从没有人在这儿垂钓。也许这些小鱼是那个家族里最没出息的一个分支，因为它们好像总是长不大，也繁衍不多。它们在潭底游动，似乎活得很苦，很寂寞。我很少见它们在里面翻腾和蹿跳，而只是轻轻地游动，就像人蹑手蹑脚行走一样。

这以后再去看沙岭上的两个凸起，就相信那是两个坟堆了，里面埋着两个背信弃义的人。

我曾经在母亲的指点下，沿着那个水族撤离的方向——据说是从两个坟尖之间穿过——往前寻找它们的踪迹。一路上荒草漫漫，丛林茂密。我只是在这条奇怪的路线上，看到了很多野花。它们香味扑鼻，三三两两盛开在一片绿色里。我甚至觉得那是一些很久以前遗落在草尖的鱼儿，是它们的魂灵变成的。花芯就像鱼的眼睛，又圆又亮。我不敢去折这些野花。

这条路直指太阳沉落的方向，而那里正是浩瀚的海洋。我心中得出结论：黑水潭里的鱼从那时加入了海洋……

剩下的一个问题就是，它们最初是从哪儿迁到黑水潭来的？那儿又有一种什么力量驱赶他们呢？那里也曾经发生过一次背叛吗？如果是那样，它们那时一定是彻底失望的……

看着这两个被荒草覆盖的坟尖，我心底泛出深深的厌恶和怜惜。这两人直到最后也难以洗掉自己的耻辱。这耻辱太大了。它不仅仅属于他们自己，而多少也属于前前后后、所有在荒原上居住过的人。

二十年后的秋末，我在旧地寻找那一片红色的野椿树。我渴望在一片银霜上踏着落叶走一会儿。凄冷的秋风吹乱了头发，挡住了眼睛，再也望不见那两个茅草覆盖的坟尖，望不见熟悉的丛林和草地——这里的一切都不复存在了，只有一大片发黑的沙土……

如果是其他人，他将永远也解不开这片黑土之谜。但我会永记它的来由。

我蹲在这片黑土上，细细地捻着土末。我渴望从土中分离出一点什么……

这片黑水潭里最后的一些小鱼归于何处，就不得而知了。但我对现代人的仁慈是从不抱奢望的。记得一次路过山区水库，那儿的人竟然使用黄色炸药捕鱼。轰一声闷响之后，无数的鱼翻起白色的鱼肚，浮在水面上。他们只需用一个浅浅的罩网，就把它们收到船舱里去了。

不过由于那个传说的缘故，由于两个坟尖在那儿耸立着，当年还没人敢染指黑水潭。今天，只要我们活着，那个故事就应该传下去，让那一点点恐惧存留心中。这样对谁都好。

这片失去了水潭的黑土能断绝一个故事吗？不，它只是暂时地掩埋了。

我在这儿徘徊，不忍离去。

黑水潭和黑鱼永远不会从我的心中消失。它们构成了我童年的一部分。那个远离我们的水族，不知现在如何。

我渴望在梦中与那个水淋淋的男人相会,这当然是非分之念。我们已经永远不值得信任了,它再不屑于和我们交谈。它与我们已经毫无共同语言了。

那个清清的黑潭是大地的眸子。我相信在它闪闪发亮的日子,会清晰地看到人世间的一切。在它南边的丛林中有一座小茅屋,那儿也生活着一些漂泊者;他们常常到潭边来徘徊,来寻找……

我白发苍苍的母亲哪,黑水潭曾经多次映出过您的身影。尽管岁月无情地摧残了您的面容,但您还是那么美丽。您要为这个不幸的茅屋操劳,要等待远方那个人……

您是多么不幸。您一次又一次到黑水潭边,您来寻找什么?

我,一个流浪归来的儿子,来寻找什么?寻找什么?

1988 年,1990 年

旧时景物

　　我想，应该趁着自己头脑还算清晰，尽快把小时候那座茅屋周围的景物记下来，这很重要。我到了老年需要回忆，或者我的孩子有兴趣了解这些事物，比如我在什么地方出生，那里有些什么，都该有个准确的记录。我觉得这是生活中不可荒废的、极其有意义的事情。

　　我们的茅屋在林子里，那是草地和丛林；林子里有一位老爷爷亲手开出的一块土地，有一些果树。茅屋东边是一条不知什么时候就已经存在的水渠，南北流向，总是有水。渠道两边生满了青苔、水草，当渠水旺盛时，它们就全部蒙进水里去了；水退下，水草又像老人的胡子一样露出来。好多大鱼就在水草底下藏匿。

　　记得有一次我发明了一个崭新的捉鱼方法：把柳条篓子对在水草上，然后像梳头发那样，用手指梳理两下水草，猛地一提篓子……水从篓子缝隙哗哗筛掉，剩下的就是活蹦乱跳的几条鱼。这多有趣。我小时候用这种办法捉了很多鱼。

　　渠上有父亲做成的、供我们一家行走的小木桥。它实际上是两棵死去的柳树做成的。两棵树并在一起才一尺宽，所以我们走上去就要小心翼翼。母亲说，你们小孩子不能在上面走，一不小心就会跌进渠里。她坚决拒绝我到渠的另一边去玩，因为那里是更密的杂树林子。穿过那片杂树林子需要一两个钟头，然后会看到一片开阔的草地。父亲虽不提倡我过桥，但并不阻止。实际上我的脚一沾小桥总是一溜飞跑。我想，即便是独木桥也难不住我。我甚至可以手脚并用搂抱着柳木，像一只熊那样，把身体整个挪在桥下攀过水渠。

我曾顺着水渠往北走了很远，探索过它的终点：它原来在离海十几公里处往西北方流去，汇入了芦青河。

东边的杂树林子十分诱人。就在那儿，我采到了许多野生的小香瓜，甚至是西瓜。西瓜的个头一般都长不大，比人们专门种出来的要小一点。可是偶尔也能遇到一个大西瓜，让人惊喜得跳起来。我记得摘过一个脸盆那么大的瓜，差不多都抱不动了。林子里有许多野花，除了母亲之外，没有谁能叫得上它们的名字。这些花真是各种各样。有一种叫卷丹的花，橘红的花瓣开在一尺多高的花茎上。有时候整整一大片林中空地上都长满了这种花。我把花折下来，扎成一大束，像持一个火把一样，高举着穿过一片又一片林子。

小茅屋北边是一座白色的沙岗，它的半腰沙土洁净细润，连草都不生。这样的地方玩起来是最有趣的。沙岗顶部长满了荆棘，再往下就是稀稀落落的桃树和杏树——它们都没有嫁接，是野生的，所以结出来的果子个头又小，味道又怪异。每到了杏子发红的时候，我的采摘也就达到了高潮。那时候我的牙齿好，不怕酸，一天要试吃十几种野果。

茅屋西边是一些高大的杨树，它们伟岸笔直，是我至今为止见过的最漂亮的杨树了。它们长得不密，每棵之间的距离大约是十几米，中间就是稀稀落落的灌木。我记得有两三棵杨树上都筑了很大的喜鹊窝；树半腰的洞则是啄木鸟，还有别的什么鸟做成的巢。我约上几个伙伴，伏在灌木丛中，当看到进出窝巢的鸟儿叼着食物，就知道里面有小鸟了。那时我们要耐心地再等些日子，估计里面的小鸟快要羽翼丰满了，就爬上去掏取，养到我们的笼子里。这些小鸟给我的童年带来了无穷的乐趣、时喜时悲的心绪。我不记得顺利地把一只鸟养成，它们不是毁于老猫就是绝食而亡……

那棵最高的杨树上是一个大喜鹊窝，引人神往；但我们中间没有一个人能爬那么高。后来从远处那个村子里来了一个稍大的男孩，叫永利。他脸上长满了粉刺，个子不高，大约要比我们一伙大四五岁，浑身发黑，是个最能爬树的主儿。

一天中午，他就要和我们一块儿完成一件盛事了。在那棵大杨树底下，他脱了衣服，只穿着一个短裤和一件薄薄的背心，然后就往上爬。他像青蛙那样，大腿横着两边分开，脚板夹住树干一蹬一蹬往上挪蹭。我们在下边为他叫好；后来见他爬得太高了，必须仰脸去看时，又为他捏了一把汗。他很快就接近了树冠，那时候我们才松了一口气：树冠枝杈多，他可以扳着枝杈，像蹬梯子那样往上攀了。他终于站直了身子，头部和鸟窝差不多快碰到一块儿了。他用一只眼睛去瞄窝里的情景我们想他肯定看到了一些漂亮无比的小喜鹊，因为这之前不止一次看到它们的母亲叼着食物往窝里飞；大概一会儿永利就会给我们取出一个个又跳又叫的、黑白花的小喜鹊了。

正这样想着，突然从一边的树上响起一阵粗哑的鸟叫，接着两个很大的喜鹊扑过来。我们马上想到这就是小喜鹊的父母。它们扑过去，令人吃惊地直迎着永利冲去。永利发出哎哟哎哟的声音，肯定被啄中了，他在扳着树杈往下撤。可是他必须一点一点滑下来——他的境遇特别糟糕，谁也帮不上他。那两只喜鹊竟然不顾一切地用长嘴去拧他的头发。他一手护脸，另一只手紧紧搂着树干。好不容易从树冠那儿滑下一截。可是两只喜鹊并不放松，还是鸣叫着往前扑。我发现永利的什么地方被拧破了，哀号一声，再也顾不得那许多，两手一松，像蜘蛛那样顺着树干唰一下滑到树底。

我们赶紧围过去。他疼得仰倒在沙土上。

他的肚子上被树杈划开了又深又长的一道血口子：大约有一尺多长，通红通红，与他粗糙的、黑色的肚皮形成了鲜明的对比。我们吓得尖叫起来。他躺在那儿，闭着眼喊。我们想：他肯定会死的。

又过了一会儿他才睁开眼睛。我们扶住他。这时伤口浅的地方开始凝住了血，深的地方还在往外滴。他用背心捆上伤口，然后在我们的搀扶下一点一点往前走。

那天是母亲给他包扎了伤口，伤口上擦了许多草药做成的绿汁。

永利就这样受了伤。很久以后，直到他长得胡子很硬、有了一把年纪的时候，回忆起过去的事情，他还总是不顾周围有多少人围看，直接解了腰带，把衬衫卷起来，让大家看他肚脐上下那一道长长的、灿然发亮的伤疤。他抚摸着它，像抚摸着往事一样，脸上露出无比欣慰的神色。

茅屋南边是一片连一片的野榆树。这些榆树长得都不太大，但是很密，里面藏了一些龌龊的动物。这些动物一般既丑陋，又有着一股奇怪的气味——这是父亲无意中提到的。他说得很对。有一次我从山药架下钻出来，要到榆树林里做点什么，刚走了一会儿，就遇到了一个面色发青、小嘴很短，好像是嬉皮笑脸的一个黄色动物。它的两眼睁得很圆，眼睛当然是蓝的，可是整个面容让我恶心。它一点也不怕我，迎着我，摇着很小的头颅，分明是在取笑我。我很想捡个石块投过去，但我不敢。我不知道它的底细。因为林子里的人一直认为，不同的动物是有不同的能力的，而且一种动物往往与周围其他动物结成了特殊的关系。我那时小心地往后退了两步，然后扭身就跑。

整个榆树林留给我无数的谜。我不知道它的深处是怎样的，因为一想起它黑乎乎的样子就感到可怕，从未深入。即便是冬天树叶落了时，榆树林也显得非常神秘。风吹起来，树梢呼呼转动，发出了奇怪的声响。野物在深夜里伴着这响声一齐歌唱，它们的歌声怪诞、沙哑，像是一些不安分的老人在那里诅咒和泣哭。

这就是小时候茅屋四周的情景。那时原野上还没有很多的葡萄园，到处差不多都没经过人手整治，都是自然而然的、混乱的、有趣的、丰富的。大约到了十几岁的时候，才发生了一件很大的事情，这事儿足以改变这里的一切：荒原上发现了煤矿。

大约是在我们茅屋东边二三里远的地方，就是那片杂树林子里，有人竖起了钻探井架。那是我第一次看到轰轰转动的机器。三角皮带特别好看，它们带动两个轮子飞转，这与我跟上父亲到远处看到的风车的情景有些相似。那些转动的齿轮也许比这个有趣，但我知道它们之间的力量是没法比的。这些转动的小皮带勾起了我很多新奇的联想。我那时看着在井架上排成一串的电灯，心里也有些奇怪的感觉。电灯有的染成了绿的，有的染成了红的，像一些不同的果子。我至今不知道他们为什么要这样做。

夜晚，那井架就是一个巨大的发光铁树，高高立在原野上。这里从来没有这么高的东西，也没有这么亮的东西，引得不少人涌向了井架。从此以后，我们这片荒原上就不能安静了。野物们也远远逃离，我相信它们生来第一次见到这么可怕的东西。隆隆的机器声日夜轰响，直传到很远很远。

我喜欢看那些钻井工人把水淋淋的铁管从地上那个神秘的小

洞里抽上来。他们戴着皮手套,将去水管上的泥浆,用胶皮靴把泥浆胡乱踏平,用手抚摩那些水管,然后再拧上螺旋,一根一根接得老长,再一次往地上的小洞里插去。他们能够弄出什么来呢?我等待着。这样等了很久,才见他们把一个粗一点的铁筒拉上来,那里面才是获取之物。慢慢打开,原来是一截截光滑的、像碗口粗的、各种颜色的泥块:绿的,灰的,黄的。可总也没有黑色的煤。

为盼那个神奇的"煤",我们不知等了多久,到后来听说"煤"就要出来了!那时我们高兴地守在旁边,饭都不想吃……

钻井工人都是操异地口音的外乡人。他们下班之后就四处转悠,很快搞来了猎枪,还结了一些大大小小的渔网。他们到沟渠河里去逮鱼,在林子打猎,几乎什么机会都不放过。荒原上的人从不打黄鼠狼,这不仅因为它的肉不能吃,而且还因为那是一种很有灵性的动物。可是这些异地人从来不管这些。他们打了很多黄鼠狼,还把毛皮悬在井架旁边。当地人都十分惊恐,他们知道灾难大概不远了。

异地人把逮到的鱼晒起来,因为他们根本吃不了这么多鲜鱼。鱼被剖好、洗净,又用枝条在肚腹那儿撑开。不知晒了多少干鱼,他们把这些晒得咔咔响的干鱼装进一个帆布口袋,用麻线缝好,让来来往往的卡车捎走。

我开始嫉恨他们了。他们打到的野物太多,捕的鱼也太多。有的鱼正在生长,就被他们杀掉了。这些鱼本来还可以长成很大,可是他们从来不管这些。这是我感到特别费解的。直到后来我才多少明白一点:这或许是因为他们不是出生在这儿的人,于是也就不需要考虑那么多,也就从来不会心疼。

事情很明显,他们才不必牵挂呢。井架撤掉之后,他们又远走他乡了。接踵而来的是开掘煤矿的那些人。这一下我们这儿就更热闹了。

从此整天都可以看到一些戴着头盔、穿着胶靴和破烂衣衫的人，在原野上走来走去。他们手里都拿着一个圆圆的矿灯。这模样让我们想起了士兵。

后来平展展的原野就出现了一道道地裂，所有被开采的地方，地面就要沉落。这里沉落一块，那里沉落一块，最后又慢慢形成一片片水洼。水洼长出了芦苇和蒲荻，滋生了很多奇怪的动植物。在刚开始那几年由于雨水很大，水洼连成一体，形成了一片片水荡。蒲草结成了蒲棒，在晚风中摇成无边的一片，也很壮观。冬天，一处处水洼都结了冰，没有蒲荻之处就可以滑冰。可是天旱的时候，这些水洼接连干涸，到处就留下了深深浅浅的洼地、土梁。一些深不可测的地裂真是可怕极了、难看极了，一些树木死掉了，很多野果子树被采净了果子，也在旱天里死去了。我们的荒原变得如此贫瘠。

在离我们茅屋大约一里的地方，开始搞起了建筑。一排排低矮的工人宿舍盖起来。接着运煤的小铁轨也铺起来了。再往东，就是水渠东岸那片生满了野瓜和卷丹花的丛林里，如今辟成了一个大煤场。煤场另一侧，紧靠渠边，搞成了一个很大的煤矸石场地。他们把采煤之前挖出来的泥巴、岩石都倾倒在这儿。矸石山上的硫化物日夜在风中燃烧，整个原野就笼罩在这股硫黄味儿里了。烟雾飘荡，每到了刮东北风时，我们的小屋里就灌满了这种烟气。

从此以后，每天上学就必须要翻过那座矸石山。要小心翼翼跨过铁轨，躲闪开来的矿车。下大雪时，整个矸石山都被覆盖了，可燃烧的烟火却有增无减。

夜晚从蒙雪的山上翻过是很危险的事情，因为所有的通路都不见了，只有闪亮的铁轨。我不得不踏着它往前走，听到呼啸而来的矿车，再飞速地躲开。没有风，只有零零散散的雪花在飘落。我走近了小茅屋，轻轻敲开屋门，一股热烘烘的、熟悉的气息扑面而来。我喊一句:"妈妈!"

十几年过去了。一切面目全非……由于矿区不断扩建,这期间我们经历了不止一次搬迁,小茅屋拆掉了。再后来,我就长期离开了荒原。

但每一次归来,我都要极力辨认旧时景物。

我寻找那条水渠,它当然连痕迹也没有了。后来我几乎完全是凭借感觉,才摸到了我们的茅屋所在的方位。这儿堆满了建筑中抛弃的瓦砾,这其中大概有几片属于拆掉的茅屋。我蹲在坯块砖石中抚摩着,眼睛一阵阵潮湿。小屋拆掉了,它留下来的地基竟是如此之小,小得令人吃惊。离它不远垒起了一道高墙,高墙的一角还有一个方方的东西,像是一座地堡的模样。我走过墙角时忍不住往里望了两眼,里面黑洞洞的,什么也看不见。

有一次,一个人向我介绍那座地堡模样的建筑,说那是一个停尸房。

原来高墙里面有一所小小的矿区医院。过去的煤场已经废弃,煤井也废弃了。这是当年草率设计的结果……

我长长地叹了一口气。幸亏我们搬走了,这个停尸房离我们的茅屋可是太近了啊。

这就是我所能记起的一些景物。

那个让人害怕的高墙拐角处的地堡模样的东西,是留在记忆中最后的一个建筑了。我后来再也没有到那里去。我想远远地躲开它。几十年以后,我相信那里的一切还要变化。到那时,我或别人,就会用今天的这份记录去对照一下。

那样将会发现许多有趣的、有意义的事情。

1988 年,1990 年 4 月

山药架

怎么种山药？大概没有几个人会知道。有人以为种山药嘛，就是把种子播到地里，然后就能生出那种圆圆的、长长的块茎了。实际上根本不是。

我熟悉它的全过程：先要在地里挖一条二尺多宽、五六尺深的沟，然后用掺了松土的杂肥把沟填平。山药就种在这条沟里，它日后会一点点长大，沟多深，块茎就能扎下多深。

山药不是用种子播下的，而是把收获的山药最上一截——像刺猬长鼻子模样的那一段扳下来，放在地窖里藏好，只待来年春天栽到地上。

父亲每年都要种山药。他的山药长得好极了，我从来没有见到比父亲种的山药更粗更长、更漂亮更好吃的了。

那时候我们家在离大海不远的一片荒原上，四周是树林，是一片片看不到边的茅草和灌木。我们家就在大片的树林中间。

不知为什么，我们没有住在林子外边的村庄里，而是独自定居在林中。原来我们一家是从远处的小城搬到这儿的，当地人给了我们家很小一块沙地。

我们就靠这块沙地上长出的东西填饱肚子。

父亲为了让这块洁白的沙地能长出东西，就从河里挖来黏黏的淤泥掺进沙子里。他多么爱这片土地，它不大，可是却费去了他无数的心血。他像绣花一样，蹲在地上一针一针刺绣着，终于把它弄得漂亮极了。

父亲母亲一有空闲就站在门前看这片美丽的土地。它好像缺点什么。有一天父亲说："该给它扎一道篱笆。哦，有了，我弄弄看。"

不久父亲就搭起了山药架：它搭在这片土地的四周，这样就给它镶了一道绿色的栅栏。我们可以在栅栏里任意种植，种粮食，种我们需要的其他作物。

到了收山药的时候，父亲就拿出一把长长的木铲。这里必须仔细说一下这把木铲了——它是用很硬的橡木做成的，大约有十五厘米宽，二尺多长。它像一把长刀，又像一把宝剑。父亲将它打磨得光滑无比。看得出，父亲多么喜欢他的这件武器。他用它轻轻剖开土沟，小心地剥掉山药根茎四周的泥土，把它们一只一只分离出来，嘴里发出嗯嗯声——那是安慰掘出来的山药。他的脸上一直是笑吟吟的，做得特别用心，所有山药的皮都不曾碰破一点。

直到现在，我只要一想起山药，就要想到父亲那把特别的大木铲。

做活时，母亲和我就跟在父亲后边看着，好像他能从深深的土里挖出其他宝贝一样。

山药架在秋天里长得绿油油的，阳光在黑色的叶子上闪亮。叶片上慢慢会生出一些圆圆的褐色颗粒，有人从架子旁边走过，会顺手取一粒填到嘴里，嚼一嚼咽下去，说："真甜。"这就是山药豆。

我和林子外边来的几个小伙伴喜欢在山药架里爬来爬去，等于是钻进了一条绿色的地道。这是不能被父亲看到的。我们如果不小心把山药蔓子挣断，把刚刚生成的山药豆碰掉，就会惹父亲生气。但他那会儿只是木着脸不吭一声，并不对我们发脾气。

母亲说父亲的脾气以前大极了，现在变好了而已。他大约四十多岁才来到这片荒原上，刚来的时候脾气大得吓人。母亲说父亲是荒原上最有脾气和力气的人，简直什么都不怕。

但随着时间的延续，他的脾气和力气都一点点变小了。母亲说，这个地方很怪，什么人来到这里都要服气——不服也得服——他心气再高，也将很快被这荒原、被这无边的土地给销蚀掉了。

那座遥远的城市留在了父亲的记忆里。父亲从此只属于这片丛林和草地。他把妻子儿女都带来到这片草地上了，并且一辈一辈都要扎根在这里了。我不知道自己有幸还是不幸，反正我成了荒原之子。

我会牢记我们那块小小的土地，牢记围在四周的山药架，当然还有荒原上的一切。

夜晚，父亲还没有回来。林子外边的村子时不时地将他喊走。他们粗暴极了，有时就像对待一个动物一样，只差没有用绳子捆上他了。母亲牵着我的手走出来。我们坐在山药架旁，望着星星。那是秋天，露水很凉，四周一片黢黑，天空星星闪亮。丛林中，野物的叫声微弱而又神秘。我知道在荒原的另一边，有大大小小的村落——我们为什么不能住到那些村落里，却又要受他们的役使？这是我永远也搞不明白的。母亲说：

"说来话长。我们只配住在荒原上。"

"我们为什么不能住在城里？"

"我们也不配住在城里。"

我忍着，最后还是大胆问了一句："我们是罪人吗？"

母亲没有回答。

我心里清楚，父亲是一个非常倔强的人。我觉得这世上再也没有比他更倔强的人了。我从来没有发现他那样的人：倔强，但是却要尽可能地对所有人和颜悦色。母亲说：

"他过去可不是这样。"

母亲说他把粗暴深深地藏起来了。她正为这个担心：粗暴在心里会闷成一种严重的病。我和母亲倒真想让父亲粗暴起来，哪怕对我们——可他差不多总是笑着……

父亲不在的时候，我和母亲寂寞极了。我们不知干些什么才好。父亲被喊走的时间越来越多了，为了不使这片地荒芜，我和母亲就蹲在那儿忙着。我们手中做下的活儿比父亲差上百倍。他有一双人人称奇的手：开出了这片土地，植下了树木。屋子西边栽了一棵桃树，北边栽了杏树和一排榆树。这就是我们荒原的家，这儿真好。

这里有好多故事，有的故事属于全家的，有的故事只是我的，是我的梦。那时候我常常做梦，而且永远不会把梦境告诉别人。我曾经梦见和一个小姑娘一块儿种山药：我们种出的山药是银色的，又长又亮，闪着光芒。我们种了那么多，堆积起来比我们家的房子还高。我们用山药盖了一座小屋，我和她待在里面。我们每天都吃山药，藏着不出来，把父亲和母亲急坏了。

我清清楚楚记得那个姑娘的样子：个子高高的，脸色有点发黄，一双很大的眼睛，穿着半新的衣服，头发很长。她的眼窝有点深。我在梦中吻了她，幸福得哭了。

我到现在也不知道，第一次遇到她为什么是一场梦境，而且有趣的是和山药连在一起。

更奇怪的是后来，就是那场美梦之后的一天早晨，我从地边经过，觉得山药架好像被一阵风给推动了，剧烈地摇晃着。我觉得奇怪，就趴下身子望着——山药架深处真的藏了一位姑娘！她真的像梦中人的样子，脸色有些黄，有些瘦，高高的个子，大眼睛，眼窝有点深，头发很长……我的心扑扑跳。

她在里面喊："不要看我！不要看我！"

我站起来。一会儿她从架子里钻出来，头上沾了好多山药叶。我没问她什么。我想她一定是到架子里找山药豆吃了。我说：

"我知道你是哪里的。"

"你不知道。"

"你肯定是不远处那个村子里的。"

她笑着摇头，告诉我她是北边不远处一个小学校的。她的年龄可能比我大一点。我再也没有忘记她。

她走了以后我才有些后悔：不知道那个小学校在哪里。我该去找她玩啊。后来我常在丛林间游荡着，只想找到那所学校。

有一天晚上我又梦见了她：在一片云彩一样的山药架中间站着，向我微笑，身后是青色瓦顶的一排小房子，那就是她的小学校了。

醒来格外惆怅。

有一天父亲担了一担山药，让我和他一块儿。他说要送给一个食堂。父亲担着山药走在前边，我一直跟着。我们大约穿过了十几里林地，就听到了一阵钟声。父亲说："快到了。"

前边是一片橡树，一片柳树。穿过柳林看到了一排排杨树、合欢树和一些叫不上名字的树。青色屋顶的小房子真的出现了，和梦中的一模一样。我的心跳加快了。

父亲一个人找那个食堂去了。我看到一群群学生在跑动，眼睛在他们中间急急寻找。这样找了很久，直到一个钟头过去。食堂师傅用围裙揩着手送父亲出来。父亲像鞠躬又像哈腰，向他告别。父亲转脸找我。我故意躲开。

就在我失望的时候，她出现了。她是从最角落的那个房子走出来的。

我挨近了她，说："是你……"

她怔住了，盯着我。我离她更近地站着。她好像不认识我。

我说："山药架……"

她两道眉毛一动，笑了。

这时候父亲发现了我，喊了一声。我只好离开了。

秋天啊，每个秋天都是我们的节日。黄昏的光色里，我又看到父亲擦拭那个橡木铲了，嘴里叼着烟斗。

母亲微笑着看父亲。

父亲跪在松泥上，踌躇一下，把木铲掘下去。一个山药由于父亲的孟浪被拦腰劈断。父亲捧住白生生的山药，害怕地看一眼母亲。

我盼着收获之后，跟上父亲再去那个学校。

可惜刚刚收获了一半，父亲又被村里人叫走了。来人声色俱厉，口气生硬，不容商量。他被押到丛林的另一边，到很远很远的地方去。像过去一样，许多天都没有一点消息。回家时，他的肩头带着擦伤，一看就知道做过沉重的劳动。有一次，我还看到他后背有伤，像是鞭痕。

我尖叫一声，他转过脸，用温和的目光制止我。

他终于再次担上山药去那个小学校了。我跟上他，步子沉极了。在那里，我再也没有看到那个脸色黄黄的姑娘。

入冬后，我们要准备春天的事情。父亲让我和母亲跟他干活：小心地把山药的尖顶扳下来，装满一个筐子，然后藏到又黑又深的地窖里。他走在深处，举着蜡烛嚷一句：

"多么潮湿，多么黑……"

这些山药的尖芽只有藏在地窖里，才能躲过最寒冷的海边的冬天。

我跟父亲走在里边，像探险似的。这里多么有趣和神秘。无论多么冷的天气，地窖里都温暖如春。父亲手中的蜡烛不停地闪跳……

父亲有一次在地窖里抽烟，讲了一个陷阱的故事。他说，他本来在那个城市里生活得好好的，可是遇到了母亲——她住在另一座城市里，那是一座海滨小城。后来他们就在小城里定居了。他说：

"谁知道这是一个陷阱呢。"

"什么是陷阱？"我问父亲。

"那座小城，还有……"

我后来问母亲陷阱的事，她哭了。她一句话也没有说。

我永远都忘不了"陷阱"两个字。父亲明确说出的一个"陷阱"是小城，那么另一个呢？爱情吗？我吓了一跳。不过我似乎明白，父亲爱母亲才来到了这座海滨小城——人为了爱情可以舍弃所有，哪怕真的有那样一个"陷阱"，也会直接走过去的。

那个青色屋顶的小学校一直吸引着我。我有一次偷偷跑进了丛林，想去找它。可是我迷路了，整整转了多半天才回到家里——父亲和母亲吓坏了，一次次叮嘱我：再也不要一个人到林子深处！

这天夜里我做了一个吓人的梦：跑啊跑啊，一直迎着那片青色屋顶跑去……好不容易到了跟前，可横在眼前的是一片废墟！到处断墙残壁，蜥蜴在瓦砾间奔走。太阳快要落山了，废墟在霞光里发出阴暗的颜色。土坯和砖瓦的碎块像被火焰烤红了一样，摸一下滚烫滚烫。

我盯着眼前的一切，久久不忍离去。我在等待她的出现，她一定会再次从这儿走出来。

我不知等了多久，一点影子都没有。

我只好离开。但我没有回家，只在丛林里不停地奔走。我似乎觉得，她就在前方某个无法测知的地方等我，我只要寻找，就会找到。

走啊走啊，从黑夜走到黎明，然后又是一个黄昏……我终于看到了她，她原来一直站在那儿。我毫不犹豫地上前，牵上她的手说："走吧，山药架下的姑娘！"

她惊讶地看着我，像看一个陌生人。她咕哝着："你还记得啊，你还没有忘记……"

我怎么会忘记呢？

1991 年 4 月

羞愧

放寒假这一天下了一场大雪，是一年来最大的雪。下午时分雪停了，老师说：

"大家今天顺路去开一个批判会，散会后各自回家。"

都有些伤感。当时都十六七岁，已经很懂些事情。同宿舍的同学都不愿分手，大家捆着行李，磨磨蹭蹭。我们同宿舍的都是校宣传队的。当时为了活动方便，学校特意把我们安排在一块儿。大家都成了好朋友。

临走的时候我忍不住，还是去了一趟女生宿舍。

她在打行李。她穿了一件暗绿色的条绒大衣，背向着我。她的两条辫子可真长……我从窗外望着，刚要拍打一下玻璃，就听到有人走来了。我赶紧离去。

同宿舍的同学已经把自行车推出来，上边都绑着行李。因为那个会场离我的家只有一里，所以大家约好，散会之后到我家吃饭，然后就在那里分手。

宿舍最后只剩下我一个人。我扫着地上的干草，把废纸杂物归到一处。我把行李重新弄了一遍，想把它包得方方正正。

天阴得厉害，雪继续下，所以屋内很暗。

有人敲门，我的心怦怦直跳："谁呀？"

"有人吗？"

我唔唔两声，想去开门，门却被推开了。她站在门口。她的背后是雪亮的原野。我像被钉住了一样。

"我就要走了，他们先走了一步，都去开会了……"我咕哝着。

她走进来，两手插在衣兜里，将门碰合了。

我觉得脸庞一阵发烫。我不知怎么和她挨到了一起。我们紧紧拥着。我伏在她的脖子那儿说着什么，到底说了什么自己都听不清……

她一声不吭，只轻轻地、怕烫似的吻着我的腮部。她的胸脯抵在我身上，真热啊。她的下巴在我肩胛那儿触碰着。

我想推开她一点，看看她。可她紧抵着我的胸部。这样待了一会儿，几乎再没说什么，她就挣脱起来。我紧紧抱住她。她把脸扭过去，喘息着推我。我松开了。

她走到门口，打开门，又一次回头看看我，走了。

我在铺上坐了一会儿。这个奇怪的有些闷热的雪天啊……我在想第一次见她的情景，从头想。

那是刚入学不久的一天，学校要成立宣传队，正物色人选。我因为会拉手风琴，被第一批选中。有个同学在我耳边说："想看看最漂亮的女主角吗？"我瞥他一眼，没有说话——这个最爱开玩笑的家伙，可能在说一句反话吧。不过我还是跟他去了。

她在乒乓球室里打球。我推开门，看到了球桌两边各站了一位女同学。其中一位个子挺高的姑娘很出眼，不过她更像个运动员。

"瞧见了吧？就是她。"他小声说。

她在专注打球呢……不过她会演节目吗？我觉得她傲慢、安静，连笑一下都不会。

可事情偏偏出乎预料，后来就像男同学说的那样，她果然是我们宣传队里最棒的女主角。我常常为她伴奏——奇怪的是我们几乎没怎么说话。

有一次宣传队去一个海边军队驻地慰问演出。我们都骑了自行车，带了自己的乐器。少数女同学坐在男同学的车后座上。

我真希望后座上有一个人——当然是她。可她被一个吹笛子的细高个子同学带走了。

那场节目演到一半就下起雨来。由于戏台在露天，所以不得不停止演出。台上台下都有些乱。首长喊着，老师抱歉地握住首长的手。

同学们匆匆骑车上路，护住自己的乐器。

慌乱中我急急骑上车了，但刚驶出一小段路，才发现自己成了最后一个。这时候我看到了什么？就在前边一点，我们的女主角在慢慢走着——原来带她的那个男同学已经先一步逃掉了！

她走得很慢，似乎并不怕雨。

我赶紧停车。她好像什么都没想，只一下就跃上了车子。

雨不紧不慢地下着，两人的衣服都打湿了。她抱着我的手风琴，像抱一个小娃娃。路上我几乎没有说话。后来雨下得更大了。路两旁的玉米缨被雨击打着，散发出甜丝丝的味道。穿过玉米田，就是一片片的花生田。花生棵在雨地里也散发出清香的气息。路上一个人也没有。那些性急的同学早就窜远了。

多么好啊，茫茫雨夜里只有我们两个人，一辆破旧的自行车吱嘎吱嘎响着，代替了我们说话。雨越下越大了。我们的车子倒是越来越慢。我没有力气了吗？不。我一下一下蹬着，有意让这段路程变得更长。我想和她多待一会儿——谁知道呢，也许什么都没有想过。

那天晚上，我们就这样默默地回到了学校。心里热乎乎的。

回到宿舍时,同学们已经换掉了湿衣服,用毛巾擦着头发。大家看我淋得这么重,都有些不解。他们谁也不知道我今晚有多高兴。我和颜悦色地跟所有同学说话,并不急着换下衣服。

那真是永远难忘的一个夜晚。

从那个夜晚之后,我和她好像彼此都藏起了一点秘密。只要我们两个在一起的时候,空气似乎就变化了,我们都有些莫明其妙的拘谨——怎样才能大大方方说说笑笑?我想她也在克服着什么,在努力吧。

努力的结果就是那样——我们渐渐好起来了……

自行车碾着雪地,发出咝咝的声音。同学们都向二十里之外的那个会场进发了。我走得很慢,咀嚼着满满的幸福。在这个雪天,在这个温暖洁净的雪天,我的脑海里只被一个人占据着。

天真的不冷,我裸露在棉衣外边的皮肤红扑扑热乎乎的。我想:如果一个人能把巨大的幸福和不安同时藏在心里的话,他可真有点了不起。我自己就是这样的一个人。

我从头想着在一起的时刻:不知为什么,她从来没有问过我是从哪儿来的,我的出生地,我的一切。当然我也不曾问她。我藏起了心中的许多秘密,它们是羞于道人的。那是我藏在心中的羞愧,还有惧怕。惧怕什么?是的,那是关于我的家,关于令人沮丧的父亲……

深深的惧怕在深夜里包围着我,让我全身战栗。我唯恐失去什么。我一定藏下它们,直到未来,直到谁也无法预见的那个时刻的到来。到了那时候,但愿一切恐惧都消逝得无影无踪。

自行车碾着一片广袤的雪野,我正向着那个方向移动。我一点点接近那个地方——那儿离我的家不远了,我们今天开会的地方就在西边一里远,那儿有一个广场、一座高台。

不知今天的批判会是怎样的,也不知谁又要倒霉了。多少人喜欢开这样的会啊，他们就像过节。可是对另一些人来说就是最大的灾难：被批斗者和他的家人，他们将痛不欲生。我同情那些倒霉的人，可是我也厌恶那些被押上台子的人——他们萎缩，丑陋，让人不能容忍，不敢去看。

不知不觉驶过了二十多里的路程，开会的地方到了。喧闹声已经越来越大了。

这儿有一个很大的台子，这些年来一直是最热闹的地方：演戏，开忆苦会、誓师会、批斗会。这里有永远开不完的会，总是聚集起一片黑压压的人。

呼叫声让空气发紧。白雪不见了，雪粉踏成了黑色的脏水。人们都仰起脸倾听，观望。我把自行车推到一个高处，想望见台上的人。口号声此起彼伏，叫骂声、噼噼啪啪的踢打，都搅在了一起。我望不到台子，就向一个高坡攀去——那儿离台子稍远，没有多少人，所以一定能看清台子。

好不容易把车子推上去，立住，然后转身……我马上打了个愣怔，好像被谁迎面捣了一拳，疼痛使我的脸抽搐了一下。我赶紧捂了捂脸……再次凝神去看。

我看得十分清楚：台子上有个男人被五花大绑，因为绳子勒得太紧，他的头差不多要弯到了膝盖上。两边押着他的人一次次拽起他的头发，想让他抬头示众。他弓腰的样子让我有点揪心。他是……是他！

有人这会儿猛地把他的头发拽住。他的脸再一次仰起来。我看到了一张被仇恨和绝望扭曲的脸——父亲的脸。

脚下的泥土仿佛在移动，我被一点点悬到了半空。喉咙里有什么热辣辣的东西在燃烧。全身发木、刺痛。我低下头又抬起，想回避，更想紧紧盯住。

那个人抽打父亲的嘴巴，用膝盖狠力顶他弯曲的脊背。旁边的人在呼喊，在催促，在咒骂。他们想让父亲讲点什么——他最后费力地仰起头，看看雪地上的人群，看看天边的云彩。他眼睛发亮，寒风里好像有什么顺着皱纹流下来。他说话了。我清晰地听到了他那异地口音。这声音在大雪天显得那么怪异。

在我们这儿没有谁这样说话。我觉得这种口音难听到了极点。这声音应该永远从这世界上剔出去，永远也不要出现。

他终于说完了，说得很艰难。台下有人哈哈大笑，有人仍然咒骂，更多的人伸出拳头，迎着他的方向捣着，狠狠地捣。我在心里庆幸，他毕竟站在台上，如果他这时候下来，一定会死在无数的拳头之下，给捣成烂泥。还好，台上的人不过给了他几个耳光，然后把他往一边狠狠一推……

我推上自行车，一步步离开了会场。脑子里一片空白，就像白色的雪地，什么都没有。

回到家里，我一下伏在了炕上。

母亲站在院子里，倾听远处的喧闹，脸色苍白。她像没有看到我，一直站在雪地上。

我伏在炕上，睡着了一样。不知过了多久，有一只手在推我。我抬起头，这才想起了离开学校时的约定——眼前是我们同宿舍的一个同学，他应约到我们家来了。其他的同学呢？我不敢去问。是的，他们当中有人认识我的父亲——他们大概直接从会场走掉了。他们一定吓坏了害怕极了。

我紧紧握着他的手，这是唯一的手。

这个可怕的寒假，第一天就是这样度过的。

夜里很晚父亲才回来。他身上到处是伤，是被绳索勒下的印痕。妈妈扶他到另一间屋里去了。一会儿传来了哎哟哎哟的声音，母亲在为父亲擦拭伤口。

我这时候才开始想一个人——想她。

她不认识父亲，可是有的同学一定会告诉出一切。真可怕。

无法入睡。盼着天明。真想即刻找到她，大声说出：那是我的父亲！可我不知道今天或以后该不该去找她……也许她什么都不知道，一切都平平常常的，不过是开了一个批斗会——所有的批斗会都是这样的。

我相信她有一个幸福的家庭，要不才不会长这么可爱，一双眼睛也不会这样黑，这样清澈。人的眼睛可以告诉一切。记得有一次她说过我：

"你的眼睛沉沉的……"

"是吗？怎么了？"

"沉沉的。"

是啊，她说得真对。我自己明白这眼睛里沉淀了多少可怕的东西——而她的眼睛里溢满了欢乐。

我盼望有一天，我会把心中的一切都毫无保留地告诉她，特别是——羞愧……我为什么羞愧？因为父亲？

大约是下半夜，我推开了门。父亲听见了，惊恐地问："谁？"我没有回答，只悄悄地出门。我向着漫天雪野走去。

我漫无目的地走着。静极了。大雪把一切都覆盖了，大自然的所有声音都被厚厚的绵软的雪吸走了。我咯吱咯吱地踏着雪，一直向北。十几里之外就是海岸线了。脚下的雪好厚。下雪的时候没有风，所以雪粉把大地盖得匀匀的。头顶露出了星星和月亮。回头看着一串脚印，像一个个戳在地上的黑洞。

不知走了多远，我听见了海浪的声音："哗……哗……"

没有风，所以这海浪像一只温柔的手，一下下抚摸着沙岸。我蹲下来，双手捧着脸颊。

不知过了多久，一个黑影向这边移动。我一点都不害怕。更近了，是一条狗。它为什么在这个时刻出现？它又是谁家的？这些全都来不及想一下,它就来到了我的跟前。它像找到了一个老熟人,身子一蜷就偎在了我的膝旁。

我把它的脸捧起,端详着。

它一声不吭。我们的脸贴在了一块儿。

就这样依偎着,蹲在雪地里,看着哗哗的海浪。

再有一会儿天就该亮了。它看看东方,又看看我。我将它拥得更紧了。它的身上可真热。

1990 年 4 月

一个故事刚刚开始

　　一个秋天，一个平平常常的黄昏，外祖母去世了。当时我正在读一本残旧的书，书上的字迹突然模糊起来。我听到母亲在隔壁喊了一声。她带着哭音喊起来："你们快来呀，快来呀。"

　　屋里只有我一个人，父亲出门了。我赶紧跑过去。这时我看到外祖母闭着眼睛。

　　母亲慌乱地给她穿衣服，梳头发。我哭喊着外祖母，她一点反应都没有。母亲说：

　　"你外祖母没有了，你知道吗孩子？"

　　我先是愣了一会儿，接着泪水一下子涌出。外祖母那李子花一样的白发乱得很，母亲梳了一下又一下，它好不容易又像往常一样了。母亲给外祖母洗了手和脚，让她平躺在床上。

　　就这样，维护了我整个童年的外祖母，就在那个黄昏与全家分手了。这一幕我永远不能忘记。我们家里从此消逝了她的身影。整个小茅屋显得这样空旷：再没有了她拐杖捣地的声音，也没有了她缓缓行走的声音。原来一个人可以带走这么多东西，姥姥带走了一切温暖和安怡。

我放学回家，回到了一个空荡荡的、无比寒冷的房间里。这儿简直毫无意趣。母亲和父亲坐在那儿，有时互相看一眼。他们不说什么。好像他们是谁也不需要的人。屋里像冰一样。而那个长久烘烤着这个家的人已经到了别处，她永远离开了我们。

过去我觉得外祖母只是一个普普通通的人，一个老人，一个上了年纪的长辈。现在我才知道这想法多么错误。她可不是一般的长辈。她原来是幸福的全部……

最初的悲哀过去之后，母亲开始一遍又一遍讲着外祖母的事情，尽管支离破碎，可还是十分吸引人。父亲虽然一度与外祖母的关系不太融洽，但这会儿也怀念起来。他表示了极大的惋惜，自觉不自觉地进入了那种回忆的场景。好像一个故事才刚刚开始，这就是关于外祖母的。我觉得在这个小茅屋里，一种全面追溯的气氛突然降临了。

外祖母走过了怎样的道路，这是我最急于知道的。她是一个多么不平凡的女人哪。她的不凡一直贯穿着她的一生，直到死亡的时刻，她都是不凡的。我原来以为她是一个普通的老人，那是多么大的误解啊。我真是太幼稚了。回想起来，首先是她的沉默，像谜一样的沉默，引发了我极大的好奇。直到我长大了，有了较强的分析能力时，还在破解着这个谜。这种追溯和破解就是从外祖母逝去的那个时刻开始的。

妈妈说外祖母刚走进那个赫赫有名的大院时，还是一个不足十岁的丫头。她长得很弱小，只能干一点轻活儿。她是在那个大院里一点一点长大的，可是个子始终没有长得太高。她没有留下照片，但妈妈说她那时是一个让人没法忘记的姑娘。外祖父从城里读书归来常常和她在一起，他们之间从一开始就没有主仆的隔阂。他们偷偷好起来，所以后来就引出了那段悲惨的故事。

我记得懂事以后曾抚摩着外祖母头上的银发，看到了一个很大的伤疤。这是怎么回事？问她，她不答。后来，就是外祖母去世以后，母亲才从头至尾告诉：“那是你老姥娘干的。她知道你外祖母和外祖父好，就用捶布槌子打了她一下。老人大概想打死她。当时都以为她不能活了，血流了满身，几天还昏迷不醒。有人想把她埋了，草草了事。你外祖父一直搂着，哭个不停，给她把脸上的血一点一点洗净。他给她洗啊，抹啊，把脸擦得干干净净；到最后他才发觉，你外祖母鼻子里还有一点气儿。就这样他找来了医生……

"她头上带着一块伤，重新活动在这个大院里。她没有别的地方可去，父亲母亲早已没了踪影，谁也说不明白她是谁家的孩子。有人说她是两个过路人寄养在这儿的，还有的说她是两个讨饭人留下的。反正你外祖母是一个无家可归的苦命女人……你外祖父知道，要在这个大院成亲是不可能了。他起了私奔的意，暗中做着准备。

"那天晚上是个刮大风的日子，没有月亮。你外祖父急匆匆包好了东西，从大院边角小门那儿，领着你外祖母就跑了。他们一口气跑了好远，藏下来，直到码头上开船的日子，才雇了马车到了龙口，连夜坐船逃到了海北。从那儿以后，你的外祖母就再也不想离开你外祖父一步了。你外祖父是个有志气的人，他在海北城里学了医生，又跟上自己的老师去了国外。这样你外祖母就不得不苦苦等他了。几年过去他学成归来了，那个高兴啊。他们想自己开个医院……这时老家没什么音信，他们也无心打听；后来从一个来海北的老乡嘴里听说那个大院的主人去世了，你外祖父这才领上你外祖母过海回来。他们继承了产业，在当地小城开了一个医院。这是全城第一家能给人动手术的医院。

"你外祖父偕外祖母回来时，许多人都出来看稀罕、欢迎他们。他俩穿着新式制服，从码头上一出来，人们就喊喊喳喳议论起来。他们第一次见到这样穿着打扮的人。那天你外祖父好神气，他站在高处，做了即兴讲演。他追述了这座小城的历史，追述了他的上一代与这座小城种种平常或不平常的关系，说得十分动情。小城的人既兴奋又奇怪，他们都模模糊糊感到一个不可思议的新时代到来了，而这一切正是由一对漂洋过海的夫妇带来的……

"他们估计得不错。从那儿以后小城里就热闹非凡，不少人跃跃欲试。不久就有了各种各样的政党和组织。你外祖父是一个最活跃的人。原来他不仅是个好医生，还是一个出色的活动家。你的外祖母开始为他担惊受怕了。有人在街上贴帖子，威胁你外祖父。你外祖母悄悄把帖子收起来，藏下，好像这样那些威胁就不存在了似的。她只是一遍又一遍叮嘱男人，要小心，要当心……你外祖父总是笑一笑。他好像什么都不怕。他主要时间用来行医，有时治病也不收费。那些好队伍最缺的就是医药，他千方百计援助他们。他交了很多生死朋友，他们都是你外祖父的知己，都仰慕他的人格。当时整个城里最有影响的一个人就是你外祖父。你外祖母不停地为这个大院操劳，因为男人已经顾不得这个家了。

"每年的春天，你外祖父都要组织一个剧团，上演一些新剧目。他还鼓励你外祖母扮一个角色，她死也不肯。后来在你外祖父的反复怂恿下，她才扮了一个丫鬟。一句台词也没有，只站在一个角落里，手拿一个摇扇，默默地站上五分钟。这就是你外祖母常常讲起的一段往事，好像很值得自豪。她对我说：'你看看，我天生就是一个丫鬟的命，演戏也只能演一个丫鬟。你爸说我演的丫鬟可好哩……'

"一个秋天的下午,你外祖父骑着马从外面归来时,遭到了埋伏。敌人暗杀了他。敌人是疯了,害怕了,下了这样的毒手。这是我们家最难挨的日子……你外祖母在男人遭难以后,在风声最紧的时候,像个男人一样撑起了这个家。她抹干眼泪,想的是怎么活下去,怎么拉扯一家人往下过。那天晚上,她把家里的金银细软、值钱的东西,都包裹好,往墙外一个朋友家里扔,一直扔了半夜。天亮时分,果然有人来抄家了。那简直是一伙强盗。他们搬走了家里好多东西。那是你外祖父家里经受的第一次抄家。还好,你外祖母及时把一些东西转移了……日子太平下来,你外祖母又重新把它们取回来。她说这些东西可不是他们的……"

母亲的述说总是让人神往。有时我听得也很紧张。尽管还不能完全理解,但我知道外祖父他们做的是高尚的、了不起的事业。我没有见过外祖父,就常常发挥我的想象力。我觉得那是一个时常沉思的、神情肃穆的人。母亲告诉,自从外祖父遭了难之后,外祖母就像换了一个人一样。她在经过那次一般人不能经受的沉重打击之后,一下子沉默了。她弱小的身躯把一切都承担起来,抚养女儿,把一个大家庭搞得井井有条。她几乎再也没有了叹息的工夫,也不再流泪。她只是衰老得很快,慢慢有了白发,有了皱纹。她走路步子很碎,在院子里来来去去,很少停歇。在她跟你外祖父一块儿生活的那些年里,见过的事情太多了。她知道比别人更多的秘密,可是从来不说。那些深夜,外祖父和他的朋友们连夜开会,很多重要事情都是这样决定的。后来,当外祖父遇害之后,敌人一次又一次来刺探、询问,外祖母总是把他们领到一个客厅里,给他们沏上一杯茶,用不急不慢的声调解答着,巧妙地把他们领入迷宫。

外祖母只在海北读过女子学堂,没有多少高深的学问。

我曾在母亲面前嘲笑过外祖母,说她识的字大概还没有我多呢！这样说时，母亲看了我一眼，到一个老座钟罩子后面翻出了一些竹叶纸。那是一沓写得漂漂亮亮的楷书。"你知道这是谁写的吗？"我摇摇头。"这就是你外祖母写的。"

我一下子愣住了。我怎么也想不到……后来我才知道，她不仅跟外祖父学写毛笔字，还学到了真正的知识。外祖父就是她最好的导师。所以在可怕的一天来到时，她能以自己的智慧、以顽强不屈的意志，应付外祖父遭难之后整个家庭所面临的一切烦琐和混乱……整个海滨城市的空气都是冰冷的，所有的眼睛都在注视这个庭院的生活。这个古老的大院究竟藏了怎样的秘密，是小城人十分关注的。院里的两个女人不怎么上街，偶尔出去，就招来很多好奇的目光。外祖母不亢不卑地和街上的人说话，她身上有一种特殊的力量——许多人都感到了。

我长大了才明白，正是外祖父视死如归的气概，深深地影响身边的外祖母，还有后来的母亲。再也没有比外祖父更值得让人钦佩和敬仰的了。这一段回忆，这一段幸福的珍藏，足以让她们抵挡未来生活中任何的困苦和不幸。

我还记得，外祖母有时长久地待在一个地方，目光落在一张书桌、一本书上……反正那是外祖父遗留的一件东西。那种深情的、费解的目光啊！今天我才明白了，那等于注视对方那双明亮的眼睛，等于与他交谈……这时候母亲从不走近她，也不与她说话；母亲让她在那儿坐着，一声不吭地待上一两个小时。

到了外祖父的忌日，她就领上母亲往外走，走上很远很远，一直走到那座城市的西郊。当年那片染上外祖父鲜血的松林，已经长满了长长的茅草。她们在那儿烧纸，默默地站一会儿，无声地诉说。一年又一年，这成了一个固定不变的节目。

有一年她们来到那片松林，发现不知什么人先一步到来过，并放了一束鲜花。外祖母和母亲看着它，眼里涌出了泪水。她们很久很久没有哭了。

父亲是在寻找外祖父的时候结识了母亲的。那时父亲还很年轻，他刚刚出现在这座城市里。外祖父和这个年轻人彻夜交谈。母亲后来和父亲好了，有些忐忑。因为她从外祖母的眼神里看出了一丝不安。问外祖母，她不作声。只是到了后来，外祖父遇难、女儿的事情也快要最后决定的时刻，外祖母才断断续续说出了自己的担心。她说那个年轻人没有什么不好，不过，她从他的眼睛里看到了……母亲赶紧问："看到了什么？"外祖母说："我也不知道。反正我觉得这个人不会给你幸福。"

外祖母说到这里，把女儿揽在怀里，拍打着，抚摩她的头发。接下去的谈话，母亲一辈子也不能忘记。

外祖母告诉母亲，自己这辈子跟上了一个最好的男人，他又勇敢又正直，是世上再也难以寻觅的好人了。她就是跟上这个男人以后，才知道过日子是怎么一回事，知道了世上有光亮，有明天，知道了一个人该去爱什么恨什么。可是这个男人还是扔下了她——他离开人世的方式永远没法让一个女人接受。这是她感到最痛苦的事情……外祖母接上说，她多么不愿耽搁女儿的婚事！所以她一直不敢说出心里的担心。可是她愿自己的女儿有多得多的幸福，绝不能让其经历和自己差不多的结局……母亲马上从她怀中挣脱了，大声喊着：

"你是说他也会像父亲一样，遭到……"

外祖母摇摇头："我是害怕。我老觉得这个人将来要遭什么事儿。他不会顺顺利利陪你走下去，陪你走到底。我不过是担心……"

母亲闭了嘴巴。她知道外祖母的预感是非常准的，因为外祖母在她很小的时候就曾经说过，她跟外祖父没有多久，就觉得男人说不定什么时候就会突然离开，再也不回来……她这个担心一直陪伴着，使她战战兢兢，后来终于发生了那件可怕的事。

　　母亲一遍又一遍从头思索外祖母的话，甚至在一段时间里跟父亲断绝了来往。那时候的父亲英俊潇洒，像一个骑手突然出现在一片草原上，所有的目光都去注视他。他带着一股清新的气息闯进了这座城市，闯入了母亲的生活。

　　母亲压抑着炽烈的情感，仍在思索外祖母的话。这样事情拖延了足足一年。

　　母亲害了一场大病，咳个不停，脸色焦黄。一开始人们都以为她得了肺病，再后来经过诊断又否定了。这就更加让人担心。都以为她活不成了，城里人都说大院内的那个姑娘完了。软心肠的女人为母亲流泪。外祖母带着她四处求医。到后来什么名医也无计可施，外祖母长叹一声："你找他去吧——把他叫到我们家里来吧。这是我们一家人的命啊。"

　　第二天父亲就来到了这个大院里。

　　母亲的病好了，脸上有了红晕，也有了微笑。

　　外祖母是这个家里沉默寡言的、对下一代人来说有点威严的一个长辈。她的慈善并没有因为沉默而减少一丝一毫。那时候父亲常随港上的轮船到外地去，回来时总是捎给外祖母一份礼物。外祖母都把它们放在一个箱子里。

　　母亲暂时忘却了外祖母的预言，但外祖母并没有把那一切扔到脑后去。后来，当父亲也遭了可怕的变故时，母亲哭个不停，外祖母却很少流泪。她镇定非常，最后用一句话使母亲止住了哭声。

　　"不用哭了，你跟上这个男人过日子，就得做好准备——你该早有这个心劲儿。"

　　母亲抬起了头。她吻了吻自己的母亲。

　　外祖母这时候脸上的皱纹一道连着一道，已经真正衰老了。她和母亲日夜商量事情，最后她们决定离开这个没有了男人的大院。

父亲是小城胜利后才被捕的。他为了胜利付出了一切,最后却蒙受了不白之冤……

也许就因为有了外祖母,母亲才会挺住。她们乘坐一辆马车来到了一片渺无人烟的荒野上,投奔了一位老人——他曾是大院里一位忠诚的男仆,前些年听从外祖父的劝告,离开了大院。他在荒原上垦了田地,搭了一座茅屋。她们就这样过起了清贫而孤单的生活。

我出生后就一直跟在外祖母身边。在我眼里,外祖母比母亲更亲;唯一使我不太满足的,就是她总是沉默,很少跟我讲故事。现在我才知道,她心中的故事不是太少,而是太多,太多太多了,她只深深地把它藏在那儿。她不愿因为什么而勾起那些辛酸沉重的回忆……

外祖母最后留给我的,是最清晰最鲜活的一个场景。我到现在还清晰地记得那个母亲大声惊呼的夜晚。那是外祖母离去的一刻。从此关于她的回忆也就开始了。我把从母亲和父亲那里断断续续了解到的一些情节,在脑海里衔接起来。我渐渐走近了一个弱小的,却是异常坚强的女人。她身上良好的禀赋不知会有多少遗传给母亲和外孙。我一遍又一遍追忆这样的形象:她坐在茅屋前的阳光里,拄着拐杖,向着南方遥望。那个方向正是我们离开的那座海滨小城的方向,她在那儿度过了一生中最美好和最辛酸的岁月。她在默默怀念那段时光。

父亲就是那时归来的。他在大山里服过了苦役,人已经变得完全陌生了。我害怕这个男人,总躲着他……

外祖母从此常常把我揽到怀里,嘴里咕咕哝哝说点什么。她夸奖我的头发,又夸我的皮肤和眼睛。她在夜间紧紧搂着我。我曾问起外祖母，那个曾经打伤她的捶衣槌是什么样子？外祖母用手比画，说那是一个红硬木做成的挺好的衣槌。她说在那个家里，所有器具都好得不能再好。那是个多么古老的家族啊！

  随着时光的流逝，我慢慢长大了。今天回忆这一切，我才知道自己原来那么轻易地忽略了一些奇迹。外祖母实实在在经历了一些不平凡的岁月。她就是一个不平凡的人，她身上就滋生奇迹。她走过很远的路，弱小的身躯承担过一个家族的荣辱兴衰。她从出生到去世，多少困苦、多少没法忍受的东西，都一个人默默地咀嚼了。她抚养了孤独的女儿，照看了外孙，引导了他们往一个好的方向成长，并且率领着茅屋里一点微薄的力量，开拓出自己的一份生活。在这片荒野上，她使一座小茅屋蓬蓬勃勃，富有信心；她使这座小茅屋冒出了浓郁的炊烟。如果说我们这座小茅屋还有个后来，还可以迎接伤痕累累的父亲归来，那么我知道，这主要是因为有了外祖母。

  我后来去看过外祖母的坟。它在离我们小茅屋并不太远的一块沙地上。老远就能看到那儿生了一棵弯弯的松树，坟上长满了荒草和一丛发亮的什么——走近了，原来是一片开得蓬蓬勃勃的金盏草。

  浓郁的香气扑面而来……

1988 年，1990 年

请挽救艺术家

给局长朋友信

一

  我本来要去你那儿，但这里有事走不开。写信也一样，我想你会重视这件事的。我此刻的心情很急切，怀着这么一线希望。我接到了一位好朋友的信。他原来曾和我在一起工作，几年前调到了你们市里的一个区电影院。从信上看，他现在的处境糟透了。我心里很难过，但又帮不了什么，只好求助于你。你离他比较近，更重要的是，文化局长是你朋友。你跟局长讲讲，让他随便关照一下，哪怕是去个电话也会好一些。总之，你看怎样好就怎样办吧。真难为你了。

  他叫杨阳，今年二十七岁。他画油画，怎么说呢？说他画得多么多么好，大约你会嘲笑我。不过我讲出真实的感受，也就是我感觉得到的这个人，大约你不会取笑我。他几乎没有发表作品，也许只发过一两幅黑白插图也说不定。先后考过两次省艺术学院，没考上。他的事一直使我耿耿于怀，我怕他这样的人对付不了如今的生活。简单点说吧，我认为他是一个艺术家。

或者这样说，如果不出更大的意外的话，他肯定是个了不起的艺术家。

我想象的意外大概有两方面。一方面是他这样的性格不能取得周围的谅解，他又接受不了来自环境的各种刺激，接下去性情更坏，形成一种恶性循环。那时候他身体也糟了，精神也垮了。一句话，他完了。另一方面是他如果恰恰处于一个特殊的时代——这个时代有一个不识好赖艺术、不识大才的毛病，可以叫作艺术的瞎眼时代。这种时代无论其他领域有多大成就，但就精神生活而言，是非常渺小的、不值一提的。这种时代往往可以扼杀一个艺术家，使他郁郁萎缩，最后在艺术的峰巅之下躺倒。总之，他差不多也完了。我现在还来不及为这一方面担心，你知道，我担心的是前一个方面。

他在那个小影院里画广告画。那儿其实什么都上演，你知道这种场所是弄钱的。主要是武打片，偶尔也演演小戏、杂技和魔术。杨阳倒不在乎这些，他反正只是画广告罢了。据他信上讲，他的广告画在四周是有口皆碑了。不过是否对影院的利润产生积极影响他倒没提。你知道他过去在省里工作，后来得了病，病得较重，需要人照料，就要求回老家。那时候可能是疾病的影响，他显得急不可待，恨不能立刻调回去。我对他说，你来省城也不是一年两年了，要走也不用那么急，再说病也稳定住了。我的意思是走也可以，但要联系一个好点儿的单位。他说自己目前能到一个搞艺术的部门最好了。他说到这上面就发出"啧啧"的声音。他说如果能上区文化馆什么的，也很棒。我给他联系过几个地方。有个文学期刊需要美编，我就推荐了他。可后来没成。人家找画家看了他的画，说不行不行，他的画连造型都不准。再说又无学历。接着又联系了几个类似的单位，他们都以各种理由拒绝了杨阳。他万念俱灰，又想起了自己的病，就急急忙忙地联系了老家的几个单位，收拾行装了。

现在讲起这些我真后悔。我应该拦住他才好。因桌子也会发生冲突。我不敢说有很多人喜欢他。领导一次次批评他，连一些毛小子也要找碴儿训训杨阳，再跟领导汇报说："我们又批评杨阳了！"……差不多所有人都嘲笑他的画。人们似乎不能容忍在这样一个大机关工作的人在纸上画来画去的。要说的太多了，总之是他该离开这儿。他走的那天，我和爱人起早去送他。记得那个秋末的夜晚，下了冰凉的雨，我们一路都踏着残破的落叶。

那个市的文化局并没有让他搞专业。他们推托说文化馆的人员超编，让他去电影院画广告。杨阳没有太多抱怨，干得挺来劲。除了画广告，他还要打扫卫生，抓逃票的人，等等。他尽管不太情愿，但总还是按影院经理的要求干了。事情糟到如今这个地步他也闹不明白。经理一天到晚对他吹胡子瞪眼，骂得非常难听。他有时真认为一个人刚开始搞艺术，无论如何还是待在大城市要好一些。那时候我更多地考虑到他在这个大机关的窘境，考虑到他的疾病。我想他离父母毕竟近了，那样会好得多。在这个大机关里，搞艺术的人天生就不能容身，各种烦恼都汇拢到你这儿，使你招架不住。杨阳当时二十多岁，刚来这个机关时也不过十几岁。他怎么得了这么重的病，我完全清楚。他也许真该走，回到他那片土地上去。也许他回去了，病也就彻底好了，我心里渴念着会发生这样的奇迹。老家来函，同意他回文化局工作，具体工作待定，大约要到文化馆画画之类。杨阳高兴得很，似乎这一生的问题都有了着落。我当然也松了一口气，替他庆幸。你知道，在这儿他会彻底给糟蹋了。

他似乎特别不适合在这样的一个环境工作，因为他实在受不了。经理让他干这干那，稍不如意就是一顿怒斥，还扣掉他的奖金，故意羞辱他，不让他画画。你可能不知道，艺术天分很高的人往往有极强的自尊心。经理想方设法折磨他，还说："比你个熊样儿强的我不知制伏了多少，你算个什么玩意儿！"影院里分配宿舍，故意让他提要求——他与好几个修理影院房屋的民工挤在一起，身上爬满了虱子，他要求换换地方。经理哈哈大笑，说行行行。结果是新宿舍没他的份，还把民工中最脏的一个老头子塞到了他们已经极端拥挤的屋子里。他没办法，只得设法求人找了一间民房。那儿离影院稍远一点，经理就偏让他做夜班守场子，还要赶早班打扫卫生。只要来晚了一步，那就一定要大会批评，扣发奖金。杨阳要求调走，经理说："没门。"杨阳连起码的自由都失去了保障。有一次他母亲病了，从另一个区里打来电话，办公室的人接了，说一声杨阳不在，"砰"的一声就扣了。他还常常丢信，有一次就从废纸篓里发现了我给他的信。

最奇怪的是杨阳自己也不知道什么地方得罪了经理。他真的不知道。我回想一下他在省里工作的情形，发现当时他对领导的厉声厉色也常常表现出迷茫。他好像什么也没做错，又什么都错了。

大体情况就是这样，你或许会根据这些找到一点办法。注意，听说经理与文化局长也是朋友，不要在局长跟前说经理的坏话。你只说杨阳还小，不懂事，望他们照顾一下就行了。我不知道你与经理跟局长谁关系更深一些？总之你会找到适合你的角度的。也许这些在你看来不是什么大事。不过你千万帮帮忙，你相信我对他的判断吧，他需要你的手，真的。

二

信悉。你信中问杨阳与经理矛盾的根源在哪？这可得让我好好想想。不错，你只有找到根源才能对症下药。杨阳的来信又多又长，我曾竭力从字里行间分析着，问：到底为什么？

看样子经理是下决心要折磨折磨他了。这绝不是一般的矛盾。杨阳说自己平时太拖拉，不会待人接物，甚至是没有给经理送礼，等等。我想这些都可能酿成矛盾，但不会是关键。他们之间肯定还发生过什么更大的事情，不然对方不会这样想方设法去整一个涉世尚浅的年轻人。我的每一封信几乎都要探根问底，想找出症结来。他的来信只说一些鸡毛蒜皮的事，什么刚到影院时给经理画了一幅像，画得太像，惹经理不高兴啦；什么有一次见经理爱人在街上扛着一块纤维板没有帮她一手啦。我知道这是被我的信逼急了，他挖空心思追记下的。怪可怜人的，看来他真的搞不明白。

有一次他来信中无意间流露出这样一件事：经理的女儿从师范学校放假回来，曾去看过他的画。她长得不错，真不像是经理的女儿。她来了两次，那副神气他很讨厌，等等。我看了心中一动：是否因为恋爱婚姻问题伤害了领导呢？你会明白，这个问题有时是很敏感的，特别是基层一些干部，自尊心都是很强的。比如说如果经理的女儿对杨阳有意，而经理也有这个想法，那么杨阳不理睬，拒绝了，经理就会觉得受了侮辱。发展下去，杨阳工作中是吃不消的。这都是我的假设。我后来直言不讳地在信中问了杨阳，问他有没有这种情形——经理方面直接提出的，或者仅仅是暗示出来的。我让他不要急于回答，最好是仔细想想，想想他的女儿那天都说了些什么，以及经理在他面前是怎样议论自己女儿的。更主要的是影院其他工作人员有没有人在他跟前说起过经理女儿，并有过试探性的话？杨阳停了些日子才回信。他差不多完全否定了这种可能性。只是他又如实地追认了关于别人在他面前议论那个姑娘的几句话——那天中午他正和两个人在影院门口安放广告牌，经理女儿从一边走过去了。其他两人都是经理的小耳目，很受重用，可他们这会儿远远打量着，说她的黑裤太紧了。杨阳信上写："总之，他们说得很下流，我没法告诉你。"

杨阳是个非常腼腆的人，十分内向。我曾经担心他永远学不会与女孩子相处。我不相信一般的姑娘会去爱他。他长得很瘦，背好像永远挺不直。我那时常用一只手顶住他的腰椎，用另一只手使劲扶他的胸部。他笑着，说："真是的。"那大概是说这样没用吧。他几天里也笑不了几次，好像永久地思考着什么。可是他如果笑起来，就会真正地笑一次——我从没有见过比他笑得更真更纯的人。那双眼睛完全像孩子一样，天真无邪。他笑了，两手垂在身侧，或者插在衣兜里。这个时刻如果我跟他说什么，他或者心不在焉，或者干脆不予回答。好像这一段时间在他那儿是专门用来笑的。他是可爱的吗？我觉得是这样。但更多的人不认为他有什么吸引人的地方。我们机关那时候姑娘不少，她们看也不看他一眼。临近的一个单位有一位四十余岁的姑娘常过来办事，互相之间都很熟悉。她比较漂亮，只是脸色不好，走路时轻手轻脚的。她十分喜欢杨阳，常盯着他的脸目不转睛，说："小杨阳，小杨阳。"有时还用手去抚摸他的头发。杨阳很不驯顺地一昂脖子跑开了。有一段时间杨阳负责保管图书，那个姑娘借走了很多，逾期不还。杨阳因此与姑娘恼了，她在楼梯上小步跑着骂："你这个小瘦猴……"当然，杨阳在画画中也有了他的女友，但那是后来了。他们最终也没有好到哪里去。你看，杨阳就是这样的人。他在这儿的姑娘眼中不是出色的青年，在你们那个小城里呢？我想经理女儿不会看上他的，他们的矛盾也不会由此而生。当然，这事你还可以考察一番。大概不会有什么事。

仅仅从信上了解情况是不行的。你最好能到他那儿去一趟。如果能住上几天就更好了。你可能发现什么线索。一切都不会是无缘无故的，因为那个经理，虽然官职不大，但也要管理一个影院，一般情形下不会花费这么多精力去对付一个普通的工作人员。可是杨阳对我隐瞒了什么也是不可能的，因为他信赖我，寄希望于我，盼我能找熟人把他调出或是怎么的。他明白：我需要最真实的情况。

三

我在梦中见到了杨阳，他的样子使我一整天都不高兴，急着要给你写封信。这样也许会好一些。我见到他瘦骨嶙峋，面色发乌，头上长了青苔。我去握他的手，他的手冰凉冰凉。他领我到他的屋里去，我就跟上他走了。在一个大影院的地下室里，黑咕隆咚的，我不知踏过了多少台阶。空气越来越湿，气味难闻极了。有蝙蝠从里面飞出来，把粪便甩在我的身上。又走了一会儿，见到了一线光亮。杨阳说到了。我一看，地上渗着水，铺着稻草，卧了好多男女。我凑过去一看，见他们都是麻风病人。我的心颤抖着，贴着滴水的墙往一边挪动。好不容易到了杨阳的小床跟前。这是一张小木板床，为了与麻风病人隔开一点儿，四周都挂满了画。我坐在床上，满眼里都是画。画的是各种各样的人，其中有少女，也有麻风病人。他们残缺的四肢使我不敢正眼去看。杨阳说他在他们中间惯了，终于可以画他们。这里有天然的模特儿。正说着话，杨阳的咽喉被什么卡住了。我转脸一看，见一只黑红的手从画页间伸出来，卡在杨阳脖子上。不用说这是个病人，我尖叫了一声。后来我醒了，吓出一身冷汗。

这个梦当然是不祥的。伙计，你来解解这个梦吧。

一整天我都感到有些恐怖，爱人问我怎么啦，我也没有回答。杨阳的实际处境幸亏要比梦中好。他的事近一年来成了我很大的心事。我现在甚至想，杨阳会不会一气之下做出什么让人吃惊的事呢？你知道他的性格让人担心。他成天不说话，你就不知道他在想什么，但一旦行动起来是很莽撞的，又没有人和他一起商量个事情。他绝对不能没有朋友，可如今偏偏就没有！我有个过分的要求，我想请你接信后去看他一下。哪怕谈五分钟也行。你把见到的具体情况写信告诉我，这样我就可以放心了。他的住处糟到何等地步，这是我尤其牵挂的。

上次我信上讲他离开了和民工合住的小屋，自己找了房子，但房子太远，经理又瞅这个机会治他，现在很可能又搬回来了。如果这样，算是糟透了。你跟局长谈话时，可不要忘了房子的事。杨阳如能有一间宿舍，在外面受够了气，回去还可以轻松一下。现在连这样一个地方都没有。他现在的住处比在省城机关里还要差，这是我远远没有料到的。那时这儿的宿舍太紧，单身汉不可能一人一间。杨阳与另外四人合住一间小平房，潮湿得很。那四个人都属于"积极要求进步"一类的机关干部，这类人不用说你会很熟悉。他们简直不给杨阳一点好脸色，下班回来时常常教训他、调弄他。杨阳利用业余时间到野外写生，有时回来稍晚一点他们就不开门。那四个人刚刚从下面调上来时我见了，一个个穿得很土气，当然也比较质朴。由于杨阳早来二年，他们自己显得很自卑，抢着与杨阳说话。两年之后，他们渐渐认识人多了，没事常到处长科长家串门，知道杨阳是机关里不受欢迎的人，于是就变了脸。四人之间也钩心斗角，但对付起杨阳来却是非常一致。这个嫌他的画"恶心"，那个就说"油漆味顶鼻子"，弄到最后就偷偷踢杨阳的画。有一次杨阳气得再也忍不住，一气之下抓起了一块砖头，他们吓得赶紧跑了。事后他们一齐去找科长报告，又找了副局长，说杨阳犯了精神病，要杀人。

杨阳当然精神健全。奇怪的是当时几乎全机关的人都认为他或多或少有点不太正常，他们眼里的正常，当然是与整个机关的气氛色调完全相一致的那一切，是一个人的极大地改变自己和掩饰自己的一种能力。面对生活，特别是这个城市的生活，一个人的忧虑多思、常常沉浸在某种情绪之中，是完全正常的。一个热爱艺术的人，一个有着如此良好素质的人，面对最丑恶和最绚丽的，不能不长久地陷于激动。至于那种所谓的"敏感"，也是完全正常的。人的各种器官不应该退化，他本来就应该敏感。不然麻木痴呆才算正常。在这个机关里，一个人要进步，首先要学会忍耐，要收敛起一切创造的能力和才华，要克制活鲜蓬勃的生命一次又一次的冲动。总之，要变得真正的平庸，而绝不仅仅是伪装出的一种平庸。

更可怕的是那些来自看不见摸不着的地方的压力。一个人在这样的环境下生活，就像在一个气压失常的世界里，身体的各个器官由于无法忍受而跟你抗议、捣蛋，你本人却一点办法也没有。首先是憋闷，是左胸胀疼，是极度的烦躁。那是什么器官在抗议？是心脏！是人体的动力源头！你忍受着，而且，要长年这样忍受。因为你没有办法。你向无色无味的空气抗争呼叫吗？在我们这个机关里工作，总有类似的感觉。你周围的大部分人都像空气一样，无色无味。他们穿着差不多的衣服，有着同样的音量和微笑说话打手势的方式。他们见了领导一律围过去，见了客人一律握手，见了颓废现象一律谴责。没有什么不正常，也没有什么对不起别人的地方。这是费时多年、用一种看不见的力量修造出的一张奇怪的、富有弹性又极为执拗的网络。一个人想突破这张网是不可能的。你用尽全身力气在网眼那儿挣扎，那张网于是极有礼貌地随你的挣扎凸出一块，迁就着。但你的力气渐渐使尽了，它就缓缓地用固有的弹力把你收回来，收到原地、网的中央。你如果不甘心，当力气缓过来时不妨再试一次，但我敢担保结果与以前相同。你只有坐在这张网的中央。

我体验到，生活中有一种力量无时无处不在，那就是要把生命扭曲、要它改变本色的一种力量。一个人生下来就是要与这种力量搏斗的，最后弄得精疲力竭。这种抗拒是自然而然地发生的，并且永远不会终止。大多数人，比如杨阳，他们与之搏斗的方向性和目的性都无从明确，所以才充满焦躁和烦恼。生命之火本来就应该熊熊燃烧，无论来自哪个方向的力量要将它熄灭，都会遇到顽抗。维护欲望和个性，实际上就是在维护自己仅有一次的生命。我实实在在地感到了杨阳的坚韧不屈和勇敢。这与他衰弱的躯体几乎是不相符的。他一声不吭地画下去，不停地创造，不理睬那些白眼。他现在的处境说来也是必然的，如果不是这样，那我就会惊讶了。真的，他天真质朴，他没有别的生活方法……

你去时如能多留意一下他婚姻方面的想法并对他有所帮助，那就更好了。他大约回去后通过别人介绍或别的方式认识了两个女友。一个早断绝了往来，另一个他正犹豫。这方面的问题我想也会是造成他痛苦不安的重要因素。我觉得他对两个姑娘都不怎么爱，谈不上什么炽热的爱情。前一个是个修鞋厂里的女工，据他说样子虽不太好，但很"古怪"——这个词你不了解它的独特含意，它在杨阳那儿是"极有特点""有韵味"之类的意思。他们谈得不错，她从厂里偷出一种布让杨阳作画，两人还去河边上散步。后来是女方的父母打听出杨阳在单位"干得不好""没有前途"，就硬逼姑娘离开了他。他开始苦恼，后来也就无所谓了，因为一开始就不是那种铭心刻骨的爱。后一个完全是别人撮合的，是郊区的一个打字员，人长得也不错，只是有轻微的狐臭。这倒不要紧。要害问题是她想借此缘由调到市中心机关工作，这就没有多少意思了。但她似乎缠住了杨阳。他又很软弱，经不起温柔的手掌。

四

不知你去了没有，我又想起了要紧的一件事。如果你去之前接到这封信就好了。我想请你当面劝阻杨阳，不要让他再那样画那个打字员了。这本来是个平平常常的事，可在那个地方容易弄成一件新闻。杨阳在来信中流露过这个意思，说如果经理知道了也许会抓住这件事做个大文章。不过他信上说为了艺术，永远不会对这些愚昧丑恶的东西让步。我在给他的信上表示了忧虑，但并没有干脆地制止。就他目前的处境看，这样也许不妙。

那个打字员是主动让他画的，做各种姿势。但没有画裸体，尽管杨阳很需要。顶多是她少穿一点衣服。我从信中分析了一下，打字员让他画的原因主要有两个：一是她想借此与杨阳多接触，巩固两人的关系，进一步将他缠住；再就是让另一个人画下自己来，她也觉得很有趣。杨阳曾寄来了关于她的三张素描，我想那是满动人的。你想，出于对方这样做的目的性不纯洁，他也就没有必要和她合作下去。再说我更担心的还有其他的问题。杨阳毕竟是个二十七八岁的小伙子了，对于异性的热情燃烧起来，也许会把理智抛到一边的。那时他肯定会加倍的痛苦。还有，那个姑娘的品行到底如何我们不知道。如果她为了达到与其结合的目的而胡缠起来，拙讷的杨阳会陷于非常难堪的境地。

还有经理。他不会放过这个机会收拾杨阳。那时候他可以理直气壮地骂流氓了，甚至做出更卑劣的事情。这样的事还是想在前面好。

我之所以让你当面劝他，是因为这是很难的一件事。你给他分析一下利害。我知道他在想些什么。在这儿的机关里工作时，他常懊恼地对我说："人体！必须画人体！"有朋友给他走了后门，让他去艺术学院画过几次裸体模特，他恨这一切开始得太晚了。你想他目前在一个小城里，遇到一个可以画的人是多么不容易。他不会轻易让步的。但他还是必须忍耐一下，也许这一切很快就会过去。

你从他那儿回来，如果时间允许，最好按我写的地址到他父亲那里去一趟。那是一个老实的退伍军人，曾经在朝鲜战场负过伤。你去了之后，跟老人讲一讲杨阳，使他相信他养了个好儿子——过去这位老同志是这样认为的，可如今不行了。一个在战争年代过来的人，见自己的儿子在单位上没有工作好是非常气愤的。他不相信儿子做的那一切都是有道理的，常常写信去责备，用命令的口气让儿子停止画画。他没法明白他的儿子已经没法停止了，就像难以突然间终止自己的生命一样。父亲的态度使杨阳感到压力很大，因此放假的时候都不想回去了。那个老人认为儿子在省里的大机关工作是非常光荣的，如今得了病调回来，虽出于无奈，也算作一次可耻的退却。

五

真感谢你去看了他。你所看到的一切或许比我告诉你的还要糟，这真不幸啊。我写到这儿，隐隐地觉得这不幸绝不仅仅是属于杨阳自己。

你观察了，询问了，也做了力所能及的劝解。可你说对杨阳与经理难以调解的矛盾更加茫然了。你说你一直在试图弄清这种矛盾的症结在哪里，见了杨阳以后，变得越发糊涂了。

好像杨阳与经理之间什么也没有发生。

我相信你的话。所以我对于经理一班人如此迫害一个手无寸铁（请原谅我用了这样一个词汇！）的年轻人而感到无比的愤怒。我心中无法压抑的郁愤使我坐卧不宁。为什么，凭什么？他严重地伤害了什么？他没有完成工作任务吗？你亲眼看见了他是一个什么人——面色苍白，瘦弱单薄，一双腿像儿童一样细，站在那儿颤颤悠悠的。

你一定会记住他的眼睛。我以前也跟你描述过这双眼睛：深深的，亮亮的，透出了莫名的忧伤。这眼睛望着我，常常使我不知所措，好像要做些什么，又不知道怎么去做。不是这眼睛太复杂了，而是这心灵的窗洞太单纯了。一切都在这双眼睛面前化繁为简，变得质朴无欺。

我像你一样思索着怎样去缓解他与周围的矛盾，并力图找出其中的主要因由。看来一时无力做到。正像你信中所说的，他按时上下班，从一开始到现在，一如既往地完成领导交给他的任务。他不知道经理为什么恨他恨成这样——有时像是对他发泄着什么。这些当然导致了一定程度的抗争，但由于来自父亲和其他方面的压力，他的忍耐已经快要使他发疯了。

这里面简直像藏下了什么谜一样。每当我无力破解的时候，我就想从与他相处的那几年的情形中推导出什么。在这个大机关里，我说过，他显得格格不入。他从来没有伤害过任何人，对领导的指示也总是服从。不一定从哪个方向伸过来什么东西撞击他一下，使他晕头转向。他瞪大一双吃惊的眼睛四下看着，怎么也闹不清原因。我们的机关大楼很高，平常不开电梯，上下楼的人都走楼梯。我现在还能回想出杨阳急匆匆地在楼梯上奔跑的样子。他的头发被汗水粘在额上，一个人跑着。其他所有人都手搭扶杆，缓缓地踏着台阶。杨阳瘦瘦的身影在栏杆空隙里闪动着，很像一只小鸟在挣扎。我当时不知道，他那会儿病已经很重了，可他像我一样毫无察觉。他在楼梯上跑着，性子很急，老处长皱皱眉头说："胡乱跑什么？"杨阳赶紧放慢了步子。他像别人一样缓缓地踏着台阶，有时离别人近一些，又往一旁闪一闪。有的老同志厌恶年轻人挨得太近，生怕把自己挤下台阶，就用眼角扫着他。杨阳有时干脆立在一旁，孤零零地等候着。

这座机关大楼每到午夜就变得幸福可亲了，因为只有这时候才是杨阳一个人。整整一天他都不吱一声，偶尔走出办公室，也要沿走廊边上蹑手蹑脚地走。办公的人们一声不响,这种气氛使杨阳大气也不敢出。他坐在桌子一边,两眼直盯盯地瞅着什么,有时眼神里突然有兴奋的火星在闪动,一只拳头不知不觉握得紧紧的。对桌的科长把眼一瞪,他的脸立刻煞白了。他怔在那儿,约莫有两秒钟,这才俯下身子去看文件。夜里,差不多有一半的工作人员要回到大楼上加班。他们忙各种各样的文件草稿、搞无数的表格,一个个窗口雪亮耀眼。好不容易熬到了午夜,窗口一个接一个熄灭了,最后只剩下杨阳的了。他从自己的屋子探出头来,见到漆黑一片的颜色,一颗心乱跳——他不止一次对我描述过这时的情景。他小心地走近墙壁的开关,一抬手使两盏灯亮起来。接着他把走廊上、楼梯上的所有灯都开启了。大楼内亮如白昼。杨阳一个人在走廊上大步走着,又踏上楼梯,噔噔噔从二楼跑到五楼、六楼,又下到一楼。他衣衫湿透,气喘吁吁,最后才回到自己的屋里作画。

他画个不停,如果是星期六的晚上,干脆就画个通宵。这时候的杨阳就像换了个人似的,两眼犀利得可以穿透纸页。他的瘦瘦的胳膊像一根有力的桑条,弹性十足,狠狠地挥来挥去。这样他就忘记了周围的一切,忘记了他处于一个庄严的大楼里。他告诉我,有一天深夜他伏在桌上睡着了,一觉醒来,想起要去干点什么。走出办公室,就飞快地往顶楼跑去。后来他跑到了阳台,这才记起是来取一个石膏模型的,白天他曾在这儿画过。取了东西往回走,踏上楼梯,觉得所有的灯都在映他的眼睛。他压紧一道栏杆往下看着,见盘旋的楼梯围成的空间深不可测,下面灯光瓦亮。当他感到眩晕,就要离开栏杆时,这才发觉自己迷失了方向。到处都是一样的栏杆和台阶。扶手上了红漆;还有黄色的门,全都一副模样。他一个一个拍打着,没有一扇门对他开启。他拍得手掌都红肿了,还是没有回到自己的那一间。他拼命地从上往下,又从下往上，在走廊上奔波着。可恨的强烈灯光耀得他睁不开眼睛，他用力睁开，泪水就溢满了眼眶。这时候他觉得自己这么孤单。母亲，他那么想念母亲——"妈妈！"他喊叫着，四处回响，就是不见一个人影。

从那次迷路之后，他再也不敢一个人深夜待在大楼里了。可他又不愿回到自己的宿舍，与那四个人待在一起。我不相信一个人会在机关大楼上迷路，因为楼梯和走廊都是极其规整有序的，而且每个工作人员对这个场所都熟透了。杨阳不愿反驳我，我知道他是无须反驳的。他更多地与我谈着他的画。也说他现在最难以战胜的一种东西就是思念——"我想回去，去看妈妈。"他的长眼睫毛忽闪着，像说给自己听。

就是那个夏天，机关的一次身体普查中，查出了杨阳的病。他是最年轻的一个，但偏偏他的病最重——肝脾综合征，脾脏的血管随时都可能破裂。那时就会大出血，那么我们的杨阳也就算完了。机关门诊部不敢马虎，一边给他治疗，一边联系地方住院。大约住了半年院，他又被送到一个疗养院去了。我多次到院里看他，他跟我说的只是妈妈和油画。

你知道，杨阳的性情很可能是受疾病影响所致，但他的疾病又是怎么形成的呢？

写到这里，我又想到了他与经理之间所存在的可怕的矛盾。这种矛盾的原因我们搞不清，但都知道它是不可调和的。正像杨阳最终也没有被这所大机关所接受一样，那座小小的影院也不会接受他的。我甚至觉得，这个大机关的办公楼上，每个人都有一个位置，唯独杨阳从来也没有过。他的办公桌所安放的地方曾经是他的位置吗？也说不上。发工资的时候有杨阳一份，仅此证明大楼上有杨阳这个人头。可发完工资，杨阳又哪去了呢？他走了，去医院了，疗养院了，后来又调回老家去了，终于大楼上无影无踪了。他消逝得干干净净。这儿始终不承认他该有一个位置，他如果坐在那儿，就与四周的一切分外的不和谐，最后他走了，生病了，也就是自然而然的了。我依此推断那座影院里也没有杨阳的位置，像在这儿的大办公楼一样，他甚至连一点足迹也留不下。这座大楼至今还有杨阳的那张办公桌，不过是给推到了杂物仓库里罢了。因为人们都知道杨阳是得过重病的人，也就不愿使用他的桌子，害怕传染，所以只好搁起来。等到时间把杨阳的气味完全冲洗干净了时，也许会有人去搬出那张桌子使用。

我想我们挽救（请原谅我使用了这个词）杨阳的工作正在紧迫起来。因为在那种恶劣的情形下，他的旧病就会复发，那时候怎样诊治都无济于事，他也就彻底消逝了，连同他的油画一起。

给画院副院长信

一

也许您对我的推荐和请求感到有些荒唐。您接着会原谅地一笑，因为我是您的朋友，还是一个门外汉。不过我拒绝您的宽容和谅解，因为我要更固执地坚持说：他是一个艺术家。

我的判断愿意迎接一千个大艺术家的挑剔，甚至愿意等候你我都难以亲睹的时间的考验。是的，他是一个注定了要把自己的一辈子交给艺术的人，是在人丛中闪闪发光的一个人物，一个只需用肉眼就可以鉴别出来的艺术家。

您看了他的作品也许会拒绝他。那样可真是太悲惨了。拒绝过他的所谓艺术家已经不止一个了，但愿您可不要去凑热闹。您拒绝他的理由我会想得出，那就是您会认为他的技巧尚不圆熟。如果是这样，我将无言以对。

不过我很快会直言不讳地问一句：对于一个艺术家、一个真正意义上的艺术家，在他获得巨大成功的诸多因素中，属于技术方面的东西到底有多少？不错，您会说一个人在技巧上的磨炼也许要花费一生的心血——但最终决定他是不是一个艺术家的，恰恰还不是这一切。决定的东西在于他是不是一个独特的生命。生活会自然地赋予这个生命很多很多，这个生命于是就成长起来了。反过来，一个人只要接受刻苦的严格的训练，常常都会具有圆熟的技艺。而以技艺相传的，只会是一种行当，或叫作一种职业。而艺术，我的天，你能叫它是"职业"吗？

世界上有什么还会比艺术更好地体现生命的冲动和力量？有什么比艺术还会更贴近生命的本色和原力？

对于一个艺术家，他不能容忍从职业的角度去理解他的工作，因为那样就包含了一种侮辱。而这一切正是别人所不能理会的。

我正是从以上的意义去鉴别艺术家的。我有我的原则，坚定不移。技术方面的眼障顷刻坍塌，我不相信我自己莫辨真伪。我也许是一个低能儿，但我不能不忠于一种质朴的真理。于是，我只能毫无顾忌地向您进言：请您将世俗的一切偏见抛到一边，做一次勇敢的人，伸出双手去迎接一个有灿烂前程的人。

他的境况简直令人不能相信，可以说是步履维艰。他像很多艺术家一样，无法维护自己正常的生活。我想这方面的缘由您会理解。现在需要您做的是扶持他一把，尽可能地把他迎接出来。我想他在您的身边会工作得很好，您四周的人也较能接受他，因为大家都在搞艺术。在这个世界上，我想他是最适宜于栽培在您这样的花盆里，如果他在您这里也不能落脚，那真是令人悲哀。正像很多后来被公认的艺术家们一样，他现在还刚刚开始，一无所有，您当然要去看他的画，那是他的作品。您看吧，您可能一下子喜欢上了。不过他本身就是一件艺术品。您见了这个随便的、有几分拖沓的小伙子，见了他的忧郁的眼神、薄薄的缺少血色的嘴唇、说话时有些颤动的嘴角，您会感到一阵隐隐的震动。

一个真实具体的年轻人站在了您的面前，让人不敢正视。

他可以区别于您所看到的一切人。而这之前也许您很少见过这样的情景。不是吗，生活中那么多人，人流汹涌，面孔陌生，但您会漠然地一眼扫过。他们身上缺少真正能够触动您的一点什么。这就是说他们太平淡了，似曾相识，缺乏更深层的陌生感。您没有感受到更具体的一个人，这个人是从土地上生发出来的，带着丰富的汁水，欣欣向荣，而绝不是一个干枯的标本。他的任何像植物身上的茸毛和枝蔓都没被修削，完整无缺。他没有被打扮、被修饰，与身边的那一群无法调和混淆——您一眼就记住了他。

谁来鉴别他呢？让汹涌而过的人群去携走他吗？不，他们会自然地淘汰他，认为他是一个在未来的路途上连累别人的人。他站在那儿，极度孱弱，赤手空拳。可他对于人间的困苦特别敏感，见了悲伤和不平就会唱一曲抚慰的歌、抗争的歌。他纯洁无瑕，一辈子也不会饮酒。几乎所有的空余时光都被他牢牢地抓住了，他在那时刻里倾听天籁。您是个艺术家，我们的友谊也许很独特。我差不多等于手扯手地将他引到了您的面前。

您来鉴别他吧。

二

原谅我的冲动。也大概说了不少大而无当的话。不过那是我心中的荐言。现在我想，为了能把他尽快地调出那个荆棘窝，您只要让他进画院就行。您看一个画院中有多少杂七杂八的事情？他做什么都可以。

如果一开始就调来搞专业，恐怕周围会议论的，反而行不通。我们这儿的画院有一个门市部，经营书画纸砚，工作人员都是从待业青年中招来的，大多是女孩子。您那个画院是否有类似的地方？如有，杨阳去卖书画也很好。他在业余时间会学习画画。您是搞国画的，但在艺术上一定也会给杨阳很多帮助。

原单位放他走也是一个问题，这方面我正找人帮忙。他们不放他走主要是想捉弄他，让他精疲力竭，而绝不是喜欢他赏识他。这种勒索当然令人无比愤怒，不过我相信不会持久的。我正设法通过一个局长去解围，如果奏效，他就可以调出来了。因而找一个好的接收单位就变得迫切了。他如果再调到一个类似影院那样的地方就彻底毁掉了。

您如能调他去画院，他的生活将发生重要转折，也许一生都难以再有比这个更好的机会。说起来太可惜，一九七七年刚刚恢复高考制度时他只差一点儿没考进省艺术学院，但他的成绩可以上中专艺校。一位美术老师看过他的画，断言这个杨阳肯定是艺术学院的料子，不要贪眼前小利进一所中专。杨阳于是放弃了一个机会。后来当然艺术学院没有考上，原因与上次相同，文化课的分数偏低。

有个事情倒值得告诉您：杨阳在中学时曾参加过一次地区级画展，中央美院的一位教授看过他的画，说杨阳的天赋极高。他现在仍与教授有通信关系。

三

您对杨阳很感兴趣，这使我获得了某种安慰。您问他与影院经理如何酿成了这样深的矛盾，我却无法使您得到满意的回答。我的另一个朋友也问过这个问题，并亲自去看过，同样没有结果。您怎么也对这个问题感兴趣呢？我又怎么回答您呢？

当然，我明白一个接受单位总要关心这一类问题的。不能糊糊涂涂地调一个人来。

但这个问题连杨阳自己也回答不了。他至今闹不明白经理为什么那么恨他，处心积虑地要折磨他。最近经理又有了对付杨阳的新点子，就是让他专门负责打扫场子——广告画让邻近一个工厂宣传科的人画。这使杨阳不能容忍，与经理大吵了一架，接着病了好多天。杨阳在那个区里不用说是最厉害的画家了，这会儿却连画广告的资格也没有，这种侮辱太过分了。

我曾多次研究过他们之间的症结在哪里，但都搞不明白。我现在只能假设经理这个人有一种折磨人的癖好，是个虐待狂。不折磨别人，他就无法平静自己。我曾经听人说过乡间有一个狠毒的老太太，一生富贵，晚年令人咋舌。在告别人世前的五六年里，她残酷地蹂躏身边的人。她可以一夜一夜不睡觉，监督跪着的使女，让她头上顶个瓷碗。她发疯似的指使四周的一切，让整个大院里的人像热锅上的蚂蚁那样奔波，别人不准大声说话，不准笑，连脚踏地都不准发出咚咚的声音。离她十几丈远的一个长工夜里打呼噜，她让人把他赶紧扼死——人们把长工偷偷赶跑，回来禀报说已经埋掉了，她这才舒了一口气。她要喝鸡汤，但不准许别人宰鸡，而是让人把鸡缚了翅膀和双腿递给她，由她亲自拧断鸡的脖子。她离开人世的最后一刻也该记上一笔，因为这是绝无先例的。她大口呼气，眼看就不行了，儿媳抱着孩子说："快哭奶奶！"小孙子伏在一张松弛的老手上，这只老手抖着，却越收越紧，死死攥住了一只嫩嫩的小胳膊。小孙子疼得大哭，老手还是不松。一家人吓得喊起来，好不容易才把她的手扳开，见她已经过去了。再看小孙子的胳膊，留着深深的指印，有好几处流出了血。

这就是那个老太婆的故事。有些人年纪不是特别大，心态与她却差不多。他憎恨一切比他活鲜的、真切的、生动的东西。任何东西以任何方式展示出美丽的姿态，都要引起他的刻骨嫉恨。要与他平安相处，也许只有装出一副临近死亡、畏畏缩缩、垂头丧气的样子。他不承认生命的规律，也不知道自己的来历，想像金石那样的刚劲不朽。他是世上最愚蠢的人，却要用这种愚蠢的刻度去统一一切。人类不能没有歌唱，就像绿色中必然要绽开鲜花一样。有些人喜欢寂死无声的世界，这样他的嚎叫才会显得惊天动地。你要让那样的人震怒是十分容易的，也是自然而然的。你的血液只要是鲜红的、滚烫的，只要还在奔流，他就不会容忍。这种恨看起来像是无缘无故的，但这种恨恰是最为可怕的。我之所以找不出经理与杨阳矛盾的缘由，其原因就在这里。为了什么事情闹到了势不两立、一个偏要将另一个制伏制死呢？谁也说不上来。

　　写到这儿我想与您讨论更多的问题。比如说，为什么有人虽然也享受着艺术成果，但却常常对真正的艺术家表现出莫名的怨艾？这种怨艾甚至滋长蔓延，演变为深刻的仇视，他们并且乐于展示这种冲突，显得自己格格不入。而在一定的时机，又恰恰是这部分人最容易附庸风雅，装出一副十分在行的样子，像抓住了一只麻雀那样，要把艺术拳在掌心里。这种令人哭笑不得的事情并不罕见——您是画院的领导人，大概见得更多。我想一些心智苍白而又品性恶劣的人，必然会表现出这样的变态心理。他们面对五光十色的生活，麻木不仁，百无聊赖，往日的放纵使他们如今已是无可挽救。但他们又不甘心让人们听到呻吟的声音，于是就放肆地谴责他们嫉恨的一切。艺术是心灵旺盛的泉水滋养出来的，所以那些心底枯干的人最容易迁怒于艺术。他们可以标榜自己是与艺术家格格不入的"另一类人"，而绝不愿承认自己是一个颓废衰败的人。其实艺术家最为神奇又最为平凡，就像一粒沙子那样普通：他只是人类当中应有的一种现象，就像天空必然要发生的放电现象一样；他说到底是一种劳动者，是人的最本能的创造欲望的体现者。从这个意义上讲，仇视艺术家的人不仅天性顽劣，而且不可理喻。说到底，对艺术家的那种哀怨和仇恨也可以看作一部分人的本能，那就是出于对一种旺盛的生命力的恐惧和妒忌。

再比如说，为什么艺术家的行列里能够潜下更多的浑蛋和无赖？他们奇怪的是偏偏要打扮成一个艺术家。这些人好比花蕊里的虫子，伪装成花朵中间活动的生命。这是不是因为一种劳动复杂到难以言说的地步，反而更容易掺假？它不可言说，只能用一颗心去默默体察，因而沉思不语。一个伪艺术家是难以识破的，即便辨认出来，也不容易说得清晰。人们提出的证据只能是一种感觉，而人世间的任何法庭都是排斥感觉的。有的人说到底是人世间最懒惰的人，游手好闲，惧怕劳动。任何物质生产都是可以触摸的，实实在在，可以用尺量，也可以以数计。那儿没有他的藏身之地。于是他就选择了精神劳动。这种人的贪婪是远远超出一般人的，他为了攫取更大的利益，常常使用最残酷的手段，用真正陌生的方式去把艺术家们击倒。更为恶劣的是，他们是那些仇视艺术者的天然盟友，内外勾结，险恶非常。

我不知道要做一个真正的艺术家有多么难。他们除了因为沉浸在那样一个瑰丽的世界里痴迷忘返、懵懵懂懂、不知不觉被脚下的自然坎坷绊倒而外，还要提防另一类人从后脑那儿伸出的棍子。任何打击都首先指向大脑，因为那是人的核心地带。他实在太需要保护了，太需要谅解了。这样的艺术家不仅在熠熠生辉的时刻里需要援助，而是从刚刚起步时就要有人扶持。杨阳就是这后一种情形。你问他与经理矛盾的原因，我不能回答得再具体了。您是副院长，您比我更有资格回答——请原谅我的刻薄。我只是要求您能赏识他、帮助他。我觉得您在献身给艺术——既然这样了，那么我的要求就不过分了。

我这次唠叨得可不算少。您爱怎么想就怎么想吧。您可以微笑着看待我的激动。您只要明白，我的激动是因为我要给您推荐一个艺术家,他很困难,他很年轻,他很危险!您明白这些也就行了。就写这些。

四

把他来这个大机关以前的情形告诉您吧,您可以更好地理解他和他的处境。整个过程简直是一个悲剧,我极不愿意谈它。

那是杨阳两次高考失败之后的最沮丧的日子。街道上请他画一些宣传画,他干得非常卖力。为了排遣心中的不快和焦虑,他把那些画画得又大又亮。各种颜色向人直逼过来,看上五分钟,像被各个方向伸来的拳头揍了一顿似的。他握笔的姿势让街道上的人觉得好生奇怪。他们认为的画家只是平常在街头阳光下给人画肖像的人——那些人两眼如鹰,戴着老花镜,小心地捏紧一根碳梗硬描硬描。那才是画家哩!而杨阳瘦弱不堪,站在竹皮做成的长条脚手架上,衣服被风吹得皱到了一边去。小家伙的大笔往上一捅一捅,一会儿就捅出一轮太阳一片田野。围着观看的人真不少,老太婆们吸着嘴,发出"夫夫"的声音。

观看的人当中有一个络腮胡子的。这个高个子,五十多岁,两眼生得很厉害,看上去醉眼蒙眬。当时谁也不知道,就是这个人要决定杨阳的命运。

他一连几次来看杨阳画画,他是省里一个大机关下来招选干部的,是一个处长。他毕竟在大城市工作,并且他的儿子也学油画,他慢慢看出了面前这个小伙子是个"好材料"。当时他的心有些痒,走开两步又退回来,最后大概下了决心。

第二天,他向当地有关领导提出:这个人要带到省城里去。

这个消息震动了半个城市。人们都为杨家的人高兴。那个大机关的名字可是吓人的,去那儿工作当然了不起。杨阳的父亲是退伍军人,老人无比兴奋,没有商量就一口答应了。杨阳当时也觉得非常愉快——虽然他已经感到了有什么不对劲的地方，因为他酷爱画画啊。他高兴的是作为一个人，可以初步结束在十字街头上徘徊的尴尬了。走吧，去省城！去那个大机关！

就这样，杨阳被处长带走了。他启程之前曾在被窝里想过，这回要亲眼见到那座更大的城了！他要把城里的所有楼房，甚至是所有的窗户都画下来。他会见到很多很多的画家，结识很多很多的画伴。什么也别想阻挡他，他要画个天昏地暗，不停地画，把居住小屋的天棚、地板、四壁，全都画上鲜亮优美的图画。那时他就算居住在图画之中了。他甚至想过要在将来寻找一位美丽的体积很大的姑娘，把她也画到画里；如果她愿意，他完全可以把她的身上也画上画，画上美妙的阳光下的水滴和绿色的蜻蜓，画上红艳艳的果子……第二天启程了，第三天就来到了省城。

他不觉得省城有什么好，黑色的烟雾漫在空中，他从车窗往外看了一会儿，后来一抹脸，抹下两点油灰。油灰是从哪里来的？

开始分配工作了。处长把他交给了副处长，副处长又把他交给了一位科长。科长是南方人，说一口古怪的普通话，并用这样的话扼要介绍了机关的性质，此次招选干部的标准、目的、其他要求，等等。接着，与杨阳同来的一大帮子人，都被送到一个机要训练班上去了。

杨阳这才知道大家都来做机要工作。训练班的纪律难以想象的严明：吃饭和上操按时准点，站队报数；一个人不准外出，走得稍远的必须报告；信号灯一亮，要马上坐在操作台前；一分钟内拍打多少码子；准确而迅速地换算……杨阳适应起来也快，半年下来，就像个机器人一样准确无误。在整个训练班上，他的各项成绩最好。又停了半年，训练班结束了。生活虽然依旧紧张，但毕竟不是在接受训练了，这就松弛了一点儿。杨阳于是又想到了他的画。

接下去的日子里他像害了热病似的，坐卧不安，口渴烦躁，一双眼睛里有什么在燃烧。周围的人找来了科长，又找来了那个目光蒙眬的处长。处长看了他一会儿，当证实了人们报告的事情属实时，就慢声慢语地说："杨阳，你可要努力啊，不要使领导失望。"杨阳紧紧地盯着处长，几乎是喊了一声："处长！我要画画！"处长一愕，立刻摆手："不行，你是个好材料……"

杨阳哭了。他再没有吭声。

最可怕的要算值夜班了。那时候整个大楼漆黑一片，只有杨阳一个人。他害怕极了，但夜里偏偏记起的是小时候听过的鬼故事。他一闭上眼，就看见无数的鬼在长长的走廊上跳舞，五颜六色，好不容易睡着了，突然信号又响起来，"哇哇哇，哔哇哇"，像小孩子哭一样。紧接着红灯绿灯交错闪亮，自动呼叫系统也发出声音来。杨阳搓揉着眼睛，一颗心嘣嘣跳着奔向操作台。工作时间也许只有短短的时间，也许只是演习，但杨阳从工作台上下来，再也睡不着了。白天要照样上班，因为值夜班轮流安排，每人在工作室睡一个星期。

杨阳在跟我叙述那时的情景时，常常要不时地回头看看，好像那段生活就在身后一样。那时他已经不做机要工作了，离开了操作台，做了机关资料员。那个处长好像失望得很。

他被调离机要岗位是必然的。因为他后来不顾一切地画了起来，疯迷了一般。我曾见过他画的一张操作台的油画，那真是一幅杰作。我认为肯定是杰作。我不相信有人可以产生如此奇异的联想。在机要操作室里，一切都是依靠坚硬的逻辑而存在的。每一个旋钮都是严厉的，冰冷的。而杨阳却让它们有了热情，有了生命；连飞旋的电波也有了光色和性别。您如果看到这幅画就好了。这是件非常可惜的事情。我当时望着这张画，身上一阵阵燥热。您看到的会是人间一块特殊的田野，上面衍生了一些特殊的生命。

生活中灰迹处处，蛛网丛生，只有火热的电波在歌唱。那些密密的按键被一种无形的力量击中了，痛苦欲裂，嚎叫声使人发疯。红的灯绿的灯摇曳不停，像升上半空的水莲。自动呼叫系统的鸣声器像人的眼睛，怪异、深邃，蕴含了深深的愤怒，张望着所有的人。看不见的黑暗处好像存在着另一只独眼，那仿佛是一个老人的目光，一会儿善良一会儿狠毒，无声地笑着。风在吼叫，机关大楼的尖顶摇震起来。只有操作台正上方的工作灯像一只蜜桃，水灵灵鲜活可亲。一群蜜蜂卷成筒状，在窗外旋动，背景是中间蚀了黑洞的银月。电火花响着……这样的一幅画。我无法讲得清。最不幸的是它被副科长看见了，于是很快传到了处长手里。

我以前说过，处长的儿子也是画画的。处长看不懂杨阳这张画，就回家给儿子看。他的儿子一把抢到手里，盯着画大口喘息，不愿吃饭。后来，他用拳头擂着桌子，不知为什么哭了——这是处长后来跟别人说的，具体情况不得而知。反正是那张画再也没有送到杨阳手里。只是不久处长儿子来找杨阳了——杨阳接待了他，谈着，沉默着，一个小时过去了，突然处长儿子插上了门，返身坐下，哭了起来。他说："原谅我，原谅我……"他抱住了杨阳，用脸贴了贴对方的脸，又坐到原处。两个人还是沉默着。不一会儿，同屋的人回来敲门，处长的儿子坚决不开。这事于是惊动了处长，他亲自砸开门领走了儿子。

杨阳告诉我这件事时，两眼闪射着光亮。他说处长儿子是个少见的人物。我问他有没有才华？他点点头："当然有。"停了会儿他又告诉我，"那张画被他撕掉了……他后悔了，又从垃圾桶里取回来，拼接贴好，可已经不成样子了。"我吃了一惊，赶忙问："为什么？"杨阳说："你问他吧。"

到底为什么，我想只有处长知道。因为事后他果断地决定了两件事：一是将杨阳调离机要工作岗位；二是不允许儿子与杨阳接近。他们后来真的没有再见面。为这事杨阳曾经十分痛苦,时间长了才略好一点。处长说过:"世上有一个疯子就够了;两个疯子分开也好得多。"他的眼睛没有神采,可是我从日常的接触中发觉,处长是个聪明绝顶的人。他显然藏下了更隐秘的心思。他很爱他的儿子,并且极其看重儿子的绘画才华。我越来越感到困惑的是,他为什么不让杨阳与他儿子一起切磋,又为什么不从艺术事业的角度稍稍支持一下杨阳呢?他的心底未免也太幽暗了一些……后来我又多少原谅了他一些,因为我觉得一个人心灵的空间可以开通和间隔无数间,我无权简单化地理解一个父亲与一个儿子的特殊关系。

处长能够从遥远的地方将杨阳招选到省城,能说与儿子的事业无关吗?究竟是哪根神经受到了触动,使他下了那样的决心呢?处长故意将一个天才禁锢在机要室里,让红绿灯闪乱他的双目,能说与儿子的事业无关吗?这种关系又是什么?这其中有什么心理在作怪?而最后,处长又为什么坚决制止两个酷爱艺术的年轻人接触?

我回答不了,亲爱的朋友。

我只大胆假设一个事情,这就是,在处长的儿子看到杨阳那张画的那一刻,长久蓄成的一种自信心在这一瞬间被彻底地击垮了。处长的儿子流出的是绝望的眼泪。

接着,杨阳就是一个无足轻重的资料员了。这对于他倒是个好事情。他一度很感激处长。但渐渐事情有了变化。他发现没有人对他退出机要部门一事表示谅解。机要工作是神秘而神圣的,一个人从这个岗位上被剔出来,就好比谷地里拔出的一棵莠草。人们猜测着这个瘦瘦的小伙子有什么毛病,是否被查出什么历史问题、现行问题?是否行为不轨?还有人说这个小伙子之所以瘦削不堪,是因为邪僻在身,记忆力减退,当然不适宜做机要工作啦。杨阳紧咬着牙关。他只是画着,利用一切间隙画着。

他的画很多很多,据人讲藏在了什么地方。他有一次给我看过一张人像,我看着看着愣住了。这是处长的那个儿子,绝对没错!

被画出的小伙子是让人永远难忘的。杨阳那么敏感准确、那么犀利地一下子抓住了对方肉体之内深潜的隐秘。我甚至不敢久视画面上的一对眼睛。这对眼睛初看像女孩子的一样美丽温柔,可慢慢又可以看出一股凶悍的光焰在跳荡,那瞳仁像针尖一样又亮又小,咄咄逼人。再看那被一轮朝阳映红的头发,乱蓬蓬,一绺一绺,好似狂风中不甘熄灭的火苗。我吸了一口凉气,说:

"我知道你画的是谁。"

杨阳的目光暗下来,叹息一声说:"没有人读懂我的画,只有我画的这个人除外。"

当时我们都沉默着。那一天我们在黄昏的天色里沿一行白杨走了很久。那是个深秋的日子,我们把一行白杨走尽了,又奔向一溜红枫。枫树叶儿已经有不少落在地上,杨阳取一片最红的放在手里。一道挂了青色石英墙皮的大墙在红枫的另一边。那是个陌生的、秘密的大院。大院十分森严。我们常常在这条路上走过,我很喜爱这条路。结婚以前,我与爱人常常走在这条路上。杨阳看了几眼高墙,没有作声,奇怪的是从来没有人问过这是个什么大院?我们一直走到天色漆黑才折回去。那天我请他回家里一块儿吃饭,他拒绝了。

杨阳的肖像画使我知道了他长久地惦念着一个人。这个人是他的朋友还是敌人?这是两个刚刚握手随即分离的年轻人。

在给我画看的第二三天,他病倒了。这次病把他折磨得太厉害了。发烧,说胡话,刚刚清醒就跟我要一样东西。我好不容易听明白了:他让我去宿舍取来那张画像放在病房里……不久就是机关体检,再不久就是杨阳查出了大病、再一次入院、到疗养院,直到调回老家工作。

他走后不久，我在一次偶然的机会见到了处长的儿子。这个年轻人已经完全变了一个人。他衣衫不整，神情沮丧，瘦得皮包骨头。我与他说话，他傻傻一笑，摇摇头走开了。后来我才知道，处长正为儿子忧心如焚，曾请了不少医生给他看过。这些医生大多是神经科的，他们都表示无能为力。后来有一个内科医生提议请一个肠胃专家来看看，他说人的一切疾病差不多都是胃的毛病引起的。处长冷冷笑了两声，再也不为儿子请医生了。那个小伙子常常在机关大楼下面转悠，再也无心画画。

这就是杨阳在这所机关的大致情景。您或许可以从中了解一下杨阳和他的艺术。我想这不仅仅是杨阳个人的悲剧，因为其中至少包含了两个角色。我不理解他们，我只知道他们是一对熊熊燃烧着的人，酷似一对孪生兄弟。可他们却是那么不同。

处长现在仍旧是处长，只不过几年来皱纹骤添。

五

杨阳又来信了。他被爱情困扰着，也被画困扰着。我读着他的信，有时真想让他直接找您一趟。当然这不稳妥，因为您太忙了，这需要您的应允。

他的信上说，夜晚他怎么也睡不着。为什么？就因为他构思的一幅新的作品上，有一架风车，有盐——他想到了盐的光亮，怎样在画布上表现这光亮……他的确是被盐的光亮激动得睡不着的。您看，就是这样一个脆弱的艺术家。我敢说能被食盐的光亮激动得失眠的人，肯定是一个艺术家。

食盐在这儿仿佛又成了我新的尺度，但我是认真的，您也一定会同意我的。

我心中一阵阵急躁，不断回忆与他在一起的情景。我发现我需要一颗纯洁的孩子般的心灵的陪伴。我也需要艺术的滋养。而这二者杨阳身上都具备。眼看着他在一个暴君手下受苦受难,我不知怎样才好。您的回信给我希望,我也完全能谅解您对于这件事的一切看法以及解决它的所有步骤。您显然是对的。您考虑问题是艺术家的方式,但更是一个行政领导式的。也许您的办法才切实可行。

还需要我活动一下他身边的什么关系,请您告诉我。

对了,我不得不提一下倒霉的海参,我看出来了,您是迫不得已才告诉我的。不错,杨阳的境况得到改善、他最终要调出来,最后恐怕还是要借助于文化局长的力量。通过一个人——这个人的选择我尚需再想想——送给局长一点海参是必要的、必不可少的。不过我打听了一下,最近海参是极不好搞的,而且贵得吓人。我想商量一下,海米能不能取代它——当然数量可以多一些——能不能呢?

我不得不在信上问一问。悲夫。

六

收到了您的信。事情是这样,杨阳回老家之后谈了两个朋友。第一个结束了,第二个尚未结束。但没有定下来。这个事情当然关系到调动,不过问题是那个朋友并不理想,杨阳与她没有中断关系,完全是他的性格所致。

您要是读一下他关于这方面的信就好了。杨阳性格中刚强和柔弱两个方面都让人吃惊。他太善良了。目前这个是个打字员,杨阳多次画过她,我也看过寄来的一些素描。有一些,显然作者倾注了巨大的热情。不过杨阳要画一棵树也会这样的。他信上说,她有时很美,不过有点狡猾,像小狐狸那样。这又有了另一种可爱。不过问题是他已经感到了她不是十分爱他。她如果被他所爱,那么他会终生不渝。他就是这样的一个人，是一个真正的男人。他回去工作后遇到的第一个朋友曾经强烈地打动过他。那是个修鞋女工，据说她的脸有些红，眉毛弯弯的，一笑起来嘴巴有一点歪。杨阳像欣赏一件艺术品一样，曾仔细地、快乐地向我描绘过她。他说："也许我与她再也不会分开了？"这句话的后面不是句号也不是叹号，而是问号。

他说他那时很多的作品中都有一股暖融融的调子，几乎比任何时候都爱使用明亮的黄色。他自认为那时的画是很棒的，"绝对来劲的东西"，"我明白自己是怎么了"，"这一切也许会过去的？"他后来的话中总是使用问号。这反映了他那颗兴奋而忧伤的、动荡不止的心。有什么不好的东西在隐隐地渗透，他艰涩冰冷的生活中印上的这一道阳光正缓缓地消逝。他说他们散步的时候，他更多地想起的是在大机关工作时的情景，那时他似乎真的爱上了一个人。可惜在一切还远远没有成熟的时刻，他被疾病折磨得倒下了，最后离开了那座又混乱又温暖的肮脏的大城市。

杨阳在机要训练班上认识了一个戴眼镜的姑娘，她是一位机要员的妹妹，当时正在机关门诊部工作。她的名字很怪，叫"咕咕"——杨阳奇怪地盯着她的脸，说"咕咕咕"——他不知怎么多叫了一个"咕"，听起来有点像斑鸠的叫声。姑娘的脸唰地红了，杨阳也不好意思地退开了一步。他这样叫她的名字完全是无意的，那只是发音器官的某种惯性作用。他还小，远远没有学会逗姑娘呢。他是真正腼腆的孩子，他自己就像个姑娘。咕咕常来看哥哥，渐渐跟杨阳熟得很了。她曾摘下眼镜让杨阳戴上试试，杨阳戴一下赶紧拿下来说："晕死了。"又说，"这么晕你都能戴，真行。"咕咕哈哈大笑。杨阳第一次见到了摘去镜片的一双眼睛：她的眼睛这样大、这样柔和，像两湾深深的湖水。他喊了一声："哎呀！"

后来他凭着记忆画出过这双眼睛。

咕咕高高的个子，皮肤并不很白。她在门诊部搞注射。让人见了最难忘的，除了那双眼睛，还有顽皮的嘴角。这样的嘴角与温柔文静的面容形成了很大的反差。她在那儿搞注射，杨阳就不去打针。他的身体很弱，需要打针的时候很多，但他总是忍着或到别的医院去。他说，他自己很脏，很脏很脏。

咕咕是一尘不染的，像阳光一样明亮和洁净。

结果杨阳最后查出大病来了，烧得迷迷糊糊，被抬到了门诊部。给他注射的正是咕咕。咕咕给他卷起衣服，一眼看到的是瘦削的身躯、像儿童似的臀部。姑娘打完了针，在用酒精棉球轻轻搓揉的那一刻，忍不住流下了泪水。她一声不吭地坐在一边看着他，等着他睁开眼睛。在杨阳病倒之前，他曾借给咕咕很多画册，还画过咕咕好多张画。咕咕会长久地保留着这些画。

杨阳那天醒来，一眼看到咕咕，脸一下子红透了。他最终还是没有逃过咕咕的针头。

我在杨阳住院后常去看他。他告诉我咕咕也来过。只要提到咕咕，他的眼睛就立刻明亮了。我们的谈话常常有意无意地转到咕咕那儿。咕咕给他的水果他一个也不吃，全都放在床头柜上。他挑拣一个红的握在手里，又放在眼睑上滚动一下，说："真好的一个苹果。"

他从疗养院回来，有时要去找咕咕一次。咕咕的哥哥制止妹妹与杨阳接触，说那种病是传染的。咕咕似乎并不在意。杨阳也知道咕咕家里人不欢迎他，但还是要去。他对我说："我想看见咕咕，到她单位上，也到她家里去看她。有一天我怎么也受不了，跑到外面，跑到咕咕家楼下面……'咕咕！咕咕！'"

后来发生了一件不幸的事，我相信杨阳一辈子也不会忘记，也相信他下决心离开这座城市，也会与那件事有关。那是八月里的一天，杨阳一整天都把自己关在办公室里，这是个温暖的星期日。

他狂热地画了一天，傍黑时分完成了一张画——他说这是他最满意的一张了。那是画了一棵半边碧蓝半边火红的枫树，树下站着咕咕。咕咕的眼睛看着什么，热烈的目光投向正前方。他携着画跑到外面，一直跑到咕咕家的楼下。在楼下站了一刻，他又蹿上楼去，擂着咕咕家的门——那时也可能是咕咕不在，开门的是咕咕的哥哥，他两手沾满了面粉，扫了杨阳两眼，怒冲冲地就要关门。杨阳举了举手里的东西，喊了一声："咕咕！"高大的男人转过身子，一把扯下画来，骂一句："滚你妈的蛋去！"那扇门轰的一声关上了。

他呆了片刻，扭头走了。他这才明白了，这个凶恶的男人绝对不允许妹妹再走近他了。他扭头走了，迈出了离开这座城市的第一步……很多天以后我才知道这件事，我非常愤怒，并鼓励他到单位上找咕咕。他摇摇头，说，他这回明白了很多。"'小痨病鬼'——那个家伙以前这样笑着骂过我。我明白了，我没有资格靠近她了……咕咕！"他就这样，离开了。

您看，他是带着肉体和心灵的双重创伤离开了这座城市的。他要回到他出生的小城去。他是从那儿挣断脐带，投入了沸沸腾腾的生活的。如今他又回去了。

首先是文化局的背信弃义，并没有像许诺过的，让他专业绘画；再就是那个经理对他的百般折磨。他现在连一个人起码应该享受的平静和安全都得不到，又怎么进行艺术创造呢？他在那个窝窝囊囊的地方被啮咬到什么时候？这谁也不知道了。

我有时愤怒地想过：这座城市厌弃的，将是她的最了不起的儿女之一。

您是画院的副院长，正处在一个可以帮助他的地方和时刻。如果您像对待您一贯的艺术追求那样不倦、那样不知妥协，就一定会成功地帮助他。只要您的画院要他，他做什么都可以。他永远不会让您失望。他是个弱小的又是个坚强的人。您如最后决定了就来一个信，那边放他走的事，包在我身上。

该说的话差不多都说完了。请您扶持我的朋友吧！请您挽救一个被爱的火焰烘烤得浑身灼热的艺术家！请您挽救一个正在遭难的艺术家！您将功德无量！紧紧握手！您的朋友！

附：杨阳信

一

今年的情况看来更糟些，因为经理召集人开会，把全体人员分成三个单位，就是三个小组。我们检票、烧水和扫地的、画广告的是服务组。经理不让我下午画广告，从四点三十至五点这半个小时，要突击准备晚场。其余就是让我帮伍大娘（烧水的，她是经理的远房亲戚）抬煤。原来有一个推煤的小铁车，后来没有了。我怀疑是他们故意给了另一个小组。时间安排得太紧，我觉得把我编入服务组的目的就是治我，我几次提出不干抬煤的工作，因为前几年烧水的人都是自己运煤。经理说现在是包干制，爱干不干，耽误了供应开水，就在月底扣钱。无奈。

我对广告画越来越头疼，纯粹是商业玩意儿，没办法。经理说这张好就好。他特别说要画好女演员的关键部位，即乳房要凸出一些。这对我的打击非常大。我最后的一点权利也受到了干预，我简直是气个半死。我每逢看到他那个黑乎乎的指甲在我的画上点来点去，就恨死了他。他身上有一股怪味我也闻到了。我敢说全天下没有一个人能有这种气味，不是酸臭，也不是霉烂味，好像是硫黄又加进了兔子粪似的，真的。他就是刚刚洗澡回来也让人恶心。

这几天做梦老离不开经理，我常听见他从窗外喊我，赶紧爬起来，心跳，外面什么都没有。我缺少的睡眠没法计算。我已经三个月没有好好睡一觉了。

前几天经理又破口大骂了，没有点谁的名，只是骂服务组。他骂着闯进屋来那会儿我正调一块颜色。当时我身上一抖，以为他会给我一巴掌。他没有动手，只是用手一指外面，让我出去抬桌子。

　　我最怕的还是回宿舍的事。我和民工合住一屋，身上爬满了虱子。这些民工有不少是从讨饭的那些人中招来的，原因是工钱便宜。经理说让谁干谁就能来干，来的人要送经理很多东西。全影院就我一个人睡在这儿，这当然是欺负我。

　　他女儿放假来影院里玩，她到我这儿来看了，听说我会画画，又是从大机关回来的。总之，她来看新鲜。经理（我真想有一天能用石块把他的头拍碎）还能有这么好看的女儿。她的体形令人难忘。不过这个小家伙的神气有些让人讨厌。

　　近来常常后悔，觉得来这个城市这一步是走错了。不过现在是回不去了。在你身边就好一些，那时我心里不痛快就找你说一通。现在差不多总是我一个人。我想家，又不愿回家。我父亲看不上我，好像也不支持我画了。他最高兴的时候是我在大机关那会儿，现在好像一切的错都是我的了。他根本不听我的解释，自以为是。他说我完了，让他想不到。

　　妈妈在的话，我会好得多。可惜她去世了。我一写到"妈妈"两个字就想哭。我有一半的画是想着妈妈画的。

二

　　我真怕给陌生人写信。按你说的给局长的那个朋友写了。真不好写。记得曾看你写信，马上就写好——可我在这方面要用多得多的时间。可这是必须的。我想我对他什么都不了解、怕误解。有一天我接到他的来信，我马上回了信，但好多天没有回音，我心中又后悔、又惆怅！我写了工作情况，但与给你的信比，简单多了。我不知我该不该写那些。我天天等他的信。也许是我的自尊心太强了，陌生人回信晚了我就受不了。我对他介绍了目前的处境、这儿关系的复杂等。

我告诉他想快些调出去。去文化馆当然好，但不好调，盯着那儿的人太多了，刚来时就是被人挤掉的。实在调不成，与这个影院头儿谈谈，能对我稍微合理些也行，不过我怀疑这很难。区里想成立个广告公司，一年多也没成立起来。据说他们早就盯上了我，想要我去。但也有朋友劝我最好不去，我明白他的意思。那儿是有活干的，画外面的大型广告。全市有一百几十个广告牌，画完最后一个，前面一个又褪色了。天天画机器，枯燥无比，再也不会余下好的心情。长期下去会练成一种不好的笔法。这是最糟的事情。不过我目前影院的处境，我恨不能立刻就走。

三

最近，我终于处理好一个重要事情，就是那个人不会再来缠我了。和她的最后几次交谈很不愉快。她也终于暴露出很多毛病，有的方面可以说是虚伪。我有时想，就是一辈子不结婚，也不要她。最后，对她仅有的一点好印象也不存在了。好了。终于过去了，谈她没意思。

在她走后的第二天，有一个很独特的美丽女孩来找我。她很适合做模特，气质不错，她真有意思，看来追求她的人是有的。对她不很了解，以前当过售货员，后来才去了修鞋厂。奇怪（在有些人看来）的是她倒很满意这个工作。她二十二岁。我为她随便画的小像，她挂在床头。明天我们一起出去玩，画画，照相。

前几天我不愉快，一个人悟出个道理——对你不好的人，在关键时刻是闭口不语。像对那个女孩（以前的），他们甚至支持我与她好。当然，有个画画的朋友就劝过我干脆算了吧。

现在算是愉快了。明天会愉快的。不过我写这信时，不是告诉你别的意思。也许我与她只是朋友而已。

这时我又想起了咕咕——记得吗？不知她怎样了。那时我们的散步，现在还听得见脚步声。我走在她后边时，一抬头就看见一条干净的半旧的条绒蓝背带裤子。与现在的女孩在一起没有这样的感觉了。

我写这信时，抬头可见经理办公室的窗子亮着。他还没有走。我的笔按在纸上像要折断。我不写了。

四

前些天我去那个区找了他一趟。他虽是你的朋友，我去时还是鼓了很大勇气。我对陌生人都多少有些怕。我怕他是个我不喜欢的人。去了两次都没找到，我又有些高兴，好像就为了见不到才去的。我留下新的地址回来了。不几天收到了他的来信，说他不在家，很抱歉。其实也是我不好，我应等他回家。我太急，不该匆匆回来。我写信向他表示了歉意，并把近来的情况告诉了他。

最近影院正在上新的录像。除了来新片子，来重要的片子，不然连两三天画画的时间也不给。一个月只画两次。经理倒知道宣传的重要，不过他要求的是另一种效果。这一段我主要是看门、扫地、抓逃票的人等。在影院里，我除了受服务组长的领导，还要受办公室的领导，是唯一受双重领导的人员。他故意这样制定。这对我很不利。还有组长，我们都出了力，拼命干，经理常常表扬他。那人的欺骗性很大，组长也看出来了。现在，我们都成了眼中钉！

现在工作量大极了，卫生区增加了一倍。差不多一年了，我一天病假也没休。真不容易啊。组长请了六天病假，经理在会上公布规定：大夫的病假条只起建议作用，要他再批准才行。副组长是他的狗，以前就找过我的茬，百般刁难。组长与经理暗斗，我在明斗。他口上喊改革，其实是养着一些，累死一些。影院是个三不管单位，非常黑暗，经理干什么都行。区里的广告公司还没批下来。以前文化馆和剧团办的都倒闭了。我倒真希望它能成立，它想要我。这个希望可能破灭。不该回来。几年了，整天与小人周旋，为工作发愁，太没意思。如果这儿有个真正志同道合的朋友，我也会坚持下去。

当时调文化馆就受到很大阻力，看来，我的命运太差。文化馆长是我的老师，一九七七年因他的一句话，使我放弃了上中专。这就失去了一个机会。不过我对他还是感激的，他毕竟曾教过我，也帮助我调文化馆，可局里有个人很坏，与馆长有很大的矛盾。因馆长在剧团时办垮了一个广告公司，局里就扣了他三个月的工资。钱退还了，可还是结下了仇。局里那个人认为是馆长帮我调动，于是在我到来之前半个月把下面一个文化宫的美术老师调到文化馆。馆长后来到图书馆当馆长，又调我去图书馆，我因恋着画画，就去了影院。因为当时讲好是专职画广告。我哪里晓得会是这样。

我不能像狗一样去讨好经理。去年九月我为艺术节画画，被扣去了两个月的工资。十一月又找借口扣去了奖金。他用各种办法来打击和羞辱我，使我无法安宁。我不会向他屈服。我连他如此仇恨我的原因都不明了。我有时怀疑是否有人暗里说了坏话，使他对我造成了误解。有时又怀疑我的父辈与他的父辈有世仇……这些怀疑都没有理由。你来信一再询问产生矛盾的主要原因，让我回忆有关事件。我知道你的好意，但我实在不明白，好像他生下来就是要恨我一样，我从来没惹他，真的，一丝也没有。

这一切也导致了恋爱的不顺利。曾经有个姑娘，她很淳朴。我们终于分手了。这事我曾告诉过你。现在的这个是新认识的。她被男方抛弃，通过听她说，我很同情她。我知道那个男的是个伪君子，可是她还留恋着他！我不明白，她为什么告诉我这个。我们认识有两三个月的时间。我想对以前的事不应计较，重要的是喜欢不喜欢。我只是很同情她。她也说过，我们大概不能成。她要"嫁鸡随鸡"了。近来我很苦，不知怎样才好。她不能使我幸福，都不能。我想提出分手。我又要得罪一个人了。现在看来是走错一步，步步都错。我没有欢乐、爱情、幸福！是什么能使我坚持下来？我始终在幻想。我的心中存在希望，有心爱的艺术，有光亮。如果发挥出来，起码在社会上也能有价值。画广告牌，这是为大众的艺术。经理虽然现在贬低我的广告画，但懂的人还是认为我的广告画有水平，有灵性，与其他地方的不同，比如省内几个城市的。也可能我对待每一幅都较认真。广告牌的寿命很短，也算不上高级的艺术。再也没有比我更不适合搞广告的人了。

五

父亲来信骂我了。他来看过我一次，那个该死的经理对他好像很尊敬，其实是设法愚弄我。他对父亲说了什么我不知道。父亲心里不赞成所有工作不好的人，不管这个人怎样。但我的工作是认真的、大家都肯定的。工作不好与跟领导的关系不好是两个问题，可父亲就是不懂。

他对我说那些话，使我一辈子也不想回家了。我一个人，真的孤零零的了。妈妈没有了，这是对我平生最大的打击。父亲到我住的地方看了，他应该立刻明白，可他不。现在的时代，哪个工作人员住在这样潮湿的地方？再看看经理住在什么地方，他的朋友住在什么地方！

我夜间胡思乱想，成了我的幸福。我想你，想在机关的日子。我那时也不知怎么得罪了领导，不过他对我还不像现在这样。我画了很多画，枫树，还有咕咕。我想去看看你和你爱人，还有咕咕。晚上我做梦，到了一条河，大概就是芦青河，上面有莲。我一时一刻都在渴念什么，不能平静。我想她们是可爱的还是不可爱的，该不该重新和解？不能的。我清醒的时候，就说不能的。我只想画，不停地画。有一个地方如果能让我安心地画，我会一辈子感激那个地方，哪里也不去。

经理现在说要抓思想教育了，还说首先要抓的就是我这个人。说一块坏肉不能糟了一锅汤，让两三个人分别帮助我。这其实是让他们监督我、折腾我，我仅有的一点看书的时间也被他们占去了。他们来了，就说一些不着边际的大话、开粗鲁的玩笑。我真想跳到天外去。

如果有要我的地方，我不惜一切也要调去！经理不放，我就和他拼了。没有退路，只能这样了。我太软弱，我恨自己。没有退路。

六

你信中总提到我的身体，我很感动。大体情况是这样：我认识的一个大夫前几个月看了，说恢复得比较好。自我感觉也比以前好了。现在服务组工作量太大，我算是坚持下来了。从化验结果看，还是脾的原因，白细胞比健康人稍低一些。四千至一万正常，我刚刚达四千。血小板正常，肝功能正常，阴性，可能不是传染的，是劳累、营养不良等所致。从疗养院出来到现在，肝功能一直正常。我已两年没吃治肝的药了。有时吃维生素。我曾看了一本治疗书，一病例和我相似，但比我重得多，吃了中药完全好了。可医生说那样治必须住院，因吃那治脾的药伤肝，还要调理肝。所以，等以后再说吧。我的病，即使发展也缓慢。收到你的信后，我原想做B超，但经理老找碴儿，控制严格，以后寻机会彻底查一查。

上次谈到的那个姑娘，经常来，我有点同情。可是不会结合的，我有预感。她也感到了。可是她却提到今年结婚等话。我想了想，我以前好像跟她讲过九、十月份分房子的事。那是经理与郊区大队联系建的一幢宿舍楼，分给新结婚的职工。这房子当然不会给我，我也不会因为房子去迁就这么大的事。虽然房子像性命一样宝贵。我再在民工这儿挤下去就要死了。她还想赶快往这个区里调，总之她不想等。还是分手算了，这才是理智的好办法。

　　我越来越感到情绪给我的影响是多么大，还有环境。记得去年九月为了一幅小风景，创作冲动使我半夜起床。全部改动五六次，一次一种风格。有一次画完我说，这是郁特里罗啊。这个法国风景画家可折磨过我。当时日记这样写道："十七日。这幅画经历了几个阶段。开始要画一个简单的浓云、田地、水洼里有树叶和小黄花，一种雨后的景色。受灯的启发，后来又受雨的启发，画了在雨天发着光的盐。为了盐的光，我激动得没有睡好觉。要把盐滩画出味来。整个调子是玫瑰、深褐、纯青和柠黄。大盐滩村看风车、水车，画了五六幅速写。风车一转动是雄伟的，像那堂吉诃德见到的。重画，天空用深黄加白在蓝底轻扫，透明感加强，很理想。又重画了，很忧郁，这使我想到郁特里罗，柠黄紫和蓝。虽然很深沉，但不透明。现在又全部重来。十八日。今天上手还是郁特里罗，帆布画得像青鱼皮；中午，全部刷去。下午三点重画，较顺利。加上风车。晚上，去一个地方吃饺子。今天是八月十五（阴历），月亮很圆。"这幅画你一定会看到。

　　最近一段，我什么也画不出来。现在我看书，没有目的性的看书，不知这样下去会有什么收获。

　　我很长时间没有休班了。真想好好休息一下。明天接连五天放映一个新的武打片子，每天五场。每月都有这么两三次。大部分观众欣赏力极差，一听武打片兴趣就来。有些很棒的片子没人看。就写这些。

1987年11月底写于济南
1988年6月改于龙口

野地独行者的吟唱
——张炜中短篇小说管窥

□ 洪 浩

中短篇小说在张炜的文学创作中占有重要比重。众所周知，张炜最有影响的作品是长篇小说，像《古船》《九月寓言》这些早期的长篇，已在当代文学史上占有可称为"经典"的地位，此后的《外省书》《刺猬歌》等，也都在文坛深受好评；获得茅盾文学奖的"大河小说"《你在高原》一度造成不小的轰动效应，而近作《独药师》《艾约堡秘史》又刷新了读者和评论界对他的认知。可是，我们并不能因此而忽略他的中短篇小说，因为迄今为止，他的中篇小说有16部，短篇小说有128部，两者相加已有200余万字之多。如此之大的文字量，所负载的思想与艺术的信息，以及在创作总体价值上所占比重，自然也是很大的。张炜的中短篇小说大多发表于1980—1990年代，尤其是在《你在高原》的写作之前，代表的是他那一个时期的思想与艺术的成果。彼时，正是他精力最为充沛、艺术思想最为活跃、对社会与人生的感悟最为敏锐、才华的喷发最为强劲的时期，作为艺术轻骑兵的中短篇小说的密集出击，承载了他不可抑制的艺术冲动，寄托着他思想与情感上的很多诉求。和那些品质卓越的长篇一样，中短篇小说同样是他殚精竭虑的创造。当我们拂去岁月的尘埃，从整体的创作生命上进行考量时，会觉得他的中短篇小说似乎被遗忘和忽略得太久了，或者说已被他影响很大的长篇日益挤压和覆盖了。但其实，他的中短篇也是非常重要的，其价值意义有待于重新予以定位和评价。

贯穿整个20世纪80年代的中短篇小说创作热潮，是新时期文学发轫初期不难理解的重要现象，它们构成了当代文学史上的一种独特景观。体量不长的中短篇小说，能快捷地传递作家的声音，使得创作激情高涨的作家都愿意采用这种文体，在讲好一个故事的同时，进行关于时代的思考，并抒发被压抑的自我情感。彼时的张炜同样如此，他以极大精力投入到中短篇小说的创作中，取得了骄人的成就，赢得了不俗的声誉，也夯实了进一步拓展的基础。有了一系列反映农村生活与时代冲突的中短篇的积累与磨炼，张炜才开始了首部长篇小说《古船》的创作，而这一努力是他宏伟壮丽的一次飞跃，让他一举站在了当时国内最具实力的作家的前列。在这一重量级的创作之后，他功力大长，再写中短篇小说便洒脱了许多，所以在他后来的中短篇小说中，可见勇于实验、不拘一格的精神和风度。整个80年代，只要不在写长篇，张炜就没忽略过中短篇的写作。而进入90年代后，他的中短篇突然少了，这是因为其创作来到了一个强劲的爆发期，他开始了鸿篇巨制《你在高原》的集中创作。这样一个中外文学史上罕见的宏伟工程，使他无暇顾及中短篇小说的创作；这个十年，他的中篇只有一部

《瀛洲思絮录》，短篇的创作也渐趋式微，最终完全停止，以至于二十多年过去，至今也未再拾起。如此说来，中短篇小说的创作，乃是张炜整个创作生命前期的主要文体，埋藏了他最初的生命信息，蕴含了他最为强劲的原动力，也是他那个时期文学思想与成就的重要体现。由于其题材覆盖面是宽广的，而且多是非常接地气的，所以在意义上与长篇小说有互补之功，同样是不可忽略的。如果说他的长篇小说一般总是游走于深厚的历史与纷繁的现实之间，那么他的中短篇则较多地体现为对各种迫近的现实问题的凝视与思索。由于他的生命源地是海边的荒野丛林，其书写又过于依赖这一切，所以，在综观与俯察他的中短篇小说的时候，会有一个在野地里独行且吟唱的人物形象浮现出来；毫无疑问，那正是作家自己。

　　本书的编选，是在对张炜全部中短篇小说进行梳理的基础上进行的。所选作品在题材和风格上均较有代表性，借此可以纵览张炜中短篇尤其是短篇小说的大致版图。限于书的篇幅，中篇很少尚不足以代表他中篇创作的总体成就；所选短篇则较为全面，既重视了题材和主题的代表意义，也兼顾了风格的多样性，称得上是张炜短篇小说的精选。这里，就所选作品的主旨谈一点个人的粗浅理解，以期有助于读者的阅读。

　　编在书的最前面的几部作品，包括《槐花饼》《烧花生》《下雨下雪》《钻玉米地》《玉米》等，是作家在20世纪70年代二十岁前后的习作。这些作品充盈着土地和自然的气息，质朴而清新，纯粹而隽永，字里行间洋溢着天真与欢乐，令人喜悦和感动。在我看来，这些作品乃得天地之造化，内中有活泼的纯稚童心，其独特的韵味和美感是后来无法复制的；即使放在作家全部中短篇小说中考量，也称得上是佳作，所以弥足珍贵。这些作品大多记录少年经历，在记下它们的时候，那一页日历刚刚翻过，所以记忆真切鲜活。几十年后，当我们打开阅读之时，可以闻到历久弥新的芬芳。《槐花饼》和《烧花生》写的是"开门办学"时期的经历，故事大多发生在夜色中，让人想到屠格涅夫《猎人笔记》中的描写。荒野，丛林，草铺，篝火；烙饼，烧花生，烤鱼，打兔子，讲鬼故事；手电与星星对光，诡谲恐怖的夜哭，土造手枪的走火，情窦初开的感觉……这些经历，这些细节，虽无太多曲折，却带有浪漫色彩，值得回味。健康的人性，美好的情感，难忘的记忆，往往与大自然相伴相生。人原本是自然之子，大自然能唤醒人内心的诗意。回归自然，人便茅塞顿开，童心烂漫，流露出本真的淳朴和善良。《下雨下雪》写的是天道的酣畅痛快。作家洋洋洒洒地讲述了乡间下雨和下雪的故事，描绘了许多令人惊奇的情景，让人眼界大开。这些旁若无人的回忆和淋漓尽致的描写，色彩丰富，细节迷人，流动着清新的诗意，童真和童趣跃然纸上。

玉米是北方农村最常见的一种农作物，生长期大半时间内高大茂密、成片成林，藏得下人和野物，是田野之上的一大景观。这里两篇关于玉米的小说，都别具色彩，富含情趣。《钻玉米地》写的是土地的魔性与魅力，立意谋篇上均大胆脱俗，令人称奇。"你缺了什么不用愁，只管跟土地要去。"钻玉米地有各种各样的收获：想吃瓜果的找到了瓜果，想养猫的抱到了猫，想养猪的捉到了猪，想要媳妇的遇到了媳妇。年轻人在玉米地里嬉闹，好热闹的老女人和爱琢磨事的老男人也都喜欢钻进玉米地的深处，甚至有女人在玉米地里与死去的丈夫会面，拌嘴打闹，互相使绊子……土地具有这般的魔性与魅力，令人啧啧称奇；土地中生长出来的故事如此神奇浪漫，栖居于大地的人真是有福了。如同一篇乡村童话，此作深得酒神精神，字句天真顽皮。在此，作家让苦难和贫穷退远，以夸张的诗性笔法，渲染了大地上的喧腾与欢乐，那烂漫的意趣，恣意的笔墨，给人以强烈的感染，读之令人沉醉。《玉米》则是真实迷人的乡村活剧,写了玉米的播种、管理、收获三个阶段庄稼人干农活时的种种表现。这里所写并非全是劳动,更感兴趣的是人们在田野间的嬉戏玩耍、笑骂打闹,故事不多但细节丰富,表现的是庄稼人健康淳朴的生活,以及群体劳动中的欢乐。两篇关于玉米的小说都是散文化的,这种风格在作家后来的长篇力作《九月寓言》中表现得更加鲜明,究其目的,应该是为了突出"大地"这一意象。因为,比起在大地上劳作奔走的人,大地本身才是更为博大的存在,也是最不该忽略的角色;这是作家至为重要的发现。

《造琴学琴》取材于作家少年时代的真实经历,写了一个"功夫不负有心人"的故事。作品中的两个人物都很可爱:少年做事用心,锲而不舍,勇于付出,具备了成功的必备素质。而老玉貌似粗鲁憨直,实则心思细腻,"是个了不起的怪人",以至于让少年越来越佩服。少年立志造琴学琴,那种不达目的决不罢休的精神,很有励志意味,读来真切感人;而匮乏岁月里人的动手能力,也让今天的我们为之钦佩。

《声音》和《一潭清水》均创作于20世纪80年代初期,是获全国优秀短篇小说奖的作品,深受当时文坛与社会的好评。彼时正值改革开放初期,两部作品的出现既得时代风气之先,又不乏警示与挑战意味,是作家青春锐气的证明。《声音》以"呼喊"启动故事,以"声音"抒发情感,写得很有灵气。男女主人公本是互不相识的陌生人,他们置身于林子深处,从提防、探寻,到敞开心扉,再到依依不舍的分手,其中不乏情节的曲折与情感的波动。作家一步一步写来,将故事写得真实可信,感人至深;其中对于人物微妙情愫的刻画,尤为出色,显示出不凡的笔力。此作是启蒙与被启蒙的故事,写一纯朴乡村姑娘思想与情感的裂变过程。启蒙者是一小罗锅,自卑而又自信,自励而又自强。作家借助这个角色,吐露心迹,"喊出自己的声音",表达了走出禁锢寒冬的一代年轻人的渴望。今天，当我们回顾那一时期的思潮，更能清晰地感知到：作品传递出的，是觉醒的人的声音。《一潭清水》同样有鲜明的时代印记，作品写农村实行承包后人心的裂变。故事发生在三个人物之间：实行承包之后，头脑精明、心胸狭窄的老六哥变成了厌恶少年"瓜魔"的"魔"，而徐宝册则爱心依旧，给予了少年一如既往的疼爱和超出以往的呵护。"瓜魔"则是一个有感情的孩子，他怀念那曾经的一潭清水，怀念那无私无欲的开心时光。时代的变迁，在三个人身上都留下了印痕。

张炜是一个坚持捍卫理想与信念的作家，对精神背景与道德问题的思考，是他出自生命的自觉；这一价值取向在他早期作品中体现得尤为鲜明。与《一潭清水》一样，《海边的雪》也是富有灵魂审判意味的作品。金豹是老一代渔民的代表，平日遵循海边人的道德准则，关键时刻能挺身而出，以大爱覆盖私念。点火救人的那一刻，他抛弃个人恩怨，以大义为重，甚至忘记了自己那藏着"一座小屋"的枕头，做出了惊人的牺牲。对比金豹，不仁不义的小蜂兄弟，和老刚那个工程师儿子，则见出渺小来。《冬景》也写海边人，故事是简单的：严冬来临之前，一个饱经风霜的老人在准备各种"熬冬"的物资。在老人不断闪回的记忆中，我们知道他的一生充满了苦难与悲伤。"三次大雪，埋掉了三个儿子。"儿子们是老两口用鱼一口一口喂大的，成人后分别做了石匠、渔人、兵，死于塌方、被殴和战争。令人痛彻肺腑的是，他们全是在年轻力壮时因意外而身故，都没来得及娶媳妇。在命运残酷的打击下，他的老婆也死了，现在只剩下最小的一个儿子了。小儿子有了女人和船，但却不太懂事。所以，严冬将至，老人用心地储备鱼干和烧柴等，很大程度上是为了儿子儿媳。他虽然已经老了，却还是要尽父亲的责任，担当一个守护者的角色。这样一个老人的形象，所包含的内容是丰富的。

作家王安忆在评价张炜时说："他是从真正的现实主义走来，心中真实饱满的情感是他最为珍视的财富。""他是那种和大自然很贴近的作家，他观望自然的时间比观望心灵的时间多，他的心灵是折射在自然上再进入他的视线。这片无际的田野所遭受的灾害与痛苦伤及他的心灵，他的文字都是泣血而作。"的确，张炜是一个情感浓烈、爱憎分明的作家。热爱自然和土地，一直是他的重要主题，他也常有"融入野地"的渴望。《头发蓬乱的秘书》就写了这样的主题和情感：一个中年人回到故乡，对养育了自己的这片土地进行重新的打量和考察。他在野地里四处走动，了解自然变化情况，为环境的衰败而痛心；他走访老人，追忆往昔，体察民情，记录感触，自觉担当起平原的"秘书"的角色。透过作家描摹的人物形象，我们看到了作家自己。

对人间情感的珍视，当然更值得记录，也更容易唤起读者的共鸣。《美妙雨夜》和《晚霞中的散步》写的都是某种美好而微妙的情感，体现了作家对世界的脉脉温情，对"羞涩与温柔"的眷恋。《美妙雨夜》写主人公与异性的两次浅交流：第一次交流是少年时代的一个雨夜，少男与少女由陌生到相识，再到互通心曲。那沐浴细雨微风的夏夜，仿佛一个纯美的梦境，令人无限回味。第二次是在进入中年后的客车上，原本陌生的已婚男女，在狭小空间里轻声晤谈，传递了知己般的默契和纯净的温暖。《晚霞中的散步》写"我"对一次散步的追忆。兄长般的"我"与年轻美丽的"她"互为知己，彼此间深有好感与倾慕，但发乎情而止于礼，"交谈更多是无声的"。作品以细腻的笔触记写了主人公心底暗自流淌的纯美爱意，以及悄然降临的幸福感，其内涵一言难尽，很值得品味。

爱的情感应该是广阔的，超越人类的。在《三想》《梦中苦辩》中，可以看到作家对世界的爱体现在对动植物的理解与关怀上。《三想》

是一篇风格独特、富有创意的作品,写的是作家站在人、狼、树三种立场上的思考,对于"柔情""善良""勇敢""幸福"等概念,特别是对于"自然界的主人"的问题,进行了重新审视和深刻辨析。作家对于动植物的理解和关爱是独特的,严正地谴责了人类漠视和践踏自然的行为,并发出了痛切的警世之音。《梦中苦辩》的主题也是如此,对人类动辄肆意杀狗的行为,作家表示了深恶痛绝,发出了一连串的质问;对于人类恶行的剖析与评判可谓斩钉截铁,不留情面:"凶狠残酷地对待生活、对待自然,必遭报应!""我总觉得大自然与人类决战的时刻就要来到了!"有强烈的爱,才有与之对应的恨,爱与恨促使作家敲响了警钟。《致不孝之子》是写于20世纪90年代中期的作品,形式上很有特色:文本是父亲写给儿子的长信,也是一个历尽苦难的老人的沉思录。作品通篇都是父亲严肃的告诫,所谈涉及走路做人,出言沉痛悲凉,其对儿子世界观的批评与校正,冷硬如冰,犀利如针,令人为之凛然。

　　张炜是自然之子,写过大量关于大自然和动植物的作品,他对动植物的爱远超大多数作家,这成了作品的一个显在标志。在描写动植物的美与可爱的同时,往往又对人类戕害自然、肆意杀戮的行径进行揭露和控诉,痛惜与激愤之情溢于笔端。《赶走灰喜鹊》《仙女》《鸽子的结局》《怀念黑潭中的黑鱼》等短篇,都不同程度地写到这样的主题。在《赶走灰喜鹊》中,作家写了少年纯真至善的童心,也写了残杀灰喜鹊的"脏手";单纯与狡诈,善良与虚伪,在此有强烈的对比。《鸽子的结局》是一个奇诡的谜语,但小说的真正意蕴,最终还是归到爱护生灵、痛责杀戮上。杀死一只鸽子,等于杀死了荒原的精灵,"从此我们的荒原就变成没有魂灵的、死寂的一片了"。《怀念黑潭中的黑鱼》是荒原上的一个传说,其中有见利忘义者的耻辱:两位老人出卖了黑潭里的水族,黑鱼们侥幸脱险,绝望中连夜迁徙而去。而两位老人,可能是受了黑鱼家族的诅咒，也可能是因为愧对良心，不久就变成了"两个被荒草覆盖的坟尖"。由此，作家以悲天悯人的情怀，替所有人做了痛切的忏悔："我对现代人的仁慈是从不抱奢望的""我们已经永远不值得信任了……"

　　读过张炜许多作品之后，难免产生这样的疑问：张炜为什么如此执拗地关心大自然和万千生灵？这种情感的产生源于怎样的心路历程？本书最后几篇小说中，就藏有一些线索，读者或可由此触摸他的情结，透视其内心世界。《旧时景物》是一篇具有散文特色的小说，真实描绘了作家童年时期住处的环境。小时候的他，就生活在这样的林子里。正是独特的经历让他有了独特的认识，所以才写出了独特的文字，而这文字又具有独特的气质，独特的魅力。《旧时景物》是一曲忧伤的挽歌，保留在记忆中的景物和故事鲜活而迷人：自创的捉鱼新法，勇敢的过桥行动，对沟渠终点的探索；东边杂树林中的瓜果与鲜花，西边杨树林中的鸟巢以及有人掏喜鹊窝遭到的反击，南边榆树林中"嬉皮笑脸的"黄色动物……这些细节全都真实生动，不是别人可以描述的，其中随处可见孩子的天真与欢乐。但接下来，写到家园后来的被毁，便有无限的伤感和悲凉袭来。

　　如果说这一追忆家园的作品写的是当年的生活环境和背景，那么《山药架》和《羞愧》则写到了难以忘怀的具体经历。《山药架》是一家人的林中生活简史：一座茅屋，一块薄地，一个常常被拉去服苦役的父亲。作家的笔并非面面俱到，而是重点描绘了父亲的山药架。父亲在极其有限的土地上支起的山药架，支撑着一家人困厄中的日子，也支撑着坚持活下去的信念。山药架下埋藏着山药，也埋藏着父亲的苦难、忍受和坚强。不仅如此，还埋藏着情窦初开的少年的渴望：与其说那是一段未曾展开的爱情，不如说是一个迷离恍惚的梦境。《羞愧》记述了动乱年代真实而残酷的一幕：父亲在台上被迫低头弯腰，被人打嘴巴。这一切不但少年亲眼看到了，自己的同学也都看到了，尤其是他钟爱的女孩也在场。这种心灵上的摧残让少年无法承受，但小说最后，一条黑狗安慰了悲伤的他。读到这里，我们似乎能够理解作家对狗的感情了。

在《一个故事刚刚开始》中，我们可以较多地探测到作家的情感渊源和写作的原动力。这一短篇写家族悲剧历史的缘起与宿命。这里有两代人的痛苦，既有外祖父的死，也有父亲的落难。如此深重的苦难，并没有压垮外祖母。这个从旧时代走过来的女人，以其罕见的智慧、博大的胸襟和顽强的意志，捍卫了自己和家人的生命，使生活得以延续。外祖母因此活在家族记忆中，活在"我"和父母的怀念中，可谓虽死犹生。

这些从家族命运中生发出来的作品，具有饱满的情感张力，是作家最有深度的作品，特别经得起岁月的挥发。但是，小说终究是小说，并非作家的自传，它是想象和虚构的产物，是作家心曲的演奏。

最后谈谈中篇小说《请挽救艺术家》。这部作品不到三万字，篇幅不长，故事也不多，但形式上较为特别，并且深具思想力度。现在看，它似乎是后来的长篇小说《柏慧》形式上的先声，由三束信件组成：主体部分是"我"的两束求助信，分别写给一个局长朋友和一个画院副院长，请他们帮助一位名叫杨阳的画家，让他从目前的困境中解脱出来，具体说，就是希望将他从所待的县级电影院调入画院，给这位未出道但却大有前途画家以发挥才华的时间和空间。第三束信札，是画家杨阳写给"我"的，描述了他在所屈身的电影院处处被经理刁难、折磨的窘境，以及内心的愤懑与痛苦。作为一个执着追求绘画艺术的年轻人，可怜的杨阳在社会上没有位置：他在省城大机关处境不好，在小地方的电影院里混得更惨。在一般人看来，这无疑都是他自己的问题，正像父亲对他的失望乃至绝望。然而，果真完全是他的问题吗？不然。正是立足于知音的角度，"我"不仅对杨阳抱以深切的同情和理解，还切实地予以帮助和"挽救"。故事本身并无太多可说的，但就主人公杨阳的遭遇所激发的思考来说，作品可谓目光深远，意义非凡。用以构建小说的这三束信件，让我想起凡·高写给弟弟提奥的那些透着卓越的艺术见解、勇猛的献身激情，但同时又令人不无心酸的书信。而你会看到，在这个充满思辨的别致的文本中，作家琢磨的绝不仅仅是作为个体的艺术家的性格问题，还深刻地涉及群体的平庸之恶，涉及某类人对艺术和艺术家的嫉恨，和由此暴露出来的邪恶。这里体现的也不仅仅是知己的慧眼和良知，更重要的是一个人坚持思考的精神与说出见解的勇气。这让我想到卡夫卡的女友、作家米伦娜，她在卡夫卡死后，对这位卑微的大师做出如此评价："他好像是唯一的裸体者，站在穿衣服的人群中间。""他没有一点说谎的本领，就像他不会喝醉酒一样。""全世界所有的人都有病，而唯独他是健康的。他的理解正确，感觉是对的……"虽然，在对艺术的追求上，杨阳似乎并没有表现出凡·高或者卡夫卡的极端性，但其精神向度是完全一致的；叙述者相信"他是一个注定要把自己的一辈子交给艺术的人"，并充分预估了他的才华，"固执地坚持说：他是一个艺术家。"这实际上是对艺术的尊重和支持，是对日益稀见的艺术苗木的极力挽救。小说结尾，尽管并没有看到"我"所恳求的那两个人有何实质性举动，"我"的此番努力也未见曙光，但由思索与反抗建构起的精神空间，却足以让艺术追求者的信念不至于轰然倒塌。从这一意义上来说，此作在张炜的中篇小说中是颇具代表性的，其主题一以贯之地表现逆境中的人为尊严而抗争。

本书在选编者看来，颇似一部结构松散的长篇。它们是同一个母体上生长出来的，尽管时间跨度很长，各具色彩与姿态，但因为有共同的基因和血脉，彼此间气息贯通；在深处，涌流的是同一种情感，沉淀的是同一种思想。这里所有的故事都有一个核心的问题，都涉及人与人、人与自然的关系，涉及人的尊严。

张炜是一个质朴而真诚的作家，他的小说往往不刻意追求故事的好看可读，而是执着于表达自我。他的写作，情感因素很强。他有很多话要说，使得作品常常具有强烈的自白性，这体现为两个表层特征：一是思绪深远绵长，时有沉沉独语；二是对话冲突激烈，时见滔滔倾诉。这种一体两面的存在，凸显的是诗人的气质和思想者的风骨。而在深层意义上，则体现为严肃的社会责任感，强烈的人道主义关怀，以及对世界和人类命运的忧思。对于热衷于好看的故事，喜欢在情节的跌宕起伏中体味阅读快感的读者来说，读张炜可能有一定的陌生感，也会有一点不理解，但是，如果能沉下心阅读，深入到他的文学世界中，便会觉得这样的作品是有分量、有意义、有价值的；而更重要的也许在于，张炜的作品，是靠意味和境界取胜的。在他具有诗的本质的小说中，我们能够感知到一种特殊的丰富，能够获得较为纯粹的感染和感动；而这，显然是高品质的文学所能给予的。

这样的作家，因而是真正值得重视的。作为读者，如果您读过张炜那些深受赞誉的长篇力作，那么，这些中短篇仍然是不可忽略的：它们不能说是长篇的边角料，而是更真实、更具体、更微妙的一种小体量的文学景观；如果您没读过他的长篇，那么，这些中短篇既可视为张炜文学世界的一个个迷人的局部，也可当作进入其宏大叙事的一条条神秘幽微、引人入胜的小径。

2020年3月7日，威海古陌岭下